【錢基博集】

集部論稿初編

JIBU LUNGAO CHUBIAN

傅宏星／主編

傅宏星／校訂

国家出版基金项目
NATIONAL PUBLICATION FOUNDATION

華中師範大學出版社

新出圖證(鄂)字 10 號

圖書在版編目(CIP)數據

集部論稿初編/錢基博著;傅宏星校訂. —武漢:華中師範大學出版社,2012.10
(錢基博集/傅宏星主編)
ISBN 978-7-5622-5750-9

Ⅰ.①集… Ⅱ.①錢…②傅… Ⅲ.①中國文學—文學研究 Ⅳ.①I206
中國版本圖書館 CIP 數據核字(2012)第 225788 號

集部論稿初編
錢基博著
傅宏星主編 傅宏星校訂

責任編輯:郭志剛 責任校對:郭 璋
封面設計:甘 英 封面製作:胡 燦
出版發行:華中師範大學出版社
社址:湖北省武漢市珞喻路 152 號 郵編:430079
電話:027—67863426(發行部) 027—67861321(郵購)
傳真:027—67863291
網址:http://www.ccnupress.com 電子信箱:hscbs@public.wh.hb.cn
印刷:湖北恒泰印務有限公司 督印:章光瓊
字數:273 千字 印張:18.25 插頁:4
開本:787mm×980mm 1/16
版次:2012 年 10 月第 1 版 印次:2012 年 10 月第 1 次印刷
印數:1—2500 定價:38.00 圓

歡迎上網查詢、購書

錢基博先生 1950 年摄於武漢

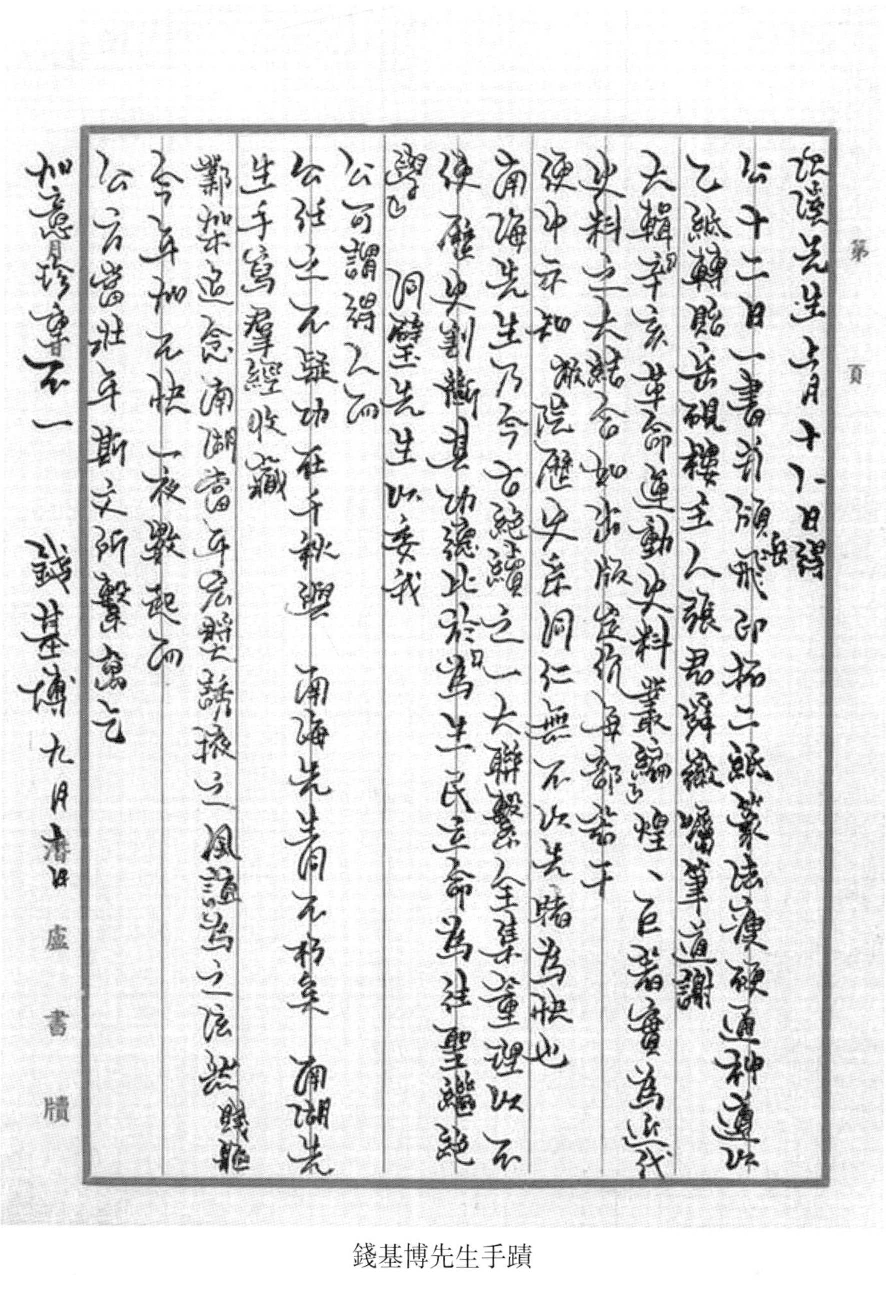
第 頁
淞瑤先生六月十八日得
公十二日一書並頌飛印拓二紙篆法瘦硬通神並以
乙紙轉貽舍硯樓主人張君舜徽濡筆道謝
大詞辛亥革命運動史料叢編煌煌巨著實為近代
史料之大結合如出版望能分寄若干
便中示知 敝院歷史系同仁無不以先睹為快也
南海先生乃今古絕續之一大聯繫 全集董理以示
便歷史劃斷其功德比於為生民立命為往聖繼絕
學也 同璧先生以委我
公可謂得人矣
公任之不疑功在千秋矣 南海先生有不朽矣 南湖先
生手寫群經收藏
鄴架追念南湖當年宏獎誘掖之風誼為之泫然 賤體
今年加不快一夜數起矣
公方當壯年斯文所繫寫之
加意珍重不一 錢基博 九月廿日
廬書牘

錢基博先生手蹟

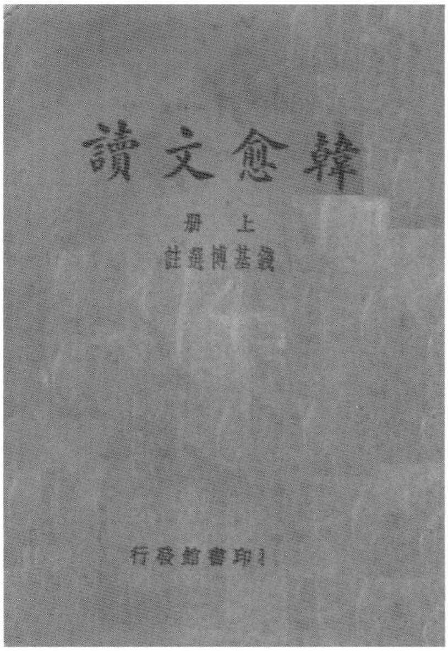

《韓愈文讀》書影

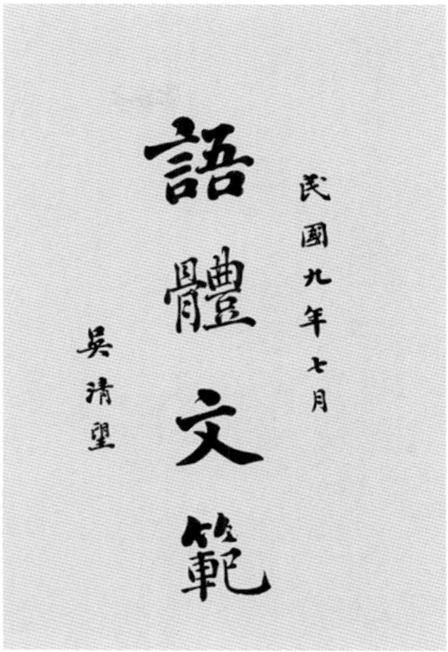

《語體文範》書影

《中國文法說例》書影

《近百年湖南學風》書影

錢基博先生捐贈華中師範學院之文物藏品——戰國青銅劍

錢基博先生捐贈華中師範學院之文物藏品——陶郢爰冥幣與玉璜

出版説明

錢基博先生(一八八七——一九五七),字子泉,號潛廬、老泉,江蘇無錫人。現代著名學者、文史專家和教育家。他一生勤奮讀書,博涉古今中西,治學領域極其廣泛,曾自述:"基博論學,務爲浩博無涯涘,詁經譚史,旁涉百家,抉摘利病,發其閫奥。自謂集部之學,海内罕對。子部鉤稽,亦多匡發。而爲文初年學《戰國策》,喜縱横不拘繩墨。既而讀曾文正書,乃澤之以揚馬,字矜句鍊;又久而以爲典重少姿致,叙事學陳壽,議論學蘇軾,務爲抑揚爽朗。所作論説、序跋、碑傳、書牘,頗爲世所誦稱;碑傳雜記,於三十年來民情國故,頗多徵見,足備異日監戒。論説書牘,明融事理,而益以典雅古遒之辭出之,跌宕昭彰。序跋則以生平讀書無一字滑過,故於學術文章得失利病,多抉心發奥之論。"誠爲先生終生治學生涯的實録。可是對於當今一般學人而言,恐怕衹會注意錢老先生"文在桐城陽湖之外,别闢一塗"和"集部之學,海内罕對"兩個方面,殊不知他在史學、經學、子學等方面亦造詣宏深,不僅著作數量多,而且門類齊全,幾乎無人能及。而錢先生生前,雖未能對自己的所有著作進行彙編出版,但從目前僅存的八册綫裝本《潛廬集》钞稿中,仍可以看出他對於出版文集是有所考慮和規劃的。據説,上世紀五十年代初,江蘇古籍出版社就擬議出版《錢基博全集》,可惜由於歷史的原因未能實現。一九六一年,先生之弟錢基厚亦曾爲之編訂《潛廬家藏遺文集》,可惜現在下落不明。最可歎者,"文化大革命"運動中,先生遺留的五百餘册、綿歷數十寒暑的《日記》,遭到查抄、批判,並被付之一炬。因此,二十多年前,吴忠匡、周振甫、石聲淮等前輩學人就曾呼籲社會和有關學術團體、出版單位趕緊整理出版錢先生遺著,使其人其學不至湮没無聞。

一九八六年,臨近"錢基博先生誕辰百周年"的紀念日子,華中師範大學在章開沅先生的支持下,由錢先生弟子彭祖年、石聲淮、吴忠匡等人牽頭,做了大量富有成效的工作,如一九八七年底,華中師範大學以學報特刊的形式,首次將部分遺著結集面世，爲我們瞭解錢基博提供了極大的方便。同時，湖南嶽麓書社又重新出版了錢先生的《現代中國文學史》、《近百年湖南學風》等著作。十年之後，我校曹毓英先生以此次整理工作爲基礎，精心策劃，於一九九七年十二月編輯出版了《錢基博學術論著選》，此書對推動國内錢基博研究的深入開展可謂功不可没。此後又是一個十年期，我們委托傅宏星先生陸續對錢基博遺著在全國各大圖書館的保藏情況進行了一番細緻的普查，一份相對完善詳備的著作編年目録也隨之形成了。

綜觀錢先生一生，出版各類學術專著二十六部，編撰各類教材十二部，雜著十二部，稿本、油印本等未公開發行的著作二十一部，約計七十一部，目前均分藏於全國各大圖書館、大学和民間私人手中；而他的大量學術論文、碑傳雜記、書信則散見於解放前出版的地方報紙、學術刊物、鄉賢著述、譜牒家乘和私人手中，無人問津，漸致散佚。雖然先生逝世至今，大陸方面，他的一些代表性著作多次再版，甚至影印出版，如《經學通志》、《版本通義》、《〈周易〉解題及其讀法》、《〈四書〉解題及其讀法》、《現代中國文學史》、《（增訂新戰史例）孫子章句訓義》、《近百年湖南學風》等。港臺方面，臺灣商務印書館等出版機構亦有多部錢著多次重印出版。但這些重版的著作還不到錢先生公開出版物總數的五分之一。

華中師範大學是中國真正具有百年以上歷史的少數知名大學之一。在其一百多年的發展過程中，有一批又一批篳路藍縷、披荆斬棘的先驅者，他們嘔心瀝血，殫精竭慮，爲華中師大的奠基與成長作出了無可磨滅的貢獻。

隨着我們對大學學脈與傳承精神的感悟日深，出版社已將把挖掘百年老校豐富的學術資源作爲未來工作的重心之一。整理出版一代國學大師錢基博先生的文集，華中師範大學出版社責無旁貸。可以這麽説，正是在幾代學者的共同關心和努力下，經過二十年的醖釀和籌劃，二〇〇六年六月，我們才正式將《錢基博集》列爲我社在“十一五”期間的重點出版選題，計劃分輯推出。同時，精心組織，合理安排，從資料蒐集、點校、專審和圖書設計四個方面加大資金和人員的投入，努力打造好此項精品工程。

華中師範大學出版社

二〇一〇年十二月

凡　例

一、《錢基博集》以公開出版著作爲基礎，增補了目前已發現的未公開發表的手稿本、油印本等，還包括大量散落在《新無錫》、《無錫新報》、《錫報》、《通海新報》、《南通報》、《力行日報》、《江蘇民報》、《武漢日報》等報紙，以及《婦女雜誌》、《小説月報》、《教育雜誌》、《新教育》、《東方雜誌》、《無錫縣教育年刊》、《約翰聲》、《甲寅週刊》、《國學叢刊》、《清華學報》、《清華週刊》、《光華大學半月刊》、《青鶴》、《國立師範學院季刊》、《國立師範學院旬刊》等雜誌上的散文、小説、方志、序跋、書牘、碑傳等佚文。當然還包括目前我們能夠見到的地方教育雜誌、譜牒家乘、鄉賢著述中的序跋文函、碑傳雜記等，亦予以收録。

二、關於底本的選擇和確定。專著方面，有修訂本、增訂本的，以修訂本、增訂本爲底本；如果没有修訂本、增訂本，則需要比較初版、再版，取其較優者爲底本。當然，港臺的重印本、盜印本也在此遴選範圍之内。散篇方面，某一篇文章可能會在多處發表，文字或不盡相同，則酌情取捨，若影響到對句意的理解，則用脚注説明，以利讀者判斷。部分油印本還有復本，則取其較優者爲底本。各卷所據底本，一般無標點或僅用舊式圓點者，均重新標點；底本未分段者，一般不予分段。

三、各册散篇在前，專著在後。卷内各篇（專著和散篇），一般均按成文（成書）時間先後編次。凡有年月可考而日無可考者，列於各月之末；凡有年可考而月、日無可考者，列於各年之末；年份不詳者，列入各卷之末。爲節省篇幅，避免重複，凡已經被收入專著中的篇目，又没有必要單獨歸類或按單篇發表時間分列的，則只收録一次。有改動處，酌加注釋。凡輯入《錢基博集》者，一般仍採用原有標題，個别的酌加改動。新收録的論著亦遵此例，但未經發表的書信短箋則由編者根據内容或收信人另加標題。

四、各册部分專著，注明出版机构名稱、版期。凡輯於報刊之散篇者，注明所據報刊雜誌之名稱、版期。所標時間一律採用西曆。

五、凡收入本文集的作品，均不做删改；作者的原用字、原譯名，習見的异體字、通假字，原則上保持原貌；標點符號用法，多依從作者習慣，未予改動。

六、《錢基博集》除署名主編之外，校訂者不一，亦同署名。各册由校訂者標點、校勘。底本原注用小字或（ ）標明；錯别字、脱字、衍字等則用脚注予以説明；缺字用□標出。

目録

中國文法説例 ZHONGGUOWENFASH

中國文法説例

贅辭一 論中國文字内籀之術

亦惟我民國建極之四年，越十有一月，無錫錢基博撰説《中國文法説例》於吴江私立麗則女子中學之素心晨夕之廬。既竣事，乃捉筆而重贅之辭以與薄海之鴻儒碩彦壹揚榷其意曰：文法之爲義，與文學韋，蓋學者即物窮理之謂；而法則設事而知其塗術者也。質言之，亦曰法者明其當然而不深究其所以然而已，匪學之疇也。惟世之言中國文字者，輒曰文無定法，又曰文成法立，是則無法之中，未始不有法在。特天下好學深思、心知其意者之寡其倫耳，而僕則謂羲皇畫卦，造端書契，演進既深，代有作者，文成數萬，其指數千，雖曰九流佰氏，悉數難以僕終。觀其言以足志，文以足言，要自有不可畔之大例在，故曰中國文字者，科學也，壹以内籀之術治之可矣。

夫内籀之術，必重考索事實而無騖於虚譚。何者？無亦曰：内籀之妙用，在能即異見同，籀爲公例耳。是匪考索事實不爲功，而茲書之所爲重

“証”也。是故其爲道也有三：一曰旁羅博搜之既多，别白其不同，而爲之分類，譬諸草木，區以别矣。二曰舉其一而玩索之，析其官體之繁而知其功用，抑其次也。三曰觀其會通而立爲不可畔之大例，是則内籀之終事。而茲書之所尤齗齗焉者也。

以僕所睹記，論中國文字之分類者蓋莫予弟孫卿之序《文章舉隅》若矣。其辭曰："文章分類之法多矣。梁太子《昭明文選》分賦、詩、騷、七、詔、册、令、教、策問、表、上書、啓、彈事、牋、奏記、書、移、檄、難、對問、設論、辭、序、頌、贊、符命、史論、史述贊、論、連珠、箴、銘、誄、哀、碑文、墓誌、行狀、弔文、祭文各體。姚郎中《古文辭類纂》定爲論辨、序跋、奏議、書説、贈序、詔令、傳狀、碑誌、雜記、箴銘、頌贊、辭賦、哀祭十三類，而文之體類始備。曾文正《經史百家雜鈔》更約爲三門：曰著作，曰告語，曰記載，則尤簡而當矣。此一法也！謝枋得《文章軌範》分古今文爲放膽、小心二種。姚曾四象、八勢之説，實暗偷此中筋節而張其旂鼓，謂發前人所未發。以余觀之，氣勢趣味，放膽文也。識度情韻，小心文也。此又一法也！余兄潛夫能文章，好學深思，以爲文章之道，不外狀物、記事、説理三種。狀物欲其肖，不欲其飾；記事欲其實，不欲其夸；説理欲其顯，不欲其奥。其大較然也！余則增寫景、抒情二類，得文七篇，以詔競志同學諸子。雖不敢謂於諸家外别樹一幟，亦庶幾足與諸家相發明者。梁太子《昭明文選》各體，姚郎中《古文辭類纂》十三類，曾文正《經史百家雜鈔》三門，皆就體勢分也。謝枋得放膽、小心文，姚曾四象、八勢，就神味分也。余則就作用分也。知此者方可與讀吾此書。曰“文章舉隅”云者，亦欲諸子舉一隅則以三隅反耳。七篇者：曰韓退之《畫記》，狀物文也；曰柳子厚《游黄溪記》、《始得西山宴游記》，寫景文也；曰魏文帝《與吴質書》，抒情文也；曰歸熙甫《陶節婦傳》、林畏廬《記石六郎事》，記事文也；曰簡宗實《説性》，説理文也。”蓋其可得而論有如此者。茲稍增損余弟之舊目而爲之揭其綱焉：曰寫景之文，曰記事之文，感於外物而有作也；曰抒情之文，曰推理之文，情動乎中而不能自已者也。嚮予之所謂狀物而弟仍之者，茲一以寫景賅之。蓋天下無真非幻，山河大地及一切形氣思慮中物，不能自有，賴覺知而後有，見盡色絶，聞塞聲亡，且既賴覺而存，則將緣官爲變。目勞則看朱成碧，耳病則蟻鬬疑牛，相固在我，非着物也。是則我之所見爲物者，安知物之果如是而不爲空中幻景乎？是説也，予弟當亦領之。此則别白不同而爲分類之事也。若乃句有句、讀、頓三者之别，章有起、承、轉、落之不同，積句成章，積章成篇，是則析其官體而明功用之次事也。僕每懸一例，無不羅舉古人文字旁推交通以証其不相剌謬。匪是，無獲與焉者，亦可謂能觀其會通而籀爲文字之公例者矣。

信斯言也，是則壹本内籀之術以治之者，與西儒之所謂科學者何異？非法也。然而不謂之學焉者，則以未能窮理而深究其所以然也。近人每見諸大家文字，無一家面貌不相異，而詫以爲不可及。實則異不足詫。何者？以人心不同如其面，而言爲心聲，文字則尤言之至精焉者也。其異也，乃其宜也，所可詫者，轉是千形萬態不可方物之中，有其大同者在。於其所同，能究得其故。近日侯官吴氏撰《涵芬樓文談》，闡發處極有精到語。此科學之事矣，匪僕所能及也，願並世有以起予。

贅辭二 論中學校之授國文文法

錢基博又曰：人亦有言，法者，如規矩準繩，工程所藉以集事者也。無法，則雖有般輸之能，無所用其巧。大抵文章一道，其妙處不可以教人，可以教人者，惟法而已。僕按之教育部頒中學校課程標準，于中學校第三四學年，國文有“文法要略”一科。揆諸立法者之意，豈不曰人生八歲入小學，自認字造句以迄成章作短篇文字，程度已够升學，而入中學習國文者又盈二載，是其平日於文字講、讀、作三者之經驗匪寡，至此而眎以當然不可畔之大例，必能有所證入乎？然而文法之爲物也，綱舉目張，條例秩然，實不啻一文字則例焉耳。是故其爲言也有序，非若論説文字之可以意緒層出不窮，傳記故事之恢詭可喜之足以引人入勝也。人生年十五六，童稚之性，亦既蜕化未盡，樂於不經而厭束縛，其聞雅樂而思卧者，勢也。而不悟文法之爲道，實眇衆慮而爲言者也。徒以其枯燥無味，遂不足引起諸生玩索之志，隨聽隨忘，棄之如遺。而爲講師者，亦遂心知其然，而不恤虚爲委蛇以卒事也，則其所稗於文學者幾何而必虚耗此日力爲也，宜其有闕焉放廢而不之授頃撿江蘇省立第五中學校學業教授程序表，即無“文法要略”一科者矣。此尤僕私心所爲大謬不然也！何者？蓋人生之畢業小學而升學也，其日用科學常識，亦既於高等小學一一具體而微矣。然甚深微妙之論，則尤非所驟幾，故在中學校之教之也。要當傳與智識之意少，而整理秩序其思想觀念之意多。即如理科之變混合教授爲分科有系統之教授，尤其顯著而可見者也。即國文何獨不然，是故授文法之作用有二：（一）綜合其平素講、讀、作三者之經驗而籒爲當然不可畔之大例，俾有明瞭真確之觀念一也；（二）條理其夙昔與師友講肄所得片面不全、破碎無系統之文字上之咫聞尺見而整正之使成系統，即所謂整理秩序其思想觀念者二也。而後者之爲用尤大。僕嘗謂其人無整正秩序之思想觀念者，其爲事也，厥乃亂雜而無章。異日厠身社會，決不能有條不紊。措置裕如也。嗚呼！此中國不規則之政治家之所以多，而紀綱之所爲日紊也。蓋其由來者漸矣！孟子曰："生於其心，害於其政。"《易》曰："履霜，堅冰至。"漸也。藉曰："坐視而不爲之計。"則匪吾儕言教育者之職志也。爲之計則奈何？無亦曰："吾儕成事不説而不能無望於未來。"衹有陶淑今日在校之學生事事物物，壹以治科學之法治之而已，即國文亦其一也。蓋科學者最規則之學也。其治之也，有倫有脊，雖秒忽不可以瘉。《易》曰："艮其輔，言有序。"《詩》曰："出言有章。"曰有序，曰有章，即此積字成句，積句成章之條理秩如，整正不紊之謂也。平日教養有素，其足以培養秩序觀念而有造於綱紀人心者，爲功決匪淺鮮。豈厪措之語言文字之各得其當也耶！是則言中國文字之不可以無法，而文法之不可闕焉不授也亦明矣！雖然，授文法則奈何曰道在有以引起學生玩索之志，準所授文法而俾之圈識書籍，既日有以增益其新知，鼓動興趣，又時有以証文字公例之不韋。其抽繹之心，相引益長，浸漬漸摩之既久，趣味濃深，可操券決也。且天下法不虛立也，必有以融會貫通，推之九流百氏而無或差忒，而後能深信不疑，思之審而辨之愈明也。此則僕硜硜之愚，所願獻其野人之曝者矣。

中國文法説例[①]

明茅鹿門氏評選唐宋八家文字，論者詆其爲制舉業而設，圈點批抹，亦

① 原注：一名《中國文字圈識則例》。

多不得要領，甚者至謂“李空同以字句摹秦漢，而秦漢爲窠臼；茅鹿門以機調摹唐宋，而唐宋又爲窠臼”。夫摹擬固不免窠臼，而文之開合提頓，抑揚轉折，實亦有一定不易之法，不可不知也。湘鄉曾文正公謂：“選古文文字，詳加圈識以醒眉，最便眎初學塗轍”，知言哉！不佞承乏於斯，亦期與諸生教學相長，攄平日睹記所得以匡不逮。然私謂教育者乃因材而篤之謂，非强傅以本無之知識也。况諸生肄業兹校，亦既瘉髫而笄，斐然有成，固無俟不佞之讙讙者乎？故繕布範式文字，既壹任諸生自爲句讀圈識。而課餘之暇，又將擇取古人專集數種，其刊本未經人句讀評點者，視諸生筆性之所近，人頒一集加圈點，定爲日課，蕲於浸漬漸摩之久而自有得。不佞將於以覘諸生學力之淺深焉。至若發凡起例，眎之準繩，勿使逾越畔斷[①]而納之軌物之中，則固不佞之責也。

文之爲體至夥，而不佞則謂以文字之性質言，則有寫景之文，有紀事之文，動於外物而後有作也。有表情之文，有推理之文，則不假物物而自有得焉者也。夫動於外物而有作者，其叙次要以義法爲主，《易》所謂“言有序”者是也。至若自得之文，則陸士衡所謂“函緜邈於尺素，吐滂沛乎寸心，言恢則彌廣，思按而逾深”焉，《易》所謂“有物之言”也。有物之言，非讀書多，積理富，未易就幾，而義法則固可講而明之也。

湘鄉曾文正公曰：“六籍燔於秦火，漢世掇拾殘遺，徵諸儒能通其讀者，支分節解，於是有章句之學。梁世劉勰、鍾嶸之徒，品藻詩文，其後或以丹黄識别高下，於是有評點之學。”是則圈識者故文人所有事，而章句尤兩京治經之盛業也。顧可以制舉業易視之哉！

桐城嚴翊亭嘗爲不佞言曰：“武昌張濂亭先生謁曾文正，請授爲文之學。文正適得吴南屏文，爲取諷誦一過。濂亭文大進。”此言讀之有裨於文字者匪鮮也。然於古人文字用意所在以及其層次之淺深、着筆之輕重，必先一一悟徹微妙，然後能抗吾氣以與古人之氣相翕。不能體會古人神理，雖狂叫，尤胡爲者。夫圈點者，所以研磨古人用意所在以及層次淺深、着墨輕重而識之符號焉者也。兹定圈點之程序如次：

---

① 疑“斷”當作“涣”，音近而誤。

一曰明句讀。夫所謂章句者何也？蓋句讀[1]句讀，而章則分段落之事也。不佞嘗譬之句與讀之別，略似篇與章之別，參差不得些須。每見近日學校讀書，非不琅琅可聽。然細按之，或上句之讀與下句之讀連讀，或讀讀頓斷作句讀，豈非韓退之氏所謂句讀之不知，大惑不解者乎！夫句者所以達心中之意，而意有兩端焉：一則所意之事物也。夫事物決非無爲而意也，故其事物之性行，亦其一也。凡以言所意之事物者，曰起詞。而言起詞所有之性行者，則謂之語詞。語詞有二。凡言起詞之動作者，謂之爲詞。

証一　《論語》"子説"句：子，名字。（注：凡以名一切事物者曰名字。）起詞，以言所意之人也。説，動字。（注：凡以言事物之行者曰動字。）爲詞，所以語起詞之所爲也。

証二《孟子》"彼奪其民時"句：彼，代名字。（注：凡字用以代事物之名者曰代名字。）起詞。奪民時，其爲詞也。

証三　凡欲知書中若者爲起詞，若者爲爲詞，設問便明。如"子説"句：説者誰？子也。子何事？曰説。説，其爲詞也。然則句之成，必有起語兩詞明矣。蓋意非兩端不明，而句非兩詞不成。然《論語》"來，予與爾言"，"來"一字，句絶；《書》"往，欽哉"，"往"一字，句絶。則句似亦有無庸起詞者。不知曰"來"，曰"往"，皆對語口氣，其起詞即爲與語者，當前即是，故無庸贅言也。

由上觀之，則字之爲爲詞者，動字居多。而一句之中，往往有二三動字連書者，其首先者乃記起詞之行，名之曰主動。其後動字所以承主動之行者，謂之輔動。輔動云者，以其行非直承自起詞也。

証一《論語》"何以伐爲"句：以，用也，作動字解；此主動也。其起詞指與語者，或暗指季氏亦可。而伐則上承"以"字而爲之輔動者也。

証二《論語》"陳力就列"句：陳，主動。其起詞即凡爲人臣者，不言可喻。而力則陳之止詞也。就，輔動，其上省略一主動"以"字。

---

[1] 疑"讀"乃"謂"之訛。

此則爲詞之大凡也。夫所謂爲詞云者，即行之意也。既曰行矣，有所自發者，亦必有所止。使所止者即爲所自發者，則其行存乎發者之内，而非止字外也。不然，則其行出自發者，將有所止於外也。

證 《論語》“子説”句：纔子自説耳，於他人無與也。至“吾從衆”句，“從”，動字，從之行，發自夫子而止於衆也。又“爾愛其羊，我愛其禮”兩句，“爱”，動字。發自子貢與夫子。而所施及者，一則其羊，一則其禮也。設僅曰“吾從”，曰“爾愛我愛”，則不知所從所愛之謂何。必伸之曰“從衆”，曰“其羊”、“其禮”，而詞意乃畢達矣。

故動字之别有二：有自動而無與於他事物者，謂之内動；有動而影響及他事物者，謂之外動。凡名代之字，後乎外動而爲其行所及者，曰止詞。

證 “吾從衆”句之“衆”字，“爾愛其羊，我愛其禮”兩句之“其羊”、“其禮”皆是。

夫語詞之爲爲詞者，凡以言起詞之行也。若語詞言起詞之何似何若，狀其已然之情者，當以形容字注：凡字用以肖事物之性形者，爲形容字。爲主。形容字後乎起詞而用作語詞，所以斷言其情狀爲何如也。惟形容字爲語詞，則名曰表詞。

證 《論語》“柴也愚，參也魯，師也辟，由也喭”四句：愚、魯、辟、喭，各後乎其名，所以斷柴之爲愚，參之爲魯，師之爲辟，由之爲喭。而用爲語詞，各成其句。因以表白諸賢之性爲何如，故曰表詞。

起詞、表詞之中，間有以是、非、爲、即諸字參之者，或於句讀收處尾以乎、歟、也、矣諸助字。注：凡字用以煞字與句讀者，曰助字。或兩者兼用者，皆以表決斷口氣也。又或表詞不用形容字，而用名字代字者，是亦用如形容字以表起詞之爲何耳。

證一 《論語》：“禮之用，和爲貴。先王之道，斯爲美。”和，名字；斯，代名字。皆起詞。貴與美兩形容字，其表辭也。間以一“爲”字，所以決其兩是也。

證二 《中庸》：“天地之道，博也，厚也，高也，明也，悠也，久也。”博、厚、高、明、悠、久，六形容字，以爲“天地之道”

句之表辭，助以“也”字，以決言其如是也。

證三《史記·賈誼傳》：“且天下非小弱也。”小、弱兩形容字，天下之表詞，非以決其不然，更以“也”字助之。

證四 《論語》：“長沮曰：‘夫執輿者爲誰?’子路曰：‘爲孔某。’曰：‘是魯孔某歟?’曰：‘是也。’”“爲”、“是”皆決辭，參於起、表兩詞之間。誰與孔某，一代名字，一名字，皆表詞也。問曰爲誰，答曰爲孔某，兩句問答，有決辭而無助字。曰“是魯孔某歟”，曰“是也”，又兩句，一問一答，則有決辭而兼助字矣。故曰：“文無定法，惟其是爾。雖然，無法之中，未始無法。”

此則表詞之大凡也。惟起、止兩詞，往往有數名字連用，而意有主、從者，則先從於主。

證 《孟子》“天時不如地利，地利不如人和”二句，天、時兩名字連用，雖似天字作主，而明其爲天之時，正意恰在時。則天字意轉從，故先之。地利人和，亦此解也。

兩名字之中意有主從者，每參之字以明屬從於主之意。

證 《論語》“千乘之國”句，“千乘”與“國”，兩名字，正意在“國”。千乘者，明其爲何如之國；參以“之”字，以表“千乘”之屬於“國”耳。

止詞連用兩名字，而意無主從者，則兩名字之間，往往連以介字。注：凡字用以連綴他字者曰介字。表詞之爲名代字者亦然。

證一 《孟子》“殺人以挺與刃”句：挺、刃兩名字，皆止詞。與介字，用以連之。

證二 《孟子》“爲湯武驅民者桀與紂也”句：桀、紂兩名字，皆表詞，“與”字聯之。

止詞之前，往往綴以介字，所以表其前之外動字，與之有若何之關係也。

證 《孟子》“王坐於堂上”：於，介字。堂上，“坐”之止詞。

由上觀之，凡所以達意，莫要於起詞與語詞兩者，而止詞次之。

至其中所有介字，厘以加於句讀以足起語諸詞之意焉耳，則謂之加詞。

要之起詞、語詞兩者備而辭意已足者曰句。至起、語兩詞雖備，而辭意未全者曰讀。讀之式不一：有用如句中起詞或止詞者，則與名、代名諸字無異。有兼坿於起、止兩詞以表其已然者，則視同形容字。或有狀句中之動字者，則與狀字注：凡字以狀動字、形容字之如句者謂之狀字。同功。此其大凡也。

證一 《左傳·桓公六年》："所謂馨香，無讒慝也。""所"爲指事之代字，即指馨香而言。所謂馨香云者，猶曰謂馨香之事。謂，外動也，"所"爲"謂"之止詞而先焉。合之爲一讀，而爲"無讒慝"之起詞。

證二 《史記·十二諸侯年表序》："齊、晉、秦、楚，其在成周①微甚。"齊、晉、秦、楚，四國本名，而"其"則代名字也，頂指之合"在成周"三字以成讀，而爲之起詞。故其起詞實爲齊、晉、秦、楚，而"微甚"一讀，則表词也。

證三 《史記·货殖列传》："若至力農畜、工虞、商贾爲權利以成富，大者傾都，中者傾縣，下者傾鄉里者，不可勝數。"者，代字。"傾鄉里者"之"者"，統括以上諸色人等而言，猶云至如盡力於農工商爲權利以成富厚，其大者傾都，中者傾縣，下者傾一鄉等人，多至不可量數，故諸讀皆爲"不可勝數"之起詞。

證四 韓愈《何蕃傳》："爲禮部者，率蕃所不合者。"猶云爲禮部之人，率不合於蕃之人。故爲"禮部者"一讀，乃"不合"之起詞也。

證五 又《代齋郎議》云："學生或以通經舉，或以能文稱，其微者至於習法律、知字書，皆有以贊於教化以使令於上者也。"猶云以通經舉或以能文稱以及習法律、知字書之學生，皆贊教化以使令於上。故上四讀，乃句中之起詞也。

證六 韓愈《對禹問》："得其人而傳之，堯、舜也。"猶云得人而傳之人，乃堯、舜，故上讀乃句之起詞。

右讀之爲起詞者。

證七 《左傳·僖公七年》："夫諸侯之會，其德刑禮義，無國

① 成周，稿本作"諸侯"。

不記。”其，代字，頂指諸侯之會也。猶云無國不記會中所有之德刑禮義也，故“諸侯之會，其德刑禮義”兩讀，爲“記”之止詞。

証八　又《宣公十二年》：“其君無日不討國人而訓之，于民生之不易，禍至之無日，誡懼之不可以怠。”“于民生不易”三讀皆“訓”之止詞。

証九　韓愈《毛穎傳》：“自結繩之代以及秦事，無不纂録陰陽、卜筮、占相、醫方、族氏、山經、地志、字書、圖書、九流、百家、天人之書，及至浮屠、老子、外國之説，皆所詳悉。”所，代名字，統指以上諸學。猶云詳悉自結繩之代云云諸學也，故“自結繩之代”以至“外國之説”四讀，皆爲“詳悉”之止詞。

右讀之爲止詞者。

証十　《左傳·宣公四年》：“狼子野心。是乃狼也，其可畜乎?”即云不可畜狼子野心之人。故“狼子野心”一讀，爲“畜”之止詞。而“是乃狼也”一讀，乃坿於止詞而爲之表詞者也。

証十一　《孟子》：“取諸人以爲善，是與人爲善者也。”“是與人爲善”一讀，乃句之表詞。

証十二　韓愈《送王塤序》云：“吾嘗以爲孔子之道大而能博，門弟子不能徧觀而盡識也，故學焉而皆得其性之所近。”此論門弟子學孔子之道。“門弟子”爲起詞。“孔子之道”爲止詞。而其中“大而能博”一讀，則坿於止詞而爲之表詞者也。

右讀之附於起、止兩詞爲表詞者。

証十三　《宣公十四年》：“楚子聞之，投袂而起，屨及於窒皇，劍及於寢門之外，車及於蒲胥之市。”後三讀，所以狀楚子投袂而起時之容也。

証十四　《襄公二十九年》：“夫子之在此也，猶燕之巢於幕上。”此中“燕巢幕上”一讀，狀其所在之危也。

証十五　《論語》：“其在宗廟朝廷，便便言，惟謹爾。”“其在宗廟朝廷”一讀，狀“便便言”之在何處。

証十六　韓愈《張中丞傳後序》：“雲來時，睢陽之人不食月餘矣。”此中“雲來時”一讀，乃狀“睢陽之人不食”之在何時。

証十七　又《上李尚書書》云："愈來京師，於今十五年，所見公卿大臣，不可勝數，皆能守官職，無過失而已。未見有赤心事上，憂國如閣下者。""於今十五年"一讀，乃狀"所見公卿大臣"云云之爲幾何時。愈所見者何？公卿大臣守官職無過失而已。所見者何？閣下赤心事上憂國也。故"公卿大臣"四讀，"赤心事上"兩讀，又各爲"見"字止詞也。

右讀之用爲狀字者。

凡讀皆含於句之内；然句亦有舍讀立者，非爲句之前後皆無讀也。惟句與句或自相聯屬，而前後之或有讀焉，亦不若句讀錯置犬牙者然也。然亦有非句非讀，而誦讀時辭氣應稍住者，姑以頓名之。

証一　《左傳·昭公十二年》："昔我先王熊繹與吕伋、王孫牟、燮父、禽父並事康王。"與，介字，後四本名四頓。

証二　句中有用"而"字、"則"字等連字注：凡字用以爲提承展轉字句者曰連字者，則"而"字、"則"字以上應頓讀。《論語》："弟子入/則孝，出/則弟。"雖三字爲讀，然"入"字"出"字必頓讀，神氣乃出。

証三　句中有"也"字、"者"字等助字者，則"也"字、"者"字必頓讀。《論語》："柴也/愚，參也/魯，師也/辟，由也/喭。""知者/動，仁者/静；知者/樂，仁者/壽。"雖三字句，然讀"也"字、"者"字必小作停頓，語氣自然之理也。

証四　《論語》："大哉！堯之爲君也。""大哉"，表詞，應頓讀。堯之爲君也，起詞。

証五　起詞往往爲意之所重，提置於先，讀時應略頓者。《史記·藺相如列傳》云："大王必欲急臣，臣頭今與璧俱碎矣。""臣頭"一頓，擲地有聲。如云"今臣頭與璧俱碎矣"，便弱。《淮陰侯列傳》云："今臣/敗亡之虜，何足以權大事乎？""今臣"一頓，有力。臣，起詞。敗亡之虜，"臣"之表詞。

証六　句中咏歎字，不頓讀，便失神理。《史記·廉頗列傳》云："吁！何見之晚也。"韓愈《張中丞傳後序》云："雖至愚者不忍爲。嗚呼！而謂遠之賢而爲之耶？"

要之句之所由成，至爲繁賾。舉一，三隅反，是則神而明之，存乎其人而已。不佞嘗謂誦讀不留心句讀，于古人句子妙處，便少體會。作文時，修辭定欠穩適。近日中小學校文字，不經教師改訂，鮮有三行四行能誦下順利者，往往意思匪不佳而句子冗長拙劣，不能與之相稱。此則平日不知留心句讀之過也。不佞素常讀書，務使讀之斷法與句之斷法，令人一聽便悉。于古人文字句法，略能窺得一二深際者，即以此也。亦既與諸生數數言之矣，抑不佞私有冀焉。嗣後中小學校國文讀本，著者儻於編選時，便依不佞上所云云，細分句讀，用・符頓・符讀豆○圈句絶處，俾學者童而習之，務使無些子含混。不佞知異日作文時受用決不在少處。此其有裨於學校爲功寧有涯哉！或曰："子厪剽賊馬氏之説爲已有，抑何言之不怍耶?"不佞則應之曰："馬氏之書，亦既刊行二十年於茲。徒以其書精深博大，綱舉目張，條例繁于牛毛，故讀者鮮有能卒業者。他不敢知，即以不佞知交中而論，研究文字者，頗亦不乏其人。不佞嘗勸之讀馬氏書，輙謂不終卷思卧，卒業者究不多覯。不佞去年著《國文教授私議》。刊《教育雜誌》中。於近日學校讀書之不分句讀，亦既略伸私意，而終之曰：'願天下之爲教師者，課餘之暇，細讀馬氏《文通》一週，自能明句讀之分。'則不佞無意於没馬氏之長以自爲明矣。"乃不佞近日參觀某師範附屬教授讀法。其隨口齊誦，句讀之不分，如俗所云"唸跨隔句"者，實屬不可枚舉。所謂模範小學者尚爾，他何望焉。茲不佞於馬氏之書，頗自謂薄舉而約取，纂要而鈎元，文字不及原著九十五分之一。而於馬氏此書之筋脉所在，實已足窺見一斑。中舉証例抉擇頗費匠心，願讀者細玩之。雖曰卑之無甚高論，亦庶幾卒讀易而程功於學子者不淺也。是馬氏之學，將有待昌明於予也。譬之傳道，馬氏則耶蘇，而不佞則其使徒也。庸何傷乎? 今"・"以符讀豆頓，"○"以圈句，圈識古人文字數篇於左。

甲　動於外物而後有作者。

（子）寫景之文柳宗元《小石城山記》

自西山道口徑北，踰黄茅嶺而下，有二道：其一、西出，尋之無所得。其一、少北而東，不過四十丈，土斷而川分，有積石横當其垠。其上，爲睥睨梁欐之形。其旁出堡塢，有若門焉。窺之正黑，投以小石，洞然有水聲。其響之激越，良久乃已。環之可上。望甚遠，無土壤而生嘉樹美箭，益奇而堅。其疏數偃仰，類智者所設施也。噫！吾疑造物者之有無久矣。及是愈以爲誠有，又怪其不爲之於中州，而列是夷狄，更千百年不得一售其技，是固勞而無用。神者，儻不宜如是，則其果無乎？或曰：“以慰夫賢而辱於此者。”或曰：“其氣之靈，不爲偉人，而獨爲是物。”故楚之南，少人而多石。是二者，余未信之。

（丑）紀事之文節録司馬遷《封禪書》

少君者，故深澤侯舍人，主方。匿其年及其生長，常自謂七十能使物却老。其游，以方徧諸侯。無妻子。人聞其能使物及不死，更饋遺之，常餘金錢衣食。人皆以爲不治生産而饒給，又不知其何人，愈信，争事之。少君資好方，善爲巧發奇中。嘗從武安侯飲，坐中有九十餘老人，少君乃言與其大父游射處。老人爲兒時，從其大父識其處。一坐盡驚。少君見上。上有古銅器，問少君。少君曰：“此器，齊桓公陳於柏寢。”已而按其刻，果齊桓公器。一宫盡駭，以爲少君神數佰歲人也。少君言上曰：“祠竈，則致物。致物，而丹砂可化爲黄金。黄金成以爲飲食器，則益壽。益壽而海中蓬萊仙者乃可見。見之，以封禪，則不死，黄帝是也。臣嘗游海上，見安期生。安期生食臣棗，大如瓜。安期生仙者，通蓬萊中。合，則見人；不合，則隱。”於是天子始親祀竈，遣方士入海求蓬萊安期之屬，而事化丹砂諸藥齊爲黄金矣。

乙　不假外物而自有作者。

（寅）表情之文司馬遷《孔子世家贊》

聖無能名，從何贊起？史公只就自己嚮往之忱着筆，最爲得體。

太史公曰：《詩》有之：“高山仰止，景行行止。”雖不能至，然心嚮往之。余讀孔氏書，想見其爲人。適魯，觀仲尼廟堂車服禮器，諸生以時習禮其家。余低回留之，不能去云。天下君王至於賢人衆矣。當時，則榮，殁，則已焉。孔子布衣傳十餘世。學者宗之。自天子王侯中國言六藝者，折中於夫子。可謂至聖矣！

（卯）推理之文韓愈《送高閑上人序》

苟可以寓其巧智，使機應於心，不挫其氣，則神完而守固。雖外物至，不膠於心。姚惜抱云：“機應於心，故物不膠於心，不挫於氣，故神完守固。韓公此言，本自狀所得於文事者，然以之論道亦然。牢籠萬物之態而物皆爲我用者，技之精也；曲應萬事之情而事循其天者，道之至也。必離去事物而後靜其心，是韓公所斥解外膠泊然者也。以是爲道，其道淺矣；以是爲技，其術粗矣。堯、舜、禹、湯治天下，養叔治射，庖丁治牛，師曠治音聲，扁鵲治病，僚之於丸，秋之於弈，伯倫之於酒，樂之終身不厭，奚暇外慕！夫外慕徙業者，皆不造其堂，不嚌其胾者也。往時張旭善草書，不治他技，喜怒窘窮，憂悲愉佚，怨恨思慕，酣醉無聊不平，有動於心，必於草書焉發之；觀於物，見山水崖谷，鳥獸蟲魚，草木之花實，日月列星，風雨水火，雷霆霹靂，歌舞戰鬭，天地事物之變，可喜可愕，一寓於書。故旭之書，變動猶鬼神，不可端倪，以此終其身而名後世。今閑之於草書，有旭之心哉？不得其心而逐其迹，未見能旭也。爲旭有道，利害必明，無遺錙銖，情炎於中，利欲鬭進，有得有喪，勃然不釋，然後一決於書，而後旭可幾也。今閑師浮屠氏，一死生，解外膠，是其爲心，必泊然無所起。其於世，必淡然無所嗜，泊與淡相遭，頽墮委靡，潰敗不可收拾，則於其事①得無象之然乎？然吾聞浮屠人善幻，多技能。閑如通其術，則吾不能知矣。

二曰分段落。欲明文章之結構，全在分清段落。歸震川云："作文如畫，全要界畫。"即此意也。細玩古人文字，要在開與合，而以起、承、轉、落諸筆爲之機捩，其道雖百世不能易也。不過文字用順筆便平，用逆筆便奇，故作者落筆，定不肯平拖順延。須知兔起鶻落，其來無端，其去無迹。震川評《史記》，謂大手筆，不過曰起頭處來得勇猛。而不佞則謂善爲文者，豈僅起頭處來得勇猛而已。承筆又似起筆，往往異軍突起，硬受突接，昔人所謂"紮硬塞"。打硬杖不許一字平挨。莽莽蒼蒼，兀岸無匹。而轉落處如懸崖墜石，一落千丈强，便令人心眩目駭，猝未易窺透何處是承，何處是轉落。是以讀古人文，於起滅轉接之間，覺有不可察識處，便細察其草蛇灰綫之迹，則近道矣。然非於文字段落上痛下一番工夫，未易幾也。玆先摘録古人文字起、承、轉、落筆法之佳者，而以勾劃段終之。

甲　起筆。震川謂起頭處來得勇猛。而自不佞觀之，則勇猛之道有三：有横空而來，猝不易覓端緒者；有擒題勁捷，如快刀劈下，絶無透閃處者；有用巨筆重壓，勢若泰山當頭者。

---

① 於其事，《全唐文》、《古文辭類纂》、《韩昌黎集》通行本均作"其於書"。

（子）橫空而來，猝不易覓得端緒者。　此等起法文境最高，未可以筆墨蹊徑求之。自古惟莊周最擅此勝，齊梁間諸人詞賦，亦往往有之。嗣後則韓退之稍稍能爲此種文字而已，餘不多見也。

証一　《莊子·逍遥遊》曰："北冥有魚，其名爲鯤。鯤之大，不知其幾千里也。化而爲鳥，其名爲鵬。鵬之背，不知其幾千里也；怒而飛，其翼若垂天之雲。是鳥也，海運則將徙於南冥。南冥者，天池也。《齊諧》者，志怪也。《齊諧》之言曰：'鵬之徙於南冥也，水擊三千里，摶扶摇而上者九萬里。去以六月息者也。'野馬也，塵埃也，生物之以息相吹也。天之蒼蒼，其正色耶？其遠而無所至極耶？其視下也，亦若是則已矣。"又《胠篋篇》曰："將胠篋探囊發匱之盜而爲守備，則必攝緘縢，固扃鐍，此世俗之所谓知也。然而巨盜至，則負匱揭篋擔囊而趨，惟恐緘縢扃鐍之不固也。然則鄉之所謂知者，不乃爲大盜積者也？故嘗試論之，世俗所謂知者，有不爲大盜積者乎？所謂聖者，有不爲大盜守者乎？何以知然耶？"其起筆迷離汪洋，輙令吾儕小儒瞠目結舌，不知云何？此其所以妙也。

証二　《韓非子·説難篇》曰："凡説之難，非吾知之有以説之之難也；又非吾辨之難，能明吾意之難也。又非吾敢横失能盡之難也。凡説之難：在知所説之心，可以吾説當之。"試觀劈頭數句，先將尋常人種種意思撇去，然後轉出自己主意。勢如狂風疾雨，令人目不暇瞬。如此爽心辣筆，近人那能夢見耶！

証三　梁江淹《恨賦》"試望平原，蔓草縈骨，拱木斂魂。人生到此，天道寧論"五句。又北周庾信《對燭賦》"龍沙雁塞甲應寒，天山月末客衣單。鐙前桁衣疑不亮，月下穿針覺最難"四句，起得蒼茫無端，令人思潮湧起，故佳！

証四　韓愈《應科目時與人書》曰："天地之濱，大江之濆，曰有怪物焉。"又《送温處士赴河陽軍序》曰："伯樂一過冀北之野，而馬群遂空。"皆以一句陡起。湘鄉曾文正公謂此種起法，造自韓公者，亦未之深考也。

（丑）擒題勁捷，如快刀劈下，無可透閃者。　此即所謂簡老初學作文字，筆下不能斬絶，往往拖泥帶水，糾纏不清。於此等處，最宜學步。

證一 《荀子·非十二子篇》："假今之世，飾邪説，文奸言，以梟亂天下，欺惑愚衆，矞宇嵬瑣，使天下混然不知是非治亂之所存者，有人矣。"觀他闢頭便喝出"非"的意思來，如迅雷不及掩耳，何等爽捷！

證二 梁江淹《别賦》曰："黯然銷魂者，惟别而已矣。"使他人賦此題，必有許多話頭，叙出聚首時情景反映出别字來。而此獨無情無緒，用單句提起，讀之便覺得千頭萬緒，一時無從説起，真是文心欲絶。

證三 韓愈《圬者王承福傳》："圬之爲伎，賤且勞者也。有業之，其色若自得者，聽其言，約而盡，問之，王其姓，承福其名。"起用逆筆説入，矗如峰峙，著墨雖自無多。而通篇大意，已逆攝入筆下，不惟王承福之姓名、職業、言動已一一詳悉無遺也。其用筆可謂精能矣。

證四 又《畫記》起筆直揭出"雜古今人物小畫共一卷"單句，蹴起下面三大段文字，可謂老幹無技。

（寅）用巨筆重壓，勢若泰山當頭者。 於碑誌文字最宜。以此項文字非筆力端重，鎮壓得紙不住也。

證一 賈生《過秦論》上、中、下三篇，實是一篇。太史公録入《秦本紀》末爲分篇可證。其上篇不過一論冒子，文長不具録。觀其千回百折，逼出著末一句斷案來。筆勢飛舞，如神龍夭矯，不可捉摸。而以"仁義不施而攻守道異"一句，驟然勒住，何等筆力！此所謂控勒生馬捉長蛇手也。然劉海峰謂古人行文，雖下作一語，如山崩峽流，覺攔當他不住。其妙只是個直的氣最重。予謂要得氣重，須便是字句下得重。此言實有至理，睹陸機《辨亡論上》，體制全仿《過秦上篇》而雄駿之氣不逮者，正以字句下得不重而無瑰字大句爲所驅遣也。

證二 韓愈《平淮西碑》："天以唐克肖其德，聖子神孫繼繼承承，於千萬年敬戒不怠，全付所覆，四海九州，罔有内外，悉主悉臣。"兩句起得垂紳正笏，如周公負成王負扆而朝諸侯，不大聲色而德意自遠，斯之謂端重。

證三　韓愈《司勳員外郎孔君墓誌銘》："昭義節度盧從史有賢佐曰孔君，諱戡，字君勝。從史爲不法，君陰争不從，則於會肆言以折之。從史羞，面頸發赤，折首伏氣不敢出一語以對，立爲君更令改章辭者前後累數什。坐則與從史説古今君臣父子道，順則受成福，逆輙危辱誅死；曰：'公當爲彼，不得爲此。'從史常聳聽喘汗。居五六歲，益驕，有悖語。君争，無改悔色，則悉引從事，空一府往争之。從史雖羞，退益甚！君泣語其徒曰：'吾所爲止於是，不能以有加矣！'遂以疾辭去，卧東都之東城，酒食伎樂之燕不與。當是時，天下以爲賢；論士之宜在天子左右者，皆曰孔君孔君云。"蓋孔君一生大節在强諫盧從史事，故起即提叙此事。用筆靈聳矯變，寫得異常酣猛。此是韓公筆力過人處。

乙　接筆。　湘鄉曾文正公謂："謀篇須層見疊出，不使人一覽而盡，而自首至尾，義緒一綫。"而不佞則謂其機括全在接筆。其接法亦不一，有横接者，有翻接者，有反接者，有逆接者，有倒接者，有遥接者。蓋横接、翻接推開去説。反接反過來説。逆接、遥接，迎過去説。倒接倒上來説。如此千轉萬變，謀篇自層出不窮，惟意思總須承上文説去，庶義緒不致兩岐。此正歸震川所謂"曉得文章掇頭"，千緒萬端文字便可做了也。最忌順接正接，筆勢便倒塌不振。

（子）横接。

證一　司馬遷《管晏列傳》："（上略。）管仲貧困，常欺鮑叔。鮑叔終善遇之，不以爲言。已而鮑叔事齊公子白。管仲事公子糾。及小白立爲桓公，公子糾死，管仲囚焉。鮑叔遂進管仲。管仲即用，任政於齊。齊桓公以霸，九合諸侯，一匡天下，管仲之謀也！管仲曰：'吾始困時，常與鮑叔賈，分財利多自與，鮑叔不以我爲貪，知我貧也。吾常爲鮑叔謀事，而更窮困，鮑叔不以我爲愚，知時有利不利也。吾嘗三仕三見逐於君，鮑叔不以我爲不肖，知我不遭時也。吾嘗三戰三走，鮑叔不以我爲怯，知我有老母也。公子糾死敗，召忽死之，吾幽囚受辱，鮑叔不以我爲無恥，知我不羞小節而恥功名不顯於天下也。生我者父母，知我者鮑子也。'鮑叔既進管仲，以身下之。子孫世禄於齊，有封邑者十餘世，常爲名大夫。天下不多管仲之賢，而多鮑叔能知人也。管仲既任政相齊”云云。使他人爲之，“管仲之謀也”句下，必直接“管仲既任政相齊”云云，而史公便不然，偏横插入“管仲曰”一段，借管仲口中叙述管鮑交誼，渲染一番，處處不恤誹薄自己，歸美鮑叔。然後將“鮑叔既進管仲”句，與“管仲既任政相齊”句，兩兩偶列，遥接“鮑叔遂進管仲，管仲即用任政於齊”兩句，不惟“管仲曰”一段文字横空插入如飛來峰，亦救轉“管仲貧困常欺鮑叔”一句。不然，管仲便説成個小人了，不惟埋没却鮑叔許多好處已也。此是史公文心細處，不可草草忽過。

証二　又《游俠列傳》：“（上略。）今游俠，其行雖不軌於正義，然其言必信，其行必果，已諾必誠，不愛其軀，赴士之阸困。既已存亡死生矣，而不矜其能，羞伐其德，蓋亦有足多者焉。且緩急，人之所時有也。太史公曰：昔者虞舜窘於井廩，伊尹負於鼎俎，傅説匿於傅險，吕尚困於棘津，夷吾桎梏，百里飯牛，仲尼畏匡，菜色陳、蔡。此皆學士所謂有道仁人也，猶然遭此菑，况以中材而涉亂世之末流乎？其遇害何可勝道哉！鄙人有言曰：‘何知仁義，已饗其利者，爲有德。’故伯夷醜周，餓死首陽山，而文、武不以其故貶王；跖、蹻暴戾，其徒誦義無窮。由此觀之，‘竊鈎者誅，竊國者侯，侯之門仁義存。’非虚言也。今拘學或抱咫尺之義，久孤於世，豈若卑論儕俗，與世沈浮而取榮名哉！而布衣之徒，設取予然諾，千里誦義，爲死不顧世，此亦有所長，非苟而已也。故士窮窘而得委命，此豈非人之所謂賢豪閒者耶？誠使鄉曲之俠，予季次、原憲比權量力”云云。設“亦有足多者焉”句下，直接“誠使鄉曲之俠”云云，便不過將儒俠兩兩比説。時手亦所能爲，偏横空接“且緩急人之所時有也？”一句頓起。下接“太史公曰”，將一肚皮不合時宜，盡情發洩，便覺文情鬱勃可愛，如聽寒馬長嘶。然意思仍是跟上“赴士之阸因”句來，與爲一綫。不然，名曰横接，文字便截成兩橛，上下不接，如諺所云“門檻不通矣”；此等處不可不知。

証三　楊雄《諫不許單于朝書》："（上略。）自是之後，匈奴震怖，益求和親，然而未肯稱臣也。且夫前世豈樂傾無量之費，役無罪之人，快心於狼望之北哉！以爲不一勞者，不久佚，不暫費者，不永寧。是以忍百萬之師以摧餓虎之喙，運府庫之財填盧山之壑而不悔也。至本始之初，匈奴有桀心"云云。照慣例"未肯稱臣也"句下直接"至本始之初"云云，未爲不可。此偏不然，乃横空插進"且夫前世"數句，寫出祖宗開邊經營苦心。然後接入"至本始之初"云云，叙述其如何"未肯稱臣"情形，便如渴虹飲水，霜隼搏空，瞥然一見，瞬息滅没，神力變態，轉更夭矯。

証四　曹植《與楊德祖書》："（上略。）辭賦小道，固未足以揄揚大義，彰示來世也。昔楊子雲，先朝執戟之臣，猶稱'壯夫不爲'也。吾雖德薄，位爲藩侯，猶庶幾戮力上國，流惠下民，建永世之業，留金石之功。豈徒以翰墨爲勳績，辭賦爲君子哉！（下略。）"使"辭賦小道，固未足以揄揚大義，彰示來世也"句下，逕接"吾雖德薄"云云，未嘗接不下去，然筆勢便平直少波瀾。此偏横接"昔揚子雲，先朝執戟之臣，猶稱壯夫不爲也"一句，反映出自己位分尤非等閒可比，文字何等雄駿。

証五　韓愈《後十九日復上宰相書》："（上略。）其既危且急矣，大其聲而疾呼矣。閣下其亦聞而見之矣，其將往而全之歟？抑將安而不救歟？有來言於閣下者曰：有觀溺於水而爇於火者，有可救之道而終莫之救也。閣下且以爲仁人乎哉？不然，若愈者，亦君子之所宜動心者也。或謂愈：子言則然"云云。不佞謂作文字最忌一覽無餘，即如此文"抑將安而不救歟"句後，便接"或謂愈子言"云云。非不文從字順，然而韓愈不爲也。乃横接"有來言於閣下者"云云，反詰受書者於意何如，已覺文字做得十分酣足。然而仍不接入"或謂愈子言"云云，重又反接"不然，若愈者"云云，硬斷定君子應動心，再接再厲，便覺波瀾疊生，不落平常蹊徑。

証六　歐陽修《豐樂亭記》："修既治滁之明年夏，始飲滁水而甘。問諸滁人，得於州南百步之近。其上豐山，聳然而特立；下則幽谷，窈然而深藏；中有清泉，滃然而仰出。俯仰左右，顧而樂之。於是疏泉鑿石，闢地以爲亭，而與滁人往游其間。”五句於作亭之緣起，亭之何在以及築法，與何等人往游，已一一詳記無遺，似無他話可説矣。看他偏有力量横接，“滁，於五代干戈之際，用武之地也”一句，高唱而入，開出下面一篇大文字來，何等沉雄淋漓！讀此覺天下無枯窘題。

証七　蘇軾《鼂錯論》：“（上略。）欲使天子自將，而己居守。且夫發七國之難者，誰乎？己欲求其名，安所逃其患？以自將之至危，與居守之至安”云云。不佞按“欲使天子自將，而己居守”句下，他人便當直接“以自將之至危”云云，此便是順接無氣力。今横插“且夫發七國之難者”兩句其間，頓覺文勢爲之一振。

（丑）翻接。

証一　楊雄《解嘲》：“（上略。）范雎，魏之亡命也；折脅拉髂，免於徽索。脅肩蹈背，扶服入橐，激卬萬乘之主，介涇陽，抵穰侯而代之，當也。蔡澤，山東之匹夫也。顩頤折頞，涕唾流沫，西揖彊秦之相，搤其咽而亢其氣，拊其背而奪其位，時也。天下已定，金革已平，都於洛陽。婁敬委輅脱輓，掉三寸之舌，建不拔之策[①]，舉中國徙之長安，適也。五帝垂典，三王傳禮，百世不易。叔孫通起於枹鼓，解甲投戈，遂作君臣之儀，得也。吕刑靡敝，秦法酷烈，聖漢權制而蕭何造律，宜也。故有造蕭何律於唐虞之世，則誖矣。有作叔孫通儀於夏殷之時，則惑矣。有建婁敬之策於成周之世，則乖矣。有談范蔡之説於金張許史之間，則狂矣。夫蕭規曹隨，留侯畫策，陳平出奇，功若泰山，響若阺隤，雖其人之膽智哉！亦會其時之可爲也。（下略。）”不佞按“范雎，魏之亡命”至“宜也”一段文字，直如雨打芭蕉，音節異常激楚。以下即逕接“夫蕭規曹隨”云云，詞意已無不足，然文字究嫌占實，故中間以“故有造蕭何律”云云。一段文字翻過來説以設言其非是又將如何，便覺通體空靈無占實處，此所謂文以翻空而易奇也。大抵翻接多假設之詞。

証二　范曄《後漢書·紀傳論》，尤慣用翻接法，如《皇后紀

---

① 策，原作“業”，今據《文選》、《全漢文》改。

論》："（上略。）登建嬪后，必先令德，内無出閫之言，權無私溺之授，可謂矯其弊矣。向使因設外戚之禁，編著甲令，改正后妃之制，貽厥方來，豈不休哉！雖御己有度，而防閑未篤，故孝章以下，漸用色授"云云。又《左雄傳論》："（上略。）張衡機術特妙，東京之士，於茲盛焉。向使廟堂納其高謀，疆埸宣其智力，帷幄容其蹇辭，舉措稟其成式，則武宣之軌，豈其遠而。《詩》云：'靡不有初，鮮克有終。'可爲恨哉！及孝桓之時，碩德繼興，陳蕃楊秉，處稱賢宰"云云。使《皇后紀論》之"可謂矯其弊矣"句後逕接"孝章以下"云云，《左雄傳論》之"於茲盛焉"句下逕接"及孝桓之時"云云，豈是接不下去而必中間横空著一段議論文字如所謂"向使"云云者。蓋"向使"一段以上，皆敘漢初之盛，而其下則漢之所由衰也。如中間不着此一段議論文，直是平鋪直敘，覺得毫無意致。惟翻空起一個論頭，爲之機捩，使筆勢矯變，堆砌盡化爲煙雲，無筆墨蹊痕可尋。豈偶然哉！

証三　韓愈《答崔立之書》："（上略。）夫所謂博學者，豈今之所謂者乎？夫所謂宏辭者，豈今之所謂者乎？誠使古之豪傑之士，若屈原、孟軻、司馬遷、相如、揚雄之徒，進於是選，必知其懷慚，乃不自進而已耳。設使與夫今之善進取者，競於蒙昧之中，僕必知其辱焉。然彼五子者，且使生於今之世，其道雖不顯於天下，其自負何如哉？肯與夫斗筲者決得失於一夫之目而爲之憂樂哉！（下略。）"觀其疊用"誠使"、"設使"以及"且使"三翻筆，寫出一肚子牢落，層層感憤，迸露紙上。

（寅）反接。

証一　《左傳·成二年》：賓媚人致賂。晉人不可，對曰："（中略。）今吾子求合諸侯以逞無疆之欲，詩曰：'布政優優，百禄是遒。'子實不優而棄百禄，諸侯何害焉？不然，寡君之命使臣，則有辭矣。曰：'子以君師辱於敝邑，不腆敝賦以犒從者。畏君之震，師徒撓敗。吾子惠徼齊國之福，不泯其社稷，使繼舊好，惟是先君之敝器、土地不敢愛。子又不許，請收合餘燼，背城借一。'"云云。使“諸侯何害焉”句下徑接“請背城借一”云云，便不覺得十分得勁。惟中間反接“不然，寡君之命使臣”一段文字，欣之以許和之利。然後轉入“不許，請背城借一”。兩兩比較，其利害一聽晉人自擇。語有軟硬，便令聞者自爾動聽。

證二　韓愈《與于襄陽書》：“士之能享大名，顯當世者，莫不有先達之士負天下之望者，爲之前焉；士之能垂休光照後世者，亦莫不有後進之士負天下之望者，爲之後焉。莫爲之前，雖美而不彰；莫爲之後，雖盛而不傳。是二人者，未始不相須也。（下略。）”不佞按“莫爲之前”四句，乃反接筆也。使“爲之後焉”句下直接“是二人者”云云，不惟筆力不足，亦覺得二人相須之殷，非到十分地步。事有以反證而愈明者，此類是也。

證三　歐陽修《縱囚論》：“（上略。）安知夫縱之去也。不意其必來以冀免，所以復來乎？夫意其必來而縱之，是上賊下之情也。意其必免而復來，是下賊上之心也。吾見上下交相賊以成此名也，烏有所謂施恩德與夫①知信義者哉！不然，太宗施恩德於天下，於兹六年矣。不能使小人不爲極惡大罪，而一日之恩，能使視死如歸而存信義，此又不通之論也。（下略。）”不佞按“安知夫縱之去”以至“知信義者哉”一段文字，尚似望空發論，無以間執太宗之口。今反接“不然”一段文字，便證得太宗無地可容，則亦事以反證益明之謂也。

（卯）逆接。

證　歐陽修《釋秘演詩集序》：“（上略。）曼卿爲人，廓然有大志。時人不能用其材，曼卿亦不屈以求合。無所放其意，則往往從布衣野老，酣嬉淋漓，顛倒而不厭。予疑所謂伏而不見者，庶幾狎而得之，故嘗喜從曼卿游，欲因以陰求天下奇士。浮圖祕演者，與曼卿交最久。”云云。觀其接入祕演，不云“欲因以陰求天下奇士，乃得浮圖祕演者”，從曼卿順接到祕演，乃轉接“浮圖祕演者”一

① 夫，原作“乎”，兹據《歐陽修全集》今通行本改。

句，迎合曼卿去説，便覺危峰矗起，筆勢突兀不平。

（辰）倒接。史家補叙、追叙多用此法。

証一　韓愈《柳子厚墓誌銘》：“（上略。）元和中，嘗例召至京師，又偕出爲刺史，而子厚得柳州。歎曰：‘是豈不足爲政耶？’因其土俗，爲設教禁，州人順賴。其俗以男女質錢，約不時贖，子本相侔，則没爲奴婢。子厚與設方計，悉令贖歸。其尤貧力不能者，令書其傭相當，則使歸其質。觀察使下其法於他州，比一歲，免而歸者，且千人。”此叙官柳州時事也。下曰：“衡湘以南爲進士者，皆以子厚爲師，其經承子厚口講指畫爲文字者，悉有法度可觀。”則總柳、永時事説也，是其歷官政績已一一叙畢矣。後又接“其召至京師而復爲刺史也”一句提起，乃欲補叙子厚“願以柳易播”一事，故重新倒接上“元和中，例召至京師又偕出爲刺史”句説去。

証二　王安石《給事中孔公墓誌銘》：“（上略。）於是人又度公且不得久居中，而公果出。初，開封府吏馮士元坐獄”云云。不佞按“初，開封府吏馮士元坐獄”云云，乃追叙公出之由。

（巳）遥接。

証　遥接與倒接最易混似，即如歐陽修《河南府司録張君墓表》：“明道二年八月壬寅以疾卒於官”云云。以下百數什言，叙改葬請銘事已畢，接曰“蓋君之卒距今二十有五年矣，初天聖、明道之間”云云，是則用倒接法追叙張君生時事也。自此以下二百言至“堯夫不余愧也”句，接曰“始君之葬”；又數十言至“可謂有後矣”句，接曰“自君卒後”，皆遥接也。玩本文可見，茲以文長不具録。

丙　轉筆。古人作文字，將轉未轉，必先之以頓挫，故爾摇曳多姿，所謂有往必收，無垂不縮也。

証一　《左傳·文公十七年》鄭子家與趙宣子書：“（上略。）以陳、蔡之密邇於楚，而不敢貳焉，則敝邑之故也。雖敝邑之事君，何以不免？（下略。）”不佞按“以陳、蔡之密邇於楚，而不敢貳焉，則敝邑之故也”，此句盡力揭出自己功勞，乃文字頓挫處，然後轉詰不免之故於晉，令人無辭置答。

証二 《史記・六國表序》："（上略。）論秦之德義，不如魯、衛之暴戾者；量秦之兵，不如三晉之强也。然卒併天下"云云。不佞按："論秦之德義"二句，極言秦之不足道，作一頓挫後，乃轉出"卒併天下"一句，愈顯得事出意外。

証三 司馬相如《諫獵書》："(上略。）是胡越起於轂下而羌夷接軫也，豈不殆哉？雖萬全無患，然本非天子之所宜近也。且夫清道而後行，中路而後馳，猶時有銜橛之變，而況涉乎蓬蒿"云云。使"豈不殆哉"句下，逕接"且夫清道而後行，中路而後馳，猶時有銜橛之變"一句，提起作一頓挫，然後轉落正面，已覺筆勢振拔異常。蓋武帝好陵阻險，射猛獸，事本可危。此偏有力量於"豈不殆哉"句下反接一筆曰"萬全無患"小作頓挫，然後轉出"非天子所宜近"一句。意猶云萬全無患，猶非天子宜近，更何論如下云云。然後再用提筆振起，作一頓挫，方纔轉落到正面。便覺筆筆騰擲而起，如書家所謂虎跳虎卧也。

証四 王生《與蓋寬饒書》："(上略。）今君不務循職而已。迺欲以太古久遠之事匡拂天子"云云。不佞按"今君不務"一句，竭言其循職已足，作一頓挫，則轉意之不然自顯。

証五 庾信《哀江南賦》："(上略。）論兵於江漢之君，拭玉於西河之主。於時朝野懽娱，池臺鐘鼓。里爲冠蓋，門成鄒魯。連茂苑於海陵，跨横塘於江浦。東門則鞭石成橋，南極則鑄銅爲柱。橘則園植萬株，竹則家封千户。西費浮玉，南琛没羽。吴歈越吟，荆豔楚舞。草木之遇陽春，魚龍之逢風雨。五十年中，江表無事。王歙爲和親之侯，班超爲定遠之使。馬武無預於甲兵，馮唐不論於將帥。豈知山嶽闇然，江湖潛沸"云云。不佞按此文"論兵江漢"兩句以上，皆信自叙家世通德，身廁禁近，無由接入哀江南事。忽有"於時"一段文氣颺開，極寫武帝時承平之盛，反跌出下面臺城之禍來。文章頓挫處，渲染既極壯觀，方纔轉出"山嶽闇然"兩句，自爾淒咽欲絶。

証六 韓愈《進學解》："（上略。）先生之業，可謂勤矣。(中略。）先生之於儒，可謂有勞矣。（中略。）先生之於文，可謂宏其中而肆其外矣。（中略。）先生之於爲人，可謂成矣。然而公不見信①於人，私不見助於友”云云。不佞按此文連用四“可謂云云矣”句，揚之不嫌九天，既已備極頓挫之致，則轉筆盡力一抑，自覺文情鬱勃可愛。

証七　歐陽修《樊侯廟災記》：“（上略。）方侯之參乘沛公，事危鴻門，振目一顧，使羽失氣，其勇力足有過人者，故後世言雄武稱樊將軍，宜其聰明正直，有遺靈矣。然盜之剸刃腹中，獨不能保其心腹腎腸哉！”惟“宜其總明正直，有遺靈矣”一句重頓有力，彌覺得轉筆兀岸不平。於此可悟文字之用以譏誹者，頓挫處不嫌盡力揚。即文字作褒譽用者，其頓挫處亦不嫌盡力抑。説在韓愈之論孟子也，曰：“楊子雲云：‘古者楊墨塞路。孟子辭而闢之，廓如也。’夫楊墨行，正道廢。（中略。）孟子雖賢聖，不得位，空言無施，雖切何補？然賴其言，而今學者，尚知宗孔氏，崇仁義，貴王賤霸而已。其大經大法，皆亡滅而不救，壞爛而不收，所謂存十一於千百，安在其能廓如也。”其駁斥揚子雲之言，可謂盡力一抑矣。而轉筆乃曰：“然向無孟氏，則皆服左衽而言侏離矣。故愈嘗推尊孟氏，以爲功不在禹下者，爲此也。”惟頓挫處盡力抑，愈襯得此處盡力揚，諺所謂“跌得不重，爬得不高”，即此理也。

如上云云，則將轉之必先以頓挫，固已。然古人作文字以鳴不平者，往往喜用排疊句法。有排疊作頓挫而排疊轉者，輒如驚風霹雨，一陣未終，一陣又至，令人目不暇瞬。又如禰正平《漁陽三撾》，繁音促節，聲聲入耳，激楚動人。此則文字之至神而非可以貌爲焉者也。

証一　李康《運命論》：“（上略。）夫以仲尼之才也，頓挫。而器不周於魯、衛。轉。以仲尼之辨也，頓挫。而言不行於定、哀。轉。以仲尼之謙也，頓挫。而見忌於子西。轉。以仲尼之仁也，頓挫。而取讐於恒、魋。轉。以仲尼之智也，頓挫。而屈阨於陳、蔡。轉。

① 原脱“信”字，謹據《韩昌黎集》補。

以仲尼之行也，頓挫。而招毁於叔孫。轉。夫道足以濟天下，頓挫。而不得貴於人。轉。言足以經萬世，頓挫。而不見信於時。轉。行足以應神明，頓挫。而不能彌綸於俗。轉。(下略。)”

證二　蘇軾《潮州韓文公廟碑》:“(上略。)故公之精誠能開衡嶽之雲，頓挫。而不能回憲宗之惑。轉。能馴鱷魚之暴，頓挫。而不能弭皇甫鎛、李逢吉之謗。轉。能信於南海之民，廟食百世，頓挫。而不能使其身一日安於朝廷之上。轉。(下略。)”

近人徒知文字用“也”、“矣”、“乎”、“哉”諸助字作頓挫，後綴以“然而”、“然而”、“而況”等連字者爲轉筆。而不知古人文字高處最在體簡辭足，用突語轉捩，一出一入，筆力蔪①然，乃爲能事，此則不可知也。

證一　《史記·滑稽列傳》:“(上略。)齊威王之時，(中略。)國且危亡，在於旦暮，左右莫敢諫。此句頓挫。淳于髠説之以隱轉。曰。(下略。)”

證二　江淹《恨賦》:“(上略。)至如秦帝按劍，諸侯西馳。削平天下，同文共規。華山爲城，紫淵爲池。雄圖既溢，武力未畢。方架黿鼉以爲梁，巡海右②以送日。頓挫。一旦魂斷，轉。宫車晚出。(下略。)”

證三　韓愈《尚書庫部郎中鄭君墓誌銘》:“(上略。)不爲翕翕熱，頓挫。亦不爲崖岸斬絶之行。轉。俸禄入門，與其所過逢，吹笙彈箏，飲酒舞歌，恢調醉呼，連日夜不厭，費盡不復顧問。或分挈以去，一無所愛，不爲後日毫髮計留也。頓挫。遇其空無時，轉。客至，清坐相看，或竟日不能設食，客主各自引退，亦不爲辭謝。(下略。)”又《試大理院評事王君墓誌銘》:“(上略。)見功業有道路可指取，有名節可以戾契致。頓挫。困於無資地，轉。不能自出，乃以干諸公貴人借助聲勢。頓挫。諸公貴人既志得，轉。皆樂熟軟媚耳目者，不喜聞生語，一見輒戒門以絶。(下略。)”觀其直轉直

---

① 蔪，當爲“嶄”之誤。

② 右，原誤作“石”，謹據《昭明文選》、《全梁文》改。

下，絶無辭費處，何等兀岸！湘鄉曾文正公謂讀韓文須玩其高足闊步、邁往不息之機，正於此等處見之。

證四　歐陽修《太常博士尹君墓誌銘》：“（上略。）能自晦藏，與人居，久而莫知。頓挫。至其一有所發，轉。則人必驚伏。其視世事若不干其意，頓挫。已而榷其情僞，轉。計其成敗，後多如其言。（下略。）”

觀此可悟古人文字轉捩處，匪必借助“然而”“然而”等連字。甚者其頓挫處之“也”、“乎”、“矣”、“哉”諸助字，亦無不損之又損。惟文必虚字備統指連字、助字言之。而後神態出。厘以實字砌成者，其婉轉咏歎神味，輒未易傳出，何可便爾節損？蓋上古文字初開，實字多而虚字少，典謨訓誥，其簡質故非後人可幾。然文法自是未備，至孔子之時，虚字詳備，作者神態畢出。《左氏傳》情韻並美，遂爲千古文章之祖。然後人摹爲之，輒於虚字上討生活，便覺枝蔓軟弱，少古人厚重之氣，自是後人文漸薄處，此亦無可如何之事。毋徒生今反古，因噎而廢食也。

作文字須如九曲武夷，引人入勝，則轉筆不嫌其多。惟不佞觀古人文字，有循環轉者，數轉之後仍歸結到本意者是也。有螺旋轉者，即所謂一層深似一層，最便推理。

證一　韓愈《應科目時與人書》：“天池之濱，大江之濆，曰有怪物焉，設喻突起。蓋非常鱗凡甲之品彙匹儔也。重頓一句，下凡七轉筆。其得水，一轉。變化風雨，上下於天不難也。頓宕。其不及水，兩轉。蓋尋常尺寸之間耳。無高山大陵，曠途絶險，爲之間隔也。頓宕。然窮涸不能自致於水，三轉。爲猵獺之笑者，蓋十八九矣。頓宕。如有力者，哀其窮而運轉之，四轉。揭出本意。蓋一舉手一投足之勞也。頓宕。然是物也，五轉。負其異於衆也。且曰：‘爛死於沙泥，吾寧樂之。若俛首帖耳，摇尾而乞憐者，非我之志也。’頓宕。是以有力者，遇之，熟視之，若無睹也。兩句小住蓄勢。今又有有力者，當其前矣。六轉。聊試仰首一鳴號焉，庸詎知有力者，不哀其窮，而忘一舉手一投足之勞，而轉之清波乎？七轉。歸到本意。其哀之，命也；其不哀之，亦命也；知其在命而且鳴號之者，亦命也。

三疊句總結上七轉。（下略。）”

証二　又《圬者王承福傳》：“（上略。）愈始聞而惑之，又從而思之。蓋賢者也，揭出賢者，一讚。蓋所謂獨善其身者也。然吾有譏焉，轉。謂其自爲也過多，其爲人也過少。其學楊朱之道者耶？楊之道，不肯拔我一毛而利天下。而夫人以有家爲勞心，不肯一動其心以畜其妻子。其肯勞其心以爲人乎哉！雖然，再轉。仍歸到賢者作結。其賢於世之患不得而患失之者，以濟其生之欲，貪邪而亡道以喪其身者，其亦遠矣。（下略。）”

証三　歐陽修《黄夢升墓誌銘》：“（上略。）黄氏世爲江南大族，自其祖父以來，素以家貲賑鄉里，多聚書，以招延四方之士。夢升兄弟皆好學，尤以文章意氣自豪。提掇。予少家隨州，夢升從其兄茂宗官於隨。予爲童子，立諸兄側，見夢升年十七八，眉目明秀，善飲酒談笑。予雖幼，心已獨奇夢升。頓宕。後七年，轉。以下敘夢升之始衰。予與夢升皆舉進士於京師。夢升得丙科，初任興國軍永興主簿。時予謫夷陵令，遇之於江陵。夢升顔色憔悴，初不可識，頓宕。久而握手嘘嚱，再轉。仍歸到文章意氣自豪。相飲以酒，夜醉起舞，歌呼大噱。予益悲夢升志雖衰而少時意氣尚在也。後二年，予徙乾德令，夢升復調南陽主簿，又遇之於鄧間，嘗問其平生所爲文章幾何？夢升慨然歎曰：‘吾已諱之矣。窮達有命，非世之人不知我，我羞道於世人也。’求之不肯出。頓宕。遂飲之酒，復大醉起舞歌呼，因笑曰：‘子知我者。’乃肯出其文。讀之博辨雄偉，意氣奔放，若不可禦。予又益悲夢升志雖困而文章未衰也。（下略。）”

右循環轉者。

証四　歐陽修《唐書·藝文志序》：“（上略。）六經之道，簡嚴易直而天人備，故其愈久而益明。其餘作者，衆矣。頓宕。質之聖人，轉。或離或合，然其精深閎博，再轉。各盡其術。而怪奇偉麗，往往震發於其間。此所以使好奇愛博者，不能忘也。頓宕。然凋零磨滅，三轉。不可勝數。豈其華文少實，不足以行遠歟？頓宕。而俚言俗説，四轉。猥有存者，亦其有幸有不幸歟？（下略。）”觀其一轉一意，無一同者，如螺旋愈推愈進。識得此種作法，自覺意緒相引無窮。

証五　蘇洵《易論》："（上略。）生民之初，無貴賤，無尊卑，無長幼，不耕而不飢，不蠶而不寒，故其民逸。民之苦勞而樂逸也，接。若水之走下。頓宕。而聖人者，轉。獨爲之君臣而使天下貴役賤，爲之父母而使天下尊役卑，爲之兄弟而使天下長役幼，蠶而後衣，耕而後食，率天下而勞之。一聖人之力，固非足以勝天下之民之衆，頓宕。而其所以能奪其樂而易之以其所苦。再轉。而天下之民，亦遂肯棄逸而即勞，欣然戴之以爲君師，而遵蹈其法制者，禮則使然也。聖人之始作禮也，其説曰：天下無貴賤，無尊卑，無長幼，是人之相殺無已也。不耕而食鳥獸之肉，不蠶而衣鳥獸之皮，是鳥獸與人相食無已也。有貴賤，有尊卑，有長幼，則人不相殺。食吾之所耕，而衣吾之所蠶，則鳥獸與人不相食。人之好生也甚於逸，而惡死也甚於勞。聖人奪其逸死而與之勞生，此雖三尺竪子，知所趨避矣。頓宕。故其道之所以信於天下而不可廢者，礼爲之明也。雖然，三轉。明則易達，易達則褻，褻則易廢，聖人懼其道之廢而天下復於亂也。然後作《易》，觀天地之象以爲爻，通陰陽之變以爲卦，考鬼神之情以爲辭。探之茫茫，索之冥冥，童而習之，白首而不得其源。故天下視聖人如神之幽，如天之高，尊其人而其教亦隨而尊。故其道之所以尊於天下而不敢廢者，《易》爲之幽也。（下略。）"

右螺旋轉者。

丁　落筆。一名束法，有六式焉。曰倒截，曰反收，曰豫吞，曰迴應，曰縮合，曰總束。

（子）倒截。　此如倒曳牛尾，止使不得前行。非力量過人，未易爲此。

証　韓愈《張中丞傳後序》："（上略。）嵩，貞元初死於亳、宋間。或傳嵩有田在亳、宋間，武人奪而有之。嵩將詣州訟理，爲所殺。嵩無子。張籍云。"不佞按"張籍云"三字，本是起筆，應置在“嵩貞元初”句之前。此偏綴在文尾作束筆，便是倒截法。

（丑）反收。　收筆與主旨相反。

證一　班彪《王命論》：“（上略。）帝王之祚，必有明聖顯懿之德，豐功厚利積累之業。然後精誠通於神明，流澤加於生民，故爲鬼神所福饗，天下所歸往。主旨。未見運世無本，功德不紀，而得倔起在此位者也。反收。（下略。）”

證二　邱遲《與陳伯之書》：“（上略。）暮春三月，江南草長。雜花生樹，群鶯亂飛。見故國之旗鼓，感生平於疇日。撫弦登陴，豈不愴恨①！所以廉公之思趙將，吴子之泣西河，人之情也。主旨。將軍獨無情哉？（下略。）”不佞按：眷念宗邦，人同此心。此偏反言以激之。

證三　韓愈《圬者王承福傳》：“（上略。）吾之心閔焉。是故擇其力之可能者行焉，主旨。樂富貴而悲貧賤，我豈異於人哉！反收。（下略。）”不佞按：王承福口中明明是説自己閔富貴之難守，故樂貧以食其力。收筆偏説樂富貴悲貧賤不異於人，此其所以爲相反也。

（寅）豫吞。此最是精神旺處，與一直下者不同。文章往往有小作結束爲下文蓄勢布遠陣者，此類是也。司馬遷尤多此法。湘鄉曾文正公謂太史公文，每於提掇關鎖處，有筆所未到氣已吞之勢，正於此等處見之。

證一　《史記·秦楚之際月表序》：“太史公讀秦楚之際，曰：初作難，發於陳涉；虐戾滅秦，自項氏；撥亂誅暴，平定海内，卒踐帝祚，成於漢家。五年之間，號令三嬗。自生民以來，未始有受命若斯之亟也。束上開下，“未始有”三字直貫到“合從討伐，軼於三代”句。昔虞夏之興，積善累功數十年，德洽百姓，攝行政事，考之於天，然後在位。湯、武之王乃由契、后稷脩仁行義十餘世，不期而會孟津八百諸侯，猶以爲未可，其後乃放弑。秦起襄公，章於文、繆，獻、孝之後，稍以蠶食六國，百有餘載，至始皇乃能并冠帶之倫。以德若彼，用力如此，蓋一統若斯之難也。“若斯之難”針對“若

① 恨，《昭明文選》、《全梁文》均作“悢”。

斯之亟"，此是史公文心細處。秦既稱帝，患兵革不休，以有諸侯也，於是無尺土之封，墮壞名城，銷鋒鏑，鉏豪傑，維萬世之安。頓宕。然王迹之興，轉。起於閭巷，合從討伐，軼於三代。（下略。）"

証二 《史記·高祖功臣年表序》："（上略。）封爵之誓曰：'使河如帶，泰山如礪，國以永寧，爰及苗裔。'始未嘗不欲固其根本，而枝葉稍陵夷衰微也。余讀高祖侯功臣，察其首封，所以失之者，曰：'異哉所聞！'此句束上起下，直貫到"何必舊聞"句。《書》曰'協和萬國'，遷于夏、商，或數千歲。蓋周封八百，幽、厲之後，見於《春秋》。《尚書》有唐虞之侯伯，歷三代千有餘載，自全以蕃衛天子，豈非篤於仁義，奉上法哉？用跌筆束上起下，直貫到"坐法隕命"句，此亦豫吞法也。漢興，功臣受封者百有餘人。天下初定，故大城名都散亡，户口可得而數者十二三，是以大侯不過萬家，小者五六百户。後數世，民咸歸鄉里，户益息，蕭、曹、絳、灌之屬，或至四萬，小侯自倍，富厚如之。子孫驕溢，忘其先，淫嬖。至太初，百年之間，見侯五，餘皆坐法隕命，亡國，秏矣。罔亦少密焉，然皆身無兢兢於當世之禁云。居今之世，志古之道，所以自鏡也，未必盡同。帝王者，各殊禮而異務，要以成功爲統紀，豈可緄乎？觀其所以得尊寵，及所以廢辱，亦當世得失之林也，何必舊聞？（下略。）"

証三 《史記·管晏列傳》："（上略。）齊桓公以霸，九合諸侯，一匡天下，管仲之謀也。此句束上開下。（中略。）管仲既任政相齊，遥接。重提寫管仲如何謀決。以區區之齊在海濱，通貨積財，富國强兵，與俗同好惡。故其稱曰：'倉廩實而知禮節，衣食足而知榮辱，上服度則六親固。四維不張，國乃滅亡。下令如流水之源，令順民心。'故論卑而易行。俗之所欲，因而與之；俗之所否，因而去之。其爲政也，提掇。看他將筆法變换，連下三"因"，而將管仲之謀寫得十分酣足。善因禍而爲福，轉敗而爲功。貴輕重，慎權衡。桓公實怒少姬，南襲蔡，管仲因而伐楚，責包茅不入貢於周室。公實北征山戎，管仲因而令燕修召公之政。於柯之會，桓公欲背曹沫之盟，管仲因而信之，諸侯由是歸齊。故曰：知與之爲取，政之寶也。（下略。）”此段可與接筆項証參觀。

証四　《史記·魏公子列傳》：“（上略。）公子爲人，仁而下士。士無賢不肖，皆謙而禮交之，不敢以其富貴驕士。士以此方數千里爭往歸之，致食客數千人。當是時，諸侯以公子賢，多客，不敢加兵謀魏十餘年。（下略。）”不佞按：“當是時諸侯”句束上起下，直兜到邯鄲救趙公子留趙之時，秦聞公子在趙，日夜出兵伐魏，公子趣駕救，抑秦兵不出數百行文字，皆以此一句蹴起，可謂筆力絶大。茲以文長不具録。

（卯）迴應。　迴應適與豫吞相韋。蓋豫吞者，以束筆而豫吞下段數十百行文字，而迴應則以束筆而迴應起筆文字也。孫武論用兵，謂譬如率然，擊首尾應，擊尾首應，擊中則首尾應。不佞則謂文章之道視之矣，蓋迴應尤其顯而易見者，此不必一篇也。即一段亦有之。

証一　蘇軾《方山子傳》：“（上略。）方山子，光、黄間隱人也。伏案。少時慕朱家、郭解爲人，閭里之俠皆宗之。稍壯，折節讀書，欲以此馳騁當世。然終不遇，晚乃遯於光、黄間，曰岐亭。庵居蔬食，不與世相聞；棄車馬，毁冠服，徒步往來山中，人莫識也。見其所着帽，方聳而高，曰：‘此豈古方山冠之遺像乎？’因謂之方山子。迴應“光黄間”與起筆“方山子”三字，此一段之束筆也。（中略。）余聞光、黄間多異人，迴應“光黄間異人”五字，此一篇之束筆也。往往佯狂垢汙，不可得而見。方山子儻見之歟？”

証二　王安石《泰州海陵縣主簿許君墓誌銘》：“（上略。）士故有離世異俗，獨行其意，罵譏笑侮、困辱而不悔。彼皆無衆人之求，而有所待於後世者也，伏案。其齟齬固宜。若夫智謀功名之士，窺時俯仰以赴勢物之會，而輒不遇者，乃亦不可勝數。辨足以移萬物，而窮於用説之時，謀足以奪三軍，而辱於右武之國，此又何説哉？嗟夫！彼有所待而不悔者，其知之矣。迴應起筆。（下略。）”文字之有迴應，不必於束筆見之。蓋無往不復有唱斯□天地自然之理，必至之符也。茲特於束筆見之端耳。

（辰）綰合。　此特於設喻或借證他事時爲之，蓋取所喻或所證之事物，於收束時，綰合到本事上也。

証一　《左傳·哀公元年》：“（上略。）吴王夫差敗越夫椒，將許之成。伍員曰：‘不可。’（中略。）昔有過澆，殺斟灌以伐斟鄩，滅夏后相。后緡有娠，逃出自竇，歸於有仍，生少康焉。（中略。）有田一成，有衆一旅。（中略。）遂滅過、戈，復禹之績。以上借少康事來証。（中略。）今吴不如過而越大於少康，或將豐之，不亦難乎？綰合。（下略。）”

証二　李斯《諫逐客書》：“（上略。）今陛下致崑山之玉，有隨①和之寶，垂明月之珠，服太阿之劍，乘纖離之馬，建翠鳳之旗，樹靈鼉之鼓。此數寶者，秦不生一焉，設喻。而陛下説之，何也？（中略。）快意當前適觀而已矣。頓宕。今取人則不然，轉。不問可否，不論曲直，非秦者去，爲客者逐。然則是所重者，在乎色樂珠玉，而所輕者在乎人民也。綰合。”

証三　韓愈《送楊少尹序》：“昔疏廣受二子，以年老一朝辭位而去，於時公卿設供張，祖道都門外，車數百兩，道路觀者，都歎息泣下，共言其賢。漢史既傳其事，而後世工畫者，又圖其跡，至今照人耳目，赫赫若前日事。以上借二疏事引起。國子司業楊君巨源，方以能詩訓後進，一旦以年滿七十，亦白丞相去歸其鄉。世常説古今人不相及。今楊與二疏，其意豈異也？綰合。（下略。）”

（巳）總束。　一段有一段之總束，一篇有一篇之總束。

証一　漢景帝後二年《令二千石修職詔》：“雕文刻鏤，傷農事者也；錦繡纂組，害女紅者也。農事傷，則飢之本也；女紅害，則寒之原也。分開説。夫飢寒並至而能亡爲非者，寡矣。推勘一筆，總束。（下略。）”

証二　蘇軾《表忠觀碑》：“（上略。）謹按故武肅王②鏐始以鄉

---

① “隨”原誤作“垂”，謹據《全秦文》改。

② 原脱“王”字。

兵破走黄巢，名聞江淮。復以八都兵討劉漢宏，并越州，以奉董昌而自居於杭。及昌以越畔，則誅昌而併越，盡有浙東西之地，傳其子文穆王元瓘。至其孫忠顯王仁佐，遂破李景兵，取福州。而仁佐之弟忠懿王俶，又大出兵攻景，以迎周世宗之師。其後卒以國入覲。三世四王，與五代相終始。總束。（下略。）"

右一段之總束。

證三　劉向《論起昌陵疏》，于篇尾總括上所稱引爲一結束。曰："惟陛下上覽明聖黄帝、堯、舜、禹、湯、文、武、周公、仲尼之制，下觀賢知穆公、延陵、樗里、張釋之之意。孝文皇帝去墳薄葬，以儉安神，可以爲則；秦昭、始皇，增山厚臧，以侈生害，足以爲戒。初陵之撫，宜從公卿大夫之議，以息衆庶。"

證四　谷永《訟陳湯疏》尾："（上略。）竊恐陛下忽於鼓鼙之聲，不察《周書》之意，而忘帷蓋之施，庸臣遇湯，卒從吏議，使百姓介然有秦民之恨，非所以厲死難之臣也。"亦總括前所稱引而有云。

證五　班彪《王命論》篇末有曰："歷古今之得失，驗行事之成敗，稽帝王之世運，驗五者之所謂，取舍不厭斯位，符瑞不同斯度。而苟昧權利，越次妄據，外不量力，内不知命，則必喪保家之主，失天年之壽。遇折足之凶，伏斧鉞之誅。英雄誠知覺悟，畏若禍戒，超然遠覽，淵然深識。收陵嬰之明分，絶信布之覬覦，距逐鹿之瞽説，審神器之有授。毋貪不可冀，爲二母之所笑，則福祚流於子孫，天禄其永終矣！"亦一篇總束筆也。

證六　諸葛亮《前出師表》尾："願陛下托臣以討賊興復之效，不效則治臣之罪，以告先帝之靈。若無興德之言，則責攸之、禕、允等之咎，以彰其慢。陛下亦宜自謀以咨諏善道，察納雅言，深追先帝遺詔。"云云。此中"討賊興復"一層，"興德之言"一層，"陛下自謀"一層，實通體總束處。而以"深追先帝遺詔"一語括之，遥與起首"光先帝遺德"句相映。

右一篇之總束。不佞按東西兩京人文字，往往雜引故事，錯綜爲之謀篇，了若不經意，而篇尾結束無不滴滴歸源。不佞嘗謂其愈粗枝大葉，愈細針密縷，正以此也。上引四篇，須取本文通讀之，乃見其妙。茲以文長不具録。

右論文字之起、承、轉、落備矣。遂可依此而分段落乎？而不佞則應之曰：言不可若是其幾也，西儒謂大地民群，亡慮萬數，而其國土之分合，疆宇之犬錯，雖更端不可以臆計。譬之紙畫大小諸圓圈，或相離立，或相交互，或邊相切，或大裹小，而小緣大，錯綜之中又錯綜焉。不佞則謂文字中起、承、轉、合之錯落，亦猶是也。蓋一篇有一篇之起、承、轉、合，或甲段之起、承、轉、合，與乙之起、承、轉、合相交錯，或用其二三而緩其一二，四者不必具備。夫豈片言隻辭所能盡，而要之意無不舉。言乃有既，終亦不能不爲篇幅所垠①止，猶之紛紜萬國不能越方輿而錯互也。且古人文字之妙，貴意而不貴辭，必先有一番理致鬱勃胸中而不自已，然後能條貫以出之，沛然而莫之禦，是則法其後起焉者也。故即以文字之一段落言之，亦蘄於意盡而止，非徒可以起、承、轉、落諸法拘也。雖然，使誠起、承、轉、落之不明，終亦無由明古人條貫而出之何途之從，而知段落之如何分，則尤一定不易之理也。惟是知段落之所由分矣，即段落間所有習見句之四式，採馬氏之説。介於起、承、轉、落四者之間。所以充乎其中者，似亦不可不知也。

（子）排句而意無軒輊者。　凡有數句，其字數略同，而句意又相類，或排兩句，或疊數句，經籍中最習用也。間以狀字、連字介于句中連絡而呼應之。

証一　《論語》："君子喻於義，小人喻於利。"

証二　又："（上略。）冠者五六人，童子六七人，浴乎沂，風乎舞雩，詠而歸。（下略。）"

証三　《穀梁・僖二年》："（上略。）且夫玩好在耳目之前，而患在一國之後。（下略。）"兩句連以"而"字。

証四　《史記・藺相如列傳》："（上略。）秦亦不以城與趙，趙

① "垠"疑當作"艮"。

亦終不予秦璧。(下略。)”此兩句連以“亦”字。

証五　楊雄《諫不許單于朝書》:“(上略。)外國天性忿鷙，形容魁健，怙力負氣，難化以善，易隸以惡，其強難詘，其和難得。故未服之時，勞師遠攻，傾國殫貨，伏尸流血，破堅拔敵，如彼之難也。既服之後，慰薦撫循，交接賂遺，威儀俯仰，如此之備也。(下略。)”

証六　韓愈《與于①襄陽書》:“(上略。)世之齷齪者，既不能以語之；磊落奇偉之人，又不能聽焉。(下略。)”

(丑)疊句而意別淺深者。　疊句有似排句，其格式相似，其字數略等，惟意別淺深而有軒輊之不同耳。

証一　《左傳·隱元年》:“(上略。)蔓草猶不可除，况君之寵弟乎?(下略。)”“猶”、“况”二字相比。不佞按“况”字後所有語詞往往陰涵而不見者什有九。

証二　又《昭元年》:“(上略。)不寧惟是，又使圍蒙其先君，將不得爲寡君老。(下略。)”

証三　賈誼《陳政事疏》:“(上略。)欲諸王之皆忠附，則莫若令如長沙王。欲臣子之勿菹醢，則莫若令如樊酈等。欲天下之治安，莫若衆建諸侯而少其力。(下略。)”

証四　又《陳政事疏》:“(上略。)然尚有可諉者，曰疏。臣請試言其親者。(下略。)”

証五　《史記·平準書》:“(上略。)非獨羊也，治民亦猶是也。(下略。)”

(寅)兩商之句。

証一　《公羊·隱二年》:“宣公謂穆公曰：以吾愛與夷，則不若愛女；以爲社稷宗廟主，則與夷不若女。(下略。)”

証二 楊惲《報孫會宗書》:“(上略。)言鄙陋之愚心，若逆指

---

① 原脱“于”字。

而文①過；默而息乎，恐違孔氏各言爾志之意。（下略。）”

（卯）反正之句。即前後句意義相違，中假連字以捩轉也。然捩轉不用連字者亦往往有之，詳轉筆中。

証一 《秦策》：“（上略。）無刺一虎之勞，而有刺兩虎之名。（下略。）”

証二 《漢書·霍光傳》：“（上略。）光爲師保，雖周公、阿衡，何以加此！然光不學無術，闇於大理。（下略。）”

証三 韓愈《讀荀子》：“（上略。）考其辭，時若不粹，要其歸，與孔子異者鮮矣！（下略。）”

此句之四式之大凡也。惟此四式，要皆施於段落之中。以不佞所睹記，排句用於起筆、承筆；疊句用於承、轉之筆、束筆；兩商之句，用於承筆；反正之句，用於轉筆。夫各有所當也。學者貴能心知其意而得會通焉可耳。兹“∟”以勾章，即一篇之大段落。“｜”以截節，即一大段落之小段落。而勾識古人文字數首於左：

甲 動於外物而後有作者。

（子）寫景之文吴均《與宋元思書》

風烟俱淨，天山共色。從流飄蕩，任意東西。」起。自富陽至桐廬，一百許里，奇山異水，天下獨絶。｜總領起。水皆縹碧，千丈見底。游魚細石，直視無碍。急湍甚箭，猛浪若奔。｜以上水。夾岸高山，跟水接入山。皆生寒樹。負勢競上，互相軒邈；争高直指，千百成峰。泉水激石，映帶水一筆。泠泠作響。好鳥相鳴，嚶嚶成韻。蟬則千轉不窮；猨則百叫無絶。鳶飛戾天者，望峰息心；經綸世務者，窺谷望反。横柯上蔽，在晝猶昏。疏條交映，有時見日。」以上山。

（丑）紀事之文韓愈《藍田縣丞廳壁記》

丞之職所以貳令，於一邑無所不當問。｜起，頓宕。其下主簿、尉，承。主簿、尉乃有分職。｜丞，位高而偪，轉。例以嫌不可否事。文書行，吏抱成案詣丞，卷其前，鉗左手，右手摘紙尾，雁鶩行以進，平立睨丞曰：“當

① “文”原誤作“之”，謹照《昭明文選》、《全漢文》改。

署。”丞涉筆占位署惟謹，目吏問可不可，吏曰得則退，不敢略省，漫不知何事。官雖尊，力勢反出主簿、尉下，合。諺數慢，必曰丞，至以相訾謷。丞之設/豈端使然哉!」反束。以上言丞之積爲人輕。博陵崔斯立，種學積文，以畜其有，起。泓涵演迤，日大以肆。｜頓宕。貞元初，挾其能，戰藝於京師，跟上轉。再進，再屈於人。元和初，以前大理評事言得失，再轉而爲丞兹邑。始至，喟曰："官無卑，顧材不足率職。"頓宕。既噤不得施用，再轉。又喟曰："丞哉丞哉！予不負丞，而丞負予。"則盡枿其牙角，一躡故迹，合。破崖岸而爲之。」以上記斯立之爲丞。丞廳故有記，壞漏污不可讀，起。斯立易桷與瓦，承。墁治壁，悉書前任人名氏。以上記斯立之治廳壁。庭有老槐四行，南墻鉅竹千梃，儼立若相持，水㶁㶁循除鳴，起。斯立痛掃溉，承。對樹二松，日哦其間。有問者，輒對曰："余方有公事，子姑去。"」以上言斯立之枿牙角。

乙　不假外物而自有作者。

（寅）表情之文歐陽修《祭石曼卿文》

嗚呼曼卿！生而爲英，死而爲靈。起。其同乎萬物生，承。死而復歸無物者，暫聚之形；不與萬物共盡，而卓然其不朽者，後世之名。｜此自古聖賢，莫不皆然。合。而著在簡册者，昭如日星。」束。以上言其死而不朽。嗚呼曼卿！吾不見子久矣，猶能髣髴子之生平。起。其軒昂磊落，承。突兀崢嶸，而埋藏於地下者，意其不化爲朽壤而爲金玉之精。頓宕。不然，反接。生長松之千尺，産靈芝而九莖。｜頓宕。奈何荒烟野草，轉。荆棘縱横。風棲露下，走燐飛螢。但見牧童樵叟歌吟而上下，與夫驚禽駭獸躑躅而伊嚶。今固如此，更千秋而萬歲兮①，又安知其不穴藏狐貉與鼯鼪？此自古聖賢亦皆然兮，合。獨不見夫纍纍乎曠野與荒城。束。以上悲其死後荒涼。嗚呼曼卿！盛衰之理，吾固知其如此。」頓宕。而感念疇昔，轉。悲涼淒愴，不覺臨風而隕涕者，有愧乎大上之忘情!」束。以上叙己之情。

（卯）推理之文歸有光《張雄字説》

張雄既冠，請字於余。｜起。余辱爲賓，承。不可以辭，則字之曰子谿。」起。以上叙字雄。聞之老子云："知其雄，守其雌，爲天下谿。""常德不

---

① "兮"原譌作"分"，謹據《古文辭類纂》改。

離，復歸於嬰兒。"」□引《老子》。此言人有勝人之德，承明。而操之以不敢勝人之心。德處天下之上，而禮居天下之下，若谿之能受而水歸之也。不失其常德而復歸於嬰兒，人己之勝心不生，則致柔之極矣。」束。以上引申老子之説。人居天地之間，其才智稍異於人，常有加於愚不肖之心。其才智彌大，其加彌甚。故愚不肖常至於不勝而求反之。」起。天下之争，逆接有力。始於愚不肖之不勝。是以古之君子，有高天下之才智，而退然不敢以有所加，而天下卒莫之勝，則其致柔之極也。然則雄必能守其雌，合。是謂天下之谿。束。點明主旨。不能守雌，反接。結束全篇。不能爲天下谿，不足以稱雄於天下。

三曰審篇法。湘鄉曾文正公謂："讀古人文，須尋一篇義緒、脈絡、反正賓主、輕重淺深、前後疏密、詳略縱擒、分合明暗、斷續承卸轉接處。"此即不佞所謂審篇法也。顧篇法講求，不厭精詳。而所以爲之符識者，苟必欲與之相應，勢且繁牛毛，苛細繳繞，徒亂人意，誠不如疏綱潤目之爲一目了如也。玆以不佞言之，則審篇法之要有四：

（甲）一篇主旨所在，用單豎如 | 符於句側識之。昔人嘗譬篇法之妙，如置陣然，雖有百萬之師，而中堅所集不過數千人，其餘則去中軍或數里，或十餘里，任吾指揮，無不如意。不善用兵者，置於一處，不戰而囂，故往往一敗而不救。行文之法，雖盈篇累牘，而其注意所在，恒不過數十百言，餘不過從旁敲擊，推波助瀾而已。故閲古人文字，必先審其主旨所在，譬如萬山旁薄，必有主峰，龍袞九章，但挈一領。明人侯朝宗謂："行文之旨，全在裁制，無論細大，皆可驅遣。當其間漫纖碎處，反宜動色而陳①，鑿鑿娓娓，使讀者見其關係，尋繹不倦。至大議論人人能解者，不過數語發揮，便宜控馭歸於含蓄。若當快意時，聽其縱横，必一瀉無復餘地矣！譬如渴虹飲水，霜隼搏空，瞥然一見，瞬息滅没，神力變態，轉更夭矯。"湘鄉曾文正公謂："作文從四面寫來，似無倫次，如入漢武帝建章宫，隋煬帝迷樓，而正言止瞥然一見，在空際蕩漾，恍若大海中日影，空中雷聲。"其言可謂深得此中三昧者也。必於此參透消息，乃能於文字有所悟入。

（乙）通篇前後呼應處，用連三角形如△△△符於句側識之。古人文字前

---

① "陳"原譌作"練"。

後聯絡呼應處，往往有不必爲主旨所在者。蓋一篇主旨所在，譬之畫龍之點睛，睛點不可太多，或舉一篇作意而點明於發端之數語，或合通體大旨而結穴於最後之一言。至其聯絡呼應，所以求骨節之靈通也，猶人身之有百脈，不可不息息相通。此則二者之所爲異也。

（丙）文字紆徐曲折處，用瓜子點如、、、符於句側識之。文有紆徐爲妍，事義本不如此，而偏如此説者，上元梅伯言謂："詩閲一二字可意得其全句者，非佳詩也。文氣貴直而其體貴屈，不直則無以達其機，不屈則無以達其情。"此語説得最妙！蓋古人論文明必情深，其意深可玩味。然而不屈則不深，非用情之鷙，亦不知所謂屈也。不佞嘗謂委曲求全，乃自古孤臣孽子之操心；而徑情直遂之徒，決無仁人孝子。豈僅以文字優劣論耶？書此不禁喟然。

（丁）甲乙兩段緊相銜接處，用雙竪如‖符於句側識之。不佞嘗謂文人謀篇，譬如大匠作宇，望衡數十而無傾覆之虞者，只緣鬭筍緊也。此宇與彼宇，此棟與彼棟，節節相銜，鬭筍處無些子鬆，縫連鈎合，豈有土崩瓦解之憂！湘鄉曾文正公謂謀篇層見疊出，不使人一覽而盡。而究之要，其歸曰：自首至尾，義緒一綫，亦言鬭筍不可不緊也。蓋文字鬭筍既緊，不論横竪説去，下段緊與上段銜接，局勢自爾團結。韓文公文起八代之衰，而其論文不過曰"文從字順，各識職"。夫所謂從順云者，毋亦曰下字句自跟定上一字句下去，下一段意思跟定上一段意思説去耳。匪是謂之不職。惟是此段與彼段鬭筍處，須如草蛇灰綫，著迹不可太粗，粗便臃腫不靈，譬之夏屋渠渠，未見如椽之筍，此則不可不知耳。

謀篇之法，大要在是矣。惟陽湖惲子居論文，以爲能審勢，故無定形，古之作者，言無同聲，章無同格是也。此論文無定法，而不佞則謂不定之中，未嘗無定。桐城劉海峰氏謂文章到極妙處，便一字不可移易，所謂無一定之律而有一定之妙。此言亦未嘗不是，然總須記得熟文字多，乃能生悟。譬如弈棋記得着多，也便須有一着兩着過人之處，是非多讀多看不可也。兹準前例符識古人文字數篇於左。

甲　動於外物而後有作者。

（子）寫景之文柳宗元《始得西山宴游記》

自余爲僇人，居是州，恒惴慄。｜起。其隟也，承。則施施而行，漫漫而游，日與其徒上高山，入深林，窮迴溪。幽泉怪石，無遠不到。｜小束作頓挫。到則披草而坐，承上起下。傾壺而醉；醉則更相枕以卧。意有所極，夢亦同趣。覺而起，起而歸。以爲凡是州之山有異態者，皆我有也；頓挫。而未始知西山之怪特。」轉落。一路頓挫而來，至此轉落到西山，勢如懸崖墜石。今年九月二十八日，因坐法華西亭，望西山，始異之。｜起。望見，一層。遂命僕過湘江，承。緣染溪，斫榛莽，焚茅茷，窮山之高而止。｜除道，一層。攀緣而登，箕踞而遨，則凡數州之土壤，皆在衽席之下。其高下之勢，岈然洼然，若垤若穴；尺寸千里，攢蹙累積，莫得遯隱；縈青繚白，外與天際，四望如一。然後知是山之突出不與培塿爲類，悠悠乎與灝氣俱而莫得其涯，洋洋乎與造物者游而不知其所窮。｜游，一層。引觴滿酌，頹然就醉，宴，一層。不知日之入。蒼然暮色，自遠而至，至無所見，而猶不欲歸。心凝形釋，與萬化冥合。一篇微旨，與"恒惴慄"句首尾遥遥相映。然後知吾嚮之未始游。」繳足一句。游於是乎始。提筆。故爲之文以志。」是歲元和四年也。

（丑）紀事之文褚少孫《匡丞相傳》

丞相匡衡者，東海人也。好讀書，從博士受詩。｜爲下文"日以尊貴"伏脉。家貧，另提。衡傭作以給食飲。承。才下，主旨。質言之曰：無宰相才也。數射策不中，至九乃中丙科。其經以不中科故明習。顯見所業亦平常。補平原文學卒史數年，郡不尊敬。反映下文"日以尊貴"句。御史徵之以補百石屬，薦爲郎而補博士，拜爲太子少傅而事孝元帝。｜孝元好詩，遥接"受詩"句。而遷爲光禄勳，居殿中，爲師，授教左右而縣官坐其傍聽，甚善之，日以尊貴。反應"郡不尊敬"句。不尊於郡而尊於朝，煞是異事。御史大夫鄭弘坐事免，借鄭弘作襯筆。而匡君爲御史大夫。歲餘，韋丞相死，匡君代爲丞相，封樂安侯。以十年之間，不出長安城門而至丞相，豈非遇時而命也哉？深維士之游宦所以至封侯者，微甚！然多至御史大夫即去者，諸爲大夫而丞相次也。其心冀幸丞相物故也，或乃陰私相毁害，欲代之。然守之日久不得，或爲之日少而得之。至於封侯真命也！夫御史大夫鄭君守之數年不得，匡君居之未滿歲而韋丞相死即代之矣。豈可以智巧得哉？多有賢聖之才，困厄不得者衆甚也。遥與才下句首尾相映。

乙　不假外物而自有作者。

（寅）表情之文魏文帝《與吴季重書》

季重無恙！｜途路雖局，官守有限，願言之懷，良不可任。｜足下所治僻左，書問致簡，益用增勞。」問候，一層。每念昔日南皮之游，誠不可忘。起，撫今追昔。既妙思六經，承。逍遥百氏，彈棊間設，終以六博，高談娱心，哀箏順耳。馳騁北場，旅食南館，浮甘瓜於清泉，沈朱李於寒水。白日既匿，繼以朗月，同乘並載，以游後園，輿輪徐動，參從無聲，清風夜起，悲笳微吟，興象深微。樂往哀來，微旨。凄然傷懷。余顧而言，此樂難常，微旨。足下之徒，咸以爲然。頓挫。今果分别，轉。各在一方。元瑜長逝，化爲異物，每一念至，何時可言？」疇昔之游，一層。方今蕤賓紀時，景風扇物，天氣和暖，衆果具繁。時駕而游，北遵河曲，從者鳴笳以啓路，文學托乘於後車，時同節異，物是人非，作書主旨。我勞如何？」今游，一層。今遣騎到鄴，故使枉道相過，行矣自愛。寄書，一層。

（卯）推理之文柳宗元《桐葉封弟辨》

古之傳者有言，成王以桐葉與小弱弟，戲曰："以封女。"周公入①賀。王曰："戲也。"周公曰："天子不可戲。"乃封小弱弟於唐。｜案。吾意不然。斷。王之弟當封耶？緊銜接"乃封小弱弟"句來。周公宜以時言於王，不待其戲而賀以成之也；不當封耶？周公乃成其不中之戲，以地以人，與小弱者爲之主，其得爲聖乎？且周公以王之言不可苟焉而已，横接。必從而成之耶？設有不幸，翻接。王以桐葉戲婦寺，亦將舉而從之乎？｜凡王者之德，在行之何若。設未得其當，雖十易之，不爲病；要於其當，不可使易也。而况以其戲乎？｜一筆繳轉。若戲而必行之，是周公教王遂過也。｜頓挫。吾意周公輔成王，轉。宜以道，從容優樂，要歸之大中而已，必不逢其失而爲之辭。又不當束縛之，馳驟之，使若牛馬然，急則敗矣！｜繳足一句。且家人父子，尚不能以此自克，况號爲君臣者耶！」是直小丈夫缺缺者之事，非周公所宜用，故不可信。是通體結穴處，針對起"古之傳者"句說。或曰：封唐

① "入"原誤作"之"，謹據《柳河東集》改。

叔，史佚成之。收作傳疑之筆，文字便不占實。

右三者，曰明句讀，所以研句法也；曰分段落，所以審間架也。譬之人之建室然，細自一棟一石，以迄一户一墉一間架之制，無不精意料量，然後合而爲一。夫文字亦猶是也：一字句其棟石，而段落則猶之其户墉間架焉耳，于是以審篇法終之。蓋文字之可以辭説盡者，厓此而已。英斯賓塞爾之論群也，曰郡①者一之積也，所以爲群之德，自其一之德而已定。不佞則謂文字之積字成句，積句以成章成篇，視此焉耳。未有一字一句之不穩適而篇章能粹美無疵者也。曷不觀圬者之成墉乎？使其磚堅實平正，廉隅比切，大小若一，雖不塗塈，可以成墉，否則叢脞不匀，衹丸塞而塗坿焉。雖高不及肩，猶慮圮②已，爲學者可不知所先務哉！兹簡列之成表以醒眉目如左：

中國文字圈識一覽表

- （一）明句讀
  - (1) 起詞語詞兼備而辭意足者曰句……符……○
  - (2) 起語兩詞備而辭意未全者曰讀……符……。
  - (3) 起語兩詞不備而誦時應少住者曰頓……符……、
- （二）分段落
  - (1)（節）
    - （甲）起筆
      - （子）横空而來，不易覓得端緒者
      - （丑）擒題勁捷，如快刀劈下無可透閃者
      - （寅）用巨筆壓下，勢若泰山當頭者
    - （乙）接筆
      - （子）横接　（卯）逆接
      - （子）翻接　（辰）倒接
      - （寅）反接　（巳）遥接
    - （丙）轉筆必先頓挫
      - （子）循環轉
      - （丑）螺旋轉
    - （丁）束筆
      - （子）倒截　（卯）迴應
      - （丑）反收　（辰）綰合
      - （寅）豫吞　（巳）總束
  - (2)（章）起承轉合四者俱備或則否……符……↓
- （三）審篇法
  - (1) 一篇主旨所在……符……——
  - (2) 通篇前後呼應處……符……△△△△△
  - (3) 文字紆徐曲折處……符……、、、、、、
  - (4) 兩段緊相銜接處……符……▭

---

① “郡”當作“群”。

② “圮”原譌作“圯”，兹據文意改正。

右表文字之所由構成，備已。惟近人侯官陳石遺先生之論詩也，曰："詩要處處有意，處處有結構，固矣！然有刻意之意，有隨意之意，有結構之結構，有不結構之結構。譬如造一大園亭然，亭臺樓閣，全要人工結構矣；而疏密相間中，其空處不盡有結構也。然此處何以要疏，何以要空，即是不結構之結構，作詩亦然。一篇中某處某處要刻意經營，其餘只要隨手抒寫者。有不妨隨意所向者，譬如走路然。今日要訪何人，今夜要宿何處，此是題中一定主意，必須歸結到此者。至於途中又遇何人，立談少頃，又逢何景，枉道一觀，迤邐行來，終訪到要訪之人，終宿到可宿之處而已。若必一步不停，一人不與説話，一步路不敢多走，是置郵傳命之人，担夫争道之行逕矣！譬之構屋，是樓閣鈎連，亭臺攢簇，並無山花野草生長之方，陂陀廻伏自然之天趣。"此論大是超妙。自不佞觀之，雖文字亦有然也，爰援鄉先輩薛叔芸氏摘採桐城方植之《昭昧詹言》入《論文輯要》之例，録之以終吾篇。

（無錫圖書館藏油印本，作於1915年11月）

文最（第一册）

WENZUIDIYICE

文最（第一册）

中學校授中國文學史之商榷

中國號稱文勝之國，皇古迄今，文成數萬。一人著述，則有別集；掇其菁英，則有總集；紀文人行事，則有文苑等傳；評論文章流別及其利病，則有文史；詳後。咸作者得失之林，後人研索之階梯也。初學患文浩博，不能徧睹，每諷覽總集以趣約易。然總集采拾篇章，局於部類，工者或以繁詞被擯，拙者或以備體見收，名家之著，反病裁割太甚，故欲深觀一家作者用心，仍不得不求之別集。而別集滋廣，覽者日疲。欲辨其高下，又不能不求討論得失之書，如詩話、文評等類。至於文人行略，諸史《文苑傳》中往往缺略不具，又必旁及年譜、傳志以至稗官雜説所載佚事；而後可以盡見師友授受之淵源，文章之流殊，別白不同而取徑之於其文字，重以風尚代殊，好惡錯出；選擇之事，抑揚不同；評論之家，是非鋒起。博洽者尚無以核其是，弇陋者尤不足觀其通。甚矣中國文章之難知難能也！

按教育部頒《中學校課程標準令》，國文一項，于第三學年授文法要略，則以文法立之準繩而討論文章得失之事也；第四學年授中國文學史，則評究古今文章流别、索其淵源之事也；至擇尤講讀古今名家文字，歲歲爲之，靡或有間，則諷覽總集以蘄能研讀專家别集之事也。推立法者之意，豈不曰學子于國文一科，自昇學已迄中學第四學年，諷讀古今名家文字略徧，于此統合平日所已誦習，爲之指證流變，别白不同，自能豁然貫通，如土委地，容易致力乎！然則所爲必授學子以文學史者，豈惟是辨析古今流變，使記作者姓名而已哉！固將俾之深稽古人之體勢，揆其得失利病所在以便擇善從事也。故於四學年中之選取講讀教材，必統合古今文家預爲之地而期學子於第四學年授文學史時之能融洽分明。其間流變何若，宗派遞嬗之故，無不當於四學年中之講讀植其基，而後第四學年文學史之授受佐證，不假外求，能近取譬於平日諷覽之文字已足，非可臨渴掘井，不待言也。

顧今之主持中學國文教育者，選取教材，往往囿於見地，於此點漫不加意，或耑崇晚周漢魏以爲名高，或多取明清以附於孫卿後王之義，宗風各標，齗齗相持，非不執之有故，言之成理。然既爲成見所狃，取材不能無偏重，及至第四學年授文學史，某家某派，雖言者歷舉如數家珍，而在學子聽之，其姓氏都爲不知何人之誰某，如是講讀自講讀，文學史自文學史，不免看成兩橛子。雖張家長李家短，某派剛健，某派婀娜，在授文學史者舌底翻蓮，娓娓若有餘味；而在學子聽之，若者爲得，若者爲失，若者剛健，若者婀娜，終覺無徵不信，味同嚼蠟。雖多記古人幾個姓氏，庸亦不可以已乎？

故私見以爲中學校國文一科之講讀與文學史，在教育部規定《中學校課程標準》，揆其立法之初衷，原未許人看作兩橛子生。而爲國文教師者，即亦何妨統合古今文家，配勻四學年應得國文講讀時間，代舉數大家文字以眎學子，即講讀，即文學史，一爐共冶。其間流派之攸變，風尚之代殊，眼前切近指點，俾得現下領悟，不必俟之第四學年而稍變通於法之中之庸爲愈也乎？如是而其教材之選取，内容之編制，尤有可得而商榷者數事：

（一）教材編制應采窮源竟委主義。近日學校選文，亡慮皆沿流以溯源者也。推其意以爲登高自卑，行遠自邇。學子畢學高小，卑之無甚高論，故其選文當先摹想學子心目中所自擬議以爲庶乎近己而俗變類，格卑而易仿者，徐徐由淺入深，誘之至於道；不宜驟語之甚深難幾以貽躐等誚也。此其説亦何嘗無片面之理由，而不知中國文字皆導源取材於經子。漢唐以下人之文字格雖漸卑，而修詞有來歷，立意有所本，無不取徑前修，如：湘鄉曾國藩稱揚子雲作文無一不摹仿前哲，傳稱其仿《論語》而作《法言》，仿《易》而作《玄》，仿《凡將》、《急就》而作《訓纂》，仿《虞箴》而作《州箴》，仿相如而作賦，仿東方朔而作《解嘲》；姚惜抱氏又謂其《諫不許單于朝》仿信陵《諫伐韓》，《長楊賦》仿相如《難蜀父老》。韓愈《平淮西碑》，李商隱以爲點竄《堯典》、《舜典》字；《進學解》，曾湘鄉稱其仿東方《客難》、揚雄《解嘲》。歐陽文忠公記醉翁亭，自首迄尾，多用“也”字，吴氏《林下偶談》以爲仿《周易・雜卦》。在成德達材者，博覽既多，於經子略窺門徑，自可藉手悟古人運化脱胎之法。然在總角童年，字字不知出處，不免没却古人許多苦心，即如歐陽文忠公《梅聖俞詩集①》中間“若使其幸得用於朝廷，作爲雅頌以歌詠大宋之功德，薦之清廟而追商、周、魯頌之作者，豈不偉歟?”一段文字翻空易奇，然使今日高小畢學之學子讀之，且不知雅、頌何物，雅、頌與朝廷若何關係，清廟又是何物，商、周、魯頌與雅、頌是一是二。又如“《詩》《書》六藝之教，堯、舜、禹、湯、文、武、周公、孔子之道”等詞頭，在漢、唐、宋人文字中爲習見，然今日學子心目中且不知《詩》《書》六藝爲何物，堯、舜、禹、湯、文、武、周公、孔子之道果何若。在作者當日運用之妙，剪裁布置，不知費却幾許經營，總須學子之以意逆志，乃能不以文害辭，不以辭害志。而今日學子來歷先不知，處處觸目生障，即令頭痛醫頭，脚痛醫脚，隨時由講師張皇補苴，逐地詮釋。然學子生吞活剥終覺於所引事首末不能貫徹，若明若昧，如聽夢人説囈語，了且不知何云，能直湊單微，洞其奥竅也哉！惟六經、諸子之文字，雖若奥古未易測識，然作者前無因襲，辭必己出，又無類書典林可供獺祭，自無後人脰肕之習，衹須循文釋義，讀一句解一句即得。即有一二奇字奥句，猝非學子所易曉，然能課督以勤翻字典，無不可解之字，即無不可曉之句，字句詁訓既明。然後就其文法之起承轉合，

① “集”字後脱“序”字。

反正生而首尾應，以及主旨旁義之旁敲側擊，反覆尋繹，當無不大澈大悟之理。如此導源經子，窮源竟委，以次遞講讀至漢唐宋元明人文字，其中運用經子脱化字句，多爲前日所已習，來歷分明，脉絡貫通，處處促起學子對於已往講讀過文字之反顧，後日之講讀，即無非已往之復習，深入心通，自有左右逢源之樂。故博以爲教材編制應采窮源竟委主義者此也。顧論者或謂上窺姚姒，渾渾無涯，皇古文法疏，後世文法密。初學作文字，必先於文法加意而後能漸幾於變化，所謂有所法而後能，有所變而後大，此國文編選之必沿流溯源所爲勝於窮源竟委也。而不知古今文字之不同，衹在氣息之厚薄，製格之高卑，字句之奥易，而其綜事布意之有條不紊，無古今文字一也。《易》曰："艮其輔，言有序。"《詩》曰："出言有章。"曰有序，曰有章，皆秩序條理之謂也。越我先民，吐辭成章，屬言爲經，何嘗草草？即如盤庚諸誥，於今日則當衆之演説也。《鬻子》一書，爲諸子之首，然前席而陳，實後世面對之奏辭也。大率聱牙詰屈，蓋出於古語方言者爲多。考其辭時若澀舌，要其謀篇布勢，如《盤庚上》五百五十餘字，首提"盤庚遷于殷"四句叙作誥之由，貫攝全篇，次誥庶民，又次誥在位。而其通篇機捩，全在中間提筆"盤庚斆于民"五句挈起全神，綰上遞下，局勢爲之一振。又《鬻子·禹政》寥寥短篇四十八字，以"禹之治天下也"一句領起，下接"得皋陶，得杜子業，得既子，得施子黯，得季子寧，得然子堪，得輕子玉"，連用七"得"字，分疏出七人姓名，纍纍如貫珠。而後順遞總一筆曰："得七大夫，以佐其身，以治天下，以天下治。"其段落層次，匠心結構，匪所謂有章有序者歟？至《禹貢》相傳爲大禹著，以經制天下，文章之古，無有逾之者也。然明河津薛文清公謂："古人叙事之文極有次第，如：《禹貢》篇首以敷土奠高山大川，爲一書之綱；次冀州，以王畿爲九州之首；次八州，次導山，次導水，以見經理之先後；次九州、四隩、九川、九澤、四海，以結經理之效；次制貢賦，立宗法，衹台德先，分五服，以述經理之政；而終之以聲教訖于四海，執圭以告厥成。始終本末，綱紀秩然。"而其措辭簡盡，不着一閒字閒句，尤非如唐宋八家搭空架子徒爲辭費之不切實用者比也。博誠不知世之所謂文法者何若，如此綜事布意有條不紊，而謂之疏於法，將必爲唐宋八家之搭空架子而後謂其法之密也乎？則非博之所敢知也。

（一）每編選一代文字，必先提綱挈領，仿諸史文苑傳序例，叙明當代文家幾何人以迄文章轉變，與若人有何關係，以便講讀時得預爲概要作提示。庶幾某朝某某幾何人有文學價值，某某人緣何與某某人代起以轉移一時風氣，其後來居上之點何在，學子開卷，已了如胸中。異日講讀時，再爲引證敷暢，自較憑空發議某派某家數之授文學史者爲融洽分明。惟與選文家，其人必以能轉移一時風氣，盡人知名者爲限，非是不與，以知之者既寡，其人與當日文章轉變之關係亦必較淺故也。故陶唐之帝堯，有虞之帝舜，夏之大禹、伯益、子啓、太康五子，商之湯、伊尹、盤庚，周之文王、周公，春秋之管仲、子産、老聃、仲尼、墨翟、孫武、左邱明，戰國之檀弓、公羊高、穀梁赤、莊周、孟軻、公孫龍、鬼谷子、蘇秦、張儀、荀卿、韓非、李斯、吕不韋、屈原、宋玉，西漢之賈誼、鼂錯、董仲舒、司馬遷、司馬相如、淮南王安、劉向父子、揚雄，東漢之班固、張衡、王符、王充、蔡邕、孔融，三國之魏曹植、陳琳、阮瑀、嵇康、阮籍，蜀諸葛亮，吴虞翻、張温，西晉之陳壽、左思、陸機、王弼、郭象，東晉之干寶、庾亮、王羲之、陶潛，南北朝之南朝謝靈運、顔延年、鮑照、范曄，宋王融、謝朓、孔稚圭，齊江淹、任昉、沈約、吴均，梁徐陵、庾信，陳北朝顔之推，齊王通，隋唐之王勃、張説、元結、陸贄、韓愈、柳宗元、杜牧，宋之尹洙、歐陽修、王安石、曾鞏、蘇氏父子、葉水心、陳亮，金之元好問，元之姚燧、虞集、揭奚斯、黄溍，明之宋濂、李東陽、李夢陽、唐順之、王世貞、歸有光，清之錢謙益、顧炎武、黄宗羲、侯朝宗、魏禧、汪琬、唐甄、方苞、劉大櫆、姚鼐、惲敬、張惠言、章學誠、汪中、李兆洛、龔鞏祚、魏源、梅曾亮、曾國藩、吴敏樹、張裕釗、吴汝綸，近日之王闓運（湘派）、馬其昶（皖派）、章炳麟（浙派）、梁啓超（粤派）、林紓（閩派），都唐虞、夏、商、周、春秋、戰國、兩漢、三國、兩晉、六朝、唐、宋、金、元、明、清以迄民國建元，得一百三十四家，配匀四學年。以第一學年，授虞、夏、商、周、春秋、戰國都三十三家，第二學年授兩漢、三國、兩晉、六朝都四十七家，第三學年授唐、宋、元、明都二十七家，第四學年授勝清以迄民國建元都二十七家。第一學年，稟經製式，纂子富言，爲後世文章淵海，即提鈎元要，取材亦不得不稍從豐；第二學年漢魏六朝，家數略多；第三、四學年家數稍少，搭配似嫌未匀，然亦實以教育部頒《中學校課程標準》規定：國文每週時數，第一學年七時，第二學年六時，第三、四學年最少，以五時爲限，漸次減少故也，非直此也。且“周衰文敝，六藝道息而諸子争鳴，蓋至戰國而文章之變盡，至戰國而後世之文體備，故論文於戰國而昇降盛衰之故可知也。戰國之文，……其源皆出於六藝，後世之文，其體皆備於戰國”。會稽章學誠《文史通義》言之綦詳，故戰國以後，劃然爲一新時期。隋文帝時，李諤上書論文體曰：“降及後代，風教漸落。魏之三祖，更尚文詞，忽君人之大道，好彫蟲之小藝。下之從上，有同影響，競騁文華，遂成風俗。江左齊梁，其敝彌甚，貴賤賢愚，惟務吟詠。遂務遺理存異，尋虚逐微，競一韻之奇，争一字之巧。連篇累牘，不出月露之形；積案盈箱，惟是風雲之狀。以傲誕爲清虚，以緣情爲勳績，指儒素爲古拙，用詞賦爲君子。故文筆日繁，其政日亂。”推李諤之言，蓋亦漢魏六朝文勝之反響耳。此昌黎氏所爲原本六經，下參《史》、《漢》，錯綜變化而起八代之衰也。故六朝以後，劃然又一新時期，訖乎勝清中葉。而唐宋八家，揣摩成風氣，陳陳相因，漸不足以厭高材捷足者之心。於是反對者出，高語漢魏，研治經子以探驪龍之珠，力争上流，而周秦古學寖寖興，歐化又適以時東漸，雄駿魁儒生其時者，宏中肆外，取精用多，文藝革新之期將至，故此後又當劃然爲一新時期，而必以勝清一代爲之機捩。故四學年講讀教材搭配之不得不以次遞減，匪惟適於部定四學年之每週國文時數之多寡宜爾，實亦應於古今文章嬗變自然之趨勢也。博嘗覽觀歐史，古學復興，文藝改革，實爲秠滌瑕蕩穢，日月光華之首基，然則吾國此日文學之革新，其即炎黄華胄篤實輝光之日乎？惟我伯爾君子之仔肩國文教育者自任之。

（一）學校不論程度之高卑，而其各學課教授，必以能力謀聯絡溝通，俾學子得觀其會通以馴致於融洽分明者爲佳，不易之理也。夫六藝皆史也，諸子九流，又六藝之支流餘裔也。中國文章之大原出於史，故孔子曰“文勝質則史”。孔子繫《易》，删《詩》、《書》，訂禮樂，筆削《春秋》，亦愳舊史放廢，官失其守，後世無所取證，故曰：“夏禮吾能言，杞不足徵；殷禮吾能言，宋不足徵。”蓋傷之也。厥後文史分途，若不相謀。然一代脩史，必以俾之號稱能文章、擅制作者之手，而其所取材之朝廷制誥、臣工章奏以訖私家傳狀、稗官雜記，亦亡慮皆出並世文人之手，故中國文章與歷史關係最密。而講讀國文之不難與本國歷史課教授力謀溝通以裨所不達，以期學子之融洽分明，不待言也。而其連絡溝通之必先植基於講讀教材之編選，尤不待言也。每編選一家文章，必擇有裨治化足以考見當日朝政國俗者，匪是不與。如《禹貢》之足以考見神禹疆理之迹，《豳風·七月》之詩之足以考見岐周民俗，《荀子·議兵篇》之足以考見七國兵制，鼂錯《言兵事書》之足以考見漢邊備，司馬相如《諭巴蜀檄》之足以考見漢武兵威之盛，阮瑀《爲曹公作書與孫權》、諸葛武侯《後出師表》之足以考見三國兵形，王羲之《與會稽王牋》之足以考見東晉國力，韓愈《平淮西碑》、杜牧《罪言》之足以考見唐潘鎮形勢，蘇洵《上韓樞密書》之足以考見宋代軍人之驕橫不可用，曾國藩《金陵軍營官紳昭忠祠記》之足以考見當日兵争之烈，梁啓超《與項城論帝制書》之足以考見項城之所爲僵仆不振，皆是也。其次講讀時之提示，每授一篇文字，必先提出本文有關係歷史事實概要作説明，如爲學子已知事實，即不妨逐層發問以驗其思考力，務使學子於作者當日環境情勢先明白透徹，然後講讀主文以相爲佐證敷暢，即國文，即歷史，一而二，二而一，學子有不左右逢源，融會貫通者乎？

（一）每選一家文字，必以能表示本來面目者爲限，於其人爲變調者不選。雖能者無乎不可，然一家必有一家本來面目，如：儀秦雄駿；屈宋藻葩；揚馬偉贍；徐庾綺麗；退之如崇山大海，孕育靈怪；子厚如幽巖怪壑，鳥叫猿啼；永叔如春山平遠，亭臺林沼；明允如尊官酷吏，南面發令；東坡如長江大河；子由如晴絲裊空；介甫如斷岸千尺；子固如陂澤春漲：各具面貌，别饒神理。若非其貌其神，翹然特異他家，黄茅白葦，彌望即是，亦必不足以刷新衆人耳目而獨成一家。故初學揣摩古人文字，惟當先認其貌，後觀其神，久之自能分别蹊徑。然如操選政者好爲立異，取集中一二變調，以詡隻眼，在古人游戲神通，亦何所不能。然以眎初學，缺鑒别力，祇以先入爲主，如於古人面貌有認不真處，適足以導學子入迷途而已。故所選文字，不嫌人人爛熟，要以能表示一家面目者爲度。

（一）文章兼擅衆體，譚何容易，即名家亦有能有不能。而選文以授學子，貴在含咀英華，尤宜捨短用長，以眎一體文字之楷式。如騷賦之有屈原、宋王，書奏之有賈誼、鼂錯，碑誌之有蔡邕、韓愈、王安石，游記之有柳宗元，策論之有蘇洵父子，皆千古之極則也。

凡此皆博對於教授中國文學史之意見也。抑博尤謂文章與文學非同一物，蓋成事成文曰章。《孟子》注。章者，條也，程也。《史記》注。文之綜事布意有條不紊者，謂之文章；六朝人謂之筆；今人之所謂散文。散文體裁不一，包安吴稱言事與記事最難，言事之文，必先洞悉所事之條理源委，抉明正意；然後述現事之所以失，而條畫其補救之方。紀事之文，必先表明緣起，深究得失之故，然後述其本末；則是非明白，不惑將來。孔子曰“辭達而已”，孟子曰“不成章不達”，梁昭明曰“老莊管孟，立意爲宗”，皆此物也。若夫文學，在歐西則爲藝術之一。藝術之涵義，蓋人類之想像舉自然而理想化之之美術也；凡建築、園藝、彫塑、繪畫、舞蹈、詩歌之類皆屬之。其要素有三：曰自然，曰想化，曰美之製作。故文學者乃以詞藻而想化自然之美術也。其範疇屬於情感，不屬於事實；其主旨在導人之意志使高尚，非欲以之濬發智慮。凡《楚詞》之騷，揚馬之賦，南朝之諸體文以及唐人之詩皆屬之。故叙國文之沿流變遷，當賅文章文學兩者而兼綜之，不可用其一緩其二也。今以文學史稱之，豈將導學子專致力於騷賦諸體之美文而置散體文不論乎？博有以知其不然也。孔子曰：“必也正名。”衹可謂之文史而不可謂之文學史，何也？考文史之名，著於吴兢《西齋書目》，凡《文心雕龍》、《詩品》之屬均入焉。後世史家於詩話、文評別於總集後出一文史類，《中興書目》曰：“文史者，所以譏評文人之得失。”即今之所謂文學史也。惟文史辭約而義盡，文學史之爲語多一字而意轉不賅。知言君子，宜知所取舍焉！

述旨第一

文最者，將以極文章之流變，析風尚之代殊。最其大凡而觀其會通，窮究昇降得失之所在也。自有文字來，誰不爲文章？苟有志於作文章者，誰不傚爲韓文公口吻曰“宜師古聖賢人”，取其文之尤工而最篤者，日夕揣摩以取名於時焉。是宜撰述之從同矣。然而質文遞變，代有損益，當其氣運有所必開，雖三代聖人之誓誥，不能上同於唐虞之典謨。虞夏之書渾渾爾，商書灝灝爾，周書噩噩爾，此則文辭之所爲與世運遞變，雖有大力者莫之能挽也。然皇古迄今，文章之變遷衆矣！及覈其所作，大抵不能越乎六經之囿。《易》曰：“天下同歸而殊涂，一致而百慮。”譬之百川異趨，必會於海，然後九州無浸淫之患。萬國殊軌，必通諸夏，然後八荒無壅滯之憂也。故梁劉勰著《文心雕龍》以爲文章皆根本六經，其《宗經篇》曰：“論説解[①]序，則《易》統其首。詔策章奏，則《書》發其源。賦頌歌讚，則《詩》立其本。銘誄箴祝，則《禮》總其端。紀傳銘[②]檄，則《春秋》爲其根。故文能宗經，體有六義：一則情深而不詭，二則風清而不輕[③]，三則事信而不誕，四則義直而不回，五則體約而不蕪，六則文麗而不淫。”以爲“稟經製式，酌雅富言，是仰山而鑄銅，煮海而爲鹽”也。故會稽章氏實齋以爲：“戰國之文，其源皆出於六藝。老子説本陰陽，莊列寓言假象，《易》教也。鄒衍侈言天地，關尹推衍五行，《書》教也。管商法制，義存政典，《禮》教也。申韓刑名，旨歸賞罰，《春秋》教也。其他楊墨、尹文之言，蘇張孫吴之術，辨其源委，挹其旨趣。九流之所以分，七録之所以敘，皆於物曲人官得其一致，而不自知爲六典之遺也。”漢朝人莫不能爲文，獨卓然爲一代宗匠，可以轢古啓今者，率亦不過數人。以今考之，司馬相如之麗，則出於《詩》者也。劉向之渲，出於禮者也。賈誼、董仲舒之辨，出於《詩》者出。揚雄之奇，出於《易》者也。或曰：“韓愈之雄而肆也，本之《尚書》之灝灝；柳宗元之清而峭也，本之《公》《穀》之斷斷。”二人自道生平得力所在，亦皆取法於經。韓之言曰：“《易》奇而法，《詩》正而葩，《春秋》謹嚴，左氏浮夸。”柳宗元《與韋中立論師道書》曰：“本之《書》以求其質，本之《詩》以求其恒，本之《禮》以求其宜，本之《春秋》以求其斷，本之《易》以求其動。”則文章之淵源六經，豈虚語哉！此則數窮理極變流之不能無所止，有不能不反乎其故者然也。歷城周永年書昌爲桐城姚姬傳鼐言曰：“爲文章者有所法而後能，有所變而後大。”旨哉言乎！夫不探淵源之有自，則無以得其宗主，識所依歸；不窮變流之所極，則不能爐錘由己，鎔鑄成我。失依歸者厥蔽無法，無爐錘者，厥蔽無變，二者交疵，其咎維均。茲編之所爲不容已於作歟！

---

① 解，《文心雕龍》通行本作“辭”。
② “銘”當作“盟”。
③ “輕”當作“雜”。

原文第二

嗚呼！六經之作也，其千古文章之淵源乎？文章之作也，其於韻文乎？韻文之作也，其於聲詩乎？聲詩之作也，其於歌謡乎？桐城姚鼐生乎千古以下，而上希志乎千聖以上之文，曰："詩文必由聲音證入。"湘鄉曾國藩，可謂盛推姚氏之波瀾而助之張目者也，故其持論以光氣爲主，以音響爲輔，此其言實能抉摘文心，彪炳辭義，雖有聖人起，不能易也。蓋生民之初，必先有聲音而後有話言，有話言而後有文字，故在六書未興之前，人稟七情以生，"應物斯感，感物吟志"。"情動於中而形於言；言之不足，故嗟歎之；嗟歎之不足，故永歌之；永歌之不足，不知手之舞之足之蹈之也。情發於聲，聲成文謂之音。"譬之"林籟結響，調如竽笙；泉石激韻，和若球鍠。夫豈外飾，蓋自然耳"！朱襄《來陰》之樂，包犧《罔罟》之章，葛天之《八①闋》，媧皇之《充樂》，其聲詩之鼻也。惟上古之時，文字未著，徒有謳歌吟詠，縱令土鼓葦籥，必無文字雅頌之聲。如此則時雖有樂，容或無詩，譬之則猺獞皆苗氓，廣西曰獞黎，貴州、湖北曰猺。之跳苗歌耳。是以搢紳士大夫，莫不②而載其辭焉。厥爲有音無辭之世。是後鳥迹代繩，文字初炳，作始於犧皇之八卦，大備於黄帝之六書，而年世渺邈，聲采靡追。唐虞文章，則焕乎始盛，堯時有《康衢歌》、《擊壤歌》，虞舜時有《卿雲》、《南風》、《明良喜起》等歌，始有依聲按譜，誦其言，詠其聲，播之篇什而爲詩歌者。班固曰："誦其言謂之詩，詠其聲謂之歌。"然後聲發而文生，字孳則章成矣！厥爲後日文章之權輿焉！自是作者爲聖，述者爲明，歲歷綿曖，條流紛糅。《易》張"十翼"，《書》標"七觀"，《詩》列"四始"，《禮》正"五經"，創意造言，皆不相師，故讀《詩》如未有《易》，讀《易》如未有《書》。惟夫聲律之用，本於性初，發之天籟，故古人之文，化工也。自然而合於音，雖無韻之文，而往往叶韻不脱聲詩之舊。蓋不期然而自有然者，《詩》之三百，不待言矣！伏羲畫卦，文王繫之辭也，凡卦辭之繁者時用

① "八"原譌作"人"。
② 疑"不"乃"得"之訛。

韻，《蒙》之“瀆”“告”，告，音谷。原文《蒙》：“亨，匪我求童蒙，童蒙求我。初筮，告，再三瀆，瀆則不告。利貞。”《解》之“復”、“夙”，原文《解》：“利西南，無所往，其來復，吉！有攸往，夙吉！”《震》之“虩”、“啞”，虩，許逆反。啞，烏客反。原文《震》：“亨。震來虩虩，笑言啞啞，震驚百里，不喪匕鬯。”《艮》之“身”、“人”，原文《艮》：“艮其背不獲其身，行其身①不見其人，无咎！皆叶韻也。孔子贊易十篇，其《彖》《象傳》、《雜卦》、《文言》六篇用韻，厘《繫辭》、《説卦》、《序卦》四篇不用韻。然亦間有一二，如：“鼓之以雷霆，潤之以風雨。日月運行，一寒一暑。乾道成男，坤道成女。”“君子知微知彰，知柔知剛，萬夫之望。”此所謂化工之文，自然而合者，固未嘗有心於用韻也。《尚書》之體，本不用韻，而《大禹謨》：“帝德廣運，乃聖乃神，乃武乃文。皇天眷命，奄有四海，爲天下君。”《伊訓》：“聖謨洋洋，嘉言孔章。惟上帝不常：作善，降之百祥；作不善，降之百殃。”《太誓》：“我武惟揚，侵于之疆，取彼凶殘，我伐用張，于湯有光。”《洪範》：“無偏無黨，王道蕩蕩；無黨無偏，王道平平；無反無側，王道正直。”皆用韻。禮之爲體，據事制範，章條纖曲。好禮君子，隨所聞見，得即録之，名曰《禮記》。方放廢是思，遺文掇拾，奚遑協音成韻，金聲而玉振之乎？然《曲禮》：“行，前朱鳥而後元武，左青龍而右白虎，招摇在上，急繕其怒。”《禮運》：“元酒在室，醴醆在户。粢醍在堂，澄酒在下。陳其犧牲，備其鼎俎。列其琴瑟，管磬鐘鼓。脩其祝嘏，以降上神。與其先祖，以正君臣。以篤父子，以睦兄弟，以齊上下。夫婦有所，是謂承天之祜。”《樂記》：“夫古者天地順而四時當，民有德而五穀昌，疾疢不作，而無妖祥，此之謂大當。然後聖人作爲父子君臣以爲紀綱。”此其宫商大和，翻迴取均，聲不失序，音以律文，如劉彦和所謂“標情務遠，比音則近，吹律胸臆，調鐘唇吻”者，庶幾得之。左氏傳經，亦多叶韻，見於近人著述中所舉者更難以悉數，即如“四子書”中，子思、孟軻之書皆散文，而《中庸》曰：“故君子不可以不脩身，思脩身，不可以不事親，思事親，不可以不知人，思知人，不可以不知天。”又曰：“大哉聖人之道！洋洋乎發育萬物，峻極於天。優優大哉！禮儀三百，威儀三千。”“七篇”曰：“今也不然：師行而糧食。飢者勿

① “身”當作“庭”。

食，勞者勿息。睊睊胥讒，民乃作慝。方命虐民，飲食若流。流連荒亡，爲諸侯憂。”至如諸子之書，亦多有韻者。今試舉老莊而言，《老子》：“元牝之門，是謂天地根。綿綿若存，用之不勤。”《莊子》：“巧者勞而智者憂，無能者無所求，飽食而遨遊，汎若不繫之舟。”子思、孟軻、老子、莊子，斷非有意於用韻者也。而讀其所作，謂非用韻而不可也。蓋衝口而出，自爲宫商，此即《樂記》所謂“聲者由人心生”者也。故曰：“有歌謡而後有聲詩，有聲詩而後有韻文，有韻文而後有其他諸體文。”後之人知此者眇，吃文爲患，喉唇糺紛，齒舌不諧，鈞輈格磔，文敝甚矣！夫人窮則反本，數極則復始，賁飾所爲受以剥，剥窮所爲受以復也。此桐城姚鼐之所爲論詩文必由聲音證入，而湘鄉曾國藩重揚姚氏之談，必以光氣爲主，音響爲輔也歟？故兹編特斷自唐虞歌謡之興以箸皇古之初文章之原始焉。

陶唐之文

五十載帝游康衢，有童歌曰：“立我蒸民，莫匪爾極。不識不知，順帝之則。”有老人擊壤而歌曰：“日出而作，日入而息。鑿井而飲，耕田而食，帝力何有於我哉！”語淺而旨深，致耐人玩味，斯爲佳耳！

此民俗歌謡之詩，當日史臣載筆以彰無爲而治之隆理焉！是即後世太師采詩觀民風之權輿矣。

有虞之文[1]

《尚書》斷自虞史，而緒成於夏啓以後史臣之筆。“稽古”等語，夏史所加也。《春秋傳》多引爲《夏書》，據所成也。孔安國定爲《虞書》，原所始也。惟《明良喜起》等歌，乃確爲當日主臣賡和之辭耳。

帝庸作歌，曰：“勑天之命，惟時惟幾。”乃歌曰：“股肱喜哉！元首起哉！百工熙哉！”臯陶拜手稽首，颺言曰：“念哉！率作興事，慎乃憲，欽

① 原注：圈點照桐城吴汝綸《尚書》寫定本。

哉！屢省乃成，欽哉！”乃賡載歌曰：“元首明哉！股肱良哉！庶事康哉！”又歌曰：“元首叢脞哉！股肱惰哉！萬事墮哉！”帝拜曰：“俞，往欽哉！”

四聲非古也，古人自爲韻，而多以平、上、去三聲韻互相通押，謂之三聲。不讀此處賡歌，有“股肱起，元首喜，百工熙”，以“起”、上聲，四紙。“喜”、仝。“熙”上平聲，四支。三字叶韻乎？是爲三聲通押之證。

桃夏第三

桃之爲言起也。曰桃夏者，言夏書之渾渾超乎象外，不可以文字求也。夫文章之具體也，其斷自夏后氏乎？參觀《原文篇》“有虞之文”項下。夏后氏之制文章也，其權輿於記事文乎？邃古之初，結繩刻木記事而已。孫星衍《周易集疏》引鄭康成曰：“結繩者，事大，大結其繩；事小，小結其繩。”又引鄭氏曰：“以書書木邊，言其事，刻其木，謂之書契。”蓋結繩記事，猶不足昭符信，書契則刻於木邊，各持其一，可分可合，事以相左證而益明。近人侯官林傳甲嘗入苗疆猺峒諸地，得見彼中木雙合之券於交縫處以鐵箸烙成文字，持爲符信，特紛紜如亂係，尚不成字體耳，猶可想見初民記事之遺制焉。故文章之作，聲詩爲先，而記事之文次之。蓋聲詩發於天籟之不自已；而記事之文，則迫於人事日繁之不容已：皆文章之所先有事也。厥後軒轅御宇，創制六書，以易結繩書契。倉頡左史，沮誦右史，主文之職，其來久矣！是以仲尼删書，斷自唐虞；然則書之不始於唐虞可知也。惟至唐虞，益臻明備，二典三謨，備載一人一事終始，是爲紀傳體、紀事本末體之濫觴。禹作《禹貢》，是爲地理志之濫觴，即六經之一也。時禹又與伯益作《山海經》，又爲《異域志》之濫觴，皆記事之文也。惟二典三謨，大率出於夏史官之追記，不如《禹貢》、《山海經》之爲神禹、伯益自著。《禹貢》之文峻整，而《山海經》閎誕迂誇。《禹貢》文字蹊徑平直如砥，而讀《山海經》之恢詭俶儻，洋焉盈耳，如游三神山，聆鈞天之樂焉。蓋《禹貢》限於域中，《山海經》極於荒外，隸事不同，載筆自異耳。然其簡質淵懿，要非後人所可僞爲則一也。厥後子啓，纘禹之績，用師有扈，作《甘誓》。語殺不繁，不逾八十字，而字句巉巖，如太華三危，峻不可攀。其措辭明白如話，庶幾老嫗都解；然質而不俚，精光湛然，敻乎非後操觚之士可幾矣。

《書·禹貢》[①]

《禹貢》爲地志鼻祖，其所紀已爲陳迹，惟其文體則可爲萬世法焉。分列九州者，猶今日世界地理必以五州大陸分卷也。名山大川舉其著者，猶今日世界地理必以高山巨流列表也。厥田之饒瘠，厥貢之同異，猶今日世界地理必以居民物産爲要也。導山之文，可徵山脈；導水之文，可徵水系。其餘鑛産道途亦言其略。五服遠近不同，要荒之族，或類羈縻，詳於中原而略於四裔者，貢獻所不及者不載也。《漢書·地理志》以郡縣分部，仿《禹貢》九州之法也。桑欽《水經》以水之源流分部，仿《禹貢》導水之文也。其敘次亦極有法，如："篇首以敷土奠高山大川爲一書之綱；次冀州，以王畿爲九州之首；次八州，次導山，次導水，以見經理之先後；次九州、四隩、九川、九澤、四海，以結經理之效；次制貢賦，立宗法，祇台德先，分五服以述經理之政；而終之以聲教迄於四海，執圭以告厥成。終始本末，綱紀秩然，非聖經其能然乎?"

禹敷《荀子》、《大戴》、《史記》並作傅。土，隨山刊木，奠高山大川。冀州既載壺口，治梁及岐。既脩大原，至于岳《史》、《漢》並作嶽。陽；覃懷底績，至于衡漳。《漢書》作章。厥土惟白壤，厥賦惟上上錯，厥田惟中中。恒、衛既從，大陸既作。《史記》作爲。鳥衛包作島。夷皮服，夾右碣石入于河。《史記》作海。濟《説文》、《漢書》並作泲。河惟兗《史記》作流。州。九河既道，雷夏既澤，雍、沮會同。桑土既蠶，是《風俗通》作民乃二字。降丘宅《風俗通》作庹。土。厥土黑墳，厥草《説文》作艸；《漢書》作中。惟繇，厥木惟條。厥田惟中下，厥賦貞。作十有三載，《史記》、《漢書》馬鄭本，並作年。乃《漢書》作

① 原注：繕校照遵義黎庶昌《續古文辭類纂》圈點，桐城吴汝綸《尚書》寫定本。

迺。同。厥貢漆、絲，厥篚《説文》作匪；《漢書》作棐。織文。浮于濟、漯，《五經文字》作□。達《史記》作通。于河。海、岱惟青州，嵎夷既略，濰、《史記》作維，《漢書》作惟。淄《漢書》作甾。其《史記》作既。道。厥土白墳，海濱《漢書》作瀕。廣斥，《史》、《漢》並作潟。厥田惟上下，厥賦中上。厥貢鹽、絺，海物惟錯。岱畎絲、枲、鉛、松、怪石。萊夷作牧。厥篚檿。《史記》作酓。絲。浮于汶，達於濟。海、岱及淮惟徐州。淮、沂其乂，蒙、羽其藝，依《漢書》。大野《漢書》作壄。既豬，《史記》作都。東原底平。厥土赤埴鄭本作戠。墳，草木漸《説文》作蔪。包。《説文》作苞。厥田惟上中，厥賦中中。厥貢惟土五色，羽畎孔穎達引作甽。夏翟，《漢書》作狄。嶧陽孤桐，泗濱《漢書》作瀕。浮磬，淮夷濱《釋文》又作玭。珠暨《史》、《漢》並作臮；《詩疏》引作洎。魚，厥篚玄纖、縞，浮於淮、泗，達於菏。依《説文》、《水經注》定正。淮、海惟楊《唐石經》作揚。州。彭蠡既豬，《史記》作都。陽鳥攸《漢書》作逌。居。三江既入，震《史記》一作振。澤底定。篠《説文》作筱。簜《釋文》或作篡。既敷，厥草惟夭，厥木惟喬。厥土惟塗泥，厥田惟下下，厥賦下上，上錯。厥貢惟金三品，瑶、琨、《漢書》作瓄；馬本同。篠、簜、齒、革、羽、旄衛包改毛。惟木，《史》、《漢》並無此二字。鳥夷卉服。厥篚織貝，厥包《説文》作苞；鄭同。橘柚、錫貢。沿《史》、《漢》並作均；馬同；鄭作松。于江、海，達于淮、泗。荆及衡陽惟荆州。江、漢朝宗于海，九江孔殷，沱、潛《史》作涔；《漢》作灊。既《史記》作已。道，雲土夢《蜀石經》作雲夢土；宋太宗詔從土夢。作乂。厥土惟塗泥，厥田惟下中，厥賦上下。厥貢羽、旄、齒、革，惟金三品，杶、《釋文》又作櫄。榦、栝、柏，礪、《漢書》作厲；《衆經音義》作砅。砥、砮、丹，惟箘簵、《説文》作簬。楛。《説文》作枯；《史記》"箘簵楛"一作"箭足杆"。三邦底貢厥名，包匭菁茅，厥篚玄纁璣組，九江納錫大龜。浮于江、沱、潛、漢，《釋文》或作"潛于漢"。逾于雒，至于南河。荆、河惟豫州。伊、雒、瀍、《淮南》作廛。澗既入于河，熒《唐石經》作滎；《左傳釋文》云"或作滎"，非。播依馬本。既豬。鄭引作都。道菏《史》、《漢》並作荷。澤，被孟豬。《大傳》作孟；《史記》作明都。《漢書》作盟豬。厥土惟壤，下土墳壚。厥田惟中上，厥賦錯上中。厥貢漆、枲、《史記》作絲。絺、紵，厥篚纖纊，錫貢磬錯。浮于雒，達《漢書》作入。于河。華陽、黑水惟梁州，岷、《説文》作嶓；《史記》作汶；《漢書》作嶓。嶓既藝，沱、潛《史》作涔；《漢》作灊。既道，蔡、蒙旅平，和鄭讀桓。夷底績。厥土青黎，《史記》作驪。厥田惟下上，厥賦下中三錯。厥貢鏐、《釋文》作璆；《史記》同。鐵、銀、鏤、砮、磬，熊、羆、狐、貍織皮。西傾《漢書》作頃。因桓是鄭云："桓是隴坂名。"段云："是氏古通用。"來，浮于潛，逾于沔，入于渭，亂于河。黑水、西河惟雍州。弱水既西，涇屬渭汭，《釋文》又作内。漆、沮既從，灃《漢書》作酆；《水經》作豐。水攸同。荆、岐既《史記》作已。旅，終南、惇《史》、《漢》並作敦。物，至于鳥鼠。原隰厎績，至於豬《史記》作都。野。《漢書》作壄。三危既宅，《史記》作度。三苗丕叙。《史》、《漢》並作序。厥土惟黄壤，厥田惟上上，厥賦中下。厥貢惟璆、琳、《釋文》又作玪。琅玕。浮于積石，至于龍門、西河，會于渭汭。織皮昆依《漢書》。崘《史記》作侖。析《大戴》作鮮；《後漢書》作賜。支、渠搜，《史》作廋；《漢》作叟。西戎即叙。《史》、《漢》並作序。道《史記》有"九山"二字。岍《釋文》又作汧；馬本作開。及岐，至于荆山，逾于河。壺口、雷首至于大岳。《史》、《漢》並作嶽。厎《史記》作砥。柱、析城至于王屋；大行、恒山至于碣石，入于海。西傾、《漢書》作頃。朱圉、《漢志》作圄。鳥鼠至于大華；熊耳、外方、桐柏至于陪《漢書》作倍；《史記》作負。尾。道嶓冢，至于荆山；内方，至于大别。岷《史》作汶；《漢》作涽。山之陽，至于衡山，過九江，至于敷《漢志》作傅。淺《史記》一作滅。原。道《史記》有"九川"二字。弱《釋文》或作溺；《説文》同。水，至于合黎，《漢書》作藜；《水經》作離。餘波入于流沙。道黑水，至于三危，入于南海。道河積石，至于龍門；南至于華陰，東至于厎柱，又東至于孟李善作盟。津，東過洛汭，《漢志》作内。至于大伾；《釋文》又作岯，或作駓；《史記》、《水經》作邳。北過降鄭云："或作絳，非蔡作洚。"水，至于大陸；又北播爲九河，同爲逆《漢志》作迎。河，入于海。嶓冢道漾，《史記》作瀁；《漢志》作養。東流爲漢，又東爲滄《史記》作倉。浪之水，過三澨，至于大别，南入於江，東匯澤爲彭蠡，東爲北江，入于海。岷《史記》作汶；王逸作岐。山道江，東别爲沱，又東至于澧，依《史》、《漢》。過九江，至于東陵，東迆北，會于匯；東爲中江，入于海。道沇水，東流爲濟，《漢志》作泲。入于河，溢依《史記》、《漢書》作軼。爲滎；東出于陶邱北，《説文》出作至。又東至于菏，又東北會于汶，又北東《史記》作東北。入于海。道淮自桐柏，東會于泗、沂，東入于海。道渭自鳥鼠同穴，東會于灃，又東會于涇，《史記》作又東北至于涇。又東過漆、沮，入于河。道洛自熊耳，東北會于澗、瀍；又東會于伊，又東北入于河。

九州攸同，四墺《正義》本作奥；《史記》同《唐石經》作隩，衛包改。既宅。九山刊漢碑作甄。旅，九川滌原，《史》、《漢》並作既疏。九澤既陂。《河渠書》作灑。四海會同。六府孔脩，庶土交正，厎慎財賦，咸則三壤成賦，中邦錫土姓："祗台德先，不距朕行。"五百里甸服：百里賦納總，二百里納銍，《詩疏》作秷。三百里納秸服，《漢書》作戛服，鄭本作鞂服；《釋文》或作稭服。四百里粟，五百里米。《詩疏》引粟米上，並有納字。五百里侯服：百里采，二百里男邦，《史記》作任國。三百里諸侯。五百里綏服：三百里揆文教，二百里奮武衛。五百里要服：三百里夷，二百里蔡。五百里荒服：三百里蠻，二百里流。東漸于海，西被于流沙，朔、南暨：聲教迄于四海。禹錫玄珪，告厥成功。

《山海經·中次山經①》

《山海經》，禹、益所記，而有長沙、零陵、桂陽、諸暨，後人所羼，非本文也。蓋禹與伯益主名山川，定其秩祀，量其道里，類别草木鳥獸。今其事見於《夏書·禹貢》、《爾雅·釋地》及此經《南山經》已下三十四篇；《列子》引"夏革"云，吕不韋引"《伊尹書》云"，多出此經，二書皆先秦人著，夏革、伊尹又皆商人；是故知此三十四篇爲禹書無疑也。《海外經》四篇，《海内經》四篇，周秦所述也。禹鑄鼎象物，使民知神奸。按其文有國名，有山川，有神靈奇怪之所際，是鼎所圖也。鼎亡於秦，故其先時人猶能説其圖以著於册。漢劉秀又釋而增其文，是《大荒經》以下五篇也：《大荒經》四篇，釋《海外經》、《海内經》一篇。釋《海内經》當是漢時所傳；此經確然可信禹書之舊者，惟南、西、北、東中諸山經耳。惟劉秀之表《山海經》云："可以考禎詳變怪之物，見遠國異人之謡俗。"晋郭璞之注《山海經》云："不怪所可怪，則幾於無怪矣。怪所不可怪，則未始有可怪也。"秀、璞此言，似有意破疑《山海經》者之惑，而實未足以間執嗸嗸之口。然古有今無之物甚夥，不足異也。讀赫胥黎之《天演論》，知動植消耗之故矣。人首而有尾者，大抵皆人祖之猿類也。此固非先儒所能夢見！生乎今

① 原注：繕校照鎮洋畢沅新校正本。

之世，由今之道，正不必以今之所無，疑古之所有；今之所罕睹，疑古之爲異聞。少所見而多所怪耳！

《中次三經》：萯山沅曰："《國語》云：'主芣隗而食溱洧。'隗，即新安縣隗山。'芣'、'萯'古音通，疑此山也。"之首，曰敖岸之山，直起。○沅曰："《春秋傳》云：'敖鄗之間。'疑即此山，音相近。"其陽多㻬琈之玉，其陰多赭黄金。神熏池居之。是常出美玉。或作"石"。北望河林，其狀如蒨如舉。有獸焉，其狀如白鹿而四角，名曰夫諸，見則其邑大水。

又東十里，曰青要之山，遞永。○沅曰："山在今河南新安縣西北二十里。"實惟帝之密都。北望河曲，是多駕或曰："宜爲駕。"駕，鵞也，音加。鳥。南望墠渚，沅曰："渚在今河南嵩縣。"禹父之所化，是多僕纍、蒲盧。䰠武羅司之，其狀人面而豹文，小要沅曰："舊本作'腰'字。非。"而白齒，或作'首'。而穿耳以鐻，沅曰："《説文》新附字引此作'璩'，非。"其鳴如鳴玉。是山也，宜女子。畛水沅曰："水在今河南新安縣。"出焉，而北流注于河。其中有鳥焉，名曰鴢，其狀如鳧，青身而朱目赤尾，食之宜子。有草焉，其狀如葌，而方莖黄華赤實，其本如藁本①，名曰荀草，服之美人色。

又東十里，曰騩山，沅曰："山當在今河南新安縣西北，即青要山東阜，《國語》'主芣騩'即此。"其上有美棗，其陰有㻬琈之玉。正回之水沅曰："《水經注》云：'河水與畛水合。又東，正回之水入焉。水出騩山，東流，俗謂之疆川水，與石瓜疇川合。又東逕疆冶鐵官東，東北流注于河水。'水當在今河南新安縣。"出焉，而北流注于河。其中多飛魚，其狀如豚而赤文，服之不畏雷，可以禦兵。又東四十里，曰宜蘇之山，沅曰："山在今河南孟津縣界。《水經注》云：'庸庸水出河南垣縣宜蘇山。'案：'垣'當爲'東垣'。《太平寰宇記》云'河清縣：宋東垣縣在縣西南二十五里'，今爲孟津縣也。"其上多金玉，其下多蔓居之木。庸庸之水沅曰："《太平寰宇記》云：'河清縣：滽滽水在縣西南六十里。'"出焉，而北流注于河，是多黄貝。

又東二十里，曰和山，沅曰："山當在今河南孟津縣界。"其上無草木而多瑶碧，實惟九河之都。是山也五曲，九水出焉，合而北流注于河，其中多蒼玉。吉神泰逢司之，其狀如人而虎尾，是好居於萯山之陽，出入有光。泰

① 本，原誤作"木"，玆據《山海經》原文及郭璞注改。

逢神動天地氣也。

凡萯山之首，自敖岸之山至於和山，沅曰："其山當在今河南河南、新安、孟津三縣界。"凡五山，四百四十里。總束一筆。其祠：泰逢、熏池、武羅，提叙。皆一牡羊副，嬰用吉玉。其二神用一雄雞瘞之，糈用稌。

古人記事文字，起筆如單刀直入，絶不容有騰挪透閃之餘地。即如前篇，劈頭提"禹敷土"三句爲一篇之綱。此篇逕提"《中次三經》萯山之首曰敖岸之山"直起，何等剪截，必無許多例行話頭，繚繞筆端。如後世文人作論冒子，學古人文字爽辣，須於此等處求之。

《書·甘誓》①

此爲記言體。説者謂，尚者，上也，上所言，下爲史所書，故曰《尚書》也。《尚書》記言，必叙其事以備所言之本末，故《尚書》無一空言，有言必措諸事也。茲篇首提"大戰于甘"兩句以著誓之所爲作，可爲記言之則。

大戰于甘，乃召六卿。王曰："嗟！六事之人，予誓告女：以上叙誓之所爲作。有扈氏威侮五行，怠棄三正，天用剿絶其命。今予惟共行天之罰。以上數有扈之罪，奉天致討。左不攻于左，女不共命；右不攻于右，女不共命；御非其馬之正，女不共命。用命，賞于祖；不用命，戮于社。予則孥戮女。以上申儆有衆。"

祖商第四

人群之進化也，由渾之晝，由簡之繁，《夏書》渾渾無涯，《商書》灝灝有辭，其見端於文字者也。殷湯學伊尹，高宗學甘盤，商代主臣，皆有學術。《商書》所載，燦然明備矣！雖《伊訓》、《湯誥》，僞書不足信！而

① 原注：圈點照桐城吴汝綸《尚書》寫定本。

《盤庚》三篇，見之於《書序》，爲經傳所引；其文之樸奥，真韓愈氏所謂“詰曲聱牙”而難讀者歟？寧都魏禧曰：“讀《商頌》諸篇，質肅明厲，使人不敢有機心惰氣。”此商尚質之故也。以視周之郁郁乎文，故有間矣！譬之草木，則由種子而萌蘖而孚甲之候也。

《書·盤庚》①

此爲紀事本末體。惟主録盤庚誥辭。《左傳》謂盤庚之誥亦誥體也。其叙事以備所言之本末爾。

盤庚遷于殷，民不適有居，率籲衆慼，出矢言曰：“我王來，既爰宅于兹，重我民，無盡劉。不能胥匡以生，卜稽曰：‘其如台？先王有服，恪謹天命，兹猶不常寧，不常厥邑，于今五邦。今不承于古，罔知天之②斷命，矧曰其克從先王之烈？若顛木之有由蘖，天其永我命于兹新邑，紹復先王之大業，厎綏四方。”盤庚斆于民，由乃在位，以常舊服，正法度，曰：“無或敢伏小人之攸箴。”王命衆，悉至於庭。王若曰：“格女衆，予告女訓女，猷黜乃心，無傲從康。古我先王，亦惟圖任舊人共政。王播告之，修不匿厥指。王用丕欽，罔有逸言，民用丕變。今女聒聒，起信險膚，予弗知乃所頌！非予自荒兹德，惟女含德，不惕予一人。予若觀火，予亦拙謀，作乃逸。若網在綱，有條而不紊。若農服田力穡，乃亦有秋。女克黜乃心，施實德于民，至于婚友，丕乃敢大言，女有積德。乃不畏戎毒于遠邇，惰農自安，不昏作勞，不服田畝，越其罔有黍稷。女不和吉言于百姓，惟女自生毒，乃敗禍姦宄，以自災于厥身。乃既先惡于民，乃奉其恫，女悔命何及！相時憸民，猶胥顧于箴言，其發有逸口，矧予制乃短長之命！女曷勿告朕，而胥動以浮言，恐沈于衆？若火之燎于原，不可嚮邇，其猶可撲滅。則惟女衆自作弗靖，非予有咎！遲任有言曰：‘人惟求舊，器非求舊，惟新。’古我先王暨乃祖乃父胥及逸勤，予敢動用非罰？世選爾勞，予不掩爾善。兹予大享于先王，爾祖其從與享之。作福作災，予亦不敢動用非德。

---

① 原注：圈點照桐城吴汝綸《尚書》寫定本。

② 之，原作“知”，承上“知”字而誤。

予告女于難，若射之有志。女無侮老成人，無弱孤有幼。各長于厥居，勉出乃力，聽予一人之作猷。無有遠邇，用罪，伐厥死，用德，彰厥善。邦之臧，惟汝衆；邦之不臧，惟予一人有佚罰。凡爾衆，其惟致告：自今至于後日，各恭爾事，齊乃位，度乃口。罰及厥身，勿可悔。”

盤庚作，惟涉河以民遷。乃話民之匆率，誕告用亶。其有衆咸造，忽媟在王庭，盤庚乃登進厥民，曰：“明聽朕言，無荒失朕命。烏呼！古我先后，罔不惟民之承，保后胥慼，鮮以不浮於天時。殷降大虐，先王不懷。厥攸作視民，利用遷。女曷弗念我古后之聞？承女俾汝，惟喜康共；非女有咎，比于罰。予若籲懷兹新邑，亦惟女故，以丕從厥志。今予將試以女遷，安定厥邦。女不憂朕心之攸困，乃咸大不宣乃心，欽念以忱動予一人。爾惟自鞠自苦！若乘舟，女勿濟，臭厥載。爾忱不屬，惟胥以沈。不其或稽，自怨或瘳？女不謀長，以思乃灾，女誕勸憂。今其有今罔後，女何生在上？今予命女，一無起穢以自臭，恐人倚乃身，迂乃心。予御續乃命于天，予豈女威？用奉畜女衆。予念我先神后之勞爾先，予丕克羞爾，用懷爾然。失于政，陳于兹，高后丕乃崇降罪疾，曰：‘曷虐朕民！’女萬民乃不生生，暨予一人猷同心，先后丕降與女罪疾，曰：‘曷不暨朕幼孫有比！’故有爽德。自上其罰女，女罔能迪。古我先后暨勞乃祖乃父，女共作我畜民。女有戕，則在乃心，我先后綏乃祖乃父；乃祖乃父乃斷棄女，不救乃死。兹予有亂政同位，具乃貝玉。乃祖乃父丕乃告我高后曰：‘作丕刑于朕孫！’迪高后，丕乃崇降弗祥。烏呼！今予告女不易。永敬大恤，無胥絶遠！女比猷念以相從，各設中于乃心。乃有不吉不迪，顛越不恭，暫遇姦宄，我乃劓殄滅之，無遺育，無俾易種于兹新邑！往哉生生！今予將試以女遷，永建乃家。”

盤庚既遷，奠厥攸居，乃正厥位，綏爰有衆，曰：“無戲怠，懋建大命！今予其敷優賢揚歷，告爾百姓于朕志。罔罪爾衆，爾無共怒，協比讒言予一人。古我先王將多于前功，適于山，用降我凶德，嘉績于朕邦。今我民用蕩析離居，罔有定極。今爾謂朕‘曷震動萬民以遷？’肆上帝將復我高祖之德，亂越我家。朕及篤敬，恭承民命，用永地于新邑。肆予沖人，非廢厥謀，吊由靈各；非敢違卜，用宏兹賁。烏呼！邦伯、師長、百執事之人，尚皆隱哉！予其懋簡相爾，念敬我衆。朕不肩好貨，敢共生生鞠人，謀人之保居，叙欽。今我既羞告爾于朕志，若否，罔有弗欽。無總于貨寶，生生自庸。式敷民德，永肩厥①心。"

上篇未遷時作。首提"盤庚遷于殷"四句，叙作誥之由，貫攝全篇。"曰我王來"至"底綏四方"一段，誥以趨利避害，誥庶民之辭也。次乃提出在位而專誥之，雖曰誥在位，亦本對民而誥之使同聽。曰衆者，在位庶民咸在也。中間提筆"盤庚斆于民"五句挈起全神，爲綰上遞下機捩，貫注通篇血脉。觀此可悟文字圍緊局勢之法。

中篇臨遷時作。此篇只反覆懇惻，至云"崇降罪疾，乃祖乃父，乃斷棄女"，皆是即其平日之所嚴事而畏信者以開悟之，非即以刑罰加之也。惟亂政具乃貝玉之臣，則必欲加之以刑，而亦託之乃祖乃父之意，非一人之私也。其亦殷人尚鬼而事神之徵也夫！

下篇既遷後作。首節叙事，下皆綏衆之辭；"告爾朕志"一語，是一篇關鍵。

《詩·商頌·長發》②

此爲頌體。頌者，美盛德之形容，以其成功告于神明者也。昔人論文章最要氣盛，然無神以主之，則氣無所附，蕩乎不知其所歸。神氣者，文之最精處也。音節者，文之稍粗處也。字句者，文之最粗處也。惟神氣不可見，于音節見之。音節高則神氣必高，音節下則神氣必下，故音節爲神氣之迹。音節無可準，于字句準之。一句之中，或多一字，或少一字；一字之中，或用平聲，或用仄聲；同一平字仄字，或用陰平、陽平、上聲、去聲、入聲，則音節迥異。故字句又爲音迹之準。博謂商者五帝之遺聲也。《記》曰："商人尚聲，故其文辭音節之高，無逾《商頌》。"昔人謂天威大聲，《商頌》也。積字成句，積句成章。積章成篇。合而讀之，音節見

① 厥，《尚書》通行本作"一"。

② 原注：録桐城劉大櫆圈點。

矣！歌而詠之，神氣出矣！

濬哲維商，長發其祥。洪水芒芒，禹敷下土方。外大國是疆，幅隕既長。有娀方將，帝立子生商。賦也。〇此言商世德之盛，而受命之久。玄王桓撥，受小國是達，受大國是達。率履不越，遂視既發。相土烈烈，海外有截。賦也。〇此言商之受命，始于玄王而大于相土，正見世有濬哲之君，長發其祥也。帝命不違，至于湯齊。湯降不遲，聖敬日躋。昭假遲遲，上帝是祗。帝命式于九圍。賦也。〇此言天命會于湯，而湯能以德受命。受小球大球，爲下國綴旒，何天之休。不競不絿，不剛不柔，敷政優優，百禄是遒。賦也。受小共大共，爲下國駿厖，何天之龍。敷奏其勇，不震不動，不戁不竦，百禄是總。賦也。〇此言湯敬德受命之實。武王載旆，有虔秉鉞。如火烈烈，則莫我敢曷。苞有三蘖，莫遂莫達，九有有截。韋顧既伐，昆吾夏桀。賦也。〇此言湯奉天伐暴而有天下。昔在中葉，有震且業。允也天子，降予卿士。實維阿衡，實左右商王。賦也。〇此言湯資伊尹以佐治。

宗周第五

夏商之際，文字萌蘖而體未明備，歌永言以吟志，史載筆以記言而已。迨姬昌作聖，鬻熊稱賢，意合道契，實申師傅。鬻熊以文王降己，大啓心期，著書立説，明宣布政之方，廣立輔成之策，名曰《鬻子》，後世子家因之。《大易》一書，文王演於羑里，索遠鈎深，精義曲隱。析理之文，此其權輿。武王訪道尚父，聞丹書之言，惕若有《戒書》之作。周公兼百王之文章，制禮作樂，或以辨威儀，或以彰節族。《周禮》綜官司之書，《爾雅》通詁訓之意，删詩緝頌，斧藻群言，一朝文物蔚然彬彬，後之言文章者宗之。成康之世，文以成化。訓誥之文，雍容雅健。穆王耄荒，《甫刑》是作，爲後代刑書之祖。然一篇之中，哀矜惻怛，猶可想見三代刑賞忠厚之至意焉。宣王中興，召虎、方叔、尹吉甫之徒皆能文，《周詩》往往稱之。至平王東遷，世入春秋，諸子百家出而文章變矣！

《鬻子·禹政》

鬻子，名熊，周文王之師也。周封爲楚祖，著書曰《鬻子》，遭秦火，故多殘缺。論者謂鬻子爲諸子之首，文王爲聖德之宗。熊爲文王之師，書乃政教之體，雖篇軸殘缺，第篇中所載"大忘"、"狂惑"與夫《禹政》《道符》者，悉簡奥不類後世語，鄧林一枝，斯足珍焉！

此記事文。

禹之治天下也，得皋陶，得杜子業，得既子，得施子黯，得季子寧，得然子堪，得輕子玉，連用七"得"字，分疏出七人姓名，纍纍如貫珠，質樸非可僞爲。得七大夫順遞，總一筆。以佐其身，以治天下，以天下治。倒置一字，用意便不同。上句言其作用，下句言其功效。于此可悟古人筆法之一筆作兩筆用。

禹之治天下也，以五聲聽：直起。門懸鐘、鼓、鐸、磬而置鞀，鐘、鼓、鐸、磬用"懸"，鞀用"置"，字法。以得四海之士。承。爲銘於簨簴曰："教寡人以道者，擊鼓，教寡人以義者，擊鐘；教寡人以事者，振鐸；語寡人以憂者，擊磬；告寡人以獄訟者，揮鞀：分疏五聲。此之謂五聲。"繳應起筆。是以禹嘗據一饋而七十起，日中而不暇飽食，曰："吾猶恐四海之士留於道路。"是以四海之士皆至；繳應"以得四海之士"一句。是以禹當朝廷間也，可以羅雀。收勁峭。

玩此兩段文字，一段先分疏而後順遞總一筆，一段總一筆領起，而後分疏繳應之，各極錯綜變化之妙。可見文無定法，惟其是耳。

論者謂上古文法疏，後世文法密，遂以縱横恣肆不可文法拘勒爲斅古，此譬之禪，則猶野狐禪也。《易》曰："艮其輔，言有序。"《詩》曰"出言有章。"曰有序，曰有章，皆秩序條理之謂也。越我先民，吐辭成章，屬言爲經，豈容草草？即如《盤庚》諸誥，於今日則當衆之演説也。此篇前席而陳，於後世則面對之奏辭也，大率聱牙詰屈，蓋出於古語方言者爲多。考其辭時若不文，要其謀篇布勢，庶幾於所謂有序有章者，實匪率意爲之。《禹貢》爲經制之文，伯益著《山海》之經，其彌綸彝憲，辭尚體要，無俟言焉。湘鄉曾國藩曰："讀古人文，須尋一篇義緒脉絡、反正賓主、輕重淺深、前後疏密、詳略縱擒、分合明暗、斷續承卸轉接處，又求其所以不得不然。此處看得透，方免晦澁蕪雜之病。”知言哉！

《周易》乾坤二卦①

伏羲德合上下。天應以鳥獸文章，地應以河圖洛書。伏羲則而象之，乃作八卦。

☰	☳	☵	☶
乾父一	震長男三	坎中男五	艮少男七
☷	☴	☲	☱
坤母二	巽長女四	離中女六	兑少女八

萬物之象，皆在其中。惟其變通之體，猶有未盡，故因其八卦而更重之卦，有六爻遂重爲六十四卦也。兼卦不另畫，衹取八卦因重之，故圖無六十四卦之畫。

乾	乾乾	坤否	震无妄	巽姤	坎訟	離同人	艮遯	兑履
坤	泰	坤	復	升	師	明夷	謙	臨
震	大壯	豫	震	恒	解	豐	小過	歸妹
巽	小畜	觀	益	巽	涣	家人	漸	中孚
坎	需	比	屯	井	坎	既濟	蹇	節
離	大有	晉	噬嗑	鼎	未濟	離	旅	睽
艮	大畜	剥	頤	蠱	蒙	賁	艮	損
兑	夬	萃	隨	大過	困	革	咸	兑

惟伏羲時但有卦畫而無文辭，至文王乃繫之辭，則有卦辭，有爻辭。卦者，掛也，言懸掛物象以示於人，故謂之卦。爻者，言乎變者也，效天下之動者也。惟其辭旨奇奥，未易猝曉，而其詁釋實有一定之式，殆韓愈氏所謂易奇而法者乎？玆録乾坤二卦，以備文章之一格。

䷀（乾上乾下）

乾：卦名。元，亨，利，貞。卦辭。初九：潛龍，勿用。九二：見龍在田，利見大人。九三：君子終日乾乾，夕惕若，厲无咎。九四：或躍在淵，

---

① 原注：繕校照江都焦循《易章句》本。

无咎。九五：飛龍在天，利見大人。上九：亢龍有悔。用九：見群龍无首，吉。以上爻辭。

䷁（坤下坤上）

坤：元亨。利牝馬之貞。君子有攸往，先迷，後得主，利。西南得朋，東北喪朋，安貞吉。初六：履霜，堅冰至。六二：直方大，不習，无不利。六三：含章，可貞，或從王事，无成有終。六四：括囊，无咎无譽。六五：黄裳，元吉。上六：龍戰於野，其血元黄。用六：利永貞。

伏羲畫卦，文王繫辭，雖若可解不可解，而綜其要可以“元亨利貞，吉凶悔吝，厲孚无咎”十二言概之。元亨利貞，則當位而吉。不元亨利貞，則失道而凶。失道而消，不久固厲。當位而盈，不可久，亦厲。因其厲而悔則孚，孚則无咎。同一改悔而獨歷艱難困苦而後得有孚，則爲吝亦歸於无咎。明乎此十二言而易可知矣！

《武王踐阼記》

此爲記言文。

茲篇所載十七銘，厥爲後世銘文之權輿。或曰“銘始於黄帝”，其真僞不可知。然可信非三代以後之作，湯有盤銘，銘文曰：“苟日新，日日新，又日新。”武有此篇所載十七銘。後人因之，凡器物皆爲之銘。銘者，名也，劉勰云：“觀器而正名也。”故曰“作器能銘，可以爲大夫矣！”考諸夏商鼎、彝、尊、卣、盤、匜之屬，莫不有銘。辭意簡質，致樸無文。晉陸機《文賦》曰：“銘貴博文而温潤。”此自後人文勝則然耳。

武王踐阼，三日，召師尚父，問黄帝、顓頊之道。師尚父曰：“在丹書，王欲聞之，則齊矣！”三日，王端冕，師尚父亦端冕，奉書而入，負屏而立。王下堂，南面而立。師尚父曰：“先王之道，不北面。”王行西折而南，東面而立；師尚父西面。道書之言曰：“‘敬勝怠者吉，怠勝敬者滅；義勝欲者從，欲勝義者凶。凡事不强則枉，弗敬則不正；枉者滅廢，敬者萬世。’且臣聞之：以仁得之，以仁守之，其量百世；以不仁得之，以仁守之，其量十世；以不仁得之，以不仁守之，必及其世。”王聞書之言，惕若恐懼，退而爲戒書。席前左端之銘曰：“安樂必敬。”前右端之銘曰：“無行可悔。”後左端之銘曰：“一反，一側，亦不可以忘。”後右端之銘曰：“所監不遠，視邇所代。”机之銘曰：“皇皇惟敬，口生㖃，口戕口。”鑑之銘曰：“見爾前，慮爾後。”盥盤之銘曰：“與其溺於人也，寧溺於淵。溺於淵，猶可游也；溺於人，不可救也。”楹之銘曰：“毋曰胡殘，其禍將然；毋曰胡害，其禍將大；毋曰胡傷，其禍將長。”杖之銘曰：“惡乎危？於忿疐；惡乎失道？於嗜欲；惡乎相忘？於富貴。”帶之銘曰：“火滅脩容，慎戒必恭，恭則壽。”屨履之銘曰：“慎之勞，勞則富。”觴豆之銘曰：“食自杖，食自杖，戒之憍，憍則逃。”户之銘曰：“夫名難得而易失。無懃弗志，而曰我知之乎？無懃弗及，而曰我杖之乎？擾阻以泥之，若風將至，必先摇摇。雖有聖人，不能爲謀也。”牖之銘曰：“隨天之時，以地之財，敬祀皇天，敬以先時。”劍之銘曰：“帶之以爲服，動必行德，行德則興，倍德則崩①。”弓之銘曰：“屈伸之義，廢興之行，無忘自過。”矛之銘曰：“造矛造矛，少間弗忍，終身之羞。”予一人所聞，以戒後世子孫。

《儀禮·士相見》②

《儀禮》一名《士禮》，十七篇：《士冠禮第一》，《士昏禮第二》，《士相見禮第三》，《鄉飲酒禮第四》，《鄉射禮第五》，《燕禮第六》，《大射儀第七》，《聘禮第八》，《公食大夫禮第九》，《覲禮第十》，《喪服第十一》，《士喪禮第十二》，《既夕第十三》，《士虞禮第十四》，《特牲饋食第十五》，《少牢饋食第十六》，《有司徹第十七》，於群經中文字最爲奇奧。先儒謂其文物彬彬，乃周公制作僅存者。於奇辭奥旨中，有精義妙道焉；於纖悉曲折中，有朋辨等威焉。録《士相見禮》。

① 崩，原作“奔”，音近而誤，兹據王聘珍《大戴禮記解詁》改。

② 原注：繕校照仁和吴廷華《儀禮章句》本。

士相見之禮：一句領起。摯，冬用雉，夏用腒，左頭奉之。曰："某也願見，無由達，某子以命命某見。"主人對曰："某子命某見，吾子有辱，請吾子之就家也，某將走見。"賓對曰："某不足以辱命，請終賜見。"主人對曰："某不敢爲儀，固請吾子之就家也，某將走見。"賓對曰："某不敢爲儀，固以請。"主人對曰："某也固辭，不得命，將走見，聞吾子稱摯，敢辭摯。"賓對曰："某不以摯不敢見。"主人對曰："某不足以習禮，敢固辭。"賓對曰："某也不依于摯不敢見，固以請。"主人對曰："某也固辭，不得命，敢不敬從!"出迎于門外，再拜。賓答再拜。主人揖，入門右。賓奉摯入門左。主人再拜受。賓再拜送摯，出。主人請見，賓反見，退。主人送于門外，再拜。以上請見。

主人復見之以其摯，曰："曏者吾子辱使某見，請還摯于將命者。"主人對曰："某也既得見矣，敢辭。"賓對曰："某也非敢求見，請還摯于將命者。"主人對曰："某也既得見矣，敢固辭。"賓對曰："某不敢以聞，固以請于將命者。"主人對曰："某也固辭，不得命，敢不從!"賓奉摯入，主人再拜受，賓再拜送摯，出。主人送于門外，再拜。以上復見。

士見于大夫，終辭其摯。于其入也，一拜其辱也。賓退，送再拜。以上士見大夫。

若嘗爲臣者，則禮辭其摯，曰："某也辭不得命，不敢固辭。"賓入奠摯，再拜。主人答壹拜。賓出，使擯者還其摯于門外，曰："某也使某還摯。"賓對曰："某也既得見矣，敢辭。"擯者對曰："某也命某：'某非敢爲儀也，敢以請。'"賓對曰："某也夫子之賤私，不足以踐禮，敢固辭。"擯者對曰："某也使某：'不敢爲儀也，固以請。'"賓對曰："某固辭，不得命，敢不從。"再拜受。以上士爲大夫臣者見于大夫。

下大夫相見以雁，飾之以布，維之以索，如執雉。上大夫相見以羔，飾之以布，四維①之，結于面，左頭，如麛執之。如士相見之禮。以上大夫相見。

始見于君，執摯至下，容彌蹙。庶人見于君，不爲容，進退走。士、大夫則奠摯，再拜稽首，君答壹拜。以上大夫、士、庶人始見于君。

---

① 四維，原誤合爲"羅"。

若他邦之人，則使擯者還其摯，曰：“寡君使某還摯。”賓對曰：“君不有其外臣，臣不敢辭。”再拜稽首受。以上他邦之人見君。

凡燕見于君，必辯君之南面。若不得，則正方，不疑君。君在堂，升見無方階，辯君所在。以上燕見于君。

凡言，非對也，妥而後傳言。與君言，言使臣；與大人言，言事君；與老者言，言使弟子；與幼者言，言孝弟于父兄；與衆言，言忠信慈祥；與官者言，言忠信。以上言。

凡與大人言，始視面，中視抱，卒視面。毋改，衆皆若是。若父，則游目，毋上于面，毋下于帶。若不言，立則視足，坐則視膝。以上視。

凡侍坐于君子，君子欠伸，問日之早晏，以食具告。改居，則請退可也。夜侍坐，問夜，膳葷，請退可也。以上請退。

若君賜之食，則君祭先飯，徧嘗膳，飲而俟。君命之食，然後食。若有將食者，則俟君之食然後食。若君賜之爵，則下席，再拜稽首受爵，升席祭，卒爵，而俟君卒爵，然後受虚爵。退，坐取屨，隱辟而后屨。君爲之興，則曰：“君無爲興，臣不敢辭。”君若降送之，則不敢顧辭，遂出。大夫則辭，退下，比及門，三辭。以上君賜之食。

若先生異爵者請見之，則辭。辭不得命，則曰：“某無以見，辭不得命，將走見。”先見之。以上長者請見。

非以君命使，則不稱寡。大夫、士則曰寡君之老。凡執幣者不趨，容彌蹙以爲儀。執玉者則唯舒武，舉前曳踵。凡自稱于君，士、大夫則曰下臣，宅者在邦則曰市井之臣，在野則曰草茅之臣，庶人則曰刺草之臣，他國之人則曰外臣。以上對臣自稱及執幣、執玉。

《周禮》(大司樂、㮚氏、梓人)

《周禮》六篇，《天官冢宰第一》、《地官司徒第二》、《春官宗伯第三》、《夏官司馬第四》、《秋官司寇第五》、《冬官考工記第六》，作於周公居攝之後，詳周之官制，嚴於職守；言司者總其領，司會之屬；言師者訓其徒，甸師之屬；言職者主其業，職内之屬；言衡者平其政，虞衡之屬；言掌者主其事，掌舍之屬；言氏者世其官，師氏之屬；言人者終其身，庖人之屬；不氏不人者權其材也，官正膳夫之屬。其分例雖密，而序官之義有二：一則以義類相從，如宫正、宫伯同主宫中是，膳夫、庖人、外饔同主造食是；一則次叙一官之屬，不以尊卑爲先後，而以緩急爲次第。故宫正等士官在前，内宰等大夫官在後也。惟其後《冬官》一篇久佚，河間獻王取《考工記》補之。《考工記》者，或以爲東周後齊人所作，或以爲先秦書。然其文法奇古，説者謂《嘉量銘》，極文章之妙。而《梓人》筍虡之制，文法奇古，有飛動之狀。蓋精於道者兼物物，而後能制器。《莊子》謂“梓慶削木爲鐻，鐻成，見者驚猶鬼神”，“以天合天”，道與藝化，豈物物刻雕之哉！故或以爲“《檀弓》《考工記》，皆聖於文者也”。録《春官宗伯·大司樂》，《冬官考工記·㮚氏》、《梓人》三篇。

大司樂掌成均之法，以治建國之學政，而合國之子弟焉。凡有道者有德者，使教焉，死則以爲樂祖，祭於瞽宗。以樂德教國子：中、和、祗、庸、孝、友。以樂語教國子：興、道、諷、誦、言、語。以樂舞教國子：舞《雲門》、《大卷》、《大咸》、《大磬》、《大夏》、《大濩》、《大武》。以上教國子。

以六律、六同、五聲、八音、六舞大合樂，以致鬼神示，此句順遞下，領起司樂。以和邦國，以諧萬民，以安賓客，以悦遠人，以作動物。乃分樂而序之，以祭，以享，以祀。乃奏黄鐘，歌大吕，舞《雲門》，以祀天神。乃奏大蔟，歌應鐘，舞《咸池》，以祭地示。乃奏姑洗，歌南吕，舞《大磬》，以祀四望。乃奏蕤賓，歌函鐘，舞《大夏》，以祭山川。乃奏夷則，歌小吕，舞《大濩》，以享先妣。乃奏無射，歌夾鐘，舞《大武》，以享先祖。

凡六樂者，接，峭拔！文之以五聲，播之以八音。繳應五聲八音。凡六樂者，一變而至羽物及川澤之示，再變而致贏物及山林之示，三變而致鱗物及丘陵之示，四變而致毛物及墳衍之示，五變而致介物及土示，六變而致象物及天神。凡樂，圜鐘爲宫，黄鐘爲角，大蔟爲徵，姑洗爲羽，靁鼓靁鼗，孤竹之管，云和之琴瑟①，《雲門》之舞，冬日至，於地上之圜丘奏之，若樂六變，則天神皆降，可得而禮矣。凡樂，函鐘爲宫，大蔟爲角，姑洗爲

① 去和之琴瑟，原脱，謹照阮刻《周禮注疏》補。

徵，南吕爲羽，靈鼓靈鼗，孫竹之管，空桑之琴瑟，《咸池》之舞，夏日至，於澤中之方丘奏之，若樂八變，則地示皆出，可得而禮矣。凡樂，黄鐘爲宫，大吕爲角，大蔟爲徵，應鐘爲羽，路鼓路鼗，陰竹之管，龍門之琴瑟，《九德》之歌，《九磬》之舞，於宗廟之中奏之，若樂九變，則人鬼可得而禮矣。以上申説以致鬼神示。

凡樂事，大祭祀宿縣，遂以聲展之，王出入則令奏《王夏》，尸出入則令奏《肆夏》，牲出入則令奏《昭夏》，帥國子而舞。大饗不入牲，其他皆如祭祀。大射，王出入，令奏《王夏》；及射，令奏《騶虞》。詔諸侯以弓矢舞。王大食，三宥，皆令奏鐘鼓。王師大獻，則令奏愷樂。以上奏樂之宜。

凡日月食，四鎮五嶽崩，大傀異裁，諸侯薨，令去樂。大札、大凶、大裁、大臣死，凡國之大憂，令弛縣。凡建國，禁其淫聲、過聲、凶聲、慢聲。大喪，涖廞樂器。及葬，藏樂器，亦如之。以上撤樂。

凡文字中權一落平境，便不動人看。即如此篇起首段叙教國子順遞下領起司樂，文境稍嫌平弱。中權以下，乃連用凡字挺接作提筆，異軍蒼頭突起，再接再厲，便如夏雲奇峰，錯綜矗起，夭矯秀拔，此可悟化夷爲險、化正爲奇之法。

叙典制最宜詳略互見，即如前篇大夫相見，除與士不同摯外，餘皆略同。此處另叙則嫌重複，不叙又欠明晰，可以“如士相見之禮”六字概之，此文字省略法也。此篇大饗奏樂除不入牲與大祭祀異應提叙外，餘則以“其他皆如祭祀”六字概之。

㮚氏爲量，改煎金錫則不耗。不耗然後權之，權之然後準之，準之然後量之。量之以爲鬴，深尺，内方尺而圜其外，其實一鬴；其臀一寸，其實一豆；其耳三寸，其實一升。重一鈞。其聲中黄鐘之宫。槩而不税。其銘曰：“時文思索，允臻其極。嘉量既成，以觀四國。永啓厥後，兹器維則。”凡鑄金之狀，繳轉起筆，改“煎金錫”句作一提叙，如神龍掉尾。金與錫，黑濁之氣竭，黄白次之；黄白之氣竭，青白次之；青白之氣竭，青氣次之，然後可鑄也。

梓人爲筍簴。天下之大獸五：脂者，膏者，臝者，羽者，鱗者。宗廟之事，脂者、膏者以爲牲；臝者、羽者、鱗者以爲筍簴；外骨、内骨，却行、仄行、連行、紆行，以脰鳴者，以注鳴者，以旁鳴者，以翼鳴者，以股鳴者，以胷鳴者，謂之小蟲之屬，以爲雕琢。厚脣弇口，出目短耳，大胷燿後，大體短脰，若是者謂之臝屬，恒有力而不能走，其聲大而宏。有力而不能走，則於任重宜；大聲而宏，則於鐘宜。若是者以爲鐘簴，是故擊其所縣，而由其簴鳴。鋭喙決吻，數目顧脰，小體騫腹，若是者謂之羽屬，恒無力而輕，其聲清揚而遠聞。無力而輕，則於任輕宜；其聲清揚而遠聞，則於磬宜。若是者以爲磬簴，故擊其所縣，而由其簴鳴。小首而長，搏身而鴻，若是者謂之鱗屬，以爲筍。凡攫閷援簭之類，必深其爪，出其目，作其鱗之而。深其爪，出其目，作其鱗之而，則於眡必撥爾而怒。苟撥爾而怒，則於任重宜。且其匪色，必似鳴矣。爪不深，目不出，鱗之而不作，則必穨爾如委矣。苟穨爾如委，則加任焉，則必如將廢措，其匪色必似不鳴矣。

觀此可悟古人制器尚象之妙，其落筆尤如獅子踞地，通身有跳舞之勢。

《爾雅·釋訓》①

爾，近也。雅，正也，言可近而取正也。釋，解也，訓，順也，順其意以解之也。《爾雅》十九篇，曰《釋詁上》，曰《釋詁下》，曰《釋言》，曰《釋訓》，曰《釋親》，曰《釋宫》，曰《釋器》，曰《釋樂》，曰《釋天》，曰《釋地》，曰《釋丘》，曰《釋山》，曰《釋水》，曰《釋草》，曰《釋木》，曰《釋蟲》，曰《釋魚》，曰《釋鳥》，曰《釋獸》，曰《釋畜》。説者曰："周公作之以教成王也。"厥爲經訓文所自始。

明明、斤斤，察也。條條、秩秩，智也。穆穆、肅肅，敬也。諸諸、便

① 原注：繕校照餘姚邵晉涵《爾雅正義》本。

便，辯也。肅肅、翼翼，恭也。廱廱、優優，和也。兢兢、繩繩，戒也。戰戰、蹌蹌，動也。晏晏、温温，柔也。

業業、翹翹，危也。惴惴、憢憢，懼也。番番、矯矯，勇也。桓桓、烈烈，威也。洸洸、赳赳，武也。藹藹、濟濟，止也。悠悠、洋洋，思也。蹶蹶、踖踖，敏也。薨薨、增增，衆也。烝烝、遂遂，作也。委委、佗佗，美也。忯忯、惕惕，愛也。

偁偁、格格，舉也。蓁蓁、孽孽，戴也。慇慇、媞媞，安也。祁祁、遲遲，徐也。

丕丕、簡簡，大也。

存存、萌萌，在也。

懋懋、慔慔，勉也。庸庸、慅慅，勞也。赫赫、躍躍，迅也。綽綽、爰爰，緩也。

坎坎、壿壿，喜也。

瞿瞿、休休，儉也。

旭旭、蹻蹻，憍也。夢夢、訰訰，亂也。爆爆、邈邈，悶也。儚儚、洄洄，惽也。版版、盪盪，僻也。爞爞、炎炎，薰也。居居、究究，惡也。仇仇、敖敖，傲也。佌佌、瑣瑣，小也。悄悄、慘慘，慍也。痯痯、瘐瘐，病也。殷殷、惸惸、忉忉、慱慱、欽欽、京京、忡忡、惙惙、怲怲、弈弈，憂也。

畇畇，田也。畟畟，耜也。郝郝，耕也。繹繹，生也。穟穟，苗也。緜緜，穮也。挃挃，穫也。栗栗，衆也。溞溞，淅也。烰烰，烝也。俅俅，服也。峨峨，祭也。諰諰，樂也。穰穰，福也。

子子孫孫，引無極也。

顒顒卬卬，君之德也。丁丁、嚶嚶，相切直也。藹藹、萋萋，臣盡力也。噰噰、喈喈，民協服也。

佻佻、契契，愈遐急也。宴宴、粲粲，尼居息也。哀哀、悽悽，懷報德也。儵儵、嘒嘒，罹禍毒也。晏晏、旦旦，悔爽忒也。皋皋、琄琄，刺素食也。懽懽、愮愮，憂無告也。憲憲、洩洩，制法則也。謔謔、謞謞，崇讒慝也。翕翕、訿訿，莫供職也。速速、蹙蹙，惟逑鞫也。

抑抑，密也。秩秩，清也。

甹夆，掣曳也。

朔，北方也。

不俟，不來也。不遹，不蹟也。不徹，不道也。勿念，勿忘也。

蕿、諼，忘也。每有，雖也。饎，酒食也。

舞、號，雩也。

暨，不及也。蠢，不遜也。

“如切如磋”，道學也。“如琢如磨”，自修也。“瑟兮僩兮”，恂慄也。“赫兮烜兮”，威儀也。“有斐君子，終不可諼兮”，道盛德至善，民之不能忘也。

“既微且尰”：骭瘍爲微，腫足爲尰。“是刈是濩”：濩，煑之也。

“履帝武敏”：武，迹也；敏，拇也。

“張仲孝友”：善父母爲孝，善兄弟爲友。

“有客宿宿”，言再宿也；“有客信信”，言四宿也。

美女爲媛；美士爲彦。

“其虚其徐”，威儀容止也。“猗嗟名兮”，目上爲名。

“式微式微”者，微乎微者也。“之子”者，是子也。

“徒御不驚”，輦者也。

襢裼，肉袒也。暴虎，徒搏也。馮河，徒涉也。

籧篨，口柔也。戚施，面柔也。夸毗，體柔也。

婆娑，舞也。

擗，拊心也。

矜憐，撫掩之也。

緎，羔裘之縫也。

殿屎，呻也。幬謂之帳。

侜張，誑也。

誰昔，昔也。

不辰，不時也。

凡曲者爲罶。

鬼之爲言歸也。

《詩·豳風·鴟鴞》①

三監之叛，成王惑於管蔡之流言，未知周公之志，公乃取比於鴟鴞而作此詩。詩之用，賦、比、興三者是矣。蓋叙物以言情謂之賦，情盡物也；索物以托情謂之比，情附物者也；觸物以起情謂之興，物動情者也。兹篇爲比體，特索之鴟鴞以寄其情焉！

鴟鴞鴟鴞，既取我子，無毁我室。恩斯勤斯，鬻子之閔斯！比也。迨天之未陰雨，徹彼桑土，綢繆牖户。今女下民，或敢侮予！比也。予手拮据，予所捋荼，予所蓄租，予口卒瘏，曰予未有室家。比也。予羽譙譙，予尾翛翛，予室翹翹。風雨所漂摇，予維音嘵嘵。比也。

鴟鴞斥武庚也。周公不直斥管蔡，而但痛鴟鴞之毁室，蓋爲親者諱也。此衹兄弟私情，見於私人立言之際。然而公義則不可掩，故史臣於《書》既曰："管叔及其群弟流言於國。"又曰："周公位冢宰，群叔流言。"乃皆以公義直書之者也。此可悟詩之吟詠情性以風其上，主文而譎諫，與史之直率不同。

《詩·小雅·常棣》

周公吊二叔之不咸，而使兄弟之恩疏，召公爲作此詩而歌之以親之。

常棣之華，鄂不韡韡。凡今之人，莫如兄弟。興也。死喪之威，兄弟孔懷。原隰裒矣，兄弟求矣。賦也。脊令在原，兄弟急難。每有良朋，況也永歎。興也。兄弟鬩于墻，外禦其侮。每有良朋，烝也無戎。賦也。喪亂既平，既安且寧。雖有兄弟，不如友生。賦也。儐爾籩豆，飲酒之飫。兄弟既具，和樂且孺。賦也。妻子好合，如鼓瑟琴。兄弟既翕，和樂且湛。賦也。宜爾室家，樂爾妻帑。是究是圖，亶其然乎！賦也。

---

① 原注：録桐城劉大櫆圈點。

古詩叶韻之法，大約有三：首句、次句叶韻，隔第三句而於第四句叶韻者，此篇之三章、五章是也；凡漢以下詩及唐人律詩、絶詩之首句用韻者源於此。一起即隔句叶韻者，《康衢》、《擊壤》之歌見原文第二。是也；凡漢以下詩及唐人律詩之首句不用韻者源於此。自首至末句句叶韻者，《明良喜起》之歌見原文第二。及《商頌·長發》之一章、二章、三章、四章、五章是也；見《祖商第四》。凡漢以下詩若魏文帝《燕歌行》之類源於此。

《書·無逸》①

周公作《無逸》，其要在"知小人之依"，扼重此五字，以"君子所其無逸"六字劈頭擒住題眼，領起全篇。首論人之賢愚，係乎能知小人之依與否；繼言殷三宗之壽，由其能知乎。此後王之夭，亦由其不能知也。周之先王，其智固不異於三宗；周之後王，宜以文王爲法，而以商紂爲戒，末言三宗文王有迪哲之實，故聞小人怨詈，則反躬而不尤人。成王其可亂罰無罪殺無辜而叢怨於厥身哉！總以"嗣王其監於兹"六字結之，得無意耶！

周公曰："烏呼！君子所其無逸。先知稼穡之艱難，乃逸；則知小人之依。相小人，厥父母勤勞稼穡，厥子乃不知稼穡之艱難，乃逸乃諺。既誕，否則侮厥父母，曰：'昔之人無聞知。'"周公曰："烏呼！我聞曰：昔在殷王中宗，嚴恭寅畏，天命，自度，治民祇懼，不敢荒寧。肆中宗之享國，七十有五年。其在高宗，時舊勞于外，爰暨小人。作其即位，乃或亮陰，三年不言；其惟不言，言乃雍，不敢荒寧。嘉靖殷邦，至于小大，無時或怨。肆高宗之享國，五十有九年。其在祖甲，不義惟王，舊爲小人。作其即位，爰知小人之依，能保惠于庶民，不敢侮鰥寡。肆祖甲之享國，三十有三年。自時厥後立王，生則逸。生則逸，不知稼穡之艱難，不聞小人之勞，惟耽樂之從。自時厥後，亦罔或克壽或十年，或七八年，或五六年，

① 原注：圈點照桐城吴汝綸《尚書》寫定本。

或三四年。"

周公曰："烏呼！厥亦惟我周大王王季，克自抑畏。文王卑服，即康功田功；徽柔懿恭，懷保小民，惠鮮鰥寡；自朝至于日中昃，不皇暇食，用咸和萬民。文王不敢盤于遊田，以庶邦惟正之供。文王受命惟中身，厥享國五十年。"周公曰："烏呼！繼自今嗣王，則其無淫于酒，無逸于游田，以萬民惟正之供。無皇曰：'今日耽樂。'乃非民攸訓，非天攸若，時人丕則有愆。無若殷王受之迷亂，凶①于酒德哉！"周公曰："烏呼！我聞曰：古之人猶胥訓告，胥保惠，胥教誨，民無或胥譸張爲幻。此厥不聽，人乃訓之，乃變亂先王之正刑，至于小大。民否則厥心違怨，否則厥口詛祝。"周公曰："烏呼！自殷王中宗及高宗及祖甲，及我周文王，兹四人迪哲。厥或告之曰'小人怨汝罵②汝！'，則皇自敬德。厥愆，曰：'朕之愆。'允若時，不啻不敢含怒。此厥不聽，人乃或譸張爲幻。曰：'小人怨汝罵汝！'則信之。則若時，不永念厥辟，不寬綽厥心，亂罰無罪，殺無辜，怨有同，是叢于厥身。"周公曰："烏呼！嗣王其監于兹！"

《書·康王之誥》③

康王既尸天子，遂誥諸侯，作《康王之誥》。

王出，在應門之内，太保率西方諸侯入應門左，畢公率東方諸侯入應門右，皆布乘黄朱。賓稱奉圭兼幣曰："一二臣衛，敢執壤奠。"皆再拜稽首。王義嗣德，再拜。以上記康王朝見之禮。太保暨芮伯，咸進相揖，皆再拜稽首曰："敢敬告天子，皇天改大邦殷之命，惟周文、武誕受羑若，克恤西土。惟新陟王，畢協賞罰，戡定厥功，用敷遺後人休。今王敬之哉！張皇六師，無壞我高祖寡命。"以上群臣陳戒于君，而責君以敬。王若曰："庶邦侯、甸、男、衛，惟予一人釗報誥。昔君文、武丕平富，不務咎，厎至齊，信用昭明于天下。則亦有熊羆之士，不二心之臣，保乂王家，用端命于上帝。皇天用訓厥道，付畀四方，乃命建侯樹屏，在我後之人。今予一二伯父，尚胥暨

① 凶，《尚書》通行本作"酗"。

② 罵，《尚書》通行本作"詈"。

③ 原注：圈點照桐城吴汝綸《尚書》寫定本。

顧，綏爾先公之臣服于先王。雖爾身在外，乃心罔不在王室。用奉恤厥若，無遺鞠子羞。”以上康王求助于臣，而勉臣以忠。群公既皆聽命，相揖趨出。王釋冕，反喪服。以上記朝畢而仍全子道。

《書·吕刑》①

桐城吴汝綸曰：“《戴記》作《甫刑》。”

惟吕命。王享國百年，耄荒，度作刑，以詰四方。以上叙訓刑之由。王曰：“若古有訓：蚩尤惟始作亂，延及于平民，罔不寇賊，鴟義姦宄，奪攘矯虔。苗民弗用靈，制以刑，惟作五虐之刑曰法。殺戮無辜，爰始淫爲劓、刵、劅、黥。越兹麗刑并制，罔差有辭。民興胥漸，泯泯棼棼，罔中于信，以覆詛盟。虐威，庶戮方告無辜于上；上帝監民，罔有馨香德，刑發聞惟腥。以上苗民作五刑。皇帝哀矜庶戮之不辜，報虐以威，遏絶苗民，無世在下。乃命重、黎絶地天通，罔有降格。群后之逮在下，明明棐常，鰥寡無蓋。皇帝清問下民，鰥寡有辭于苗。德威惟畏，德明惟明。乃命三后，恤功于民：伯夷降典，折民惟刑；禹平水土，主名山川；稷降播種，農殖嘉穀。三后成功，惟殷于民。士制百姓于刑之中，以教祇德。穆穆在上，明明在下，灼于四方，罔不惟德之勤。故乃明于刑之中，率乂于民棐彝。典獄，非訖于威，惟訖于富。敬忌，罔有擇言在身。惟克天德，自作元命，配享在下。”以上堯舜滅有苗，制刑法。王曰：“嗟！四方司政典獄，非爾惟作天牧？今爾何監？非時伯夷播刑之迪？其今爾何懲？惟時苗民匪察于獄之麗。罔擇吉人觀于五刑之中，惟時庶威奪貨，斷制五刑以亂無辜。上帝不蠲，降咎于苗。苗民無辭于罰，乃絶厥世。”以上告典獄者，以伯夷爲法，以苗民爲戒。

王曰：“烏呼！念之哉。伯父、伯兄、仲叔、季弟、幼子、童孫，皆聽朕言，庶有格命。今爾罔不由慰日勤，爾罔或戒不勤。天齊于民，俾我一日。非終，惟終在人。爾尚敬逆天命，以奉我一人。雖畏勿畏，雖休勿休。惟敬五刑，以成三德。一人有慶，兆民賴之，其寧惟永。”以上言慎刑乃克有終。王曰：“吁！來，有邦有土，告爾詳刑。在今爾安百姓，何擇非人？何

① 原注：圈點照桐城吴汝綸《尚書》寫定本。

敬非刑？何度非及？兩造具備，師聽五辭。五辭簡孚，正于五刑。五刑不簡，正于五罰。五罰不服，正于五過。五過之疵：惟官，惟反，惟內，惟貨，惟來。其罪惟均，其審克之。五刑之疑有赦，五罰之疑有赦，其審克之。簡孚有衆，惟貌有稽。無簡不聽，具嚴天威。以上言五刑、五罰、五過之等差。墨辟疑赦，其罰百鍰，閱實其罪。劓辟疑赦，其罰惟倍，閱實其罪。剕辟疑赦，其罰倍差，閱實其罪。宮辟疑赦，其罰六百鍰，閱實其罪。大辟宜赦，其罰千鍰，閱實其罪。墨罰之屬千，劓罰之屬千，剕罰之屬五百，宮罰之屬三百，大辟之罰，其屬二百，五刑之屬三千。上下比罪，無僭亂辭。勿用不行，惟察惟法，其審克之。上刑適輕，下服。下刑適重，上服。輕重之罰有權，刑罰世輕世重。惟齊非齊，有倫有要。罰懲非死，人極于病。非佞折獄，惟良折獄。罔非在中，察辭于差。非從惟從，哀矜折獄。明啓刑書，胥占，咸庶中正。其刑其罰，其審克之。獄成而孚，輸而孚。其刑上備，有并兩刑。”以上專言罰之條理。王曰：“烏呼！敬之哉！官伯族姓，朕言多懼。朕敬于刑，有德惟刑。今天相民，作配在下。明清于單辭；民之亂，罔不中，聽獄之兩辭，無或私家于獄之兩辭。獄貨非寶，惟府辜功，報以庶尤。永畏惟罰。非天不中，惟人在命。天罰不極，庶民罔有令政在于天下。”以上總同姓異姓諸而告之凜敬刑之責。王曰：“烏呼！嗣孫，今往，何監非德？于民之中，尚明聽之哉！哲人惟刑；無疆之辭，屬于五極。咸中有慶，受王嘉師，監于兹詳刑。”以上詔嗣孫以致無窮之意。

《詩·大雅·江漢》①

兹詩，尹吉甫美宣王也。能興衰撥亂，命召公平淮夷。

江漢浮浮。武夫滔滔。匪安匪遊，淮夷來求。既出我車，既設我旟。匪安匪舒，淮夷來鋪。賦也。〇以上叙出師伐淮之由。江漢湯湯，武夫洸洸。經營四方，告成于王。四方既平，王國庶定。時靡有争，王心載寧。賦也。〇以上言王成功之大。江漢之滸，王命召虎：式辟四方，徹我疆土。匪疚匪棘，王國來極。于疆于理，至于南海。賦也。〇以上叙召公受王命平南方。王命召虎：來

① 原注：録桐城劉大櫆圈點。

旬來宣。文武受命，召公維翰。無曰予小子，召公是似。肇敏戎公，用錫爾祉。賦也。○以上述王委任責成之重，以起下報功之事。釐爾圭瓚，秬鬯一卣，告于文人。錫山土田，于周受命，自召祖命。虎拜稽首，天子萬年！賦也。○以上述王賜召公策命，而公拜受之。虎拜稽首，對揚王休。作召公考，天子萬壽！明明天子，令聞不已。矢其文德，洽此四國。賦也。以上述召公答稱王命意。

通章重平淮夷，上前三章追叙其經營疆理之功，下皆褒賞策命事也。此詩作于成功之後，固重召公之成功，亦重宣王之報功。終言矢文德，洽四國，想見古大臣導君以善，不忘忠愛深心。

《書·文侯之命》①

平王命晉文侯爲方伯，此其册命之辭。

王若曰："父義和！丕顯文、武，克慎明德，昭升于上，敷聞在下。惟時上帝集厥命于文武②。亦惟先正，克左右昭事厥辟，越小大謀猷，罔不率從，肆先祖懷在位。以上晉之先世輔弼文、武。烏呼！閔予小子嗣，造天丕愆，殄資澤于下，民侵戎③，我國、家純。即我御事，罔或耆壽，俊在厥服。予則罔克，曰惟祖惟父，其伊恤朕躬。烏呼！有績予一人，永綏在位。以上平王遭家難，無人匡輔。父義和，女克紹乃顯祖，汝肇刑文、武，用會紹乃辟，追孝于前文人。汝多脩，扞我于艱，若汝，予嘉。"以上嘉文侯之功。王曰："父義和！其歸視爾師，寧爾邦。用賚秬鬯一卣，彤弓一，彤矢百，玈弓一，玈矢百，馬四匹。父往哉！柔遠能邇，惠康小民，無荒寧。簡恤爾都，用成爾顯德。"以上賜賚。

春秋第六

周自東遷後，朝廷文教，壹仍《周禮》世官師氏之舊，不敷於下而耑於

① 原注：圈點照桐城吴汝綸《尚書》寫定本。

② 武，《尚書》通行本作"王"。

③ 民侵戎，《尚書正義》"民"字上屬，"侵戎"屬下爲句。

士大夫。能文而善説辭者，其人謂之知禮。管仲屬篇，事覈而言練；鄭僑辭命，情信而辭巧。叔向詒書，季札論樂，能文章者衆矣！然數子者，於並世文化之消長，學術之盛衰，不甚關係。獨管仲蔚然成家，爲法學鼻祖耳。惟孔子以天縱之聖，崛起東魯，毅然立於定哀之際，設數傳道，不獨以文章著也。與孔子生同時而以學術鳴以文字豪者，厥有老子，則西楚之苦縣曲仁里人也，實生江淮之際。其文辭神奇變化，簡古多含蓄，孔子譬之猶龍，非過譽也。當是時，孔老分雄南北，而起於其間者，有墨子焉。墨子生於宋。宋國於淮河之間，南北通衢也。其文意顯而語質，與孔老鼎足而三矣。他若孫武之論簡爽，邱明之傳豐贍，亦聖文之羽翮，伯氏之冠冕也。然管仲起於賤賈，孔子以庶妾子側出，老子、孫子先代不聞有明德，墨翟亦布衣突起，皆非世卿巨閥，而擅教術，言論爲天下重，箸籍弟子至數千百人。於是人奮於學，家以其術鳴。世官師氏之制破，而學術公之庶民，開戰國之盛，亘光於前古矣！

《管子·小匡第二十》①

《管子》八十六篇，舊題管仲撰。今考其文，疑是齊桓、管仲當日相與謀議唯諾之辭，後人從而記之，不必出仲所自作。其他姑無論，即仲卒於桓公之前，而篇中處處稱桓公，其不出仲手已無疑義矣！其中《牧民第一》最簡明，其要曰："倉稟實則知禮節，衣食足則知榮辱。禮義廉恥，國之四維。四維不張，國乃滅亡。"此管子經國之大綱，苟得王者之心以行，雖歷世可以無敝。《小匡第二十》，管子行事之目，聚見此篇，其次第皆可按而考。説者曰："管仲，霸之始，王道所由絶也。"兹節録《小匡第二十》，而取其内政諸説，以見王制之變，霸業之本。

桓公自莒反于齊，使鮑叔牙爲宰。鮑叔辭曰："臣，君之庸臣也。君加惠于臣，使臣不凍飢，則是君之賜也。若必治國家，其惟管夷吾乎！"公曰："管夷吾親射寡人，中鈎，殆于死。今乃用之，可乎？"鮑叔曰："彼爲

① 原注：繕校參照桐城方苞《管子》寫節本。

其君動也，君若宥而反之，其爲君亦猶是也。”公曰：“然則爲之奈何？”鮑叔曰：“君使人請之魯。”公曰：“施伯，魯之謀臣也。彼知吾將用之，必不吾予也。”鮑叔曰：“君詔使者曰：‘寡君有不令之臣，在君之國，願請之以戮群臣。’”

公乃使鮑叔行成，曰：“公子糾，親也，請君討之。”魯人爲殺公子糾。又曰：“管仲，讎也，請受而甘心焉。”魯君許諾。施伯謂魯侯曰：“勿予。非戮之也，將用其政也。管仲者，天下之賢人也，大器也。今齊求而得之，則必長爲魯國憂。君何不殺而授之其屍？”魯君曰：“諾。”將殺管仲。鮑叔進曰：“弊邑寡君願生得之，以狥于國，爲群臣戮。若不生得，是君與寡君賊比也。”遂生束縛而柙以予齊。鮑叔受而哭之，三舉，施伯從而笑之。

至于堂阜之上，鮑叔祓而浴之三，桓公親迎之郊。管仲詘纓插衽，使人操斧而立其後。公辭斧三，然後退之。公曰：“垂纓下衽，寡人將見。”管仲再拜稽首，曰：“應公之賜，殺之黃泉，死且不朽。”

公遂與歸，禮之于廟，三酌而問爲政焉。曰：“昔先君襄公，高臺廣池，湛樂飲酒，田獵罼弋，不聽國政，卑聖侮士，惟女是崇。九妃六嬪，陳妾數千，食必粱肉，衣必文繡，而戎士凍飢。戎馬待游車之弊，戎士待陳妾之餘，倡優侏儒在前，而賢大夫在後。是以國家不日益，不月長，吾恐宗廟之不掃除，社稷之不血食。敢問爲之奈何？”管子對曰：“昔吾先王昭王、穆王，世法文、武之遠迹，以成其名。合群國，比校民之有道者，設象以爲民紀，式美以相應，比綴以書，原本窮末，勸之以慶賞，糾之以刑罰，糞除其顛旄，賜予以鎮撫之，以爲民終始。”

公曰：“爲之奈何？”管子對曰：“昔者聖王之治其民也，參其國而伍其鄙，定民之居，成民之事，以爲民紀，謹用其六秉，如是而民情可得，而百姓可御。”桓公曰：“六秉者何也？”管子曰：“殺、生、貴、賤、貧、富，此六秉也。”桓公曰：“參國奈何？”管子對曰：“制國以爲二十一鄉，商工之鄉六，士農之鄉十五。公帥十一鄉，高子帥五鄉，國子帥五鄉，參國故爲三軍。公立三官之臣，市立三鄉，公立三族，澤立三虞，山立三衡。制[①]五家爲軌，軌有長。十軌爲里，里有司。四里爲連，連有長。十連爲鄉，

① 制，原誤作“則”，茲據《管子》通行本及上下文改。

鄉有良人。三鄉一帥。”桓公曰：“五鄙奈何？”管子對曰：“制五家爲軌，軌有長。六軌爲邑，邑有司。十邑爲率，率有長。十率爲鄉，鄉有良人。三鄉爲屬，屬有帥。五屬一大夫，武政聽屬，文政聽鄉，各保而聽，無有淫佚者。”

桓公曰：“定民之居，成民之事，奈何？”管子對曰：“士農工商，四民者，國之石民也，不可使襍處。襍處則其言哤，其事亂。是故聖王之處士必于閒燕，處農必就田壄，處工必就官府，處商必就市井。今夫士，群萃而州處，閒燕，則父與父言義，子與子言孝，其事君者言敬，長者言愛，幼者言弟，旦昔從事于此，以教其子弟。少而習焉，其心安焉，不見異物而遷焉。是故其父兄之教，不肅而成；其子弟之學，不勞而能。夫是故士之子常爲士。今夫農，群萃而州處，審其四時權節，具備其械器用，比耒耜穀芨。及寒，擊稾除田，以待時乃耕。深耕均種疾耰，先雨芸耨，以待時雨。時雨既至，挾其槍刈耨鎛，以旦暮從事於田壄，稅衣就功，別苗莠，列疏遫，首戴苧蒲，身服襏襫，沾體塗足，暴其髮膚，盡其四支之力，以疾從事于田野。少而習焉，其心安焉，不見異物而遷焉。是故其父兄之教，不肅而成；其子弟之學，不勞而能。是故農之子常爲農。樸野而不慝，其秀才之能爲士者，則足賴也。故以耕則多粟，以仕則多賢，是以聖王敬畏戚農。今夫工，群萃而州處，相良材，審其四時，辨其功苦，權節其用，論比計制，斷器尚完利。相語以事，相示以功，相陳以巧，相高以知事。旦昔從事於此，以教其子弟。少而習焉，其心安焉，不見異物而遷焉。是故其父兄之教，不肅而成；其子弟之學，不勞而能。夫是故工之子常爲工。今夫商，群萃而州處，觀凶飢，審國變，察其四時，而監其鄉之貨，以知其市之賈。負任擔荷，服牛輅馬，以周四方。料多少，計貴賤，以其所有，易其所無，買賤鬻貴。是以羽旄不求而至，竹箭有餘於國，奇怪時來，珍異物聚。旦昔從事於此，以教其子弟。相語以利，相示以時，相陳以知賈。少而習焉，其心安焉，不見異物而遷焉。是故其父兄之教，不肅而成；其子弟之學，不勞而能。夫是故商之子常爲商。相地而衰其政，則民不移矣。”

桓公曰：“民居定矣，事已成矣，吾欲從事於天下，其可乎？”管子對曰：“未可。民心未吾安。”公曰：“安之奈何？”管子對曰：“脩舊法，擇其善者，舉而嚴用之。慈于民，予無罪[①]，寬政役，敬百姓，則國富而民安矣。”公曰：“民安矣，其可乎?”管子對曰：“未可。君若欲正卒伍，脩甲兵，則大國亦將正卒伍，脩甲兵。君有征戰之事，則小國諸侯之臣有守圉之備矣。然則難以速得意于天下。公欲速得意于天下諸侯，則事有所隱，而政有所寓。”公曰：“爲之奈何?”管子對曰：“作内政而寓軍令焉。爲高子之里，爲國子之里，爲公里。三分齊國，以爲三軍。擇其賢民，使爲里君。鄉有行伍卒長，則其制令，且以田獵，因以賞罰，則百姓通於軍事矣。”桓公曰：“善。”

于是乎管子乃制五家以爲軌，軌爲之長。十軌爲里，里有司。四里爲連，連爲之長。十連爲鄉，鄉有良人。以爲軍令。是故五家爲軌，五人爲伍，軌長率之。十軌爲里，故五十人爲小戎，里有司率之。四里爲連，故二百人爲卒，連長率之。十連爲鄉，故二千人爲旅，鄉良人率之。五鄉一師，故萬人一軍，五鄉之師率之。三軍，故有中軍之鼓，有高子之鼓，有國子之鼓。春以田曰蒐，振旅。秋以田曰獮，治兵。是故卒伍政定于里，軍旅政定于郊。内教既成，令不得遷徙。故卒伍之人，人與人相保，家與家相愛，少相居，長相游，祭祀相福，死喪相恤，禍福相憂，居處相樂，行作相和，哭泣相哀。是故夜戰，其聲相聞，足以無亂；晝戰，其目相見，足以相識。驩欣足以相死。是故以守則固，以戰則勝。君有此教士三萬人，以横行于天下。誅無道，以定周室。天下大國之君，莫之能圉也。

五霸桓公爲盛，而管子以曠世才，赫然霸佐偁首，整齊其民人而參伍其都鄙。其胸中確有成算，功成治定，皆不出其立談時所陳，所謂規模先定而後從事者也。謂之天下才，豈過舉也哉！

《吴子使札來聘》

札，吴子餘祭弟也。諸兄以其賢，讓國，不受，封於延陵，號曰延陵季子。漢司馬遷稱其宏覽博物君子云。

---

① 罪，《管子》通行本作“財”。

古人著書命篇，取辨甲乙，非有深意也。六藝之文，今俱可識矣。蓋有一定之名，與無定之名，要皆取辨甲乙，非有深意也。一定之名，典堯、舜二典、謨《皋陶謨》、貢《禹貢》、範《洪範》之屬是也。無定之名，《詩》風、雅、頌之屬是也。皆以章首二字爲名。夫子没而微言絶。《論語》二十篇，《孟子》七篇，固六藝之奥區矣。然《論語》之《學而》、《爲政》，《孟子》之《梁惠王》、《公孫丑》諸篇目，大率古先哲人，文以明道，暢所欲言，撰次成章，而後標章首字句以取辨甲乙而已，與後世命題作文字故自不同。兹篇特截取首句以標目，亦猶行古之道也。

吴公子札來聘，見叔孫穆子，説“説”字，眼目。之，謂穆子曰：“子其不得死乎！好善而不能擇人。吾聞君子務在擇人，吾子爲魯宗卿，而任其大政，不慎舉，何以堪之？禍必及子。”請觀于周樂，使工爲之歌“歌”字，眼目。《周南》、《召南》，曰：“美哉！始基之矣，猶未也，然勤而不怨矣。”看他三句，一句一轉。爲之歌《邶》、《鄘》、《衛》，曰：“美哉淵乎！憂而不困者也。吾聞衛康叔、武公之德如是，是其《衛風》乎！”爲之歌《王》，曰：“美哉！思而不懼，其周之東乎！”爲之歌《鄭》，曰：“美哉！其細已甚，民弗堪也。是其先亡乎！”爲之歌《齊》，曰：“美哉！泱泱乎！大風也哉！表東海者，其太公乎！國未可量也。”爲之歌《豳》，曰：“美哉，蕩乎！樂而不淫，其周公之東乎！”爲之歌《秦》，曰：“此之謂夏聲。夫能夏則大，大之至也，其周之舊乎！”爲之歌《魏》，曰：“美哉，渢渢乎！大而婉，險而易行，以德輔此，則明主也。”爲之歌《唐》，曰：“思深哉！其有陶唐氏之遺民乎！不然，何憂之遠也！非令德之後，誰能若是?”爲之歌《陳》，曰：“國無主，其能久乎！”自《鄶》以下無譏焉。變文。看他簡略得好。爲之歌《小雅》，曰：“美哉！思而不貳，怨而不言，其周德之衰乎！猶有先王之遺民焉。”爲之歌《大雅》，曰：“廣哉，熙熙乎！曲而有直體，其文王之德乎！”爲之歌《頌》，曰：“至矣哉！直而不倨，曲而不屈，邇而不逼，遠而不攜，遷而不淫，復而不厭，哀而不愁，樂而不荒，用而不匱，廣而不宣，施而不費，取而不貪，處而不底，行而不流。五聲和，八風平。節有度，守有序，盛德之所同也。”見舞“舞”字，眼目。《象箾》、《南籥》者，曰：“美哉！猶有憾。”見舞《大武》者，曰：“美哉！周之盛也，其若此乎！”見舞《韶濩》者，曰：“聖人之弘也，而猶有慙德，聖人之難也。”見舞《大夏》者，曰：“美哉！勤而不德，非禹，其誰能脩之？”見舞《韶箾》者，曰：“德至矣哉，大矣！如天之無不幬也，如地之無不載也。雖甚盛德，其蔑以加于此矣，觀止矣。若有他樂，吾不敢請已。”以上聘魯。

其出聘也，通嗣君也。束上開下，關鎖全篇。故遂聘于齊，説晏平仲，謂之曰：“子速納邑與政。無邑無政，乃免于難。齊國之政將有所歸，未獲所歸，難未歇也。”故晏子因陳桓子以納政與邑，是以免于欒、高之難。聘于鄭，見子産，如舊相識。“説”字，變文。與之縞帶，子産獻紵衣焉。謂子産曰：“鄭之執政侈，難將至矣，政必及子。子爲政，慎之以禮。不然，鄭國將敗。”適衛，説籧瑗、史狗、史鰌、公子荆、公叔發、公子朝，曰：“衛多君子，未有患也。”自衛如晉，將宿于戚，聞鐘聲焉，曰：“異哉！吾聞之也：辨而不德，必加于戮。夫子獲罪于君以在此，懼猶不足，而又何樂？夫子之在此也，猶燕之巢于幕上。君又在殯，而可以樂乎？”遂去之。文子聞之，終身不聽琴瑟。適晉，説趙文子、韓宣子、魏獻子，曰：“晉國其萃于三族乎！”説叔向。將行，謂叔向曰：“吾子勉之！君侈而多良，大夫皆富，政將在家。吾子好直，必思自免于難。”

凡文章字句但以實字砌成者，其决斷婉轉虛神未易傳出，於是有也、矣、乎、哉諸字以之頓煞，而神情畢露矣。若是者俗語謂之虛字，蓋以佐實字之所不逮，以達字句中應有之虛神也。惟上古文字初開，實字多，虛字少，典、謨、訓、誥，何等簡奥；然文法自是未備。至春秋之世，虛字詳備，作者神態畢現，即如此篇連用也、矣、乎、哉諸虛字，描寫讚美口吻，情韻並美，摇曳多姿。至先秦戰國，更加疏縱。漢人斂之，稍歸勁質，惟子長集其大成；唐人宗漢多峭硬；宋人宗秦得其疏縱而失其厚懋，氣味亦稍薄矣。但文必虛字備而後神態出，何可節損？然枝蔓軟弱，少古人厚重之氣，自是後人文漸薄處。

《公薨之月》

鄭公孫僑，字子産，爲鄭國執①政。將有諸侯之事，爲命，裨諶草創之，世叔討論之，行人子羽脩飾之，而子産潤色之焉。

公薨之月，子産相鄭伯以如晉，晉侯以我喪故，未之見也。子産使盡壞其館之垣而納車馬焉。蠻横得奇。士文伯讓之，曰："敝邑以政刑之不脩，寇盜充斥，無若諸侯之屬辱在寡君者何，是以令吏人完客所館，高其閈閎，厚其墻垣，以無憂客使。措辭亦婉折。今吾子壞之，雖從者能戒，其若異客何？反詰，一層。以敝邑之爲盟主，繕完葺墻，以待賓客。若皆毁之，其何以共命？反詰，又一層。寡君使丐請命。"總一筆，看他詰得振振有辭，試掩卷細思如何作答。對曰："以敝邑褊小，介于大國，誅求無時，是以不敢寧居，悉索敝賦，以來會時②。逢執事之不間，而未得見；又不獲聞命，未知見時。不敢輸幣，亦不敢暴露。其輸之，則君之府實也，非薦陳之，不敢輸也。其暴露之，則恐燥濕之不時而朽蠹，以重敝邑之罪。兩層夾出，便見得不容不納館中，一層。僑聞文公之爲盟主也，宫室卑庳，無觀臺榭，以崇大諸侯之館。館如公寢，庫廄繕脩，司空以時平易道路，圬人以時塓館宫室；諸侯賓至，甸設庭燎，僕人巡宫③；車馬有所，賓從有代，巾車脂轄，隸人、牧、圉各瞻其事；百官之屬各展其物；公不留賓，而亦無廢事；憂樂同之，事則巡之；教其不知，而恤其不足。賓至如歸，無寧菑患；不畏寇盜，而亦不患燥濕。借文公來作襯，與文伯詰辭針鋒相對。今銅鞮之宫數里，而諸侯舍於隸人，門不容車，而不可踰越；盜賊公行，而夭癘不戒。賓見無時，命不可知。若又勿壞，是無所藏幣以重罪也。層層逼簕，逼出不容不毁，又一層。敢請執事：將何所命之？反詰得妙。雖君之有魯喪，亦敝邑之憂也。掉轉一筆，跟上"未知見時"、"賓見無時"諸句説，直使他無辭可飾，妙！想見文心之細。若獲薦幣，脩垣而行，君之惠也，敢憚勤勞！"意極嚴厲而辭却委婉，故妙！

---

① 执，原作"之"，音近而誤，兹據《春秋左傳正義》及文意改。

② "時"字下有"事"字。

③ 宫，原作"官"，形近而誤，兹據《春秋左傳正義》改。

文伯復命。趙文子曰："信。我實不德，而以隸人之館以贏諸侯，是吾罪也。"使士文伯謝不敏焉。晉侯見鄭伯，有加禮，厚其宴好而歸之。乃集諸侯之館。叔向曰："辭之不可以已也如是夫！"子産有辭，諸侯賴之，若之何其釋辭也？《詩》曰："辭之輯矣，民之協矣，辭之懌矣，民之莫矣"，其知之矣。

《鄭人鑄刑書》

叔向，晉卿，嘗介趙文子以享於宋人，仲尼使舉是禮也，以爲多文辭。

鄭人鑄刑書。叔向使詒子産書，曰："始吾有虞於子，今則已矣。二句揭起。昔先王議事以制，不爲刑辟，懼民之有争心也。猶不可禁禦，推進一層。是故閑之以義，糾[①]之以政，行之以禮，守之以信，奉之以仁，制爲禄位，以勸其從；嚴斷刑罰，以威其淫。懼其未也，再推進一層。故誨之以忠，聳之以行，教之以務，使之以和，臨之以敬，涖之以彊，斷之以剛；猶再推進一層。求聖哲之上，明察之官，忠信之長，慈惠之師，民於是乎可任使也，而不生禍亂。以上言先王不爲刑書。民之知有辟，逆接。則不忌於上。皆[②]有争心，以徵於書，而徼幸以成之，弗可爲矣。夏有亂政，而作《禹刑》；商有亂政，而作《湯刑》；周有亂政，而作《九刑》：三辟之興，皆叔世也。以上言刑書之作爲叔世。今吾子相鄭國，折到本題。作封洫，立謗政，制參辟，鑄刑書，將以靖民，不亦難乎？宕筆。《詩》曰：'儀式刑文王之德，日靖四方。'又曰：'儀刑文王，萬邦作孚。'如是，何辟之有？民知争端矣。遥接。將棄禮而徵於書，錐刀之末，將盡争[③]之。亂獄滋豐，賄賂並行。終子之世，鄭其敗乎？肸聞之，'國將亡，必多制'，其此之謂乎？"復書曰："若吾子之言。僑不才，不能及子孫，吾以救世也。既不承命，敢忘大惠！"復書不加深辨，亦極得體。

---

① 糾，原誤作"紀"，兹據《春秋左傳正義》改。

② 皆，今《左傳》通行本作"並"。

③ 争，原作"徵"，兹據《春秋左傳正義》改。

老子《道德經》

老子，姓李，名耳，字伯陽，號曰聃，楚苦縣人，事周爲藏室吏。孔子嘗聞[1]禮焉。周衰，西游，將出散關，關令尹喜强爲著書，乃著五千七百四十有八言八十一章，言道德之旨。予嘗玩索焉，通其大旨而悲之。蓋不幸居亂世憂懼者所爲之書乎！不然。何其操心危、慮患深而務自全之甚也。蓋老子文義，元妙高潔。其與孔子異者，皆矯世之辭；而其所同者，皆合於《易》。孔子曰："作《易》者其有憂患乎?"然則老子之著《道德》，其有以異於文王之演《易》耶？自國俗高彊粱，騖進取，而國事日以蜩螗，衆生日以俶擾，不啻如大易所謂知進而不知退，知存而不知亡，知得而不知喪者，於乾則龍之亢耶！能無有悔乎？識微之士，謂惟老子之學，可以靖人心，延國脉，有以哉！兹特選録《道德經》二章、三章、五章、二十八章、四十二章、四十三章都六章四百二十八言，亦以其文字尤超妙樸潔爾。

天下皆知美之爲美，斯惡已；皆知善之爲善，斯不善矣。一起便揭出主意，當得"爽辣"二字。故有無相生，難易相成，長短相較，高下相傾，音聲相和，前後相隨。是以聖人處無爲之事，行不言之教；萬物作焉而不辭，生而不有，爲而不恃，功成而弗居。夫唯弗居，是以不去。八字勁練。

試舉一物爲喻，譬如空氣爲生物所不可少，然不覺眼前食氣自由之爲幸福也。使其知之，則必有失氣之惡，閱歷而後能耳。

不尚賢，使民不争；不貴難得之貨，使民不爲盜；不見可欲，使民心不亂。是以聖人之治，虚其心，實其腹，弱其志，强其骨。常使民無知無欲，使夫智者不敢爲也。爲無爲，則無不治。

---

① "聞"通"問"。

試讀布魯達奇《英雄傳》中《來刻各士》一首，考其所以治斯巴達者，則知其作用與老子所謂“不尚賢，使民不争；不貴難得之貨，使民不爲盜；不見可欲，使民心不亂”者同符，此不佞所以云黄老爲民主治道也。虚其心，所以受道；實其腹，所以爲我；弱其志，所以從理而無所攖；强其骨，所以自立而幹事。

天地不仁，以萬物爲芻狗；聖人不仁，以百姓爲芻狗。天地之間，其猶槖籥乎！接得奇横恣肆，妙妙！虚而不屈，動而愈出。多言數窮，不如守中。

知其雄，守其雌，爲天下谿。爲天下谿，常德不離，復歸於嬰兒。知其白，守其黑，爲天下式。爲天下式，常德不忒，復歸於無極。知其榮，守其辱，爲天下谷。爲天下谷，常德乃足，復歸於樸。樸散則爲器，聖人用之，則爲官長，故大制不割。

老子之術，須自家占穩方做，專氣致柔，能如嬰兒。“知其雄，守其雌，爲天下谿”，“知其白，守其黑”，“爲天下谷”，讓爾在高處，他只要在卑下處，全不與爾争，然自己地步却站得極穩。守雌者必知其雄，守黑者必知其白，守辱者必知其榮，否則雌矣、黑矣、辱矣，天下之至賤者也，奚足貴乎？今之用老者，只知有後一句，不知其命脉只在前一句也。

道生一，一生二，二生三，三生萬物。萬物負陰而抱陽，沖氣以爲和。人之所惡，惟孤、寡、不穀，而王公以爲稱。故物或損之而益，或益之而損。人之所教，我亦教之。强梁者不得其死，吾將以爲教父。

天下之至柔，馳騁天下之至堅。承上章“强梁者不得其死”而反言之。無有入無間，吾是以知無爲之有益。不言之教，無爲之益，天下希及之。

《易·文言傳》①

孔子生平，惟於《周易》有贊。《論語》，弟子所記，已非孔子

---

① 原注：繕校照江都焦循《易章句》本。

自作。而《詩》、《書》則删之，《禮》、《樂》則定之，《春秋》則筆削之。筆但筆其舊文，有削則不盡筆，定亦不添一筆，删則不筆者多矣，蓋不貴增而貴減。文王演易之辭多詭奇，而孔子之傳文極顯淺；《殷盤》、《周誥》之書詞多滋舌，而《魯論》之記言無聱牙：古文自古，今文自今，要以暢事理覺後覺而止矣，蓋不尚詭而尚平。嗚呼！此聖人竊比之深意，非若後人點竄《堯典》、《舜典》爲也。玆録《易·文言傳》《序卦傳》。

乾、坤二卦《文言》，實爲後儒經解之祖。

《文言》曰："元"者，善之長也；"亨"者，嘉之會也；"利"者，義之和也；"貞"者，事之幹也。君子體仁足以長人，嘉會足以合禮，利物足以和義，貞固足以幹事。君子行此四德者，故曰："乾：元、亨、利、貞。"

初九曰"潛龍勿用"，何謂也？子曰："龍德而隱者也。不易乎世，不成乎名；遯世无悶，不見是而无悶；樂則行之，憂則違之，確乎其不可拔，'潛龍'也。"

九二曰"見龍在田，利見大人"，何謂也？子曰："龍德而正中者也。庸言之信，庸行之謹；閑邪存其誠，善世而不伐，德博而化。《易》曰：'見龍在田，利見大人'，君德也。"

九三曰"君子終日乾乾，夕惕若，厲，无咎"，何謂也？子曰："君子進德脩業。忠信，所以進德也；脩辭立其誠，所以居業也。知至至之，可與幾也；知終終之，可與存義也。是故居上位而不驕，在下位而不憂。故乾乾因其時而惕，雖危无咎矣。"

九四曰"或躍在淵，无咎"，何謂也？子曰："上下无常，非爲邪也；進退無恒，非離群也。君子進德脩業，欲及時也，故'无咎'。"

九五曰"飛龍在天，利見大人"，何謂也？子曰："同聲相應，同氣相求。水流溼，火就燥。雲從龍，風從虎。聖人作而萬物睹。本乎天者親上，本乎地者親下，則各從其類也。"上九曰"亢龍有悔"，何謂也？子曰："貴而无位，高而无民，賢人在下位而无輔，是以動而'有悔'也。"

"潛龍勿用"，下也；"見龍在田"，時舍也；"終日乾乾"，行事也；"或躍在淵"，自試也；"飛龍在天"，上治也；"亢龍有悔"，窮之災也；乾元

“用九”，天下治也；“潛龍勿用”，陽氣潛藏；“見龍在田”，天下文明；“終日乾乾”，與時偕行；“或躍在淵”，乾道乃革；“飛龍在天”，乃位乎天德；“亢龍有悔”，與時偕極；乾元“用九”，乃見天則。“乾元”者，始而亨者也；“利貞”者，性情也。乾始能以美利利天下，不言所利，大矣哉！大哉乾乎！剛健中正，純粹精也；六爻發揮，旁通情也。時乘六龍，以御天也。雲行雨施，天下平也。君子以成德爲行，日可見之行也。

“潛”之爲言也，隱而未見，行而未成，是以君子勿用也。

君子學以聚之，問以辨之，寬以居之，仁以行之。《易》曰：“見龍在田，利見大人”，君德也。

九三重剛而不中，上不在天，下不在田，故“乾乾”因其時而“惕”，雖危“无咎”矣。九四重剛而不中，上不在天，下不在田①，中不在人，故或之，或之者，疑之也，故“无咎”。

夫“大人”者，與天地合其德，與日月合其明，與四時合其序，與鬼神合其吉凶。先天而天弗違，後天而奉天時。天且弗違，而况於人乎？况於鬼神乎？

“亢”之爲言也，知進而不知退，知存而不知亡，知得而不知喪。其惟聖人乎！知進退存亡而不失其正者，其惟聖人乎！

《文言》曰：坤至柔而動也剛，至靜而德方。後得主而有常，含萬物而化光。坤道其順乎！承天而時行。

積善之家，必有餘慶；積不善之家，必有餘殃。臣弑其君，子弑其父，非一朝一夕之故，其所由來者漸矣！由辨之不早辨也。《易》曰：“履霜，堅冰至”，蓋言順也。

“直”其正也，“方”其義也。君子敬以直内，義以方外，敬義立②而德不孤。“直方大，不習无不利”，則不疑其所行也。

陰雖有美，含之以從王事，弗敢成也。地道也，妻道也，臣道也。地道无成而代有終也。

天地變化，草木蕃。天地閉，賢人隱。《易》曰：“括囊，无咎无譽”，

---

① 原脱“故‘乾乾’”至“下不在田”一段，今據焦循《易章句》補。

② 立，原脱，今據焦循《易章句》補。

蓋言謹也。

君子黄中通理，正位居體，美在其中而暢於四支，發於事業，美之至也！

陰疑於陽必戰。爲其嫌於无陽也，故稱“龍”焉；猶未離其類也，故稱“血”焉。夫元黄者，天地之雜也，天元而地黄。

古人無筆硯紙墨之便，往往鑄金刻石，始傳久遠。其著之簡策者，亦有漆書刀削之勞，非如今人下筆千言，言事甚易也。許氏《説文》：“直言曰言，論難曰語。”《左傳》曰：“言之無文，行之不遠。”此何也？古人以簡策傳事者少，以口舌傳事者多；以目治事者少，以口耳治事者多。故同爲一言，轉相告語，必有愆誤，是必寡其詞，協其音，以文其言，易於記誦，無能增改。且無方言俗語雜於其間，始能達意，始能行遠。古人歌詩、箴銘、諺語，凡有韻之文，胥是道也。孔子於《乾》、《坤》之言，自名曰文，此千古文章之祖也。爲文章者不務協音以成韻，脩詞以達遠，使人易誦易記，而惟以單行之語，縱橫恣肆，動輙千言萬字，此乃古人所謂直言之言，論難之語，非言之有文者也，非孔子之所謂文也。《文言》數百字，幾於句句用韻，孔子於此發明《乾》《坤》之藴，詮釋四德之名，幾費脩詞之意，冀達意外之言，要使遠近易誦，古今易傳，公卿學士皆能記誦，以通天地萬物，以警國家身心，不但多用韻，抑且多用偶。如樂行憂違，長人合禮，雲龍風虎，餘慶餘殃，直内方外，莫非偶也。凡偶皆文也，於物兩色相偶而交錯之，乃得名曰文。文即象其形也。然則千古之言文，莫大於孔子之言《易》。孔子以用韻比偶之法，錯綜其言，而自名曰文，何後人之必欲反孔子之道而自命曰文，且尊之曰古也。庸詎知與於不古之甚者哉！

《易·序卦傳》①

此爲後世序跋之權輿。

---

① 原注：繕校照江都焦循《易章句》本。

有天地然後萬物生焉。盈天地之間者惟萬物，故受之以《屯》。屯者，盈也。屯者，物之始生也。物生必蒙，故受之以《蒙》。蒙者，蒙也，物之穉也。物穉不可不養也，故受之以《需》。需者，飲食之道也。飲食必有訟，故受之以《訟》。訟必有衆起，故受之以《師》。師者，衆也。衆必有所比，故受之以《比》。比者，比也。比必有所畜，故受之以《小畜》。物畜然後有禮，故受之以《履》。履者，禮也。履而泰，然後安，故受之以《泰》。泰者，通也。物不可以終通，故受之以《否》。物不可以終否，故受之以《同人》。與人同者，物必歸焉，故受之以《大有》。有大者，不可以盈，故受之以《謙》。有大而能謙必豫，故受之以《豫》。豫必有隨，故受之以《隨》。以喜隨人者必有事，故受之以《蠱》。蠱者，事也。有事而後可大，故受之以《臨》。臨者，大也。物大然後可觀，故受之以《觀》。可觀而後有所合，故受之以《噬嗑》。嗑者，合也。物不可以苟合而已，故受之以《賁》。賁者，飾也。致飾然後亨則盡矣，故受之以《剥》。剥者，剥也。物不可以終盡剥，窮上反下，故受之以《復》。復則不妄矣，故受之以《无妄》。有无妄然後可畜，故受之以《大畜》。物畜然後可養，故受之以《頤》。頤者，養也。不養則不可動，故受之以《大過》。物不可以終過，故受之以《坎》。坎者，陷也。陷必有所麗，故受之以《離》。離者，麗也。

有天地然後有萬物，有萬物然後有男女，有男女然後有夫婦，有夫婦然後有父子，有父子然後有君臣，有君臣然後有上下，有上下然後禮義有所錯。夫婦之道不可以不久也，故受之以《恒》。恒者，久也。物不可以久居其所，故受之以《遯》。遯者，退也。物不可以終遯，故受之以《大壯》。物不可以終壯，故受之以《晉》。晉者，進也。進必有所傷，故受之以《明夷》。夷者，傷也。傷於外者必反於家，故受之以《家人》。家道窮必乖，故受之以《睽》。睽者，乖也。乖必有難，故受之以《蹇》。蹇者，難也。物不可以終難，故受之以《解》。解者，緩也。緩必有所失，故受之以《損》。損而不已必益，故受之以《益》。益而不已則決，故受之以《夬》。夬者，決也。決必有所遇，故受之以《姤》。姤者，遇也。物相遇而後聚，故受之以《萃》。萃者，聚也。聚而上者謂之升，故受之以《升》。升而不已必困，故受之以《困》。困乎上者必反下，故受之以《井》。井道不可不革，故受之以《革》。革物者莫若鼎，故受之以《鼎》。主器者莫若長子，故受之以《震》。震者，動也。物不可以終動，止之，故受之以《艮》。艮者，止也。物不可以終止，故受之以《漸》。漸者，進也。進必有所歸，故受之以《歸妹》。得其所歸者必大，故受之以《豐》。豐者，大也。窮大者必失其居，故受之以《旅》。旅而无所居，故受之以《巽》。巽者，入也。入而後説之，故受之以《兑》。兑者，説也。説而後散之，故受之以《涣》。涣者，離也。物不可以終離，故受之以《節》。節而信之，故受之以《中孚》。有其信者必行之，故受之以《小過》。有過物者必濟，故受之以《既濟》。物之不可窮也，故受之以《未濟》，終焉。

"故受之以履"句下，"履者，禮也"四字，别據韓康伯本增入。

《墨子·兼愛上第十四》①

《史記》云："墨翟，宋之大夫，善守禦，爲節用，或曰并孔子時，或曰在其後。"《漢書·藝文志》："《墨子》七十一篇。"今《節用》、《節葬》、《明鬼》、《非樂》、《非儒》等八②篇佚。其《魯問篇》云："凡入國，必擇務而從事焉。國家昏亂，則語之尚賢、尚同；國家貧，則語之節用、節葬；國家喜音湛湎，則語之非樂、非命；國家淫僻無禮，則語之尊天、祀鬼；國家務奪侵陵，則語之兼愛、非攻。"是亦通達經權，不可訾議也。兼愛之説，孟子尤訾之，至斥之曰無父。然齊景公問政於孔子，孔子對曰"君君臣臣，父父子子"，非即墨子所謂"天下兼相愛則治"之義乎？尸佼謂孔子貴公，墨子貴兼，其實則一。韓非以儒墨並爲世之顯學，至漢世猶以孔墨並稱，尼山而外，其莫尚於此老乎！墨子死而墨分爲三，有相里氏之墨，有相夫氏之墨，有鄧陵氏之墨。今觀《尚賢》、《尚同》、《兼愛》、《非攻》、《節用》、《節葬》、《天志》、《明鬼》、《非

① 原注：繕校照瑞安孫詒讓《墨子閒詁》本。

② 八，原譌作"人"，兹據孫氏《墨子閒詁》所録畢沅《墨子目録》改正。

樂》、《非命》，皆分上、中、下三篇，字句小異而大旨無殊。意者此乃相里、相夫、鄧陵三家相傳之本不同，後人合以成書，故一篇而有三乎？竊嘗推而論之：墨子惟兼愛，是以尚同。惟尚同，是以非攻。惟非攻，而不能止人之不我攻，是以講求備禦之法，有《魯問》、《公輸》、《備城門》、《備高臨》、《備梯》、《備水》、《備突》、《備穴》、《備蛾傳》、《迎敵祠》、《旗幟》、《號令》、《襍守》諸篇，何莫非"兼愛"一義之所爲徹始徹終也耶！録《兼愛上第十四》。

聖人以治天下爲事者也，必知亂之所自起，句。焉能治之；焉訓乃，下同。不知亂之所自起，則不能治。譬之如醫之攻人之疾者然，必知疾之所自起，句。焉能攻之；不知疾之所自起，則勿能攻。治亂者何獨不然，必知亂之所自起，句。焉能治之；不知亂之所自起，則勿能治。

聖人以治天下爲事者也，不可不察亂之所自起。當察亂何自起，"當"讀爲"嘗"，同聲假借字。起不相愛。

臣子之不孝君父，所謂亂也。子自愛不愛父，故虧父而自利；弟自愛，不愛兄，故虧兄而自利；臣自愛，不愛君，故虧君而自利：此所謂亂也。雖父之不慈子，兄之不慈弟，君之不慈臣，此亦天下之所謂亂也。父自愛也，不愛子，故虧子而自利；兄自愛也，不愛弟，故虧弟而自利；君自愛也，不愛臣，故虧臣而自利。是何也？皆起不相愛。

雖至天下之爲盜賊者亦然。盜愛其室，不愛其"其"字衍。異室，故竊異室以利其室；賊愛其身，不愛人，下脱"身"字。故賊人下脱"身"字以利其身。此何也？皆起不相愛。

雖至大夫之相亂家，諸侯之相攻國者亦然。大夫各愛其家，不愛異家，故亂異家以利其家；諸侯各愛其國，不愛異國，故攻異國以利其國。天下之亂物，具此而已矣。察此何自起，皆起不相愛。

若使天下兼相愛，愛人若愛其身，猶有不孝者乎？視父兄與君若其身，惡施不孝，猶有不慈者乎？視弟子與臣若其身，惡施不慈？故不孝不慈亡有。猶有盜賊乎？故"故"字疑衍。視人之室若其室，誰竊？視人身若其身，誰賊？故盜賊亡有。猶有大夫之相亂家，諸侯之相攻國者乎？視人家若其家，誰亂？視人國若其國，誰攻？故大夫之相亂家，諸侯之相攻國者亡有。

若使天下兼相愛，國與國不相攻，家與家不相亂，盜賊無有，君臣父子皆能孝慈，若此則天下治。故聖人以治天下爲事者，惡得不禁惡而勸愛？故天下兼相愛則治，交相惡則亂。故子墨子曰：不可以不勸愛人者，此也。

《孫子·計篇第一》①

孫子，齊人，爲吴王闔閭將，著兵法八十二篇。魏武帝筆其精粹爲十三篇，其詞約而縟，易而深，暢而可用，名《孫武子》。宋吉天保輯十家魏武、李筌、杜牧、陳皥、賈林、孟氏、梅堯臣、王晳、何延錫、張預注本最通行。日本人小宫山綏介著《孫子講義》，推爲空前絶後之作焉。

德意志者，並世大國以陸軍雄彊天下者也。國人蔣方震嘗學兵法焉，謁其兵學家伯盧麥將軍，普法戰時之普軍大本營作戰課長也，年七十餘矣。顧猶蟄處柏林南方森林中之别墅，孳孳握管不倦，每歲必出其所得以餉國人。入其室，緑陰滿窗，群書縱横案壁間，時時露其頁面璀璨之金飾。而矍鑠是翁，據案作書，墨蹟猶未乾也，見蔣，謂曰："余老矣，尚不能不爲後進者有所盡力，行將萃其力於《戰略論》，《戰略論》爲並世最著名之兵家言，日本重譯者二次，伯將軍每歲必改正重印。以效棉薄也。"迨蔣之辭而出也，將軍以手撫蔣肩曰："好爲之矣，願子之誠有所貫澈也。抑吾聞之，拿破侖有言：'百年後東方將有兵略家出以繼承其古昔教訓之原則，爲歐人之大敵也。'子好爲之矣，所謂古昔之教訓云者，孫武子是也。"蔣感其言，歸取《孫子》擷讀而以並世最新之兵学家言评注之，颜曰《孫子新釋》，將以諗吾國人，俾知歐洲大陸兵學家之所謂精義原則者，亦即吾之固有，無所用其疑駭，更無所用其赧愧，所謂日月經天，江河行地，放諸四海而準，百世以俟聖人而不惑者。蔣之意甚盛也。兹録《計篇第一》而附以蔣之評注焉。

蔣方震曰：此篇總分五段，第一段述戰争之定義，第二段述建

---

① 原注：録近人蔣方震注釋。

軍之原則，第三段述開戰前之準備，第四段述戰略戰術之要綱，第五段結論勝負之故。全篇主意，在"未戰"二字，言戰争者危險之事，必於未戰以前審慎周詳，不可徒恃一二術策好言兵事也。摩耳根曰："事之成敗，在未着手以前。"實此義也。

兵者，國之大事。毛奇將軍自著《普法戰史》開章曰："往古之時，君主則有依其個人之慾望，出少數軍隊，侵一城略一地而遂結和平之局者，此非足與論今日之戰争也；今日之戰争國家之事，國民全體皆經事之，無一人一族，可以幸免者。"格魯塞維止著《大戰學理》第一章《戰争之定義》曰："戰争者，國家於政略上欲屈敵之志以從我，不得已而所用之威力手段也。"

伯盧麥《戰略論》第一章曰："國民①以欲遂行其國家之目的，故所用之威力行爲，名曰戰争。"

方震按：既曰"事"，則此句之"兵"，即可作戰争解。顧不曰戰而曰兵者，蓋兼用兵、（即戰時運用軍隊。）制兵（即平時建置軍隊。）二事而言之也。不曰"兵者大事"而曰"兵者，國之大事"，"國"字須着眼，此爲《孫子》全書精神之所在，而毛奇之力闢個人慾望之説，伯盧麥之一則曰"國民"，再則曰"國家之目的"，皆若爲其注解矣。豈不異哉！

生死之地，存亡之道，不可不察也！方震按：死生者，個人之事；存亡，國家之事。所以表明個人與國家之關係，而即以解釋上文之"大"字。察者，審慎之謂，所以呼起下文種種條件。

故經之以五事，校之以計而索其情。一曰道，二曰天，三曰地，四曰將，五曰法。此段專言内治，即平時建軍之原則也。道者，國家之政治。法者，國軍之制度。天、地、人三者，其材料也。中國古義，以天爲極尊，而冠以道者，重人治也。（即可見孫子之所謂天者，決非如尋常談兵者之神秘説。）法者，軍制之根本。後於將者，有治人，無治法也。五者爲國家（未戰之前。）平時之事業。經者，本也，以此爲本，故必探索其情狀。

道者，令民與上同意也。故可與之死，可與之生，而民不畏危。毛奇將軍《普法戰史》第一節論普法戰争之原因曰："今日之戰争，非一君主慾望之所能爲也，國民之志意實左右之。顧内治之不脩，黨競之劇烈，實足以啓破壞之端，而陷國家於危亡之域。大凡君主之位置雖高，然欲决心宣戰，則其難甚於國民會議。蓋一人則獨居深念，心氣常平，其決斷未敢輕率；而群衆會議，則不負責任，易於慷慨激昂。所貴乎政府者，非以其

① 民，原誤作"家"，兹據《孫子新釋》原文與《國防論》第六篇改。按：下文云"伯盧麥之一則曰'國民'"，是其証。

能戰也，尤貴有至强之功，抑國民之虚榮心，而使之不戰，故普法之役，普之軍隊，僅以維持大陸之和平。而懦弱之政府，（指法。）適足以捲鄰國於危亡漩渦之内。”

方震按：此節毛奇所言，蓋指法國内狀而言也。拿破侖第三於俄土墺伊之役，雖得勝利，僅足以維持其一時之信用。而美洲外交之失敗，國内政治之不脩，法國帝政日趨於危險，拿破侖第三欲自固其位，不得不借攻普之説，以博國民之歡心，遂至開戰，故毛奇曰“懦弱之政府”云云。

《普墺戰史》第一章摘要，自拿破侖之亡，普人日以統一德國爲事，所恃以號召者，則民族主義也。顧墺亦日耳曼族也，故普墺之役，時人謂爲兄弟戰争，大不利於衆口。而議會中方且與畢士馬克爲政敵，舉前年度之陸軍預算而否决之。千八百六十年春夏之交，普人於戰略政略之間，乃生大困難，蓋以軍事之布置言，則普國着手愈早，則利愈大。而以政治之關係言，則普若先墺而動員，微特爲全歐所攻擊，且將爲國民所不欲。（西部動員時，有以威力强迫始成行者。）普王於是乃遷延遲疑，而毛奇、畢士馬克用種種方法僅告成功，苦心極矣！數其成功之原因，則一爲政府之堅忍有力，二爲平時軍事整頓之完備，三爲軍事行動之敏捷，卒能舉不欲戰之國民而使之能戰。

方震按：本節文義甚明，所當注意者，爲一“民”字，及一“令”字。民者，根上文國家而言，乃全體之國民，非一部之兵卒也。令者有强制之義，政府之本領價值，全在乎此。案正式之文義，例亦不勝枚舉。兹特舉普法戰役之例，以見國民雖有欲戰之志，而政府懦弱，不足以用之，卒至太阿倒持以成覆敗之役；特舉普墺戰役之例，以見民雖不欲戰，而政府有道，猶足以令之，以挽危局爲安全。可見“可與之死，可與之生”兩句，决非尋常之疊句文字，與民死固難（普墺戰役之普國），與民生亦不易也。（普法戰役之法國。）

天者，陰陽、寒暑、時制也。地者，遠近、廣狹、死生也。方震按：觀下文“天地孰得”之語意，則知此所指乃天時地利之關於國防事業者，曰陰陽，曰寒暑，曰遠近，曰廣狹，皆確實之事實。後人乃有以孤虚旺相等説解天字，而兵學遂入於神秘一門，神秘之説興而兵學晦矣！而不知孫子當時固未嘗有此説也。

時制云者，時謂可以用兵之時，制，限也，謂用兵有所限制也。如古之冬夏不興師之謂，日俄之役，必擇正二月中開戰，預期冬季以前可以求决戰等類是。

將者，智、信、仁、勇、嚴也。格魯塞維止《大戰學理》軍事上之天才文摘譯如下：

（甲）勇。

戰争者，危險事也，故軍人第一所要之性質爲勇。勇有二：一爲對於危險之勇，一爲對於責任之勇。責任者，或指對於人而言，或指對於己之良心而言。兹先論第一種對於危險之勇。

此勇又有二：有永久之勇，有一時之勇。永久之勇，爲不懼危險，此則或出於賦稟，或成於習慣，或由自輕其生命而生，要之皆屬於恒態永久的也。一時之勇，由積極之動因而生，若名譽心，若愛國心，及其他種種之感奮而出者是也。此種之勇，要不外乎精神之運動，屬於情之區域，爲非恒態，二者效果之異，無可疑矣。恒態之勇，以堅固勝，所謂習慣成自然，無論何時，不離其人者也。感情之勇，以猛烈勝而不拘以時。前者生節操，後者生英氣，故勇之完全者，不可不併有此二者。

（乙）局面眼（慧眼）果斷。

戰争與勞動困苦相連，軍人欲忍此而不疲者，則其身心不可不具有一種堪能之力。人苟具此力而不失其常識，則已適於戰争之用。吾儕嘗見半開化之國民中，頗有適於戰争者，不外具此力也。

若進一步而爲完全之要求，則軍人不可不有智力。戰争者，推測之境界也。凡事物爲軍事動作之基礎者，其四分之三，常不確實，譬在雲霧中，或濃或淡，惟有智力者能判斷之，於此中而求其真。尋常之人，或亦偶得其真，又有以其非常之勇而補其智之所不及者，然偶而已。若綜合全體而論其平均之成績，則不智者，終不能掩其所缺。

戰争者，不虞之境界也。人生事業中最易與意外之危險相觸者，莫如戰争，主將於此，不能不爲之稍留餘地。而諸狀况不確之程度愈增，事業之進步亦愈困難。

情况之不明，預料之不確實，與意外之事變，常使主將生所遇者恒與所期不相侔之感，而影響即及於各種計畫。其或竟舉前計直棄之而易以新，而一轉瞬間，新計畫之根據，又不見完全。蓋戰狀云者，非一時盡現，日有所聞，日有所異，而此心常皇皇於所聞所異之中。當此而能鎮定者，不可不具二種性質：一曰智。智者，如行路於黑闇之中，常能保有一點之光明而知本綫之在何方者也。一曰勇。勇者，使人能藉此微弱之光明而邁往前進者也，彼法人之所謂局面眼（慧眼）者，此則謂之果斷。果斷云者，勇其父而智其母，此法語之所由生。蓋謂戰争以戰鬥爲主，而戰鬥則以時間及空間之兩要素爲體。當時騎兵之使用，及其急劇之决戰，凡一切皆以迅速及適當之决斷爲成功之要訣。而形容此時間空間之目測力，謂之爲慧眼，兵學者迄今以此古義釋慧眼者不少。蓋凡動作迫切之時而能下適當之决斷者，無非由此慧眼而生，例如發見適當之攻擊點等，則尤可見慧眼云者，非僅謂形體上之目，實兼指心目而言者也。

由慧眼乃生果斷。果斷云者，則所謂責任之勇也。又得云精神之勇，法語名之曰心勇，以其由智所生故也。然此勇之生，雖由於智，而其動則不由於智而由於情。蓋智者不必有勇，且多智之人往往有臨難而失其决斷力者，吾儕所嘗見也。故智尚矣，尤賴於情之勇。大抵人當危急之秋，與其謂爲智所左右，毋寧謂爲情所左右也。

臨事而苦於疑慮，尤恐其陷其猶豫也，則果斷要矣。世俗常以冒險大膽暴虎憑河之勇爲果斷，然吾儕則以爲若不具完全之理由，决不許以果斷之稱完全之理由，則由智力而得者也。

果斷生於智而成於勇，固矣。然觀察之智，感情之勇，僅曰兼也，實猶未足。所貴者，則二者之調和力也。世有人其心目頗能解釋困難問題，而平生當事，亦未嘗無勇。顧有一臨當果斷之機會而忽失其能力者，則智勇不融洽，故不能交互而生第三者之果斷也。彼無智者，即遇艱難，未嘗思想即無憂慮，幸而成功，則例外也。

是故吾輩論果斷者由智力之特殊方向而生，與其名之曰英邁，毋寧謂爲强硬之腦髓。左之事實，則足以證之。即在下級官時，頗能決斷一切，一旦進級稍高，即失其固有之能力者。蓋此種人明知不能果敢之害，而且下所遇諸事務，又非從前所習慣而固有之智力，遂失其作用也。此其果敢之動作，習之愈久，猶豫之危險見之愈明，而决斷力之萎縮乃愈甚。

常住心（恒）

性質之鄰於果斷者，爲常住心。常住心者，當不意之事變，能得正當解决，（此屬於智。）而急危之際，能保守其固有之宗旨者也。（此屬於情。）

此種解决，固不必屬於非凡之列。蓋同一事也，出諸深思熟慮之餘，則爲平淡無奇。當急劇之際，乃仍不失其深思熟慮之態度，則常住心之所以可貴也。此種性質，或屬於智之活動，或屬於情之平衡，則視際會之如何以爲定。顧智與情二者苟缺其一，則失其常住心。

（丙）不拔、堅固、忍耐、感情及性格之强健。

戰争者，由四原質所成之。濛氣圍繞之，曰危險，曰形體之勞苦，曰不確實，曰不意是，入此濛氣中而能兼確實之動作與完全之成就者，不能不有賴於智情交互之力。戰史所稱之不拔、堅固、忍耐等，要不外由此力之變化而出，則諸英雄此種性質之表現，不過自惟一之志意力而出。顧其現象，則相似而不相同。試分析如下：

欲使讀者之想像易於明瞭，不可不先提起一問，曰：凡重量、負擔、抵抗等之加於主將之心上而足以挑起其心力者何也？答之者必曰：此種重量，未必即爲敵人之行爲也。蓋敵人之行動，直接及於兵卒而已，與指揮官不相觸，例如敵若延長其抵抗之時間，由二時至四時，則指揮官惟使其部下加二時間之形體危險而已。此種數量，則地位愈高，價值亦愈減。在將帥之地位言，則戰鬥延長二時間之差，又何足論！惟敵之抵抗次第影響於主將所有之諸材料，（合人員材料而言。）抵抗愈久，消耗愈多，則間接及於指揮官之責任問題，則是主將所痛心，而意志之力因之觸發者也。

然指揮官負擔之最重且大者，猶不在此。

當軍隊猶有勇氣，猶有好戰之心，則動作輕快，其勞指揮官意志之力者蓋少。戰况一及於困難，則如平常隨意運轉之機關，忽生一種抗力，非敵人之抵抗，而我兵之抵抗也，非必其抗命抗辯者也。（當是時，抗命抗辯亦時時有之，兹所云者，指概况言。）

流血既多，軍隊之體魄道德諸力，均爲之阻喪，憂苦之情，起於列兵之間，而此情遂及於指揮官之心。主將於此僅持我心而不動未可也，尤貴逆衆庶之心而支之。衆庶之心力既不能自支，則其意志乃悉悉墜於將帥一人之上。衆庶之希望冷矣，則由主帥胸中如燃之火而使之再温；衆庶之未來觀闇然黑矣，則由將帥胸中皎潔之光而使之再明。夫如是始足以御衆，夫如是始足以成功；非然者，將帥自失其心力，而衆庶將引將帥而墮於自卑之域。世有因危險而忘恥辱者，此其由也，是爲將帥不可不支持之最大抵抗。此種抵抗，人愈多則愈長，地位愈高則愈重。

凡臨戰所以激人之感情者甚夥，其能最久而有力者，莫如名譽心。德人於此語，附以好名之鄙義，蓋謂濫用之，易生不正之動作也。然溯此心發動之原，實屬於人性中最高尚之域，而爲戰争中發生動力之樞紐。彼愛國復仇諸感奮，或則高尚，或能普遍，或能深入，然不能驅名譽心而代之。蓋愛國心等爲全軍所共有，非不高尚也，而主將於此則無由自別於群衆，而不足生其較部下爲更大之企圖。名譽則按其等以差，而各種機會，各種動作，皆若爲各人所私有，無不思所以利用之。以名譽爲産業，而各極其鞭策競争之致，則成功之由也。古來有大將帥而無名譽者乎？未之見也。

堅固者，於各事之衝突上，所生意志之抵抗之謂。耐忍者，則意志抵抗之自時間上言者，二者甚相近，而其本然則相異。蓋堅固僅由於情之强，而欲其持久不變，則不能不藉於智之徹。蓋可爲之繼續愈長，則對於行爲之計畫亦愈夥，而忍耐力則實生於智力之計畫者也。

（丁）感情之强健。欲進論感情及性格之强健，不可不先釋强健二字爲何義。感情之强健云者，决非謂感情猛烈或易於激動之謂。不論何種感動激刺，而其人常能隨智力爲動作者，是謂感情上强健。此性質果由智力而生乎？一疑問也。世有優於智力者，而忽爲情所驅使，遂妄動妄作者，論者猶得曰智有大小廣狹，而此必其小而狹者也，吾人則以下説爲近於真。

當情之熾，而能隨智爲轉移，吾儕名斯人以爲有自制之能，此自制力則生於情者也。偉人當情至於激，則别生一種情以平衡之，而亦無害於前者之激，情得其平而後智力之作用現。顧此特别之情又何自生乎？曰：生於自尊心。彼蓋終身不忘爲萬物之靈也，故其動作，不背於有智慮者之原則。吾儕以激情雖至極至，而猶能不失其平衡者謂爲感情之强健。

感情上之人物，大别爲四類：

第一種爲無感之人物；

第二種則情易動而常不踰矩，人所謂多情而静穩之人物；

第三種則其情易於刺激，一時雖猛烈，而消滅則甚易；

第四種則其情甚不易動；而其動也，不急劇，必以時；顧一旦動，則且强且久，既深且激。此四種之差别，與體魄上亦大有關係。吾儕不欲以薄弱之哲學爲高深之研究，但舉此四類人而論，斷其於軍事上之關係，兼以釋明此感情上强健之義。

無感情者，容易不失其平衡，然不能謂感情强健。蓋此種人全無發動力者也，其於軍事上有偏頗之器能，用之得其宜，亦足以奏多少之功。顧不能得積極之效果，然亦不至於僨事。

第二種之人物，頗足以經營小事，而臨大事則易爲所抑壓。例如見一人之横禍，則能被髮纓冠以往，而視及國運之將亡，民生之困苦，則亦徒自悲痛而不能自奮。此種人之於軍事，其動作頗能和平，而不能建大功，其或智力出衆，未始不可建特殊之事業，然而鮮矣！

情之易激而烈者，既不適於世矣。此其長在於發動之强，而其短則在經過之速。此種人物，若加以名譽心，則頗適於下級軍官之用，蓋其職務之動作，以短時間而告終也。鼓一時之勇以爲大膽之攻擊者，數分間事耳。反之，一會戰爲一日數日之事，一戰役爲一年二年之事業也，則與此種人，實不相宜。感情速而易變，一失平衡，即成喪氣。是用兵者所最忌也。然必謂易於激動之人，必不能保其感情之平衡，是又不然。蓋易激之人，思想頗高而自尊之，情亦即由之以生。故其事之及於誤也，則常慚愧不能措。故若裕以學問，加以涵養，閱歷漸深，亦能及於感情强健之域。

大凡軍事上之困難，猶若大容積物之壓迫，然旋而轉之，非大有力者不可。具有此力者，則惟此第四種具深潛激情之人，此情之動，猶若巨物之前進，其速度甚小，其效果則甚大。顧以此種人爲必能成功，則亦屬誤解。未開國之英雄，一旦有因自制力之缺乏而挫折者，屢屢見也，是亦由其智力之不足，而易爲情所驅使者也。然顧開明國中亦未始無之。

我儕於此不憚反覆重言以申明之所謂感情上强健者，非其情發動之强之謂。當强情之發，能不失其平衡，而動作猶爲智力所支配，譬若大舟涉風，顛倒輾轉，而羅盤之針尖，常能不失其方向，是謂感情之强健。

性格上之强健。

性格强健云者，即人能確守其所信之謂。所謂信者，固不問其説之出於人，或出於己也。意見之變易，不必由於外來之事物，即一己智力之因果作用，亦足以生影響。故人若屢變其意見，則不能謂有性格之人。性格云者，確守所信而能持久者也。此持久力，或由於聰明之極，或由於感覺大鈍。其在軍事，則印象及於感情者强，而所見所聞之變幻不可測，乃至於或疑人，或疑己，甚且舉其已定之徑路而逸出，决非與世間常事所能同日語。

戰時而欲决行一事，其根據大都屬於臆測，决不明瞭，故各人意見之不同，亦以戰事爲最，而各印象之潮流，乃時刻迫其所信而覆之。此時雖毫無感覺之人，亦不能不有所觸動，蓋印象過激而强，則其勢必將訴諸感情也。

故非見之極深，知之極明，則不能確守其固有之原則以指導一切。惟原則與事實，其間常有一種間隙彌縫於其間者，則不僅持推測因果之智，且有賴於個人自信力，故吾人當動作之始，不可不先有萬變不離之信條。苟能確守信條，不爲物動，則行爲自能一貫，此則所謂性格之强健也。

感情能常得其平衡，則大有助於性格，故感情之强健者，其性格亦多然。吾儕於此又不能不舉類似此性之執拗（愎）一言之。執拗云者，人之所見愈於己，而拒絶之之謂。既有能力足以自成一見解，則其智力必有可觀者在，故執拗者非智之失而情之失也。蓋以意志爲不可屈，受他人之見而不快者，要皆由於一種我見。我見云者，所謂予無樂乎爲君，惟其言而莫予違也。世有顧影而自喜者，其性質實與執拗類。其不同者，彼則在外觀，而此則在事實也。

故吾人以爲以感情不快之故而拒絶他人之意見者，是爲執拗，是决不能謂爲性格之强健。執拗之人，往往以智力不足而不能具有强健之性格者。

方震按：格氏此説，其論果斷爲智勇交互之結果，及名譽爲堅忍之原動等，精矣詳矣，顧僅足以解原文之半。何者？蓋格氏之説，專爲臨戰而言；而孫子之五字，合平、戰兩時而兼言之也，曰信，曰仁，曰嚴，蓋實爲平時所以得軍心之原則。在近日之軍，制度脩明，教育精密，則有賴於主將之德者較少。三者之用不同，而其極則爲衆人用命而已，此軍紀之本也。

法者，曲制、官道、主用也。方震按：曲制者，部曲之制。官道者，任官之道。主用者，主將之作用也。以今日之新名詞解之，則軍制之大綱也。主用者最高軍事機關之設備，若參謀部之獨立，君主之爲大元帥，皆直接關於主將能力、威嚴、信任之作用者也。官道者，所謂官長之人事也，凡進級補官等事屬焉。道之字義，形容尤極其妙，道者狹而且脩。今觀各國軍人之分位令，何其似也。曲制者，則軍隊之編制也。觀下文法令執行之義，則知法者含有軍紀之意。國軍之强弱，以軍紀爲本。而人事之整頓，部隊之制度，主將之威權，實爲軍紀之基礎，而建軍之原則，盡於此矣！

凡此五者，將莫不聞，知之者勝，不知者不勝。此爲第二段之終，所述者厪建軍之原則，而即斷之曰勝曰不勝，可見勝不勝之根本問題，在此不在彼也。

故校之以計，而索其情，曰：主孰有道？將孰有能？天地孰得？法令孰行？兵衆孰强？士卒孰練？賞罰孰明？吾以此知勝負矣！方震按：此則言未戰以前，人主所當熟思而審處者也。死者不可以復生，亡者不可以復存，故孔子曰："臨事而懼。"（臨者，將戰未戰之際之謂。）此節連用七"孰"字，正以形容此懼字也。

强弱無定衡，故首重在比較，然有形之比較易，無形之比較難。此節所言，則屬於無形者居多。今各强國之參謀部，集全國之俊材，所以勞心焦思，不遑寧處者，則亦惟此數問題之比較而已。此種比較，蓋有兩難：

第一爲知之難。吾人於普通之行事，有誤會者矣。於極親之友朋，有隔閡者矣。况乎國家之事？况乎外國之事？而又涉於無形之精神者乎？必於其政教、風俗、人情、歷史，一一融會貫通之，而又能平其心氣，鋭其眼光僅僅能得之，而未必其果然也。當畢士馬克爲議院攻擊之時，孰敢謂普之民能與上同意也。當苦洛伯脱金於俄土戰役之後，（苦於俄土之役爲參謀長，著有聲譽。）孰敢以今日之批評語譏之？普法戰役之初期，毛奇乃與第一軍長相衝突，日俄戰役之終期，而兒玉參謀長乃與各軍長生意見，幸而戰勝，故説之者寡耳。非然者則豈不亦爲勝敗原因之一嘖嘖於人口哉！况"軍紀之張弛，教育之精粗，非躬與士卒同起居，則不能識其真價。"（毛奇之言）而精神諸力，又易爲物質所誤。讀日俄戰争前歐洲各報之評論，蓋可見也。故此曰"索其情"。索者，探索之意，言必用力探索，始能得其情也。

第二爲較之難。較之云者，言得其彼此之差也。無論何國，有其長，必有其短，其間程度之差，有甚微而其效甚大者。（今以最淺顯者譬之，例如調查軍隊射擊之成績而比較之：甲平均得百分之零三，即千發中中三的；乙得百分之零三五，即千發中中三的半。此固有各種種關係不能定爲孰優孰劣，然一戰役間假定每兵千發，彼此人數相等，則乙已可滅甲之半矣！）氣弱者，見敵之長，見己之短，（二者常相因。）則鄰於怯；氣强者，見敵之短，見己之長，則鄰於驕。故同一時，同一國，而各人之眼光不同，所説亦互異。爲主將者據種種不同之報告，而以一人之神明判定之。且將綜合其全體，（譬若主有道，而將未必能。）截長補短，銖兩悉稱，於以定和戰之局。立外交之方針，其非易易，蓋可見矣。昔普法未戰以前，法國駐普使館武官嘗陳列普軍之强矣，拿破侖不之省。蓋數戰而驕，亦以法之地位，自有史以來，較普爲强也。顧與其驕也，無寧稍怯。蓋怯不過失其進取之機會而已，驕則必至於敗亡之禍也。

伯盧麥著《戰略論》第三章論國家之武力曰："當戰争時，國家屈敵之志以從我，則用武力。武力云者，全國内可以使用於戰争之各種力之總稱也。”

武力中之最貴重者，曰民力，即國民之體魄、道德、智識之力也。徵之於史，固有用外國兵以戰者，然背於近今戰争之原則。蓋國民有防衛國利之榮譽義務者也，民力之大小，以其多寡及性質而定。民力者，各人之力之總積也，故隨數以俱增，爲當然原則。然各人之力之差則甚大，故有其數大而其積小者。勇敢質樸之人民，比之懦弱萎靡者，其數雖少，而軍事上之能力轉大也。

然道德智識之力，實較體力爲尤重。義務心、果斷、克己、愛國、信神等諸德性，其增加國民之武力者蓋偉，智識之程度亦然。故戰争者，國民價值之秤也。上流者安於逸樂而失德，則其軍之指揮不靈。普通人民之文化不開，則其鋒鋩鈍。

其次爲物質之資材，土地之富力，農業之情狀，商工業之發達程度，及養馬、牧畜，皆爲其重要之分子。其能確實心算者，惟蓄藏於自國或自國出産而已，故金錢亦一重要之資料也。然近世軍隊雖比於昔爲著大，而金錢問題則轉在其次，何者？蓋國家使用國民材料之權利較昔爲大也。近今則國民之材料愈發達，故國家亦間接以受其利。

雇兵之費，較徵兵爲大，夫人而知之矣！至有事之日，馬匹及材料等非由外國購入不可者，則其國之金錢問題，愈占重要位置。更進論之，則財政之整理與否，亦爲國家武力之重要原則。蓋財政苟整理，則能以國債集一時之現金，而取償於將來也。

此外則國土之位置，及形勢，及其交通綫，亦爲武力之一種，顧此種有對待之利害。

（甲）領域之廣袤，及人口之多寡。地廣人稀者利於防，地密人稠者便於迅速及猛烈之動作。（乙）國境之形狀及地勢。由此則國土之防禦，或爲難，或爲易。（丙）國内之交通綫。交通便利，不僅能流通各種之材料，及使各種武力迅速萃於一處，且可保持其武力而不疲。

以上地理及統計之關係，於一國之武力上，在一定範圍内，可以呈其各種功用。如英之海，俄之大漠，瑞西之山，或爲援助，或爲防害，皆有功用可言也。

國家之原質有三：曰土地，曰人民，曰主權，凡武力之關於土地人民者述之如上。今且論國家之主權如何。

主權者，所以萃民力地力以供戰用之主體也。其力之大小强弱，則視政體制度及施政之性質以異。而資材愈廣大，則其關係愈著。欲舉土地人民之全力，以從事於戰争，則須明察勇决，舉國一致。然惟元首則明良堅確，政府則和衷共濟，庶幾有成。若衆説紛擾，而元首無定見，則其力即弱。要之建制適當之國家，則各機關於平時即能自奮其力以赴元首確定之意志，一旦臨戰，必能發揮其力無遺憾也。

主權，無形者也，其表現者爲賦兵法，即政府依何種條件，何種範圍，得以使用其國民之身體及財産以爲國務用之規定是也。詳言之，則兵役之年限，現役之人數及久暫，人民備戰之程度，召集之先後，徵發之範圍等，皆是也。

凡獨立國，皆獨立制定其賦兵法，而以國民稟性、文化程度、國家成立條件及政事方針之種種不同，故遂至千差萬别，或則以其財産生命，一一供之國家以圖進取，或則圖目前之娱樂，而不肯以保障此娱樂，故耗其財力，或以國無外患，解武裝以從事於經濟事業，此則由人而異者也。其國境綫甚長外兵易侵入之國，欲保其安全，則又不可與島國山國同日語，或界鄰强敵，或界鄰弱國，則其情又異，最後則戰争技術上之要求，及經濟與財政上之利害，皆一國制定賦兵法時所當熟思而審處者也。

然彼此依義務兵役之制，驅百萬之軍於中原而求勝，則有俟乎卓絶之編制法及國民堅實之性質。就中最重者，尤在上中兩階級人民之卓見及勇氣，以瓦礫之材，泥塗黏附，墻壁雖高，不足以經風雨也。

賦兵法，則陸軍編制之基礎也。編制之本旨，即在合民力與物産以造成適於戰争之具也。民力、物産、原料也，依賦兵法而精製之，則成物劍之鋭也。一由於鋼質之良，一由於人工之巧，依賦兵法則編良材，而煅煉之者厥有賴於名工，故國家之武力，依賦兵法而出其材，依編制法而成爲用。

又第四章言國家當將戰未戰之際，應行列爲問題者五，務明辨審思以爲决心之基礎。第一問：敵能舉若干之武力乎？

欲答此問，當先測定臨戰時敵國全體之武力，即我軍侵入敵境時敵之内部抵抗力之大小，及敵軍侵入我境之難易是也。敵之武力，或有不能用於他處者，則去除之，反之，無論出於故意，出於推測，其能受他國之援助者，則亦須加算入之。

第二問：敵將以如何氣力，决心戰争乎？

敵人志意之剛柔强弱，視争點利益之重輕，及氣概之大小以爲衡。

各國之氣概，則由人民之性質，及政治之情形而大差。同一事也，於甲國不過爲皮相之激昂，於乙國則或觸動其極度之决心，人民而敢爲堅忍，富於愛國心能信賴其有力之政府，則其氣概又决不可與萎靡之政府，柔弱之國民同日語。

决戰意志之强弱，大都視其動因之大小，即利益之重輕以爲準。國家若以存亡之故而動戰争，則其剛强不屈之態，决不能與貪小利而動兵者相等。蓋前者必奮戰至於竭國之力而後已；後者不過舉一部之力以從事，適有不幸，即能屈從敵志以圖免後患。（方震按：日俄之役即其適例。日失朝鮮，三島爲之振動；俄得滿洲，不過擴充一部分之邊界，與歐俄之存亡關係無與也。故戰役之後半期，俄人以内部擾攘之故，雖歐洲之援兵續至，寧棄滿洲以和。）

第三問：敵人於我之武力及氣力下何種觀察？

敵人於臨戰時，亦必起前之二問，故此第三問之答解甚爲緊要。政略機敏之國，則戰争將起時，即於國際間監察其舉動。敵若下算我之武力及氣力，則其最初所舉之力必不大。顧敵一覺其誤，則或即屈從我志，或即倍張其力。二者何擇？亦宜預算及之。

第四問：敵當交戰時果用幾許之材料？

此問之義甚廣，即敵人武力氣力之性質大小，其鋭氣，其忍耐力，軍事上之目的，及最初所舉兵力之外，將來更能舉若干之武力種種等，皆在焉。

第五問：我若欲屈敵之志以從我，或竟使敵斷絶其希望，果須若干之軍資乎？我果具有此數乎？具有此數，而我目的之價值，果與此應行消耗之軍資相稱乎？

此五問，皆相連絡，故總括揭之於此。惟討論第一問時，則我軍軍事之目的，首當注意。此目的則由於政略上之關係及敵之處置以生。

依正理論，則外交之方針，戰略之布置，皆當由此五問題而生。顧事實上則和戰之局未必悉決於正當之研究，而兩國當未戰之先，未必能舉上文五問一一爲數學的解決也。蓋彼此苟皆出於深思熟慮，則中間必有一身，知奮勵之無功，戰争之不可以意氣爲，甘心其少少損失，而不敢賭存亡於一旦也。此則近五十年之諸强國之所以未見戰事也。

測算敵之軍資而求其正確，其爲事已不易易，至欲公平秤量彼我之力，則尤屬困難。蓋各元質之編入於軍資者，其數極大，其類又雜，而戰時不意之事變，亦影響於軍資者至博，測算者主觀之謬誤，猶在所不論。

洞見敵人政略之啓圖，而測定其外交上强硬之程度，亦不易易。兩國宣戰之言，一具文耳。世固有利用僅小之原因，而啓存亡之大決戰者；又或一戰之後，勝者乘其餘威擴張其本來之目的者。

要之，以上五問，無論如何明察，決不能得數學的確解。其至善者，亦不過近似已耳！故賢明之政府，則於此五問之外，更生一問，曰：萬一敵之力較預測爲大，戰之力較預測爲小之時，其危險之程度當在何等！故對於彼此同等，抑或較强之國，尤不可不審慎出之。文明國之戰争，其起也甚難，而其動也甚猛，不動則已，動則必傾全國之力。而財力國力，必不許其持久，故動作尤必速而且烈。

方震按：伯盧麥之所謂主權云者，即主將法令賞罰之謂。所謂民力云者，即兵衆士卒之謂。所謂有形諸物質云者，即天地之謂。

總括智、信、仁、勇、嚴五項而斷之曰能，其説亦見之近今學説，能者了事之謂也。德國武人之習諺曰："不知者不能。"又曰："由知而能，尚須一級。"

天地者，彼此共有之物，而利害有相反者，故曰得。

兵衆者，指全體國民而言。士卒者，指官長及下級幹部言。兵衆之良否，屬天然者居多，故曰强；官長之教育，屬人爲者居多，故曰練。練者含有用力之意。法令，指軍事上之政令言之。賞罰，指全體政令言之。

將聽吾計，用之必勝，留之。將不聽我計，用之必敗，去之。按此所謂計，即上文七種之計算也。

計利以聽，乃爲之勢，以佐其外。勢者，因利而制權也。上文之計，乃國防戰略之大綱。此所謂勢，乃下文交戰之方法，即戰術之總訣也。此節所當注意者，在數虚字：一曰"乃"，再曰"佐"。"乃"者，然後之意。"佐"者，輔佐云耳。非主體也，拿破侖所謂苟戰略不善，雖得勝利，不足以達目的也。計者由我而定，百世不變之原則也。勢者視敵而動，隨時隨地至變而不定者也。故下文曰"詭道"，曰"不可先傳"，其於本末輕重之際，揆之至深。未戰時之計，本也。交戰時之方法，末也。本重而末輕，本先而末後，故曰乃曰佐。

兵者，詭道也。故能而示之不能，用而示之不用。近而示之遠，遠而示之近。利而誘之，亂而取之，實而備之，强而避之，怒而撓之，卑而驕之，佚而勞之，親而離之，出其不意，攻其無備。此兵家之勝，不可先傳也。

“出其不意，攻其無備”，爲交戰方法之主旨。“能而示之不能”以下十二句，專指方法言。蓋欲實行“出其不意，攻其無備”之原則，必應用以上十二種方法，始有濟也。“兵家之勝”云者，猶言此尋常用兵家之所謂勝云耳，非吾之所謂勝也，故曰“不可先傳”。“先”者，對於“計”字言，承上文“乃”字“佐”字之意，所以呼起下文“夫未戰”之“未”字，言真正勝負之故，在未戰之先之計算，不可以交戰之方法爲勝敗之原，而又轉以計算置於後也。此篇定名曰計，若將全篇一氣通讀，則自“計利以聽”以下迄“不可先傳也”一段爲本篇之旁文，更將第二段第三段之斷語。（“知之者勝，不知者不勝。”又“吾以此見勝負矣。”）與此段斷語一比較，其義更顯。

篇中開宗明義，即曰“兵者，國之大事”，而此則曰“兵者，詭道也”。然則“國之大事”，而可以詭道行之乎？蓋此節入他人口氣，即轉述兵家者言，（大約竟係引用古説。）而斷之曰“不可先傳也”。“不可先傳”，猶言不可以此爲當務之急也。以“不可先傳”作秘密解，遂視詭道爲兵法取勝之要訣。而後世又以陰謀詭詐之故，謂兵事非儒者所應道，不知孫子開宗明義即以道爲言，而天、地、將、法等皆庸言庸行，深合聖人治兵之旨，曷嘗有陰謀權變之説也哉！

夫未戰而廟算勝者，得算多也；未戰而廟算不勝者，得算少也。多算勝，少算不勝；而況於無算乎！吾以此觀之，勝負見矣。

此段總結全篇“計”字之義，以一“未”字爲點睛之筆。計者，計算於廟堂之上，而必在未戰之先，所謂事之成敗在未着手以先，質言之，則平時之準備有素是也。

“得算多少”之“多少”兩字，係形容詞，言上文七項比較之中，有幾項能占優勝也。“多算”、“少算”之“多”、“少”兩字，係助動詞，言計算精密者勝，計算不精密者不勝也。

“而況於無算乎”一句，與開篇“生死存亡”之句相呼應，一以戒妄，一以戒愚，正如暮鼓晨鐘令人猛省也。

《春秋左傳·韓之戰》①

春秋者，魯《史記》之名也。仲尼因魯史策書成文，考其真僞，而志其典禮，上以遵周公之遺制，下以明將來之法。其教之所存，文之所害，則刊而正之，以示勸戒。此孔子作《春秋》之意也。然睿旨幽隱，經文簡約，邱明傳或同時，實得微言，乃原始要終，創爲傳體。傳者，轉也，轉受經旨，以授於後也。顧左氏釋經雖解，而博通諸史，叙事尤詳，能令百世之下，頗見本末，其有

① 原注：評點照桐城方苞《左傳義法舉要》。

功於《春秋》爲多。左氏之文雖緩，而朱子謂有縱横之意，以讀其書能反復低昂，詞氣鏗訇，使人精神振發，興趣悠長。或曰："左氏聖於文，信不誣也!"余則以爲左氏爲《春秋》作傳，大率采取列國史書，故其文多方言；又多引《詩》、《書》之辭；其文整齊，故多偶句；義法之謹嚴，屬辭之簡練，尤其匠心所在也。録《韓之戰》。

秦與晉以河爲界，河以東爲晉，河以西爲秦。然秦當春秋時，疆域褊小，非特隔於函關之外，爲晉所限閡而不得出也。考《史記》繆公立五年而晉獻滅虞、虢，是時新立，初起岐、雍，基業未周，而晉武獻已絶盛，滅虢而桃林已舉。秦之門户在晉肘腋中矣！後秦伯伐晉，三敗及韓，陝西韓城縣。晉侯曰："寇深矣!"可見晉之幅員斗入河西地也。故終繆公之世，未嘗一日忘東向。其援立惠公也，實貪河外列城之賂，蓋欲圖虢之故地以爲東出之謀。既而韓之戰，秦始征晉河東，未幾復屬於晉，秦之不得志於晉可知也。其後絶晉，日尋干戈，少梁北徵，彭衙剞首，迭有勝負，然終不能越河以東一步。蓋有桃林以塞秦之門户，而河西之地，復犬牙秦境。秦之聲息，晉無不知，二百年來秦人屏息而不敢出氣者以此故也。至孝公發憤東地渡洛，魏人納地恐後，而河西爲秦有。秦於是乎始大！吴起去河西而泣，豈無故哉！然則河西之得失，非惟秦晉興廢之樞，實春秋、戰國一大關鍵也。惠公背秦賂不與而有韓之戰，豈偶然也耶！兹余之録是文也，亦猶孔子删《書》終《秦誓》之意也夫！

晉侯之入也，秦穆姬屬賈君焉，且曰"盡納群公子"。晉侯烝於賈君，又不納群公子，是以穆姬怨之。晉侯許賂中大夫，既而皆背之。賂秦伯以河外列城五，東盡虢略，南及華山，内及解梁城，既而不與。晉饑，秦輸之粟；秦饑，晉閉之糴。故秦伯伐晉。備舉晉侯失德，而束以"故秦伯伐晉"。通篇脈絡皆總會於此。

卜徒父筮之，吉："涉河，侯車敗。"詰之。對曰："乃大吉也。三敗，必獲晉君。其卦遇《蠱》☶曰：'千乘三去，三去之餘，獲其雄狐。'夫狐

《蠱》，必其君也。《蠱》之貞，風也；其悔，山也。歲云秋矣，我落其實，而取其材，所以克也。實落、材亡，不敗，何待？”

三敗及韓。方叙秦筮伐晉，忽就筮辭“敗”字，突接“三敗及韓”，以叙事常法論之，爲急遽而無序，爲衡決而不安。然左氏精於義法，非漢唐作者所能望，正在此。蓋此篇大旨，在著惠公爲人之所棄，以見文公爲天之所啓，故叙惠公愎諫失德甚詳，而戰事甚略。正戰不宜詳，若更叙前三战三败之地與人，則臃腫而不中繩墨。宋以後諸史冗雜庸俗，取譏於世，由不識詳略之義耳。晉侯謂慶鄭曰：“寇深矣，若之何？”對曰：“君實深之，可若何！”公曰：“不孫！”卜右，慶鄭吉。弗使。愎諫違卜，自取覆亡，承上敗德，下與詩辭相應。步楊御戎，家僕徒爲右。乘小駟，鄭入也。慶鄭曰：“古者大事，必乘其産。生其水土，而知其人心；安其教訓，而服習其道；唯所納之，無不如志。今乘異産，以從戎事，及懼而變，將與人易。亂氣狡憤，陰血周作，張脈僨興，外彊中乾。進退不可，周旋不能，君必悔之。”弗聽。

九月，晉侯逆秦師，使韓簡視師。復曰：“師少于我，鬬士倍我。”公曰：“何故？”對曰：“出因其資，入用其寵，饑食其粟，三施而無報，是以來也。今又擊之，我怠秦奮，倍猶未也。”公曰：“一夫不可狃，况國乎？”遂使請戰，曰：“寡人不佞，能合其衆而不能離也。君若不還，無所逃命。”秦伯使公孫枝對曰：“君之未入，寡人懼之；入而未定列，猶吾憂也。苟列定矣，敢不承命。”韓簡退曰：“吾幸而得囚。”

壬戌，戰于韓原。晉戎馬還濘而止。公號慶鄭。慶鄭曰：“愎諫違卜，固敗是求，又何逃焉？”遂去之。梁由靡御韓簡，虢射爲右，輅秦伯，將止之。鄭以救公誤之，遂失秦伯。秦獲晉侯以歸。削盡枝葉。以詳叙晉侯之獲，則重膇失文律也。晉大夫反首拔舍從之。以上叙晉侯無一事一言之在於德，見其自取敗亡；以下叙晉群臣凜凜有生氣，所以能歸其君。秦伯使辭焉，曰：“二三子何其感也！寡人之從君而西也，亦晉之妖夢是踐，豈敢以至？”晉大夫三拜稽首曰：“君履后土而戴皇天，皇天后土實聞君之言，群臣敢在下風。”

穆姬聞晉侯將至，以太子罃、弘與女簡璧登臺而履薪焉。使以免服衰絰逆，且告曰：“上天降災，使我兩君匪以玉帛相見，而以興戎。若晉君朝以入，則婢子夕以死；夕以入，則朝以死。惟君裁之！”穆姬本怨晉侯，及被獲，又以死免之。著穆姬之知義與晉侯之敗德正反對。乃舍諸靈臺。

大夫請以入。公曰：“獲晉侯，以厚歸也；既而喪歸，焉用之？大夫其何有焉？且晉人慼憂以重我，天地以要我。不圖晉憂，重其怒也；我食吾言，背天地也。重怒難任，背天不祥，必歸晉君。”秦伯務德。公子縶曰：“不如殺之，無聚慝焉。”子桑曰：“歸之而質其太子，必得大成。晉未可滅，而殺其君，祇以成惡。且史佚有言曰：‘無始禍，無怙亂，無重怒。’重怒，難任，陵人不祥。”乃許晉平。

晉侯使郤乞告瑕吕飴甥，且召之。子金教之言曰：“朝國人而以君命賞。且告之曰：‘孤雖歸，辱社稷矣，其卜貳圉也。’”衆皆哭，晉于是乎作爰田。晉侯本以背中大夫之賂失衆心，故假晉侯之命作爰田以要結之。吕甥曰：“君亡之不恤，而群臣是憂，惠之至也，將若君何？”衆曰：“何爲而可？”對曰：“征繕以輔孺子。諸侯聞之，喪君有君，群臣輯睦，甲兵益多。好我者勸，惡我者懼，庶有益乎！”晉人凜凜有生氣：未戰之前，人皆知君之敗；既敗之後，人皆欲君之歸，又與前反對。衆説，晉于是乎作州兵。

初，晉獻公筮嫁伯姬于秦，筮嫁穆姬，何以追叙於此？以時惠公方在秦，有史蘇之問與對也，舍此更無可安置處。觀此則置古人叙事，或順或逆，或前或後，皆義之不得不然。遇《歸妹》䷵之《睽》䷥。史蘇占之，曰：“不吉。其繇曰：‘士刲羊，亦無衁也；女承筐，亦無貺也。西鄰責言，不可償也。《歸妹》之《睽》，猶無相也。’《震》之《離》，亦《離》之《震》：‘爲雷爲火，爲嬴敗姬。車説其輹，火焚其旗。不利行師，敗于宗丘。《歸妹》、《睽》孤，“《睽》孤”亦與晉侯失德而外内無親相應。筮占又與前筮占相映。寇張之弧。姪其從姑，六年其逋。逃歸其國，而棄其家。明年其死于高梁之虚。’”

及惠公在秦，曰：“先君若從史蘇之占，吾不及此夫！”韓簡侍，曰：“龜，象也；筮，數也。物生而後有象，象而後有滋，滋而後有數。先君之敗德，及可數乎？通篇言晉侯敗德，而以史蘇語出之，則稱“先君”，是謂變化無方。史蘇是占，勿從何益？《詩》曰：‘下民之孽，匪降自天。僔沓背憎，職競①由人。’”晉侯先事而敗德，臨事而失謀，孽由已作，通篇關鍵。

冬十月，晉陰飴甥會秦伯，盟于王城。秦伯曰：“晉國和乎？”對曰：“不和。小人恥失其君而悼喪其親，不憚征繕以立圉也，曰：‘必報讎，寧事戎狄！’君子愛其君而知其罪，不憚征繕以待秦命，曰：‘必報德，有死無二。’以此不和。”魯人凜凜有生氣。秦伯曰：“國謂君何？”對曰：“小人慼，

---

① 競，原誤作“鏡”，謹照《春秋左傳正義》及《毛詩正義》阮刻本改。

謂之不免；君子恕，以爲必歸。小人曰：‘我毒秦，秦豈歸君！’君子曰：‘我知罪矣，秦必歸君。貳而執之，服而舍之，德莫厚焉，刑莫威焉。服者懷德，貳者畏刑。此一役也，秦可以霸①。納而不定，廢而不立，以德爲怨，秦不其然。’”秦伯曰：“是吾心也。”改館晉侯，饋七牢焉。

蛾析謂慶鄭曰：“盍行乎？”對曰：“陷君于敗，敗而不死，又使失刑，非人臣也。臣而不臣，行將焉入？”慶鄭不敢逃死，與“陷君於敗”反對；將死之言訓，與諫君之語犯反對。十一月，晉侯歸。丁丑，殺慶鄭而後入。結三慶鄭之罪，又見晉侯困辱而無能改德，所以爲内外所棄，而重耳由是興也。

是歲，晉又饑，秦伯又餼之粟，曰：“吾怨其君，而矜其民。秦伯務德，又與篇首輸粟相抱。且吾聞唐叔之封也，箕子曰：‘其後必大。’晉其庸可冀乎？姑樹德焉，以待能者。”此篇著惠公所以敗，爲重耳之興張本，至此始點明。却于秦伯輸粟出入，是謂變化無方。秦伯樹德，與晉侯斂怨反對；箕子之言，與史佚之言相映。于是秦始征晉河東，置官司焉。又抱篇首“賂秦伯以河外列城五，既而不與”。

左氏長篇，多於篇首總挈綱領，而隨地異形，其變無方。此篇晉惠公以失德致敗，篇首具矣，而中間愎諫違卜，臨事而失謀，則非乎昔敗德所能賅也。故因韓簡之論占，忽引《詩》以要綰前後，而篇中所載惠公之事與言，細大畢舉矣。且失德失謀以致敗由人，則守義好謀而轉敗以爲功亦由人，並晉君臣之慼憂以從君，惕號以致衆，馳辭執禮以喻秦，皆一以貫之。而慶鄭之孽由己作，亦包括無遺矣！叙事之文，義法精深至此，所謂出奇無窮，雖太史公、韓退之不過能彷佛其二三，其餘作者皆無階而昇。

戰國第七

文章之盛，莫盛於戰國。蓋七國力政，兼併尤烈。時主旁求俊乂，以秉國鈞，載飢載渴，相率以登進人才，擴張國勢爲務；而世禄之家鮮克由禮，於是雄才大略之主，知其人之倚畀不足爲國重

① “秦可以霸”原脱，今據《春秋左傳正義》補。

也。故敬禮處士，招致客卿。自秦人首用由余、百里奚以覇西戎，此後商鞅、范睢、蔡澤、張儀、李斯凡佐秦以成王業者，無一不起自遠客賤族；而吴越亦以伍子胥、范蠡等之力，崛起南服，主盟諸夏。客卿之效既著，列國風靡，鄒子至燕而昭王擁彗先驅，商君去國而魏遂弱於秦，始皆以處士權傾人主；而欒郤之族，降爲皂隸。世卿之制墮地，而布衣卿相之局成。士之欲顯名當世者，莫不審思明辨，爭自濯磨以研精學問，家自爲説，極睇參差。而道術之言，遂徧於天下，非厪以文詡也。研夫《檀弓》記禮，理懿而文雅；公、穀詁經，辭辨而義精；蒙叟屬篇，氣健而采奇；孟軻所述，旨豁而才爽；子秉公孫龍字汩汩，號稱博辨；鬼谷眇眇，每環奥義。蘇、張則談説之雄，屈、宋實詞賦之祖；《吕覽》開雜家先路，荀卿亦吾儒別子；韓非博喻而言贍，李斯深文而格峭：斯則得伯氏之華采，而文章之林囿也。敻乎遐哉！三古以還，莫之能上已。

《檀弓·孔子蚤作》①

檀弓，晉人，曾子弟子，或以爲子遊弟子，未詳孰是，意六國初人也。文字超妙，説者謂《左傳》有不如，非徒《左傳》繁而《檀弓》文字簡也，抑亦遠且逸矣。故其片言隻字，瀏灕灑脱，神趣飛舞，如黄河之水，雖尺寸亦自興波，蓋其源自天上來也。蘇東坡常教人熟讀《檀弓》，當得文章體制。説者謂東坡得文法於《檀弓》。夫大蘇之文，空靈變幻，得之《莊子》；而瀏灕灑脱，神氣飛舞，全得之《檀弓》也。《檀弓》文字，濃入淡出，有三長：一曰蓄意，二曰布疑，三曰流韻；《孔子蚤作》其最也。宋人謂春秋、戰國時楚多文人，如倚相、觀射父、屈原之流，然豈知晉之文人尤高乎？楚文深雄奔放，有霸國之氣；晉文曲中肆隱，乃有先王之風矣！

孔子蚤作，負手曳杖，消摇於門，歌曰："泰山其頽乎！梁木其壞乎！

① 原注：評點照新安汪有光批《檀弓》本。

哲人其萎乎!”既歌而入，當户而坐，子貢聞之，曰：“泰山其頹，則吾將安仰？梁木其壞，哲人其萎，則吾將安放？夫子殆將病也。”遂趨而入。夫子曰：“賜！爾來何遲也？夏后氏殯於東階之上，突入“夏后氏”一段，空中霹靂。則猶在阼也；殷人殯於兩楹之間，則與賓主夾字法。之也；周人殯於西階之上，則猶賓之也。而丘也，殷人也。再虚蓄一筆，幾許跌頓。予疇昔之夜，纔跌出“夢”來。夢坐奠於兩楹之間。夫明王不興，忽撑開一步。而天下其孰能宗予？“孰能”二字矜甚，去一“能”字則落實矣。予殆將死也。”蓋寢疾七日而没。

章法妙，常法定。是説夢起，再入解夢，轉到將死，將無索然；今突然歌起，却似興會甚濃。夏后氏段劈空而來，漫將夏、商、周侈説一番，正不知何等話，令人不測。通篇文勢，矯若游龍。

《春秋公羊傳·夏五月宋人及楚人平》

公羊子，齊人，名高；受《春秋》於子夏。説者以爲《公羊》之文，喜用疊語，如“宋人及楚人平”事，幾四百字，其稱司馬子反者八；又再曰“將去而歸爾”、“然後歸爾”、“臣請歸爾”、“吾亦從子而歸爾”，又三書“軍有七日之糧爾”，凡五用“爾”字，然不覺其繁。《公羊》之文，類此者頗多，清刻峭利，亦非人所及也。

夏五月，宋人及楚人平。經文；以下解。外平不書，① 此何以書？大其平乎己也。挈出主旨。何大乎其平乎己？

莊王圍宋，軍有七日之糧爾，提破在前，以後兩番照映。盡此不勝，將去而歸爾。於是使司馬子反乘堙而闚宋城，宋華元亦乘堙而出見之。司馬子反曰：“子之國何如？”華元曰：“憊矣。”曰：“何如？”曰：“易子而食之，析骸而炊之。”司馬子反曰：“嘻！甚矣憊！倒句妙！若言“憊甚矣”便無味。雖然，吾聞之也，圍者柑馬而秣之，使肥者應客，是何子之情也？”華元曰：“吾

① “外平不書”原脱，今據《春秋公羊傳》通行本補。

聞之，君子見人之厄則矜之，小人見人之厄則幸之。吾見子之君子也，咽住不再着一辭，妙！是以告情于子也。”針對子反“是何子之情也”句，文心絶細。司馬子反曰：“諾。勉之矣！吾軍亦有七日之糧爾，盡此不勝，將去而歸爾。”揖而去之，反于莊王。

莊王曰：“何如？”司馬子反曰：“憊矣！”曰：“何如？”曰：“易子而食之，析骸而炊之。”莊王曰：“嘻！甚矣憊！覆前語，不變一字，文法嚴，紆徐有韻。雖然，吾今取此然後而歸爾。”司馬子反曰：“不可。臣已告之矣，軍有七日之糧爾。”莊王怒曰：“吾使子往視之，子曷爲告之？”司馬子反曰：“以區區之宋，猶有不欺人之臣，可以楚而無乎？反跌，筆意極軒爽。是以告之也。”莊王曰：“諾。舍而止。雖然，吾猶取此然後歸爾。”須知莊王①此時欲取不可，欲去不告，意極無聊，故復作此語。司馬子反曰：“然則君請處于此，臣請歸爾。”莊王曰：“子去我而歸，吾孰與處于此？吾亦從子而歸爾。”引師而去之，故君子大其平乎己也。繳轉一筆。此皆大夫也，其稱人何？貶。句峭。曷爲貶？平者在下也。

後半篇文字，曰“吾今取此然後而歸爾”，曰“吾猶取此然後歸爾”，曰“臣請歸爾”，曰“吾亦從子而歸爾”，轉折變化，圓捷如圜，全是從“將去而歸爾”一句生發出來。

《春秋穀梁傳·虞師晉師滅夏陽》

穀梁子，名俶，字元始，一名赤；受經於子夏，其書文清義約。然其文筆與《公羊》或有相似者，故朱子疑出一手。余則謂《公羊》辨而裁，《穀梁》清而婉；其文字不同處，正當於筆墨蹊徑之外求之。録《虞師晉師滅夏陽傳》。

虞師、晉師滅夏陽。經文；以下解。非國而曰滅，重夏陽也。虞無師，其曰師，何也？以其先晉，不可以不言師也。其先晉何也？爲主乎滅夏陽也。夏陽者，虞、虢之塞邑也。滅夏陽而虞、虢舉矣。句極宕逸。虞之爲主乎滅

① 王，原誤作“曰”。

夏陽，何也？

晉獻公欲伐虢，荀息曰："君何不以屈産之乘，垂棘之璧，而借道乎虞也？"公曰："此晉國之寶也。如受吾幣而不借吾道，則如之何？"荀息曰："此小國之所以事大國也。彼不借吾道，必不敢受吾幣，如受吾幣而借吾道，則是我取之中府而藏之外府，取之中廄而置之外廄也。"看得明，拏得定，快語斬截。公曰："宮之奇存焉，必不使受之也。"荀息曰："宮之奇之爲人也，達心而懦，又少長於君，達心則其言略，懦則不能彊諫，少長於君，則君輕之。且夫玩好在耳目之前，而患在一國之後，此中知以上乃能慮之，臣料虞君，中知以下也。"公遂借道而伐虢。

宮之奇諫曰："晉國之使者，其辭卑而幣重，必不便於虞。"言果略。虞公弗聽，遂受其幣而借之道。君果輕之。宮之奇又諫曰："語曰：'脣亡則齒寒。'其斯之謂歟！"果不能彊諫。挈其妻子以奔曹。

獻公亡虢，五年而後舉虞。荀息牽馬操璧而前曰："璧則猶是也，而馬齒加長矣。"以諧語作收韻，絶！

《左氏》、《公》、《穀》、《檀弓》文字，比之人，並國色。《左》豔，《檀弓》淡；《公》、《穀》峭潔，《檀弓》端莊。

《莊子·胠篋第十》①

莊子名周，宋之蒙人也，字子休，與孟子同時。其學無所不窺，而要本歸於老子，著書十餘萬言，汪洋自恣以適己，大抵率寓言也。余謂莊子之學出於老子而文尤奇警，猶孟子之學。

將爲胠篋探囊發匱之盜而爲守備，則必攝緘縢，固扃鐍，此世俗之所謂知也。然而巨盜至，則負匱、揭篋、擔囊而趨，唯恐緘縢、扃鐍之不固也。然則鄉之所謂知者，不乃爲大盜積者也？

故嘗試論之，世俗之所謂知者，有不爲大盜積者乎？所謂聖者，有不爲

① 《文最》稿本此處有缺頁。此篇僅存標題和部分解題，兹據錢基博《模範文選》補足。

大盜守者乎？何以知其然邪？昔者齊國鄰邑相望，雞狗之音相聞，罔罟之所布，耒耨之所刺，方二千餘里。闔四竟之内，所以立宗廟社稷，治邑屋州閭鄉曲者，曷嘗不法聖人哉！然而田成子一旦殺齊君而盜其國。所盜者豈獨其國邪？並與其聖知之法而盜之。故田成子有乎盜賊之名，而身處堯舜之安，小國不敢非，大國不敢誅，十二世有齊國。則是不乃竊齊國，並與其聖知之法以守其盜賊之身乎？

嘗試論之，世俗之所謂至知者，有不爲大盜積者乎？所謂至聖者，有不爲大盜守者乎？何以知其然邪？昔者龍逢斬，比干剖，萇弘胣，子胥靡，故四子之賢而身不免乎戮。故跖之徒問於跖曰："盜亦有道乎？"跖曰："何適而無有道邪！夫妄意室中之藏，聖也；入先，勇也；出後，義也；知可否，知也；分均，仁也。五者不備而能成大盜者，天下未之有也。"由是觀之，善人不得聖人之道不立，跖不得聖人之道不行；天下之善人少而不善人多，則聖人之利天下也少而害天下也多。故曰：脣竭則齒寒，魯酒薄而邯鄲圍，聖人生而大盜起。掊擊聖人，縱舍盜賊，而天下始治矣。夫川竭而谷虛，丘夷而淵實。聖人已死，則大盜不起，天下平而無故矣。

聖人不死，大盜不止。雖重聖人而治天下，則是重利盜跖也。爲之斗斛以量之，則並與斗斛而竊之；爲之權衡以稱之，則並與權衡而竊之；爲之符璽以信之，則並與符璽而竊之；爲之仁義以矯之，則並與仁義而竊之。何以知其然邪？彼竊鉤者誅，竊國者爲諸侯，諸侯之門而仁義存焉，則是非竊仁義聖知邪？故逐於大盜，揭諸侯，竊仁義並斗斛權衡符璽之利者，雖有軒冕之賞弗能勸，斧鉞之威弗能禁。此重利盜跖而使不可禁者，是乃聖人之過也。

故曰："魚不可脱於淵，國之利器不可以示人。"彼聖人者，天下之利器也，非所以明天下也。故絶聖棄知，大盜乃止；擿玉毁珠，小盜不起；焚符破璽，而民朴鄙；掊斗折衡，而民不争；殫殘天下之聖法，而民始可與論議。擢亂六律，鑠絶竽瑟，塞瞽曠之耳，而天下始人含其聰矣；滅文章，散五采，膠離朱之目，而天下始人含其明矣；毁絶鉤繩而棄規矩，攦工倕之指，而天下始人有其巧矣。故曰："大巧若拙。"削曾、史之行，鉗楊、墨之口，攘棄仁義，而天下之德始玄同矣。彼人含其明，則天下不鑠矣；人含其聰，則天下不累矣；人含其知，則天下不惑矣；人含其德，則天下不僻矣。彼曾、史、楊、墨、師曠、工倕、離朱，皆外立其德而以爚亂天下者也，法之所無用也。

子獨不知至德之世乎？昔者容成氏、大庭氏、伯皇氏、中央氏、栗陸氏、驪畜氏、軒轅氏、赫胥氏、尊盧氏、祝融氏、伏犧氏、神農氏，當是時也，民結繩而用之，甘其食，美其服，樂其俗，安其居，鄰國相望，雞狗之音相聞，民至老死而不相往來。若此之時，則至治已。今遂至使民延頸舉踵曰，“某所有賢者”，贏糧而趣之，則内棄其親而外去其主之事，足跡接乎諸侯之境，車軌結乎千里之外。則是上好知之過也。

上誠好知而無道，則天下大亂矣。何以知其然邪？夫弓弩畢弋機變之知多，則鳥亂於上矣；鉤餌罔罟罾笱之知多，則魚亂於水矣；削格羅落罝罘之知多，則獸亂於澤矣；知詐漸毒、頡滑堅白、解垢同異之變多，則俗惑於辯矣。故天下每每大亂，罪在於好知。故天下皆知求其所不知而莫知求其所已知者，皆知非其所不善而莫知非其所已善者，是以大亂。故上悖日月之明，下爍山川之精，中墮四時之施；惴耎之蟲，肖翹之物，莫不失其性。甚矣夫好知之亂天下也！自三代以下者是已，舍夫種種之民，而悦夫役役之佞，釋夫恬淡無爲，而悦夫啍啍之意，啍啍已亂天下矣！

《孟子·有爲神農之言者許行》①

有爲神農之言者許行，自楚之滕，踵門而告文公曰：“遠方之人聞君行仁政，願受一廛而爲氓。”文公與之處。其徒數十人，皆衣褐，捆屨織席以爲食。

陳良之徒陳相與其弟辛，負耒耜而自宋之滕，曰：“聞君行聖人之政，是亦聖人也，願爲聖人氓。”

陳相見許行而大悦，一句將兩人綰合。盡棄其學而學焉。三段立案，擔力各在頭句，而開章一句尤爲通篇挈領。

陳相見孟子，接入孟子。道許行之言曰：“滕君則誠賢君也；雖然，未聞

① 《文最》缺頁含此篇開頭部分，據文後第二段評語“劈頭書‘有爲神農之言者’七字”，可推知此篇爲《孟子·滕文公上》第四章，而錢基博《模範文選》亦選此篇，故以中華書局“新編諸子集成本《四書章句集注》、《模範文選》爲據，增補“有爲神農之言者許行”至“願爲聖人氓”一段及其夾批。

道也。賢者與民並耕而食，饔飧而治。今也滕有倉廩府庫，則是厲民而以自養也，惡得賢？”

孟子曰：“許子必種粟而後食乎？”曰：“然。”“許子必織布後衣乎？”曰：“否；許子衣褐。”“許子冠乎？”曰：“冠。”曰：“奚冠？”曰：“冠素。”曰：“自織之歟？”曰：“否；以粟易之。”曰：“許子奚爲不自織？”曰：“害於耕。”曰：“許子以釜[①]甑爨，以鐵耕乎？”曰：“然。”“自爲之歟？”曰：“否。以粟易之。”“以粟易械器者，緊承翻出四句，急中緩，緩中急。不爲厲陶冶；陶冶亦以其械器易粟者，豈爲厲農夫哉？且許子何不爲陶冶，上已截住，又起。舍皆取諸其宫中而用之？何爲紛紛然與百工交易？何許子之不憚煩？”

曰：“百工之事固不可耕且爲也。”“然則治天下獨可耕且爲歟？至此乃乘勢折入，不再容他放鬆一步，英爽絕倫。有大人之事，有小人之事。二句一篇眼目。且一人之身而百工之所爲備，横掃四句作波瀾。如必自爲而後用之，是率天下而路也。故曰：或勞心，空翻七句，不出“大人”、“小人”字面。或勞力。勞心者治人，勞力者治於人；治於人者食人，治人者食於人：天下之通義也。

當堯之時，提筆！天下猶未平。洪水横流，氾濫於天下。草木暢茂，禽獸繁殖，五穀不登，禽獸逼人。獸蹄鳥跡之道，交於中國。堯獨憂之，舉舜而敷治焉。“堯”、“舜”、“益”串下。舜使益掌火，益烈山澤而焚之，禽獸逃匿。禹疏九河，“禹”單提。瀹濟漯，而注諸海；決汝漢，排淮泗而注之江；然後中國可得而食也。當是時也，禹八年於外，三過其門而不入，雖欲耕，得乎？借禹作一結束。點“耕”字，如蜻蜓戲水，淺挑輕逗已足。

“后稷教民稼穡，“后稷”單提。樹藝五穀；五穀熟而民人育。人之有道也，飽食、煖衣、逸居而無教，則近於禽獸。聖人有憂之，使契爲司徒，“稷”、“契”串下。教以人倫：父子有親，君臣有義，夫婦有别，長幼有序，朋友有信。放勳曰：復打到堯上，此轉有奇勢。‘勞之來之，匡之直之，輔之翼之，使自得之，又從而振德之。’聖人之憂民如此，而暇耕乎？再點“耕”字。

“堯以不得舜爲己憂，舜以不得禹、皋陶爲己憂。束上挈下。夫以百畝之不易[②]爲己憂者，農夫也。分人以財謂之惠，此下詠歎大人之事。教人以善謂

---

① 釜，原作“斧”，音近而誤，今據《四書章句集注》及汪有光《標孟》改正。

② 易，原誤作“足”，兹據《四書章句集注》及《標孟》改。

之忠，爲天下得人者謂之仁。是故以天下與人易，爲天下得人難。孔子曰：引孔語一段，文境愈開，文氣愈警。'大哉堯之爲君！惟天爲大，惟堯則之，蕩蕩乎民無能名焉！君哉舜也！巍巍乎有天下而不與①焉！'堯舜之治天下，繳"堯舜"字。豈無所用其心哉？亦不用於耕耳。三點"耕"字。

"且吾聞用夏變夷者，一篇轉軸處。未聞變於夷者也。"未聞變於夷"下，應以"陳相不善變"接上，乃復開出三段，先點出良之賢，次點出相之倍，次引證孔門之義，然後以"今也南蠻"句遥接"變夷"句，具大開合。陳良，楚産也。悦周公、仲尼之道，北學於中國。北方之學者，未能或之先也。彼所謂豪傑之士也。再振一句。子之兄弟事之數十年，師死而遂倍之。昔者孔子没，三年之外，門人治任將歸，入揖於子貢，相嚮而哭，皆失聲，然後歸。子貢反，築室於場，獨居三年，然後歸。他日，子夏、子張、子游以有若似聖人，欲以所事孔子事之，彊曾子。曾子曰：'不可。江漢以濯之，秋陽以暴之，皜皜乎不可尚已。'今也南蠻鴃舌之人，非先王之道；子倍子之師而學之，亦異於曾子矣。吾聞出於幽谷，遷於喬木者，再振起。未聞下喬木而入於幽谷者。《魯頌》曰：'戎狄是膺，荆、舒是懲。'周公方且膺之，子是之學，亦爲不善變矣。又一鎖，繳出"變"字。

"從許子之道，别生一意作結，是波外波。則市賈不貳，國中無僞；雖使五尺之童適市，莫之或欺。布帛長短同，則賈相若；麻縷絲絮輕重同，則賈相若；五穀多寡同，則賈相若；屨大小同，則賈相若。"

曰："夫物之不齊，物之情也：或相倍蓰，或相什伯，或相千萬。子比而同之，是亂天下也。巨屨小屨同賈，應。人豈爲之哉？從許子之道，應前。相率而爲僞者也，惡能治國家？"收局三句，本從偏位中來，却關鎖得一篇起。

篇有二意：一闢並耕，一闢變夷。闢並耕段，以堯舜爲主，禹、益、稷、契次之；闢變夷段，以孔子爲主，周公、曾子助之。凡鋪張處，皆實境也。其運旋處，則虛境也。大約虛實相間，叙事夾議論體，須於實處看其氣色，於虛處看其筋絡。其氣色之榮華，筋絡之遒勁，兩擅其深，尤須於一虛一實相間處看其局勢之變化。

① 與，原作"愈"，音近而誤，兹據《四書章句集注》及《標孟》改。

劈頭書“有爲神農之言者”七字，神農即製耒耜之人，已爲下文“並耕而食”伏脉。

陳相見孟子，孟子開口發吻，頗不着要，若有意，若無意，不知其中皆有關鍵，是之謂“急脉緩受”。因其有並耕之言，即曰“許子必種粟而後食乎”，此句以本位爲閒筆，緊接衣冠兩項，“奚不自織”，逼他吐出“害耕”一語。陳相一認自織害耕，孟子已占勝着，且不説破，猶將器械易粟，厚蓄其勢。陳相自認害耕，猶不算數，必逼他更認不可並耕，且自將“並耕”二字折倒；然後順勢駁以治天下，亦不可耕且爲。不特畫龍點睛，真有一折千丈之勢，讀之令人撟舌不下。

中間歷引堯、舜、益、禹之功德，故不必以耕見長；惟中間夾一后稷，却脱不了一個“耕”字。即立時以教字抵他，見得教民之益，尤益於並耕，閒閒將后稷掩過。妙！

《鬼谷子·揣篇第七》

鬼谷子無姓名里俗，戰國時，隱居潁川陽城之鬼谷，因以自號，長於養性治身。蘇秦、張儀師之，受捭闔之術十三章。晚乃益出七術，險盭峭薄，言益奇而道益陿。捭闔飛箝，壹以抵巇爲歸，其言有曰：“巇者罅也；罅者㵎也；㵎者成大隙也。巇始有朕，可抵而塞，可抵而却，可抵而息，可抵而匿，可抵而得，此謂抵巇之理也。自天地之合離終始，必有巇隙，不可不察也。察之以捭闔，能用此道，聖人也。聖人者，天地之使也。世無可抵，則深隱而待時；時有可抵，則爲之謀。可以上合，可以檢下，能因能循，爲天地守神。”玩其言雖若譎詭，然以之脩身持己，不免爲狂狙失守之小人；而以處邦交，亦未始非謀國之至計。何也？邦交之道，惟國勢相若，乃可以公法相持，信義相孚，否則寓干戈於樽俎之間，騰騁筆舌，肆爲恫喝，叩關而至者，皆鬼谷也。然我能自强，無隙可乘，則彼所挾抵巇之術亦窮矣。録《揣篇第七》。

古之善用天下者，必量天下之權而揣諸侯之情。一筆總領起。量權不審，反接四句，以承明上文。不知强弱輕重之稱；揣情不審，不知隱匿變化之動静。何謂量權？曰：度於大小，謀於衆寡。稱貨財之有無，料人民多少饒乏，有餘不足幾何；辨地形之險易，孰利孰害；謀慮孰長孰短；君臣之親疏，孰賢孰否；與賓客之智睿，孰少孰多；觀天時之禍福，孰吉孰凶；諸侯之親，孰用孰不用；百姓之心，去就變化，孰安孰危，孰好孰憎，反側孰便。能知此者，是謂權量①。以上量權。

揣情者，必以其甚喜之時，往而極其欲也。其有欲也，不能隱其情。必以其甚懼之時，往而極其惡也。其有惡也，不能隱其情，情欲必失其變。感動而不知其變者，乃且錯其人，勿與語而更問所親，知其所安。夫情變於内者，形見於外。故常必以其見者，而知其隱者。此所謂測深揣情。以上揣情。

故計國事者，則當審權量；説人主，則當審揣情；謀慮情欲必出於此。乃可貴，乃可賤；乃可輕，乃可重；乃可利，乃可害；乃可成，乃可敗。其數一也。故雖有先王之道，聖智之謀，非揣情，隱匿無所索之。此②謀之大本也，而説之法也。常有事於人，人莫先事而至，此最難爲。故曰揣情最難守司，言必時其謀慮。故觀蜎飛蠕動，無不有利害，可以生事美。生事者，幾之勢也。此揣情飾言成文章，而後論之。以上言謀國者之不可不審權量揣情，而側重審揣情一邊説。

《蘇秦説趙王》③

蘇秦，東周雒陽人，東事師於齊，而習之於鬼谷先生。學成而西至秦，説秦以并天下之術，不用；乃之燕，説燕與趙從親。燕君從之，資蘇秦車馬以説趙。請一韓、魏、齊、楚、燕、趙以擯秦，且請令諸侯之將相會盟洹水之上，約曰：“秦攻一國，則五國各出鋭師以撓秦，或救之；有不如約者，五國共攻之，則秦甲必不敢出函谷以害山東矣。”趙侯大悦，厚賜賚之以約於諸侯，皆許之。於是蘇秦爲從約長，并相六國，北報趙，車騎輜重，擬於王者。使當

① 量，原脱，謹照《鬼谷子》道藏本補。别本“權量”作“量權”。

② 此，原脱，謹照《鬼谷子》道藏本補。

③ 原注：録桐城姚鼐圈點。

時諸侯能守從約不變如蘇秦計，終當與秦角立不相下。惜哉六國之不知出此也！蘇秦説趙王曰：

天下之卿相人臣，乃至布衣之士，莫不高賢大王之行義，皆願奉教陳忠於前之日久矣。雖然，奉陽君妒，大王不得任事，是以賓①客游談之士，無敢盡忠於前者。今奉陽君捐館舍，大王乃今然後得與士民相親，臣故敢進其愚②。

爲大王計，莫若安民無事，請無庸有爲也。安民之本，在於擇交。擇交而得則民安，擇交不得則民終身不得安。請言外患：齊、秦爲兩敵，而民不得安；倚秦攻齊，而民不得安；倚齊攻秦，而民不得安。故夫謀人之主，伐人之國，常苦出辭斷絶人之交，願大王慎無出於口也。

請屏左右，曰③言所以異，陰陽而已矣。大王誠能聽臣，燕必致氊裘狗馬之地，齊必致海隅魚鹽之地，楚必致橘柚雲夢之地，韓、魏皆可使致封地湯沐之邑，貴戚父兄皆可以受封侯。夫割地效實，五伯之所以覆軍禽將而求也；封侯貴戚，湯、武之所以放弑而争也。今大王垂拱而兩有之，是臣之所以爲大王願也。

大王與秦，則秦必弱韓、魏；與齊，則齊必弱楚、魏。魏弱則割河外，韓弱則効宜陽。宜陽効則上郡絶，河外割則道不通。楚弱則無援。此三策者，不可不熟計也。夫秦下軹道則南陽動，劫韓包周則趙自銷鑠，據魏取淇則齊必入朝。秦欲已得行於山東，則必舉甲而向趙。秦甲涉河踰漳，據番吾，則兵必戰於邯鄲之下矣。此臣之所以爲大王患也。

當今之時，山東之建國，莫如趙彊。趙地方二千里，帶甲數十萬，車千乘，騎萬匹，粟支十年；西有常山，南有河、漳，東有清河，北有燕國。燕固弱國，不足畏也。且秦之所畏害於天下者，莫如趙。然而秦不敢舉兵甲而伐趙者，何也？畏韓、魏之議其後也。然則韓、魏，趙之南蔽也。秦之攻韓、魏也，則不然。無有名山大川之限，稍稍蠶食之，傅之國都而止矣。韓、魏不能支秦，必入臣於秦。秦無韓、魏之隔，禍必中於趙矣。此

① 《戰國策》通行本“賓”字上有“外”字。
② 《戰國策》鮑彪本“愚”字下有“忠”字。
③ 黄丕烈云：“此‘曰’即‘白’之譌。”

臣之所以爲大王患也。

臣聞：堯無三夫之分，舜無咫尺之地，以有天下；禹無百人之聚，以王諸侯；湯、武之卒不過三千人，車不過三百乘，而爲天子：誠得其道也。是故明主外料其敵國之彊弱，内度其士卒之衆寡，賢與不肖，不待兩軍相當，而勝敗存亡之機節，固已見於胸中矣。豈掩於衆人之言，而以冥冥決事哉！臣竊以天下之地圖按之。諸侯之地五倍於秦，料諸侯之卒，十倍於秦。六國并力爲一，西面而攻秦，秦必破矣。今西面而事之，見臣於秦。夫破人之與破於人也，臣人之與臣於人也，豈可同日而言之哉！夫横人者，皆欲割諸侯之地以與秦成。與秦成，則高臺榭，美宫室，聽竽笙琴瑟之音，察五味之和，前有軒轅，後有長庭，美人巧笑，卒有秦患，而不與其憂。是故横人日夜[①]務以秦權恐喝諸侯，以求割地。願大王之熟計之也。

臣聞明主絶疑去讒，屏流言之迹，塞朋黨之門，故尊主廣地强兵之計，臣得陳忠於前矣。故竊爲大王計，莫如一韓、魏、齊、楚、燕、趙，六國從親，以儐畔秦。令天下之將相，相與會於洹水之上，通質，刑白馬以盟之。約曰：秦攻楚，齊、魏各出鋭師以佐之，韓絶食道，趙涉河、漳，燕守常山之北。秦攻韓、魏，則楚絶其後，齊出鋭師以佐之，趙涉河、漳，燕守雲中。秦攻齊，則楚絶其後，韓守成皋，魏塞午道，趙涉河、漳、博關，燕出鋭師以佐之。秦攻燕，則趙守常山，楚軍武關，齊涉渤海，韓、魏出鋭師佐之。秦攻趙，則韓軍宜陽，楚軍武關，魏軍河外，齊涉渤海，燕出鋭師以佐之。諸侯有先背約者，五國共伐之。六國從親以擯秦，秦必不敢出兵函谷關以害山東矣！如是，則霸業成矣！

《張儀説楚懷王》[②]

張儀，魏人，始嘗與蘇秦俱事鬼谷先生，學術。蘇秦自以爲不及也。張儀用事於秦，爲秦破從連衡説楚王曰：

秦地半天下，兵敵四國，被山帶河以爲固。虎賁之士百餘萬，車千乘，

① 夜，原脱，今據《戰國策箋証》（上海古籍出版社 2006 年版）補。

② 原注：録桐城姚鼐圈點。

騎萬匹，粟如邱山。法令既明，士卒安難樂死。主嚴以明，將智以武。雖無出兵甲，席捲常山之險，折天下之脊，天下後服者先亡。且夫爲從者，無以異於驅群羊而攻猛虎也。夫虎之與羊，不格明矣。今大王不與猛虎而與群羊，竊以爲大王之計過矣。

大王不與秦，秦下甲兵據宜陽，韓之上地不通；下河東，取成皐，韓必入臣於秦。韓入臣，魏則從風而動。秦攻楚之西，韓、魏攻其北，社稷豈得無患哉？且夫約從者，聚群弱而攻至彊也。夫以弱攻彊，不料敵而輕戰，國貧而驟舉兵，此危亡之術也。臣聞之：兵不如者勿與挑戰，粟不如者勿與持久。夫從人者，飾辯虚辭，高主之節行，言其利而不言其害，卒有楚禍，無及爲已，是故願大王之熟計之也。

秦西有巴蜀，方船積粟，起於汶山，循江而下，至郢三千餘里。舫船載卒，一舫載五十人，與三月之糧，下水而浮，一日行三百餘里；里數雖多，不費汗馬之勞，不至十日而距扞關。扞關驚，則從竟陵以東，盡城守矣，黔中、巫郡非王之有已。秦舉甲出之武關，南面而攻，則北地絶。秦兵之攻楚也，危難在三日之内；而楚恃諸侯之救，在半歲之外。此其勢不相及也。夫恃弱國之救，而忘彊秦之禍，此臣所以爲大王之患也。且大王嘗與吴人五戰三勝而亡之，陳卒盡矣；有偏守新城，而居民苦矣。臣聞之：攻大者易危，而民敝者怨於上。夫守易危之功而逆彊秦之心，臣竊爲大王危之。

且夫秦之所以不出甲於函谷關十五年以攻諸侯者，陰謀有吞天下之心也。楚嘗與秦構難，戰於漢中。楚人不勝，通侯執珪死者七十餘人，遂亡漢中。楚王大怒，興師襲秦，與秦戰於藍田，又却。此所謂兩虎相搏者也。夫秦、楚相敝，而韓、魏以全制其後，計無過於此者矣，是故願大王熟計之也。

秦下兵攻衛陽晉，必關扃天下之胸，大王悉起兵以攻宋，不至數月而宋可舉。舉宋而東指，則泗上十二諸侯，盡王之有已。凡天下所信約從親堅者蘇秦，封爲武安君而相燕，即陰與燕王謀破齊共分其地。乃佯有罪，出奔入齊，齊王因受而相之。居二年而覺，齊主大怒，車裂蘇秦於市。夫一詐僞反覆之蘇秦，而欲經營天下，混一諸侯，其不可成也亦明矣。

今秦之與楚也，接境壤界，固形親之國也。大王誠能聽臣，臣請秦太子入質於楚，楚太子入質於秦，請以秦女爲大王箕帚之妾，效萬家之都，以爲湯沐之邑，長昆弟之國，終身無相攻擊。臣以爲計無便於此者。故敝邑秦王使使臣獻書大王之從車下風，須以決事。

戰國策士，本近於矜才使氣，然非天下形勢，爛熟胸中，聚米畫沙，瞭如指掌，必不能立談取卿相而睥睨侯王也。唐之杜牧之，宋之蘇眉山父子，陳龍川，明之唐順之，以及清之顧景范、魏默深，皆祖戰國策士之文也。其文疏縱有奇氣。博少時文頗稚弱，既而糾纏算數，筆益枯窘，及觀覽輿圖，好指陳形勢要害，斆爲戰國人之文，始覺縱横軼蕩，峥嵘生色焉。故不略習地輿者，吾可決其文字必無生氣也。

楚詞　屈原《卜居》

屈原，名平，與楚同姓；仕於懷王，爲三閭大夫。博聞强志，嫻於辭令。後同列心害其能而譖之，王怒疏平。平自傷忠而被謗，乃作《離騷經》以諷，不見省納。及襄王立，又放之江南，復作《九歌》、《天問》、《九章》、《遠游》、《卜居》、《漁父》、《大招》，自沉汨羅以死。班固以爲露才揚己，忿懟沉江；然其文辭麗雅，詞賦之宗也。蓋詩有六體，其一曰賦。賦者，敷陳其事而直言之者也。平作楚詞，本不名賦；而班固則謂之詞賦之宗者，亦以其體段已備具耳。厥後宋玉衍爲賦體，與詩畫境，六義附庸，蔚成大國。遂客主以首引，極聲貌以窮文，斯蓋别詩之原始，命賦之厥初也。録《卜居》。

屈原既放，三年不得復見。竭知盡忠，而蔽障於讒。兩句一篇之綱。心煩慮亂，不知所從，此卜居之由。乃往見大卜鄭詹尹曰："余有所疑，願因先生決之。"詹尹乃端策拂龜，曰："君將何以教之？"

屈原曰："吾寧悃悃款款，樸以忠乎？此下疊用八"寧"字、八"將"字，句法長短錯出，低昂盡致。將送往勞來，斯無窮乎？寧誅鋤草茅以力耕乎？將游大人以成名乎？寧正言不諱以危身乎？將從俗富貴以媮生乎？寧超然高舉以保真乎？將呢訾慄斯，喔咿嚅唲以事婦人乎？寧廉潔正直以自清乎？將突梯滑稽，如脂如韋，以絜楹乎？寧昂昂若千里之駒乎？將汜汜若水中之鳧，與波上下，偷以全吾軀乎？寧與騏驥抗軛乎？將隨駑馬之迹乎？寧與黄鵠比翼乎？將與鶩鶩争食乎？此孰吉孰凶，何去何從？兩句束上。世溷濁而不清：提筆。○又發一段感慨，暗映前"竭忠盡智，被障於讒"意。蟬翼爲重，千鈞爲輕；黄鐘毁棄，瓦釜雷鳴；讒人高張，賢士無名。吁嗟默默兮，誰知吾之廉貞？"

詹尹乃釋策而謝，曰："夫尺有所短寸有所長；物有所不足，智有所不明；數有所不逮，神有所不通。用君之心，行君之意，龜策誠不能知此事。"

楚詞　宋玉《風賦》①

《史記·屈原傳》，言楚人宋玉、唐勒、景差之徒，皆原之弟子也；而玉之詞賦獨傳，至以屈宋並稱於後世，餘人莫能及云。録《風賦》。

楚襄王游於蘭臺之宫，宋玉、景差侍。有風颯然而至，王乃披襟而當之，曰："快哉此風！寡人所與庶人共者耶？"宋玉對曰："此獨大王之風耳，庶人安得而共之？"

王曰："夫風者，天地之氣，溥暢而至，不擇貴賤高下而加焉。今子獨以爲寡人之風，豈有説乎？"宋王對曰："臣聞於師：枳句來巢，空穴來風。其所托者然，則風氣殊焉。"

王曰："夫風始安生哉？"宋王對曰："夫風生於地，起於青蘋之末。侵淫谿谷，盛怒於土囊之口。緣太山之阿，舞於松栢之下。飄忽淜滂，激揚熛怒。耾耾雷聲，迴穴錯迕。蹷石伐木，梢殺林莽。至其將衰也，被麗披離，衝孔動楗。眴涣粲爛，離散轉移。故其清涼雄風，則飄舉升降。乘凌高城，入於深宫。邸華葉而振氣，徘徊於桂椒之間。翱翔於激水之上，將擊芙蓉之精。獵蕙草，離秦蘅。槩新夷，被荑楊。廻穴衝陵，蕭條衆芳。

① 原注：録桐城姚鼐圈點。

然後徜徉中庭，北上玉堂。躋於羅幃，經於洞房，乃得爲大王之風也。故其風中，人狀直憯悽惏慄，清涼增欷。清清泠泠，愈病析酲。發明[1]耳目，寧體便人。此所謂大王之雄風也。”

王曰：“善哉論事！夫庶人之風，豈可聞乎？”宋玉對曰：“夫庶人之風，塕然起於窮巷之間，堀堁揚塵。勃鬱煩冤，衝孔襲門。動沙堁，吹死灰。駭溷濁，揚腐餘。邪薄入甕牖，至於室廬。故其風中人狀，直憞溷鬱邑，毆温致濕。中心慘怛，生病造熱。中脣爲胗，得目爲蔑。啗齰嗽獲，生死不卒。此所謂庶人之雌風也。”

《公孫龍子·白馬論》[2]

公孫龍子，姓公孫，名龍，字子秉，趙人也。其書大旨疾名器乖實，乃假指物以混是非，借白馬而齊物我，冀時君有悟而正名實，故諸史皆列於名家。揚雄稱公孫龍詭詞數萬。蓋其持論雄贍，實足以聳動天下，故當時莊、列、孫卿並著其言爲學術之一。或者以淺陋迂僻譏之，未允也。録《白馬論》。

公孫龍，六國時辨士也，疾名實之散亂，因資材之所長，爲守白之論，假物取譬以守白辨。

謂：“白馬非馬，可乎？”曰：“可。”曰：“何哉？”曰：“馬者，所以命形也。白者，所以命色也。命色者，非命形也，故曰白馬非馬。”

曰：“有白馬，不可謂無馬也。不可謂無馬者，非馬也？有白馬爲有馬，白之非馬，何也？”曰：“求馬，黄、黑馬皆可致；求白馬，黄、黑馬不可致；使白馬乃馬也，是所求一也。所求一者，白馬不異馬也。所求不異，如黄、黑馬有可有不可，何也？可與不可，其相非明。故黄、黑馬一也，而可以應有馬，而不可以應有白馬。是白馬之非馬，審矣。”

曰：“以馬之有色爲非馬，天下非有無色之馬也。天下無馬，可乎？”曰：“馬固有色，故有白馬。使馬無色，有馬而已耳，安取白馬？故白者非

---

① 明，原誤作“用”，今據姚鼐《古文辭類纂》及《文選》改。

② 原注：就原文併合成之。

馬也。白馬者，馬與白也，馬與白馬也。故曰白馬非馬也。”

曰：“馬未與白爲馬，白未與馬爲白；合馬與白，復名白馬：是相與以不相與爲名，未可。故曰白馬非馬，未可。”曰：“以有白馬爲有馬，謂有白馬爲有黄馬，可乎？”曰：“未可。”曰：“以有馬爲異有黄馬，是異黄馬於馬也。異黄馬於馬，是以黄馬爲非馬。以黄馬爲非馬，而以白馬爲有馬：此飛者入池，而棺槨異處；此天下悖言亂辭也。”

曰：“有白馬不可謂無馬者，離白之謂也。不離①者有白馬不可謂有馬也。故所以爲有馬者，獨以馬爲有馬耳，非有白馬爲有馬。故其爲有馬也，不可以謂馬馬也。”

曰：“白者不定所白，忘之而可也。白馬者，言白，定所白也。定所白者，非白也。馬者無去取於色，故黄、黑皆所以應。白馬者，有去取於色，黄、黑馬皆所以色去，故惟白馬獨可以應耳。無去者，非有去也，故曰白馬非馬。”欲推是辨以名實而化天下焉。

既而龍與孔穿會趙平原君家，穿曰：“素聞先生高誼，願爲弟子久；但不取先生以白馬爲非馬耳。請去此術，則穿請爲弟子。”龍曰：“先生之言悖。龍之所以爲名者，乃以白馬之論耳。今使龍去之，則無以教焉。且欲師之者，以智與學不如也。今使龍去之，此先教而後師之也。先教而後師之者悖。且白馬非馬，乃仲尼之所取。龍聞楚王張繁弱之弓，載忘歸之矢，以射蛟兕於雲夢之圃，而喪其弓。左右請求之，王曰：‘止！楚王遺弓，楚人得之，又何求乎？’仲尼聞之曰：‘楚王仁義而未遂也。亦曰人亡弓，人得之而已，何必楚？’若此，仲尼異楚人於所謂人。夫是仲尼異楚人於所謂人‘而非龍異白馬於所謂馬’悖。先生脩儒術而非仲尼之所取，欲學而使龍去所教，則雖百龍，固不能當前矣。”孔穿無以應焉。

《吕氏春秋·本生論》

吕不韋，濮陽人，爲陽翟大賈。時秦異人質於趙，不韋見之，

---

① 王叔湘曰：“道藏本及陳本，‘是離’作‘不離’。歸本同。”錢基博《名家五種校讀記》曰：“百子全書本，‘不離’之‘不’误作‘是’。”

曰："此奇貨可居也！"取邯鄲妓與之有孕，獻之異人，歸，生子政，爲始皇。説者謂以吕易嬴也。始皇尊爲相國，封文信侯。乃致天下辨士，厚遇之，使人人著所聞，集論以爲八覽、六論、十二紀二十餘萬言，以爲備天地萬物古今之事，號曰《吕氏春秋》。暴之咸陽市門，懸千金其上，有能增損一字者予之。時人無增損者。録《本生論》。

始生之者，天也；養成之者，人也。能養天之所生而勿攖之謂天子。天子之動也，以全天爲故者也。此官之所自立也。立官者以全生也。今世之惑主，多官而反以害生，則失所爲立之矣。譬之若脩兵者，以備寇也，今脩兵而反以自攻，則亦失所爲脩之矣。

夫水之性清，土者扫之，故不得清。人之性壽，物者扫之，故不得壽。物也者，所以養性也，非所以性養也。今世之人，惑者多以性養物，則不知輕重也。

今有聲於此，耳聽之必慊，已聽之則使人聾，必弗聽。有色於此，目視之必慊，已視之則使人盲，必弗視。有味於此，口食之必慊，已食之則使人瘖，必弗食。是故聖人之於聲色滋味也，利於性則取之，害於性則舍之，此全性之道也。世之富貴者，其於聲色滋味也多惑者，日夜求，幸而得之則遁焉。遁焉，性惡得不傷？

萬人操弓，共射其一招，招無不中。萬物章章，以害一生，生無不傷；以便一生，生無不長。故聖人之制萬物也，以全其天。天全則人①和矣，目明矣，耳聰矣，鼻臭矣，口敏矣，三百六十節皆通利矣。若此人者，不言而信，不謀而當，不慮而得；精通乎天地，神覆乎宇宙；其於物無不受也，無不裹也，若天地然；上爲天子而不②驕，下爲匹夫而不惛：此之謂全德之人。

貴富而不知道，適足以爲患，不如貧賤。貧賤之致物也難，雖欲過之奚

① 人，《吕氏春秋》通行本作"神"。

② 不，原脱，今據《吕氏春秋》通行本補。

由？出則以車，入則以輦，務以自佚，名之曰招蹷之機。肥肉厚酒，務以相[1]彊，名之曰爛腸之食。鄭、衛之音，務以自樂，名之曰伐性之斧。三患者，貴富之所致也。故古之人有不肯貴富者矣，由重生故也。非夸以名也，爲其實也。則此論之不可不察也。

節録《荀子·議兵篇第十五》

荀子，名况，趙人，嘗仕楚爲蘭陵令，亦曰荀卿；漢人或稱曰孫卿，則以宣帝諱詢避嫌也。自戰國爭富彊，儒道絀，孟子學孔子，言王可反掌致，卒不見用。卿後孟子，亦尊孔氏。子思作《中庸》，孟子述之，道性善；至卿以爲人性惡，故非子思、孟軻。揚雄以爲同門異户。孟子與告子言性，卒絀告子，惜卿不見孟子，不免異説。

方説士邀時好，卿獨守儒，議兵以仁義，富以儒術，彊以道德之威，旨意與孟子同。應侯病秦無儒，昭王謂儒無益人國，極明儒效。觀其立言指事，根極理要，敷陳往古，掎挈當時，主於明周孔之教，崇禮而勸學。其中最爲口實者，莫過於《非十二子》及《性惡》兩篇。蓋卿恐人持性善之説，任自然而廢學，故其言曰："凡性者，天之所就也，不可學，不可事；禮義者，聖人之所生也，人之所學而能，所事而成者也，不可學、不可事而在人者謂之性，可學而能、可事而成之在人者謂之僞：是性、僞之分也。"或則爲之説曰："僞，爲也，凡非天性而人作爲之者，皆謂之僞。"後人昧於訓詁，以爲真僞之僞，誤矣！然卿之説，固亦未免見偏，不知聖人禮義之教，亦出於性分之所固有，而遂以爲人爲矯性之具，可謂本末倒置者矣。節録《議兵篇第十五》。

荀卿者，趙人，名况，嘗與臨武君論兵於趙孝成王之前。王曰："請問兵要。"臨武君對曰："上得天時，下得地利，觀敵之變動，後之發，先之至，此用兵之要術也。"荀卿曰："不然。臣所聞古之道，凡用兵攻戰之本

[1] 相，《吕氏春秋》通行本作"自"。

在乎一民。弓矢不調，則羿不能以中；六馬不和，則造父不能以致遠；士民不親附，則湯、武不能以必勝也。故善附民者，是乃善用兵者也。故兵要在乎附民而已。”臨武君曰：“不然。兵之所貴者，勢利也；所行者，變詐也。善用兵者，感忽悠闇，莫知所從出，孫武用之，無敵於天下，豈必待附民哉?”荀卿曰：“不然。臣之所道，仁人之兵，王者之志也。君之所貴，權謀勢利也。仁人之兵，不可詐也。彼可詐者，怠慢者也，露袒者也，君臣上下之間滑然有離德者也。故以桀詐桀，猶巧拙有幸焉，以桀詐堯，譬之以卵投石，以指撓沸，若赴水火，入焉焦没耳。故仁人之兵，上下一心，三軍同力，臣之於君也，下之於上也，若子之事父，弟之事兄，若手足之捍頭目而覆胸腹也。詐而襲之，與先驚而後擊之，一也。且仁人用十里之國，則將有百里之聽；用百里之國，則將有千里之聽；用千里之國，則將有四海之聽。必將聰明警戒，和傳而一。故仁人之兵，聚則成卒，散則成列，延則若莫邪之長刃，嬰之者斷；兑則若莫邪之利鋒，當之者潰；圜居而方止，則若盤石然，觸之者角摧而退耳。且夫暴國之君，將誰與至哉？彼其所與至者，必其民也。其民之親我歡若父母，其好我芬若椒蘭；彼反顧其上，則若灼黥，若仇讎。人之情，雖桀、跖，豈有肯爲其所惡，賊其所好者哉？是猶使人之子孫自賊其父母也。彼必將來告，夫又何可詐也？故仁人用，國日明，諸侯先順者安，後順者危，敵之者削，反之者亡。《詩》曰：‘武王載發，有虔秉鉞，如火烈烈，則莫我敢遏。’此之謂也。”

孝成王、臨武君曰：“善！以上用兵貴附民。請問王者之兵，設何道何行而可?”荀卿曰：“凡君賢者其國治，君不能者其國亂；隆禮貴義者其國治，簡禮賤義者其國亂。治者彊，亂者弱，是彊弱之本也。上足卬，則下可用也；上不足卬，則下不可用也。下[①]可用則彊，下不可用則弱，是彊弱之常也。齊人隆技擊，其技也，得一首者，則賜贖錙金，無本賞矣。是事小敵毳，則偷可用也；事大敵堅，則涣焉離耳。若飛鳥然，傾側反覆無日，是亡國之兵也。兵莫弱是矣，是其去賃市、傭而戰之幾矣。魏氏之武卒，以度取之，衣三屬之甲，操十二石之弩，負服矢五十箇，置戈其上，冠冑帶劍，贏三日之糧，日中而趨百里，中試則復其户，利其田宅，是其氣力數

① 下，原誤作“不”。

年而衰，而復利未可奪也，改造則不易周也。是故地雖大，其稅必寡，是危國之兵也。秦人其生民也陿隘，其使民也酷烈，劫之以勢，隱之以阸，忸之以慶賞，鰌之以刑罰，使民所以要利於上者，非鬬無由也。使以功賞相長，五甲首而隸五家，是最爲衆强長久之道。故四世有勝，非幸也，數也。故齊之技擊不可以遇魏之武卒，不可以遇秦之鋭士，秦之鋭士不可以當桓、文之節制，桓、文之節制不可以當湯、武之仁義。有遇之者，若以焦熬投石焉。兼是數國者，皆干賞蹈利之兵也，傭徒鬻賣之道也，未有貴上、安制、綦節之理也。諸侯有能微妙之以節，則作而兼殆之耳。故招延募選，隆勢詐，上功利，是漸之也；禮義教化，是齊之也。故以詐遇詐，猶有巧拙焉；以詐遇齊，譬之猶以錐刀墮泰山也。故湯、武之誅桀、紂也，拱挹指揮，而彊暴之國莫不趨使，誅桀、紂若誅獨夫。故《泰誓》曰‘獨夫紂’，此之謂也。故兵大齊則誅天下，小齊則治鄰敵。若夫招延募選，隆勢詐，上功利之兵，則勝不勝無常，代翕代張，代存代亡，相爲雌雄。夫是謂之盜兵，君子不由也。”

孝成王、臨武君曰：“善！以上王者之兵，尚仁義，齊教化。請問爲將。”荀卿曰：“知莫大於棄疑，行莫大於無過，事莫大於無悔。事至無悔而至矣，不可必也。故制號政令，欲嚴以威；慶賞刑罰，欲必以信；處舍守藏，欲周以固；徙舉進退，欲安以重，欲疾以速；窺敵觀變，欲潛以深，欲伍以參；遇敵決戰，必行吾所明，無行吾所疑：夫是之謂六術。無欲將而惡廢，無怠勝而忘敗，無威内而輕外，無見其利而不顧其害，凡慮事欲熟而用財欲泰：夫是之謂五權。將所以不受命於主有三：可殺而不可使處不完，可殺而不可使擊不勝，可殺而不可使棄百姓：夫是之謂三至。凡受命於主而行三軍，三軍既定，百官得序，群物皆正，則主不能喜，敵不能怒：夫是之謂至臣。慮必先事而申之以敬，慎終如始，始終如一：夫是之謂大吉。凡百事之成也，必在敬之，其敗也，必在慢之。故敬勝怠則吉，怠勝敬則滅；計勝欲則從，欲勝計則凶。戰如守，行如戰，有功如幸。敬謀無曠，敬事無曠，敬吏無曠，敬衆無曠，敬敵無曠：夫是之謂五無曠。慎行此六術、五權、三至，而處之以恭敬無曠，夫是之謂天下之將，則通於神明矣。”

臨武君曰：“善！以上論將。請問王者之軍制。”荀卿曰：“將死鼓，御死轡，百吏死職，上大夫死行列。聞鼓聲而進，聞金聲而退，順命爲上，有功次之。令不進而進，猶令不退而退也，其罪惟均。不殺老弱，不獵禾稼，服者不禽，格者不赦，奔命者不獲。凡誅，非誅其百姓也，誅其亂百姓者也。百姓有扞其賊，則是亦賊也。以其順刃者生，傃刃者死，奔命者貢。微子開封於宋，曹觸龍斷於軍。商之服民，所以養生之者，無異周人。故近者謌謳而樂之，遠者竭蹷而趨之；無幽閒辟陋之國，莫不趨使而安樂之；四海之内若一家，通達之屬莫不從服：夫是之謂人師。《詩》曰：'自西自東，自南自北，無思不服。'此之謂也。王者有誅而無戰，城守不攻，兵格不擊。敵上下相喜則慶之。不屠城．不潛軍，不留衆，師不越時。故亂者樂其政，不安其上，欲其至也。"臨武君曰："善！"以上論軍制。

陳囂問荀卿曰："先生議兵，常以仁義爲本。仁者愛人，義者循理，然則又何以兵爲？凡所爲有兵者，爲争奪也。"荀卿曰："非汝所知也。彼仁者愛人，愛人，故惡人之害之也；義者循理，循理，故惡人之亂之也。彼兵者，所以禁暴除害也，非争奪也。"以上論兵以仁義爲本。〇五段照司馬光《資治通鑑》節録。

李斯問孫卿子曰："秦四世有勝．兵彊海内，威行諸侯，非以仁義爲之也，以便從事而已。"孫卿子曰："非女所知也。彼仁義者，所以脩政者也，政脩則民親其上，樂其君，而輕爲之死。秦四世有勝，諰諰然常恐天下之一合而軋己也，此所謂末世之兵，未有本統者也。以上申言兵去仁義之不可用。故堅甲利兵不足以爲勝，高城深池不足以爲固，嚴令繁刑不足以爲威。由其道則行，不由其道則廢。楚人鮫革犀兕以爲甲，鞈如金石，宛鉅鐵釶，慘如蠭蠆，輕利僄遬，卒如飄風，然而兵殆於垂沙，唐蔑死，莊蹻起，楚分而爲三四。是豈無堅甲利兵也哉？其所以統之者非其道故也。汝、潁以爲險，江、漢以爲池，限之以鄧林，緣之以方城，然而秦師至而鄢、郢舉，若振槁然。是豈無固塞隘阻也哉？其所以統之者非其道故也。"以上申言統之不可非其道，舉楚爲証。是故兼并易能也，惟堅凝之難焉。齊能并宋而不能凝也，故魏奪之；燕能并齊而不能凝，故田單奪之；韓之上地，方數百里，完全富足而趨趙，趙不能凝也，故秦奪之。故能并之而不能凝，則必奪；不能并之又不能凝其有，則必亡。古者湯以薄，武王以滈，皆百里之地，天下爲一，諸侯爲臣，無他故焉，能凝之也。故凝士以禮，凝民以政，禮脩而士服，政平而民安。以守則固，以征則彊，令行禁止，王者之事畢矣。以上論兼并易而堅凝難。自李斯問孫卿以下，照桐城方苞《荀子》删定本節録。

《韓非子·説難第十二》①

韓非，韓之諸公子也。喜刑名法術之學，作《孤憤》、《五蠹》、《内外儲》、《説林》、《説難》十餘萬言。秦王見其書，歎曰："得此人，與之游，死不恨矣！"急攻韓，得非。復用李斯之毁，下吏，使自殺。書凡五十五篇，其極刻覈無誠悃，謂夫婦父子舉不足相信，而有《解老》、《喻老》篇，故太史公以爲大要皆原於《道德》之意，然博辨明透，誠少其比。録《説難第十二》。

桐城吴闓生曰："戰國之時，乃尚游説之世，故韓非作此篇深明爲説之難，委曲深至，用意悲愴。至文情之精悍廉勁，尤爲千古獨絶！太史公作《韓非傳》，於《説難》反覆致意，且全録其文於傳中；蓋好之至矣！惟文辭稍近奥衍，今爲詳説其義，俾學者藉爲入古之梯徑也。"

凡説之難，直起。非吾知之有以説之之難也；"知"讀曰"智"。凡説人者，必其智足用以爲説。韓子言此層，尚非難事。"説之"，"之"字指人君而言。此篇多烹練古奥之句，樸拙簡勁，最可摹仿。又非吾辯之能明吾意之難也；智足爲説，又必辨詞之能達己意，言此亦不爲難。看其連用兩句，直排而下，了無枝葉，何等勁爽！又非吾敢横失而能盡之難也。"失"讀曰"佚"。横逸四出，能盡其詞，常人多不敢爲。今言此等亦非難也。排疊而下，如疾風驟雨。凡説之難，仍用四字直接，文體如生鐵鑄成。在知所説之心，"所説"指人君而言。可以吾説當之。言爲説貴當於人心也。

所説出於爲名高者也，而説之以厚利，則見下節而遇卑賤，必棄遠矣。"爲名高"，"爲"讀去聲。所説之人，意在名高而以厚利説之，則彼以志節凡下見待，而以卑賤相視，必棄遺而疏遠矣。此等推測處，清晰而深刻，語尤高古。所説出於厚利者也，而説之以名高，則見無心而遠事情，必不收矣。見謂無心而闊遠事情，必不收用。所説陰爲厚利而顯爲名高者也，分隱、顯爲二事，尤深尤刻，用意尤苦。而説之以名高，則陽收其身而實疏之；説之以厚利，則陰用其言而顯棄其身。

① 原注：録桐城吴闓生圈點評注。

此之不可不知也。

夫事以密成，語以泄敗。未必其身泄之也，而語及所匿之事，如是者身危。言事貴機密，若人君有所匿之事，說者雖不身泄之，而語言偶及，不免泄露。如此者，則招忌而身危矣。貴人有過端，而說者明言善議以推其惡者，則身危。如人君嗜酒，而極言禹惡旨酒之美，以推知嗜酒之惡，如此則身危矣。然韓子此篇，非以讒諂導諛爲宗旨也，乃深見專制時代君人者成權之不可測，而言說之不可不慎，極言其窒礙以見其難，正所以明貴勢之無是非，而深寄其悲憤耳。其抑鬱難言之隱，皆在筆墨之外；所吐言者止如此。故推測愈詳，文字乃愈妙也。周澤未渥也，而語極知，說行而有功則德亡，說不行而有敗則見疑，如是者身危。君之於己，周給之恩澤尚未渥厚，而所說之語極。其智之所及，有功則忘其德，有敗則疑其奸，其交際之分然也。夫貴人得計而欲自以爲功，說者與知焉，則身危。“與”讀曰“預”。彼顯有所出事，乃自以爲它故，說者與知焉，則身危。此層尤刻入。言彼顯爲某事，實則乃有他故而自諱之。說者探知其隱則身危，此楊脩所以見殺於曹公也。彊之以其所必不爲，止之以其所不能已者，身危。故曰：與之論大人，則以爲閒已；大人，在位者。閒已，謂離閒也。與之論細人，則以爲鬻權；鬻權謂市權也。論其所愛，則以爲借資；論其所憎，則以爲嘗已；謂嘗試也。徑省其辭，則不知而屈之；省，簡少也，故以爲不智而貶絀之。汎濫博文，則多而久之。嫌其繁重。順事陳意，則曰怯懦而不盡；慮事廣肆，則曰草野而倨侮。排疊不窮，文氣至爲昌盛！此說之難，不可不知也。頓束。

凡說之務，挺接，勁健。在知飾所說之所敬，而滅其所醜。“敬”讀曰“矜”。所矜夸者從而節之，所愧耻者從而掩之。彼自知其計，則毋以其失窮之；“知”讀曰“智”。自勇其斷，則毋以其敵怒之；自多其力，則毋以其難概之。概，礙也。規異事與同計，譽異人與同行者，則以飾之無傷也。異人異事，與所說者相似，則因而文飾之，無所傷毀。有與同失者，則明飾其無失也。大意無所拂悟，“悟”讀曰“忤”。辭言無所擊排，乃後申其辨知焉。“知”讀曰“智”。辨知仍承章首。此所以親近而不疑，知盡之難也。此五字屬下文。盡謂盡言也。得曠日彌久，而周澤既渥，深計而不疑，交争而不罪，乃明計利害以致其功，直指是非以飾其身。疑“飾”當作“飭”。以此相持，此說之成也。頓束。以下皆設喻以明之。

伊尹爲庖，百里奚爲虜，皆所由干其上也。故此二子者，皆聖人也，猶不能無役身而涉世如此其汙也，則非能仕之所恥也。“仕”、“士”同字。

宋有富人，天雨牆壞，其子曰："不築且有盜。"其鄰人之父亦云。暮而果大亡其財。其家甚知其子，"知"、"智"同。而疑鄰人之父。昔者鄭武公欲伐胡，乃以其子妻之，因問群臣曰："吾欲用兵，誰可伐者?"關其思曰："胡可伐!"乃戮關其思，曰："胡，兄弟之國也。子言伐之，何也?"胡君聞之，以鄭爲親己而不備鄭。鄭人襲胡，取之。此二説者，其知皆當矣！頓挫以取姿勢。然而甚者爲戮，薄者見疑。非知之難也，處知則難矣。總束上兩事。

昔者彌子瑕見愛於衛君。衛國之法，竊駕君車者罪至刖。既而彌子之母病，人聞，往夜告之，彌子矯駕君車而出。君聞之而賢之曰："孝哉！爲母之故而犯刖罪。"與君游果園，彌子食桃而甘，不盡而奉君。君曰："愛我哉！忘其口而念我。"及彌子色衰而愛弛，得罪於君。君曰："是嘗矯駕吾車，又嘗食我以其餘桃。"故彌子之行未變於初也，頓挫。前見賢而後獲罪者，愛憎之至變也。議論特有至味，足以發人深省。故有愛於主，則知當而加親；當，去聲。見憎於主，則罪當而加疏。故諫説之士，不可不察愛憎之主而後説之矣。總收上三事。

夫龍之爲蟲也，可擾狎而騎也。然其喉①下有逆鱗徑尺，人有嬰之，則必殺人。嬰，觸也。人主亦有逆鱗，説者能無嬰人主之逆鱗，則幾矣。一篇歸宿所在，取喻尤絶警潁，筆情亦軒翥生動，警湛動人。説士之術，至此篇可謂曲盡。然非韓非廉悍深刻之筆，安能警醒曲到，聳人耳目如此。以此見文字之功之不可没矣！

李斯《琅邪臺刻石文》

李斯，楚上蔡人也。與韓非俱事荀卿，學成，度楚王不足事，而六國皆弱，無可爲建功者。乃西入秦，爲相，佐成王業，銘功泰岱、瑯琊、會稽諸山。其文亦斯爲之，法家辭氣，體乏弘潤，然疏而能壯，亦彼時之絶采也。録《琅邪臺刻石文》。

維二十六年，皇帝作始。端平法度，萬物之紀。以明人事，合同父子。聖智仁義，顯白道理。東撫東土，以省卒士。事已大畢，乃臨于海。皇帝之功，勤勞本事。上農除末，黔首是富。普天之下，摶心揖志。器械一量，

① 喉，原脱，今補。

同書文字。日月所照，舟輿所載。皆終其命，莫不得意。應時動事，是維皇帝。匡飭異俗，陵水經地。憂恤黔首，朝夕不懈。除疑定法，咸知所辟。方伯分職，諸治經易。舉錯必當，莫不如畫。皇帝之明，臨察四方。尊卑貴賤，不踰次行。奸邪不容，皆務貞良。細大盡力，莫敢怠荒。遠邇辟德①，專務肅莊。端直敦忠，事業有常。皇帝之德，存定四極。誅亂除害，興利致福。節事以時，諸産繁殖。黔首安寧，不用兵革。六親相保，終無寇賊。驩欣奉教，盡知法式。六合之内，皇帝之土。西涉流沙，南盡北户。東有東海，北過大夏。人迹所至，無不臣者。功蓋五帝，澤及牛馬。莫不受德，各安其宇。

維秦王兼有天下，立名爲皇帝，乃撫東土，至于瑯邪。列侯武城侯王離、列侯通武侯王賁、倫侯建成侯趙亥、倫侯昌武侯成、倫侯武信侯馮毋擇、丞相隗狀、丞相王綰、卿李斯、卿王戊、五大夫趙嬰、五大夫楊樛從，與議于海上，曰："古之帝者，地不過千里，諸侯各守其封域，或朝或否，相侵暴亂，殘伐不止，猶刻金石以自爲紀。古之五帝三王，知教不同，法度不明，假威鬼神以欺遠方，實不稱名，故不久長。其身未殁，諸侯倍叛，法令不行。今皇帝并一海内，以爲郡縣，天下和平，昭明宗廟，體道行德，尊號大成。群臣相與誦皇帝功德，刻于金石，以爲表經。"

"維秦王兼有天下"以下一段，叙碑之所由刊；後世碑銘有序本此。惟後人序冠銘前，此則係之銘後，爲不同耳。

《文最》（第一册）纂用書目

《易章句》清焦循

《寫定尚書》清吴汝綸

《詩經圈識》清劉大櫆

《周官禮注》晉干寶

《儀禮章句》清吴廷華

---

① "德"爲"隱"之訛字。

《大戴禮記》漢戴德、《檀弓叢訓》明楊慎、《評點檀弓》清汪有光

《春秋左氏傳注》晉杜預、《左傳義法舉要》清方苞、《春秋大事表》清顧棟高、《春秋公羊傳》周公羊高、《春秋穀梁傳》周穀梁俶

《標孟》清汪有光

《爾雅正義》清邵晉涵

以上經

《史記》漢司馬遷、《戰國策》漢劉向録、《高士傳》晉皇甫謐、《資治通鑑》宋司馬光、《文獻通考》宋馬端臨

以上史

《山海經新校正》清畢沅、《鬻子》周鬻熊、《删定管子》清方苞、《老子》近人嚴復評、《墨子注》清畢沅、《墨子閒詁》清孫詒讓、《孫子新釋》近人蔣方震、《列子》周列禦寇、《莊子》周莊周、《鬼谷子》失考、《公孫龍子》周公孫龍、《删定荀子》清方苞、《吕氏春秋》秦吕不韋、《韓非子》秦韓非、《黄氏日抄》宋黄震、《讀書記》宋真德秀、《困學紀聞》宋王應麟、《讀書録》明薛瑄、《日知録》明顧炎武、《千百年眼》明張燧

以上子

《平原内史陸機集》晉陸機、《韓昌黎集》唐韓愈、《柳柳州集》唐柳宗元、《嘉祐集》宋蘇洵、《魏叔子集》明魏禧、《惜抱軒集》清姚鼐、《研經室集》清阮元、《曾文正公集》清曾國藩、《飲冰室集》近人梁啓超

以上别集

《楚辭章句》漢王逸、《文選》梁昭明太子、《古文淵鑑》清徐乾學等奉敕纂、《古文辭類纂》清姚鼐、《經史百家雜鈔》清曾國藩、《續古文辭類纂》清黎庶昌、《左孟莊騷精華録》近人林紓、《桐城吴氏文法教科書》近人吴闓生

以上總集

《文心雕龍》梁劉勰、《論文偶記》清劉大櫆、《文史通義》清章學誠、《涵芬樓文談》近人吴曾祺、《中國文學史》近人林傳甲、《國文講義》近人陳曾則

以上文史

兹册章句評注，率依先正舊本，即其中文字之討論，要亦襲取前人者爲多。然不遵引用通例稱某某曰者，一以其説不無據鄙意變通之處，一亦以

叙明某某曰，則於講壇稱引時，不能不將其人略歷叙述一番。夫用志不紛，乃凝於神，而學子是時方壹意探究文字之意趣，忽横插入一不知誰何人之姓名履歷以撓亂其心曲，非所宜也。然勦獵他人之説爲己有，迹嫌於盜竊而不之意，得無靦顔儒冠儒服而肆爲奪攘矯虔之行乎？亦博之所不敢出也。爰録纂用書目於右，無錫錢基博識。

（據無錫圖書館藏油印本，約作於 1917 年前後）

國文研究法

GUOWENYANJIU

國文研究法

序

世常慨宿學之士，日即凋謝；而後起之師範生，蕪陋不學，無以啓童蒙。斯文之喪，不可復挽。余竊恫之。然一念師範學校之課程，五年中明定治文學者不逮一千小時，欲其工文，非劬學不能也。則益恫。畢吾校之業以去，入公私小學校爲童蒙師者，數將二百：能文者僅十之一二；能文而善於啓童蒙者，百之一二而已。則尤恫。思有以啓迪之，久而未得其術。繼乃商之錢君子潛、薛君公俠、沈君穎若，三君皆雄於文，同時掌教吾校者也。本年暑假，集及門諸子來校治文學。而三君爲之講授，歷三週有奇，雖酷暑不少輟，蓋亦勤矣。往昔劬學之徒，其始佔畢也，每苦於無師友，有一字之疑，冥心孤搜，歷旬日而不得其確解，則憤；憤極而一旦豁然，則又大喜。自科舉廢，學校興，矯記誦之失，而重啓發。入其門者，宜得師友之益矣；而其效乃反遜。何也？心紛而聽藐，芸芸青年，習爲故常。吾校諸子，懺悔於終業之後而自怨噬臍之無及者亦數數矣。《記》有之：

“教然後知困。”今諸子困矣！意者三週講習，獲益逾於五年，未可知也。余以及門諸子未來校者尚多，而校外之苦無師友者亦豈鮮少，因取三君講義，付之剞劂，示學子以逕途，爲自力研究之一助。若夫三君學識之偉，詔示之勤，讀其書者當自得之，毋待余之贅言也。中華民國七年九月，無錫顧倬序於江蘇省立第三師範學校。

序目

右《國文研究法》三章，計得三萬二千言，乃戊午暑假期間，本校校長顧述之先生屬與舊畢業諸君商量文字而纂録者。博魯不學，何敢譚文！然側聞先生長者之緒論矣，乃述舊聞以相告諾，蘇東坡所謂“藥進醫手，方傳古人；若已經效世間，不必皆從己出”者也。孔子毅然以斯文自任，而其言不過曰“述而不作，信而好古”已耳。博何人斯？請事斯語以與諸君周旋爲進藥之醫手矣！惟孔子歿而道喪文敝，百家各以其説鳴。此一是非，彼一是非。亦既無所折衷，譬之芳草油油，彌望而是，疇爲不死之藥。博左捋右擷，不憚旁搜遠採；然非身試無毒者，曾不敢以諸君不貲之軀，爲嘗試也。曰若稽古帝神農，嘗百藥，察其酸苦之味，告人知避就。博其爲神農矣乎？雖一日遇七十毒，匪所恤已。區區之愚，惟諸君裁幸。無錫錢基博識於江蘇省立第三師範學校之精忠柏石室。

第一章　文

第一節　原文

梁劉勰著《文心雕龍》，開宗明義第一篇曰："文之爲德也大矣，與天地並生者何哉？夫玄黄色雜，方圓體分；日月疊璧，以垂麗天之象；山川焕綺，以鋪理地之形：此蓋道之文也。仰觀吐曜，俯察含章，高卑定位，故兩儀既生矣。惟人參之，性靈所鍾，是謂三才，爲五行之秀，實天地之心。心生而言立，言立而文明，自然之道也。傍及萬品，動植皆文：龍鳳以藻繪呈瑞，虎豹以炳蔚凝姿；雲霞雕色，有踰畫工之妙；草木賁華，無待錦匠之奇：夫豈外飾，蓋自然耳。至於林籟結響，調如竽瑟；泉石激韻，和若球鍠。故形立則章成矣，聲發則文生矣。夫以無識之物，鬱然有彩；有心之器，其無文歟？"此文之原也。

夫"言以足志，文以足言"；言者志之所之，而文者物之相雜。然則心不可蘊，故潤色以形容；辭不可陋，故錯綜以盡變。《易》曰："虎變文炳，豹變文蔚。"又曰："物雜故文。"《國語》曰："物一無文。"《左傳》"言之無文，行之不遠"。後人每不解何以謂之"無文"，不若仍用《外傳》作注曰："物一無文。"徐鍇《説文通論》謂："强弱相成，剛柔相形，故於文：人[①]爲文。"《朱子語録》稱："兩物相對待，故有文；若相離去，便不成文矣。"此文之體也。

蓋天下之美術，莫不始於自然，中於思化，終於成美；而文亦美術之一也。推所由起，必依二性：一曰所納，一曰所生。如人呼吸，自然相須，不得而離。雲露花鳥，動寂殊致，見者知之。既住見中，即名所納。感於

① 下脱"乂"。

動寂，而爲忻歎。凡此忻歎，見所生也。即名所生，所生緣納，而由微之著，由隱之顯，厥序以五：一曰契象。雲露花鳥，觸爲忻歎。忻歎既著，所納益堅。由納生生，由生復納。生納雙凝，是爲契象。二曰模做。契象既深，取而不舍，雕鏤成貌，塗坿爲形。凡此之倫，咸擬真似。雖始樸疎，美實基斯。是爲模做。三曰選擇。模做既彰，有其優劣。復由愛否，而決趣舍。是爲選擇。四曰思化。衆技畢陳，優者有甚優，劣者有甚劣，或優劣時糅，可以節取。於是斟酌損益之慮生，遺貌求神，超然獨悟。舊之契象，且從遷失。是爲思化。五曰創作。思化既周，玄解方新。辭必己出，卓然有成。是爲創作。綜斯五者，可以成文矣。

然而未盡美也。夫文之至者，不必執迹以求之，若感興一至，怫然有動，則出之洸洋而不可遏。唐李德裕《文章論》曰："文之爲物，自然靈氣。恍然而來，不思而至。"宋陸游《文章詩》曰："文章本天成，妙手偶得之。粹然無瑕疵，豈復須人爲。"此何謂也？感興至也。感興之孕育，有内品者，有外品者，内外合而情文相宣矣。惟其合也，可遇而不可求。宋朱夏《答程伯大論文》："譬之風之於水，適相遭而文生也。故鼓之而爲濤，含之而爲漪，蹙之而爲縠，澄之而爲練，激之而爲珠璣，非水也，風也，二者適相遭而文生也。"然感興之散也，何以凝之？曰："用志不紛，乃凝於神"，則有構想。構想而後修飾，修飾而後備，備而後美，至美而文之能事盡矣。

第二節　正義

文有二義焉。（甲）文者，述作之總稱。凡可寫録，箸爲文字，皆此類也。是謂廣義，但有成章，靡不爲文矣。（乙）以文爲述作之殊名。非可漫喻，惟當宗主情感，以娱志爲歸；而其行文尤貴奇偶相生，音韻相和，如青白之成文，如《咸》、《韶》之合節。非清言質説者比也，非振筆縱書者比也，非佶屈澀語者比也。是故梁昭明太子撰《文選序》，以爲經也，子也，史也，非可專名之爲文也。專名爲文，必其"綜緝辭采，錯比文華，事出於沈思，義歸乎翰藻"而後可也。準斯以譚，則所謂文者，其範疇屬於情感，不屬於事實；其主旨在導人之意旨使高尚，非欲以之濬發智慮，凡楚詞之騷，揚馬之賦，南朝之諸禮文以及唐人之詩乃屬之。

《文心雕龍》稱“無韻者筆，有韻者文”，則文乃述作之殊名，審也；然情文要期相宜，豈惟韻文爲然。《史記》稱“虞卿非窮愁，不能著書以自見於後世”。又曰：“詩書隱約者，欲遂其志之思也。昔西伯拘於羑里，演《易》；孔子厄於陳蔡，作《春秋》；屈原放逐，乃著《離騷》；左丘失明，厥有《國語》；孫子臏脚，而論兵法；不韋遷蜀，世傳《吕覽》；韓非囚秦，《説難》、《孤憤》；《詩》三百篇，大抵聖賢發憤之所爲作也。此人皆意有所鬱結，不得通其道也。”凡厥所指，皆散文也，而《太史公書》必推言之於窮愁，意有鬱結發憤之所爲作。明太祖諭詹同稱孔明《出師表》，亦何嘗彫刻爲文，而誠意溢出，至今讀之感動。仁義之人，其言藹如，則甚矣情之不可以已也。古人論“文明必情深”，固不必專指韻文言之，其不可通一也。

且《文心雕龍》一書，爲後世論文之祖。而其論文，必原於道，徵聖而宗經。宋周子《通書》云：“文所以載道也，輪轅飾而人弗庸，徒飾也。況虚車乎？”《元史·儒學傳》稱“六經者，道之所在，文則所以載夫道者也”。是文固不徒以抒情，而乃云主情感，其不可通二也。

且班固撰《漢書·藝文志》，因劉向《七略》，總群書而條其篇目；其中有《六藝略》，有《諸子略》，有《詩賦略》，有《兵書略》，有《術數略》，有《方技略》，非不以藝文標目，而詩賦不過其中一略，正不必《昭明文選》，獨爲不刊。且即以《昭明文選》論，其中如詔、册、令、教、文、表、上書、啓、彈事、牋、奏記、書、檄、對問、序、史論、史述贊、論之屬，凡十八類，何莫非直言之言、論難之語？而未嘗不以入選，乃必曰有韻者文。其不可通三也。故曰：文者，述作之總稱。用以會通衆心，互納群想。而表諸言語，兼發知情，知以治教，情以彰感，譬如舟焉，知如其柁，情爲帆棹，知標理悟，情通和樂，得乎人心之同然，斯爲合矣！

第三節　審美

劉勰著《文心雕龍》論文之美，曰秀曰隱。隱也者，文外之重旨者也；秀也者，篇中之獨拔者也。夫隱之爲體，義主文外，秘響傍通，伏采潛發，譬爻象之變互體，言其取義無常。川瀆之韞珠玉也。故互體變爻而化成四象，珠玉潛水而瀾表方圓，始正而末奇，内明而外潤，使翫之者無窮，味之者不厭矣。彼波起辭間，是謂之秀，纖手麗音，宛乎逸態，若遠山之浮烟靄，孌女之靚容華，然烟靄天成，不勞於粧點；容華格定，無待於裁鎔。深淺而各奇，穠纖而俱妙，並思合而自逢，非研慮之所求也。或有晦塞爲深，雖奥非隱，彫削取巧，雖美非秀。故自然會妙，譬卉木之耀英華；潤色取美，譬繒帛之染朱緑。朱緑染繒，深而繁鮮；英華曜樹，淺而煒燁。秀句所以照文苑，蓋以此也。推其所論，意境之美曰隱，字句之美曰秀，義取衆喻，道貴自然，此其旨也。李德裕論文章“如日月，終古常見，而光景如新”，此語亦善喻文之美者。

然文之美，有陽剛之美，有陰柔之美。蓋《易》賁卦彖傳言：“柔來而文剛”，“分，剛上而文柔”。“剛柔交錯，天文也；文明以止，人文也。觀乎天文以察時變，觀乎人文以化成天下。”《説卦傳》又言：“分陰分陽迭用柔剛，故易六位而成章。”文章之體之本於陰陽剛柔，其來遠矣。顧後世文家，未有論及之者。惟《宋書・謝靈運傳論》，言：“志動於中，歌詠外發，嘗推本於民稟天地之靈，含五常之德，剛柔迭用，喜愠分情。”《文心雕龍・鎔裁篇》云：“剛柔以立本，變通以趨時。”皆以此爲言而未暢厥旨。

及至勝清桐城姚鼐《答魯絜非書》言之，乃詳其説。曰：“天地之道，陰陽剛柔而已。文者，天地之精英，而陰陽剛柔之發也。惟聖人之言，統二氣之會而弗偏。然而《易》、《詩》、《書》、《論語》所載，亦間有可以剛柔分矣。值其人其時，告語之體各有宜也，自諸子而降，其爲文無弗有偏者。其得於陽與剛之美者，則其文如霆，如電，如長風之出谷，如崇山峻巖，如決大川，如奔騏驥；其光也，如杲日，如火，如金鏐鐵；其於人也，如憑高視遠，如君而朝萬衆，如鼓萬勇士而戰之。其得於陰與柔之美者，則其文如升初日，如清風，如雲，如霞，如煙，如幽林曲澗，如淪，如漾，如珠玉之輝，如鴻鵠之鳴而入寥廓。其於人也，漻乎其如歎，邈乎其如有思，暖乎其如喜，愀乎其如悲。觀其文，諷其音，則爲文者之性情形狀舉以殊焉。且夫陰陽剛柔，其本二端，造物者糅而氣有多寡進絀，則品次億萬，以至於不可窮，萬物生焉。故曰：一陰一陽之爲道。夫文之多變，亦若是已，糅而偏勝，可也。偏勝之極，一有一絶無，與夫剛不足爲剛，柔不足爲者柔者，皆不可以言文。”蓋陰陽剛柔之分，亦言其大概而已，必剛柔相錯而後爲文。故陽剛之文，亦具陰柔之美，特不勝其陽剛之致而已。陰柔亦然，止可偏勝而不可以絶無。《禮記·樂記》云："剛氣不怒，柔氣不懾。"則是獷悍不可爲陽剛，而柔靡不振，亦非陰柔也。是後湘鄉曾國藩演之而摹文境之美，厥有八言："陽剛之美，曰雄直怪麗；陰柔之美，曰茹遠潔適。何謂雄？曰：劃然軒昂，盡棄故常，跌宕頓挫，捫之有芒。何謂直？曰：黄河千曲，其體仍直，山勢如龍，轉换無跡。何謂怪？曰：奇趣横生，人駭鬼眩，易玄山經，張韓互見。何謂麗？曰：青春大澤，萬卉初葩，詩騷之韻，班揚之華。何謂茹？曰：衆義輻凑，吞多吐少，幽獨咀含，不求共曉。何謂遠？曰：九天俯視，下界聚蚊，寤寐周孔，落落寡群。何謂潔？曰：冗意陳言，纇字盡芟，慎爾褒貶，神人所監。何謂適？曰：心境兩閒，無營無待，柳記韓跋，得大自在。"此曾氏之説也。間嘗比而論之，以爲曾氏之所謂直，所謂茹，所謂遠，所謂適，於《文心雕龍》則有當隱之義焉；所謂雄，所謂怪，所謂麗，所謂潔，於《文心雕龍》則有當秀之義焉。而曾氏之言又曰："文之爲道，亦須有奇横之趣、自然之致，二者并進，仍能成體。"夫所謂奇横之趣，即秀也。然而必得自然之致以成體，是其論文以自然爲歸，要與劉勰同旨。

武昌張裕釗《答劉生書》云："文章之道，莫要於雅健。欲爲健而厲之已甚，則或近俗；求免於俗而務爲自然，又或弱而不能振。古之爲文者若左邱明、莊周、荀卿、司馬遷、韓愈之徒，沛然出之，言厲而氣雄，然無有一言一字之强附而致之者也。措焉而皆得其所安，文惟此爲最難。知其難也，而以意默參於二者之交，有機焉以寓其間。此固非朝暮所能企，而亦非口所能道。治之久而一旦悠然自得於其心，是則其至焉耳。至之之道無他，廣穫而精導，熟諷而湛思，舍此則未有可以速化而襲取之者也。"夫道貴自然，不易之理也。博衡權衆説，而以爲斯文之美可以六者衡之：

（一）文以娱志爲主。梁昭明太子序《文選》："譬之陶匏異器，並爲入耳之娱；黼黻不同，俱爲悦目之玩。"蓋主事實，必傳信，科學之職也；通情感，導人意所高，美術之職也。夫思之淺者，能導之使深；感之細者，能充之使大。文之攝於美術，固已！主惟美者曰："美術無他務，獨在娱人心耳；文亦然。"主惟化者曰："文非僅娱人心，蓋將化人，使知所趣。"由是觀之，就其所娱，因而成化，可以治情而合道，文之時用大矣哉！然文之所以化人者，必其感發於人爲至娱；而至娱之感，常出於至美。此至美者，或獨得之，或共喻之；然必純粹精白，皭然無垢。繪畫雕刻之工者，人之見之，若與美觸；文學之娛人志，猶是類也。

（二）文以衆喻爲主。蓋文以娱人，尤必能喻於人人。孔子論文曰："辭達而已。"夫所謂達者，蓋"已欲達而達人"之謂，即衆喻之意也。倘我自作文，自明之，而人不能達我之旨焉；則是於我之情不宣，而於人之志亦無娱。乃高明之士，好標僻異，如唐樊宗師官絳州刺史，即守居構園池自爲之記，文僻澀不可句讀。好奇者多爲之注；然第推測以求通，而衆説糾紛，終無定論。此施之哲學，猶或厭其玄晦；況文者，所以抒情達意，與詡獨知，寧求同喻。而理愈深者，索解人愈難。是故闡理即不厭精深，然措之辭必不可不務於顯；深入者尤貴顯出，要期於衆喻耳。顧衆喻之者，辭達之謂，非淺陋之謂也。即如《詩·小雅·采薇》卒章"昔我往矣，楊柳依依；今我來思，雨雪霏霏"四句，明白如話，而一往情深，令人低徊往復不已。安在其爲淺陋者哉！

（三）文貴表示新穎。文以衆喻爲主，固已。然譜記表録，非不易於曉悟，然未可謂之文也。文以娱志，必有所以動人者存，而表示新穎尚焉。夫表示新穎之道，莫大於因時。上元梅伯言所謂"立吾言於此，雖其事之至微，物之甚小，而一時朝野之風俗好尚，皆可因吾言而見之。使爲文於唐貞元、元和時，讀者不知爲貞元、元和人不可也；爲文於宋嘉祐、元祐時，讀者不知爲嘉祐、元祐人不可也。韓愈曰：'惟陳言之務去'，豈獨其詞之不可襲哉！夫古今之理勢，固有大同者矣。其爲運會所移、人事所推演而變異日新者，不可窮極也。執古今之同，而概其異，雖於詞無所假者，其文亦已陳矣"，蕭子顯曰"文非新變，不能代雄"，正謂此也。

（四）文貴情至。科學以治物者也。文以治思者也。由思成緒，由緒生情，情至而文亦至焉。夫情深則文明，情真則語摯，理之自然者也。餘姚黄宗羲曰："文以理爲主。然而情不至，則亦理之郛廓耳。廬陵之誌交友，無不嗚咽；子厚之言身世，莫不悽愴。郝陵川之處真州，戴剡源之入故都，其言皆能惻惻動人。古今自有一種文章，不可磨滅，真是天若有情天亦老者。"而世不乏堂堂之陣，正正之旗，皆以大文目之。顧其中無可以移人之情者，所謂刳然無物者也。

（五）文貴能鎔裁歷史科學之事實。夫文者，或由思生，或由情立。思情所依，必緣事物，莫不采諸科學歷史矣。然選擇之際，不可不慎。要當關於性靈，有其滋味。略彼專識，求茲同喻。西方文士，頗擅此意。吾國作者，亦矜運用。成規具在，匪假一二談也。

（六）文貴能發揚不朽之盛美。夫所謂美者，若僅炫時采，殁則已焉，斯何足深算！故文之極至，豈徒稱於一世，雖百世千世，仰之炯然。何也？文既以情爲主，情則人之所同。夫以同喻之文，標不異之情，雖代有遷變，而感無殊科，固宜歌頌通於古今，安可朽也。縱其製作，或因想象，或亦實經；而描寫之工，攬之無不如身歷其境。魏文帝《與朝歌令吴質書》，善叙友朋聚散之感；崑山歸有光《先妣事略》、《項脊軒記》等文，善叙家人骨肉之愛。此情未泯，即文亦不泯矣。

第二章　國文與外國文

第一節　匡謬

國文，非外國文也。近百年來，國勢不振，而歐化遂以風靡，至治國文者亦喜仿歐人葛郎瑪，輯文典，以治外國文之法治之。及其扞格不相入，乃益輕其家丘，以爲國文不如外國文。吾聞俄之亡波蘭也，立法令波蘭人習俄國語言文字；英之於印度也亦然。乃今吾國儼未亡也，而爲國人者，若不外國化其國文不快。悠悠蒼天，此何心哉！然號稱識微通變之君子，怒焉憂之，著爲論説，揚榷國文與外國文之異同，而衡是非得失所在者，其人頗亦不尠。余今條貫其説以爲我同人告，必先知國文不同於外國文，不可以治外國文之法治，而後可與言治國文之法。

第二節　文字

劉勰《文心雕龍》論章句，曰：“人之立言，因字生句，積句成章，積章成篇。篇之彪炳，章無疵也；章之明靡，句無玷也；句之清英，字不妄也。振本而末從，知一而萬畢。”是故揚榷國文與外國文之不同，亦不可不自文字始也。

世之論者，輒謂文字之用，首在宣㥯意旨，必也有以簡馭繁之功，而能收普及群衆之效。故未開化國民之文字，必拘泥於形象，蓋猶未脱上古榛狉之風。至若已開化之國民，不過藉文字爲符號，不必尋其跡象以求，故能以簡單之符號而盡天下之名物。乃今中國文字爲象形文字，記憶殊難，不及歐美標音文字之便於誦習，且言文不能一致，故通文義尤難。國民識字之少，其原因實由於此。此説倡於歐美人之學習中國文字者，國民之歐美化者附和之，乃有主張用切音文字以期言文一致者。竊嘗聞而心非之。蓋國民識字之少，由於教育之不普及，不能歸咎於文字。否則吾國中若滿洲文，若蒙文，若藏文，皆標音文字，顧何以滿洲人之識滿文者轉不若識漢文對滿文言之。者之衆，而蒙、藏民之識蒙、藏文與不識者之比，亦不能多於行省漢人之識漢文者也。至言文不能一致，雖不便於通俗，然因文字與語言離異之故，其文字不至隨語言而改變，於學術上及社會上之便利殊多。

歐洲地方不過三百八十萬哩，人口三萬六千萬，而英、俄、德、法標音文字之國，國不同文，則以方音各各不同也。若以我國地方四百二十七萬哩，有四萬萬之人民，亦用標音文字，使言文一致，則一國之中將有數百種文字出現。今全國之内，方音雖異，而文字可通。即日本、朝鮮、安南諸國，亦得通行同一之文字。使東亞各國性情風俗，不至絶然懸異者，未始非同文之效。如言語必欲與文字一致，亦必不可改變文字以就語言，致文字日即於紛歧。祇有改變言語以就文字，使言語漸歸於統一耳。舍曰能之，則是我中國四萬萬人同文字，而語言亦趨於同，以視人民不過三萬六千萬，地方三百八十萬哩之歐洲，而有英、俄、德、法數十国文字，果孰爲普及於群衆乎？其便利一也。

歐美文皆切音制字，故因古今音訛而字形屢變，後人遂不可讀，例如 Angland 爲 Anglaland 之訛，而 Angland 又訛爲 England。安知 England 之不更訛爲 Ingland 乎？音之傳訛，如水之就下，不可究詰也。於是研究古代希臘拉丁之文字，爲一種專門之學術。蓋標音之文字，不能不隨語言而變；而語言之傳述，不能不因時代而殊。若以我數千年文明古國亦用標音文字，則不但周秦諸子之文，將如希臘拉丁之無從索解，即漢唐宋明之文，亦且無從卒讀矣。四千年之中，至少有三四種專門之文學，承學之士，雖白首而不能盡通。今則歷朝著述，藏之名山，傳之後世，滄桑屢易，而文字則亘古可讀。正以其音訛，而形不變也。其便利二也。

我國文字之便利，歐美文字之不便利，更有大於此者。英文非解英語不能讀，德文非解德語不能讀，法文亦然，俄文亦然，凡屬歐美文無不然。何也？以其標音也。若我國文字，則僅認其字形；雖以英人之音讀之，或以德人之音讀之，或以法人、俄人之音讀之，均無不可。今日本人即以日本音讀之，如松讀マツ，杉讀スギ，花讀ハナ，草讀ヶサ，是也。他如滿洲、朝鮮等處，言語本異，而以書翰通意思無所不便；即我國南北諸省人發音不同，各操鄉談，如聾啞之對話，而文字則毫無差異。日本人山木憲以爲中國文字，今既統一語言紛雜之四萬萬東亞大陸人民而爲同文之國，異日必進而爲世界通用之文字。依日本人讀法，英人可讀日曰 Sun，讀月曰 Moon，讀花曰 Flower，讀草曰 Grass，作爲文章，即爲世界通用之文，雖不解英語者亦得讀之。不論日本人、法人、德人、俄人，凡能認其字形者，皆可讀以本國之音而明其意，進交通之便，助文明之運，其利益莫大焉。今歐美不幸，而未知其便利。一朝豁然感悟，必以公平之見，大主張採用中國之文字，蓋亦不得不然之勢也。其便利三也。

至稱我國文字爲象形文字，亦屬一偏之論。其實我國文字屬於象形者，不過千百之一二；其大多數，則爲形聲之字，以兩偏旁相合而成：一旁標音之所從，一旁示義之所屬。其製作之方法，實兼有象形文字與標音文字之長。非若歐美文字有標音之字母而無偏旁部類，遇有同音異義之字，乃不得不變其聯綴之方法以別之；因此而標音之規則，亦不能一律。平居私念，以爲理想上最完善之文字，不可不用我國形聲之方法：一旁標音，宜有簡單之規則；一旁表義，宜有明晰之部類。其便利四也。

且言文一致之説，歐美化者之所盛倡也。以爲言文一致，則學問易於進步，又以歐美諸國爲言文一致之國，是皆無稽之説也。歐美之國民，非盡能讀其文字者。其不受教育之人，雖無不能言語，而亦不能解文字。然則言語自言語，文字自文字可知。文言一致之實，果安在乎？設取彼都士夫所著之政治、哲學、教育諸書，朗誦於販夫走卒之前，果能深入心通乎？是文字一致之文章，果其學理高深，仍不宜於通俗。如其膚淺，於學問亦無裨益也。則所謂言文一致之效安在乎？

且言文不一致者，乃文章進步之故，不足憂也。夫文章之氣運益進，則文章之格法愈奇，規律愈整，口舌筆翰之間，遂生懸隔。此亦自然之勢，可喜而非可憂。且所貴乎文者，在善其詞句以巧通意思，有感人之力。口舌之間，雖如何巧妙，而彼此對話，無推敲點竄之暇，必不能如文字之研磨潤色；且語言必較文字爲冗漫，徵之於速記録而自明，必不能如文字之簡淨勁練。故言語決不及文字之優，而言文一致爲不可期之事。果其言文一致也，則文章之不進步可知；進步之文章，必不能語言一致：此可斷言者也。

乃國人之歐美化者，必執是爲我國文字不如歐美諸國文字之便利。夫我國文字之便利，則既言之矣，試更一申論歐美諸國文字之不便利：歐美文字，雖以輕細之筆畫寫之，往往一文延長至寸許半寸許者爲數見不尠。我國文字，雖筆畫亦有繁密者，然排置結構，使其面積相等，一目得認五六字至七八字；而歐美字畫之冗長者，其一字尚不能一目瞭然。此其不便利者一。我國文字，不論字畫疏密，皆有一定之地位，互相聯綴，秩序整然；而歐美文字長短錯綜，至有一字之上半截在上行之尾，而其下半截在次行之首者。當鈔録及印刷之時，我國文字每頁幾行，每行幾字，易於計算，其文字占若干篇幅，可以預定。歐美文字，以每字長短不一，殊多礙難。此其不便利者二。我國文字一字一音，一呼吸間得讀數十字，數秒間得讀數十句；歐美文字由反切連綴而成，形既冗長，音又繁複。故同一意義之字，同一意義之句，用我國文字，僅少許之時得辨之，而用歐美文字，費時必多。此其不便利者三。曷不觀汽車之揭示乎？國文與英文並列，國文之字，大於英文之字三倍以上；而其所占之地位，則國文僅占三分之一，英文則占三分之二；是國文與英文之繁簡，爲一與六之比例。在稍遠之處視之，國文尚明瞭可讀，英文則朦朧不辨矣。此其不便利者四。以是衡之，果孰爲能以簡御繁者乎？此以文字言之也。

第三節　文章

文字孳乳，以歐美爲最速，以我國爲最遲。或即據文字之增加，以考一國文化之進步；而不知我國文字之少，乃文章之巧妙適用，而無取字之多也。我國文字，自蒼頡造字，至漢許氏《説文》，其數爲九千五百五十三字。此後則歷代皆增加，至清《康熙字典》，僅得四萬二千一百七十四字。以年代計之，則每年平均所增僅二三字而已。持是以考歐美文字，其孳乳之遲速，有不可同日而語者。茲即以英國考之，在十七世紀之末，其通用字典僅五千餘字；及至今日，則其數已達四十五萬有奇，平均每年增二千二百餘字。然謂其爲多字之國則可，謂其文字之增加，即爲一國文化進步之特徵，似尚有説焉。何也？夫一國文字之多寡，未可與文化爲比例也。我國文字，至今日不過四萬餘，識者以爲少，固矣。然此四萬餘字，其中習用者不過三四千字而已。然我人以此三四千字，製爲文章，辭無不達，言無不足，而無周轉缺乏之患。此其故何哉？蓋以中國文字，與泰西異，其妙用在能累而成文，故字少而周於用，與夫歐美之一字一義，一物一名者，有間矣。歐美雖亦有一字數義者，然多見於動字，其他名詞爲數甚少。茲舉一二例以比較之：如一、二、三、四等之數目字，中國由一以至萬，所用之字，去其同者，僅十三字足以代之；若英文則需二十九字，法文則需二十三字。數目字以中國爲最簡，尤以中國爲最明瞭；法國雖少於英國，較英國尤拉雜累贅，如曰九十，彼不直曰九十而曰四二十十，蓋四個二十合爲八十，再加十則爲九十也。此等文義，在他國人聞之，非精數學者不能辨。其他各國或倍之，或數倍之，要未若中國字之簡而顯者也。此其一也。凡歐美文字，每物錫以專名，然天下之物無窮，若一一錫以專名，雖數千萬字，亦有時窮，殊不若我國能累而成文，用字少而名物多也。茲任舉一字以爲喻：如皮毛之“皮”字，在中國則可用作書皮、樹皮、地皮、象皮、羊皮等，即以一“皮”字爲名詞，而以“書”、“樹”等字爲形容詞，字少而義賅；在歐美則“皮”字爲一名詞，書、樹、地、象、羊各爲一名詞，而書皮、樹皮、地皮、象皮等又各爲一名詞，即以上數詞計之，在我國僅用六字即皮、書、樹、地、羊、象六字，在歐美則須十一字矣。即皮、書、樹、地、象、羊、書皮、樹皮、地皮、象皮、羊皮，英、法、德皆然。此又其一也。輓近歐美科學昌明，即科學名詞一項，已達二十餘萬字。而此二十餘萬字，譯爲中國字，以最通習之數十字，即足以賅之，此人之所習知也。雖曰於譯義容有未盡，然較諸歐美僅錫以專名，多無意義可尋若猶有間焉。綜此兩例，歐美文字所以多於中國者，在不知累而成文也。不知累而成文，字數雖多，徒增其煩擾而已。

且我國文章家之善用其文字，尤不止此。湘鄉曾國藩研究文章家用字之法，以爲有實字虛用者，有虛字實用者。何謂實字虛用？如“春風風人”，“夏雨雨人”。上“風雨”，實字也；下“風雨”，則當作養字解，是虛用矣。“解衣衣我”，“推食食我”。上“衣食”，實字也；下“衣食”，則當作惠字解，是虚用矣。“春朝朝日”，“秋夕夕月”。上“朝夕”，實字也；下“朝夕”，則當作祭字解，是虚用矣。“入其門，無人門焉者；入其閨，無人閨焉者”。上“門閨”，實字也；下“門閨”，則當作守字解，是虚用矣。何謂虚字實用？如步，行也，虚字也。然《管子》之“六尺爲步”，韓文之“步有新船”，《詩經》之“國步”“天步”，則實用矣。薄，迫也，虚字也。然因其叢密而林曰“林薄”，因其不厚而簾曰“惟薄”，以及《爾雅》之“屋上薄”，《莊子》之“高門縣薄”，則實用矣。覆，敗也，虚字也。然《左傳》設伏以敗人之兵，其伏兵即名曰覆，如“鄭突爲三覆以待之”，“韓穿帥七覆於敖前”，是虚字而實用矣。從，順也，虚字也。然《左傳》於位次有定者，其次序即名曰從。如“荀伯不復從”，“豎牛亂大從”，是虚字而實用矣。此尤歐美人所不解也。夫我國文章家之於文字，既可虚實互用，因應自然無窮，文字之不增多，此又其一因也。且我國六書有假借，而一字可數義者。何謂假借？有其事而無其字，迺取音同而義可引申以合其事之文字以相代。如“令”之本義，發號也。縣令本無字名也，而由發號之意引伸展轉而爲之，是爲假借。既省制作之繁，且廣本有之義。蓋自假借之例生，而文字乃無遺意；亦自假借之例生，而文字乃盡其神化。此尤我國文字之妙用而無取增字者也，匪直此也。我國文章家用字又有取意譬喻之法，如駿，良馬也，良馬行必疾，故武成之侯衛駿奔，管子之弟子駿作，皆取疾之意爲喻也。膍，牛百葉也，或作毗。以牛百葉重疊而體厚，故《詩·節南山》之“天子是毗”，《采菽》之“福禄膍之”，是取厚之意爲喻也。宿，夜止也。止則有留意，又有久意。子路之“無宿諾”，孟子之“不宿怨”，是取留之意爲喻也；《史記》之“宿將”“宿儒”，是取久之義爲喻也。渴，欲飲也。欲之則有切望之義，又有急就之義。鄭箋《雲漢》詩曰：“渴雨之甚。”石苞《檄吴書》曰：“渴賞之士。”是取切望之義爲喻也。《公羊傳》曰：“渴葬。”是取急就之義爲喻也。此其以簡馭繁，歐美文須數句而意始明，而在我止用一字取喻而意已無不足矣。奚煩辭費爲耶？抑我國文章，尤有不同於歐美者。蓋歐美重形式，而我國文章則重精神也。維歐美之尚形式也，故爲文皆有定法。以字言，則有八字名字、代名字、形容字、動字、狀字、介字、連字、叱歎字之區别。及人稱、有第一人稱、第二人稱、第三人稱之别，例如：我、我曹屬第一人稱，君、君等屬第二人稱，彼、彼等屬第三人稱，是也。性、陰性、陽性、無陰陽性、通陰陽性數、單數、多數位、主位、賓位、所有位時、現在、過去、未來氣、動字分及物、不及物二類，及物者有異氣之可言，氣有二：其一曰施事之剛氣，其一曰受事之柔氣。剛氣之句，其句主即事主也。假如“僧敲月下門”，敲者即句主之僧。柔氣之句，其句主乃受事者也。假如“白髮終難變”，所變者白髮。蓋氣之剛柔，即以句主之施受爲斷。使句主爲施事，此其動字爲剛氣；使句主爲受事，則其動字即爲柔氣。其所以差別如此。情動字之因情而異者，所以著言者之語氣，見所言事實之不同也。有實指之情，有虛擬之情，有祈使之情。等之表彰；以句言，則復有單純、合沓、包孕等之規定；凡語成句，必有句主，有謂語。句主以實字（即名字、代名字）爲之，謂語以虛字（最要爲動字）爲之。使用動字而及物，則必有所及之物，此又爲實字。實字則可隸以形容字，虛字則可益以狀字。第使一句之中，所謂句主之名詞與所謂謂語之動詞，皆止一而無餘。斯其句皆爲單純者，不論字數之多寡也。有數單純句積疊排比，然義各自立，輕重相等，而以連字爲之連綴者，是爲合沓之句。一句之中，函形容及狀諸子句，或以短句爲句主，爲受事者，是爲包孕之句。包孕之句所與合沓之句不同者：合沓一句之中有數句，每句有句主，有謂語；然義各自立，輕重差均。包孕一句之中亦函數句，每句各有句主，有謂語，與合沓同；特義相隸屬，常以小句注解正句中之名字，形容正句中之謂語，以大包小，故曰包孕。合沓、包孕皆爲繁句，特合沓句中之小句，其對待如兄弟，如朋友；而包孕句中之小句與正句，對待如母子，如君臣也。其他如讀，如仂句，皆縷析條分，日趨精密。後世無不本此以爲箸述，是以文少隱約模稜之弊，此其利也。

然其失在過泥形式，文章不能活用，少生氣，且其字之形體上區别，亦多無所取義。如一名字也，既有陰陽之異，復有單數、多數之差。英文之分陰陽，於理尚無大背。若德、法諸國，有難以究詰者矣：以雪爲陰，雷爲陽；以箭爲陰，劍爲陽；學堂爲陰，則病院爲陽。諸如此類，多於義無取。德文甚至以日爲陰，月爲陽，此又獨自標異者也。至單數、多數之差，各國皆同。然其所謂多數者，乃對於一而言。凡物之數爲一，皆單數，二以上皆多數，若是則字之形體變異，不過對於一數以示區别，二個以上以至千萬，則不復有所區别矣。豈非以二個以上之物，再於字之本體，加以區别，則其字形，必因種種數目之不同而遞變，將不勝其煩耶！然則獨對於一而别異之，亦可謂至無聊矣。一代名字也，除單多數、陰陽性外，又有人稱主位、所有位、賓位之不同，而字之形體，因之屢變。然既已變之，宜其所有人稱處同一關係之下，其變應同。茲就英文普通應用者考之：第一人稱，其變體則八：I. my. me. we. our. ours. us. mine. 第二人稱，其變體則三：You. Your. Yours. 第三人稱，其變體則十：He. His.

Him. They. Their. Theirs. Them. She. Her. Hers. 則是雖在同一關係之下，而其字或有變。有不變者，如第二人稱之 you 字，無論其陰陽、單多數以及賓主之位，皆無所區别。而第三人稱之 He，復以陰陽、單多數以及賓主之位之不同，而易其體。非詳於字學者，莫究其所以然矣。一形容字也，除陰陽、單多數外，英文形容詞無陰陽之别，德、法等國則分之。則又有品量之不同。於是字之形體，又略有别異。然其所别異者，止三物相比；三以上，則又無所表見矣。餘如狀字、動字無不各有其變化。狀字之變，同於形容字。動字之變，較他字爲尤甚。如英文之 Be 字，英文則有八變體，法文則有三十四變體矣。此外如八字之互相爲用，動字用爲名字，名字用爲形容字，形容字用爲狀字，亦多即其原字之尾而增消之；甚且文章之爲傳疑，爲感歎，其神情亦必以符號表之，如傳疑則符以“?”，感歎則符以“!”，此皆西文趨重形式之特徵也。

輓近泰西文法書，言爲文之法，必始於辨字，終於造句。至於篇章，多闕而不論，即論亦不詳。此蓋以西文位字造句，皆有成規，而篇章多無定式，故皆略焉。

中國文章則異是，所重不在形式而在精神。字之精神寄於句，句之精神寄於篇章。雖無如西文種種形式之表彰，然所謂性、數、情、位等無不可於字句前後關係及語氣中求之，如“人”之一字，單言之，則其爲陰爲陽不可知，爲單數爲多數亦不可知，以及人稱與位皆不可知，必施之於句中，然後其義乃見。如《論語》“患不知人也”一句，則知所謂人者，乃對己而稱他人也，即歐美文之第三人稱也。“過也人皆見之”一句，及《孟子》“雖千萬人吾往矣”，有“皆”及“千萬”以限之，則知“人”字爲複數，固不必再於“人”字本體加符識以表示之也。又如《碩人》乃詩賦衛莊姜，即可知其“人”字之性爲陰，其位爲受呼也。將有所與語，則呼其名而告之。謂之受呼之位，此在他國或與主位稍異，而英文則無所别，與吾國同。不寧惟是，“患不知人”之“人”，稱賢人也，與“過也人皆見之”之“人”稱常人者有别，更以修辭學言之，“人”不限於第三人稱。如《檀弓》“哲人其萎乎”，”哲人”，孔子自謂也，即歐美文所謂第一人稱也。《論語》“斯人也而有斯疾”，”斯人”則孔子對伯牛稱之也，此即歐美文之第二人稱也。又歐美文形容字所表彰之品量，國文雖不加形式，亦可於句中以意會之。伯夷、叔齊，古之賢人也，即泛言賢而非比較也，歐美文謂之尋常形容字。《孟子》“吾子與子路孰賢”、“吾子與管仲孰賢”，兩“賢”字，即歐美字所謂較勝形容字，以其爲二者相較也。“宰我曰夫子賢於堯舜遠矣”之“賢”字，即歐美文所謂尤勝形容字，以夫子一人與堯舜二人相較也。若是者無不可因文見意，固不必如歐美文變化其“賢”之字尾以示別異也。他如動字之時、氣、情等，皆可於文中覘之。蓋精神蘊於内，無需形式示於外也。是以其文章而爲傳疑者歟？則以“乎”、“耶”諸字煞句尾，抑不然而傳信者歟？則以“也”、“矣”、“焉”諸字煞句尾，或爲感歎之詞，則冠句首或煞句尾以“嗚呼”、“噫”、“吁”、“嘻”諸字，凡此之類，皆足以傳神阿堵，令讀者自會於言外，無取形式之標識焉。數千年來，中國無如歐美之文法書，而歐美文法學説，則日新月異，豈非以形式可説，而精神不可説乎？夫形式之爲用暫，惟精神可以常存，此西人所恒言也。是以中國文章，數千年來雖屢有變遷，然其精神尚能保持一致，故唐虞三代之文，傳遺至今者，尚無不可解。若泰西則數百年前之著録，能解之者便少，此不惟因其文字爲標音，以古今音訛而字形有變，亦以文章不賴精神傳之，專恃形式。形式一變，則效用全失，固勢有必然者也。然歐美文章家，亦有厭其束縛，不遵成例著録者，英人莎士比亞即其人也。今觀莎氏文集，其造句遣詞，多不循常軌，且時有與文法極相背謬者。莎氏乃於其文集外，别製一字典以自解釋，然竟能爲一代文豪，而爲後世所誦法，亦正以其文趨重精神，不爲形式所拘，有合乎人心之同然也。一時流風所被，著録漸破其常格，英國文學有趨於精神而脱離形式之勢，然卒以積習難除，不久仍規復舊觀。嗣後文法條例愈嚴，遂永保其形式文章，以爲發展矣。

試返之我國則何如？六朝之際，文尚格律，詩嚴聲病，似亦漸趨於形式；然昌黎復古，舉國風從，此爲國人崇尚精神之證。故時至今日，仍能保持數千年舊有之文學，繼繼繩繩，勿使放墜，此爲歐美諸國所最不可及者也。桐城姚鼐曰：“古人文章之體非一類，其瑰瑋奇麗之振發，亦不可謂其盡出於無意也。然要是才力氣勢驅使之所必至，非勉力而爲之也。”“文章之境，莫佳於平淡，措語遣意有若自然生成者。”陽湖惲敬論文，以爲“能審勢，故無定形。古之作者，言無同聲，章無同格”，是也。而湘鄉曾國藩則曰：“古之文初無所謂法也，《易》、《書》、《詩》、《儀禮》、《春秋》

諸經，其體勢聲色，曾無一字相襲。即周秦諸子，亦各自成體。持此衡彼，畫然若金玉與卉木之同類，是烏有所謂法者。後人本不能文，强取古人所造而摹擬之，於是有合有離，而法不法名焉。若其不俟摹擬，人心各具自然之文，約有二端：曰理，曰情。二者人人之所固有，就吾所知之理，而筆諸書，而傳諸世，稱吾愛惡悲愉之情，而綴辭以達之，若剖肺肝而陳簡策，斯皆自然之文，性情敦厚者，類能爲之，而淺深工拙，則相去十百千萬而未始有極。自群經而外，百家著述，率有偏勝。以理勝者，多闡幽造極之語，而其弊或激宕失中；以情勝者，多悱惻感人之言，而其弊常豐縟寡實。自東漢至隋，文人秀士，大抵義不寡行，辭多儷語，即議大政，考大禮，亦每綴以排比之句，間以婀娜之聲；歷唐代不改，雖韓柳鋭志復古，而不能革舉世駢儷之風，此皆習於情韻者類也。宋興既久，歐陽、曾、王之徒，崇奉韓公以爲不遷之宗，適會其時，大儒迭起，相與上探鄒魯，研討微言，群士慕效，類皆法韓氏之氣體以闡明性道。自元明至我清康雍之間，風會略同；非是，不足與於文斯之末，此皆習於義理者類也。夫曰勢曰理曰情，要皆出之自然，故曰文無定法，惟其是耳。”是者，自然之謂也。“自然”二字，實爲我國文章之神髓焉。然我國文章非無法也，姚鼐述歙程吏部、歷城周編修語曰：“爲文章者，有所法而後能，有所變而後大。”而桐城劉大櫆則以爲文章到極妙處，便一字不可移易，所謂無一定之律，而有一定之妙也。故曰：“文成法立。”特所謂法，可以意會，不可以言傳；而用法者貴能得法外意耳。俟下章詳論之。

第三章　國文研究法

第一節　治古

學爲文者，要以宣情達意，能抒所見，而箸之篇章爲歸。然必自治古人文入手。而治古人文，有看，有讀。看者覽之於目而已，而讀則不僅覽之於目，且諷之於口者也。湘鄉曾國藩嘗譬之富家居積，看書則在外貿易，獲利三倍者也；讀書則在家慎守，不輕花費者也。譬之兵家戰争：看書則攻城略地，開拓土宇者也；讀書則深溝堅壘，得地能守者也。看書與子夏之日知所亡相近，讀書與無忘所能相近，二者不可偏廢。然博則以爲所能不能無忘，則日知之所亡必非真知。何者？以其隨得隨忘，譬之無底之桶，注水隨洩，終無盛滿之日也。宋黄庭堅曰："讀書先務精而不務博，有餘力，乃能縱横。"又曰："古人有言：'并敵一向，千里殺將。'要須心地收汗馬之功，讀書乃有味。棄書册而游息時，書味猶在心中，久之，乃見古人用心處。如此則盡心一兩書，其餘如破竹，數節皆迎刃解也。"而朱子則以爲觀書先須熟讀，使其言皆若出於吾之口；繼以精思，使其意皆若出於吾之心；然後可以有得爾。安溪李光地曰："讀書要有記性，記性難强。某謂要練記性，須用精熟一部書之法，不拘大書小書，能將這部爛熟，字字解得道理透明，諸家説俱能辨其是非高下。此一部便是根，可以觸悟他書。如領兵十萬，一樣看待，便不得一兵之力；如交朋友，全無親疏厚薄，便不得一友之助。領兵必有幾百親兵死士，交友必有一二意氣肝膽，此外皆可得用。何也？我所親者又有所親，因類相感，無不通徹。"此言看書功夫，不可不植根於熟讀，用意甚精，則且先與論讀。

第一項　讀

讀亦多術矣！湘鄉曾國藩謂"非高聲朗讀則不能得其雄偉之概，非密詠恬吟則不能探其深遠之韻"，其言誠然。然所謂讀者，非即此足盡能事也。此外正大有事在，則且就博所見及者與同人一商榷之。

（甲）讀書宜識字　此非博一人之私言，諸老先生之言也。字有形，形不一。一古文。黄帝史倉頡造。二籀文。周宣王太史籀造，别稱大篆。三小篆。秦丞相李斯、中車府府令趙高、太史令胡毋敬等所造。四八分。秦羽人上谷王次仲作八分，《篆勢》故名。五隸書。表下邽人程邈作。六真書。在漢建中初，有王次仲始以隸字作楷法，所謂楷法者，即正書也。降及三國鍾繇，乃有《賀克捷表》，備盡法度，爲正書之祖。相與遞變，字有聲，有三代之音，有漢魏之音，有六朝至唐之音。字有義，有本義，有引申義，有假借義。大率字類定於形，字義定於聲，故形聲爲識字之本。如何而後能識字？曰：無難也，漢許慎著《説文》一書，所收字九千三百五十三而統於五百四十部首，形聲皆略盡，於是能讀五百四十部首，即能盡知文字之音義，義有差者，亦必有本於六書六書：一象形，二指事，三形聲，四會意，五轉注，六假借之定例。如引申其義，反訓其義，假借其義之類。

音有差者，亦不外於發音之自然，如雙聲、輕重音之屬。而五百四十部首之中又有重形可省，如艸茻、百皕、毛毳之屬。中人讀之，帀月可以周知。至於發音之道，則分析至密者不逾於二百六韻，大綱則止於十七部。

第一部：平聲七之、十六咍，上聲六止、十五海，去聲七志、十九代，入聲二十四職、二十五德；

第二部：平聲三蕭、四宵、五肴、六豪，上聲二十九篠、三十小、三十一巧、三十二皓，去聲三十四嘯、三十五笑、三十六效、三十七号；

第三部：平聲十八尤、二十幽，上聲四十四有、四十六黝，去聲四十九宥、五十一幼，入聲一屋、二沃、三獨[①]、四覺；

第四部：平聲十九侯，上聲四十五厚，去聲五十侯；

第五部：平聲九魚、十虞、十一模，上聲八語、九麌、十姥，去聲九御、十遇、十一暮，入聲十八藥、十九鐸；

第六部：平聲十六蒸、十七登，上聲四十二拯、四十三登[②]，去聲四十七證、四十八嶝；

第七部：平聲二十一侵、二十四鹽、二十五添，上聲四十七侵[③]、五十琰、五十一忝，去聲五十二沁、五十五豔、五十六㮇，入聲二十六緝、二十九葉、三十怗；

第八部：平聲二十二覃、二十三談、二十六咸、二十七銜、二十八嚴、二十九凡，上聲四十八感、四十九敢、五十二豏、五十三檻、五十四儼、五十五范，去聲五十三勘、五十四闞、五十七陷、五十八鑑、五十九釅、六十梵，入聲二十七合、二十八盍、三十一洽、三十二狎、三十三業、三十四乏；

第九部：平聲一東、二冬、三鍾、四江，上聲一董、二腫、三講，去聲一送、二宋、三用、四絳；

第十部：平聲十陽、十一唐，上聲三十六養、三十七蕩，去聲四十一漾、四十二宕；

第十一部：平聲十二庚、十三耕、十四清、十五青，上聲三十八梗、三

① “獨”應爲“燭”。

② “登”應爲“等”。

③ “侵”爲“寢”之誤字。

十九耿、四十静、四十一迥，去聲四十三映、四十四諍、四十五勁、四十六徑；

第十二部：平聲十七真、十九臻、一先，上聲十六軫、二十七銑，去聲二十一震、三十二霰，入聲五質、七櫛、十六屑；

第十三部：平聲十八諄、二十文、二十一欣、二十三魂、二十四痕，上聲十七準、十八吻、十九隱、二十一混、二十二很，去聲二十二稕、二十三問、二十四焮、二十六慁、二十七恨；

第十四部：平聲二十二元、二十五寒、二十六桓、二十七删、二十八山、二仙，上聲二十阮、二十三旱、二十四緩、二十五潸①、二十六產、二十八獮，去聲二十五願、二十八翰、二十九換、三十諫、三十一襉、三十三綫；

第十五部：平聲六脂、八微、十二齊、十四皆、十五灰，上聲五旨、七尾、十一薺、十三駭、十四賄，去聲六至、八未、十二霽、十三祭、十四泰、十六怪、十七夬、十八隊、二十廢，入聲六術、八物、九迄、十月、十一没、十二曷、十三末、十四黠、十五鎋、十七薛；

第十六部：平聲五支、十三佳，上聲四紙、十二蟹，去聲五寘、十五卦，入聲二十陌、二十一麥、二十二昔、二十三錫；

第十七部：平聲七歌、八戈、九麻，上聲三十三哿、三十四果、三十五馬，去聲三十八箇、三十九過、四十禡。

三代音韻之舊，不可得聞。然以三十六母三十六母分爲喉、舌、唇、齒、腭、半舌、半齒七音，腭音見溪群疑，舌頭音端透定泥，舌上音知徹澄娘，重唇音幫滂並明，輕唇音非敷奉微，齒頭音精清從心邪，正齒音照穿牀審禪，淺喉音曉匣，深喉音影喻，半舌音（舌稍擊腭）來（泥之餘），半齒音（齒上輕微）日（禪之餘）。與十七部韻首相配，可盡得五百四十部首之音。字母與韻首雖不盡部首之字，然皆可取部首之字以相代。則先識五十三字母韻首，即可盡得文字之音；繼識五百四十部首，即可盡得文字之義。故識一物而衆物明，若知水字，則江湖河海皆爲水類；知木字，則橘柚橙梅皆爲木屬。通一聲而衆聲會。形聲相配，無不可望文生義，以此讀古人書，便少許多扞格，此探本之術也。友人惲鐵樵教余治英文，先以英人《納氏文法》四號最後數頁之臘丁希臘字根八百字，朝夕研誦爛熟之後，再讀他書，五年可

① “潸”原訛作“潸”，兹據《廣韻》、段玉裁《六書音均表》改正。

以大成。正與治國文先讀《說文》部首，同一用意。如必以日力不給，無暇事此，而爲讀書時臨渴掘井之計，便不得不翻檢字典矣。

《康熙字典》，原非善本，然視近日上海書局出諸本，猶爲彼善於此。何也？以余觀之，其可取約有三端：一、字體正。我國字形，自篆籀八分以來，變爲楷法，各體雜出，今古代異。今《康熙字典》一以《說文》爲主，參以《正韻》明洪武中翰林侍講學士樂韶鳳等奉敕撰。不悖古法，亦復便於楷書，考證詳明，體製醇雅。一、音變詳。凡一字兼數音者，先詳考《唐韻》唐天寶十載，陳州司徒孫愐刊定。《廣韻》宋大中祥符四年，陳彭年等奉敕刊定。《集韻》宋景祐四年，丁度、李公淑奉敕修。至治平四年，司馬光乃修成奏上，中隔三十一年。《韻會》元熊忠撰。《正韻》之正音，作某某讀。次列轉音，如正音是平聲，則上、去、入以次挨列，正音是上聲，則平、去、入以次挨列；再次列以叶音，絶無掛漏。一、訓義備。凡字有正音，先載正義，再於一音之下，詳引經史數條以爲證據。其或音同義異，則於每音之下，分列訓義。其次第，先經，次史，又次子，子之後，次以雜書；而於經史之中，仍依年代先後，不致舛錯倒置，亦無層見疊出之弊。其或音異義同，則於訓義之後，又云某韻書作某切，義同。引據確切，展卷瞭然。凡此之類，皆視近出諸字典爲勝者也。非直此也，聲音者，文字之源也。人類未有文字，先有聲音，以字符聲；而意即寓於聲之中，聲兼乎義，亦自然之道也。故字典釋音先乎訓義，而釋音無不用反切。近人丁文江嘗有《商務印書館新字典之商榷》一文，其言有曰："間以反切質之當世精於國粹學者，皆知其當然而不知其所以然。間有以雙聲疊韻告者，又不能言雙聲疊韻之界說，博按：同母之字，謂之雙聲，如"堅固健剛"之同在見母也，"啓開頃刻"之同隸溪母也，"仰昂吟哦"之同隸疑母也，皆爲雙聲。同韻之字，謂之疊韻，如"葫蘆"之同在七虞也，"支離"之同在四支也，"蒼茫"之同在七陽也，"綢繆"之同在十一尤也，皆爲疊韻。反而求之《康熙字典》，則《等韻》一篇，有歌訣而無説明，且奇字縱横，白圈相接，求其命意，難若猜謎。及聞新字典出版有日，方幸十年之惑，將於是乎解。及出書閲之，則不特無所以推陳出新以解吾人之惑者，且并《康熙字典》所固有之歌訣、圖説、奇字、白圈，亦不可得見焉。"此亦《康熙字典》視新字典猶爲彼善於此之一端也。丁氏之言又曰："余不學，不知反切固宜。然以余個人閲歷言之，則用字典而不知反切之作用者，百且五六十；知其作用而不知理由者，百亦且三四十。則且與同人論反切。"

反切者何？反，翻也，猶言翻譯也。反切之“反”，平聲讀如平反之“反”，與翻同字。《通鑒》注音，即書作翻，宋人有《翻譯名義集》。切，急也。唐人忌反字，改稱切。反者一字翻成兩聲，切者兩字合成一聲，其實一也。緩讀則是反切之兩字，急讀便成所求之一音，如經傳所載“不可”爲叵，“之乎”爲諸，“奈何”爲那，“丁寧”爲證，“勃鞮”爲披，“邾婁”爲鄒，“鞠窮”爲芎，“不律”爲筆，“須葑”爲菘，三代語如此者不可枚舉。魏孫炎因創爲反語之法，以兩字定一音，爲直音一字易差，字下注音某者，爲直音；一形容有，寫譌一聲，亦恐小變。反切兩音難混也。有兩字互相參檢，不致兩字形聲一時俱誤。反切之所由起如此。故在初製反切之時，不過取其合聲，就此兩字推測之：則上一字必同母，下一字必同韻。此乃自然之理，不勞求索而自合，法甚簡，理甚淺。乃宋以後人不信古經而好佛書，遂以爲反切字紐，出於西域，牽合華嚴字母，等攝煩碎，令人迷罔。即今《康熙字典》册首所載等韻是也。其實與三代秦漢六朝以來之聲韻，絲毫無關。夫釋音用反切者，古人所以教不識字之童子也，如後世鈕弄等韻之説，文士老儒，且多瞀惑，古人何苦造此難事以困童蒙哉！顧或有將反切兩音，合讀之而不能得聲者，不曉古音故耳。

蓋時有古今，故聲音不能無通轉，舌音分舌頭舌上，脣音分重脣輕脣，此即立字母者，因聲音之隨時有變遷而分析之者也。古之脣音皆重脣音，後人於其中始别出輕脣四母，如伏羲即庖羲，伯服即伯犕，士魴即士彭，扶服即匍匐，密勿即黽没，附婁即部婁，汶山即岷山，望諸即孟諸，負尾即陪尾，苾芬即馥芬，有匪即有邲，繁纓即鞶纓，方羊即旁羊，封域即邦域，亹亹即勉勉，膴膴即腜腜，蕪菁即蔓菁；封讀如窆，佛讀如弼，紛讀如豳，繁讀如婆，妃讀如配，負讀如背，茀讀如孛，紼讀如勃，鳳讀如鵬。凡今人所謂輕脣者，漢魏以前，皆讀重脣，知輕脣之非古矣。吕忱《字林》，反切爲方遥，反襮爲方袄，反邶爲方代，穮襮邶皆重脣，則方之爲重脣，可知矣。非敷奉微，古讀如幫滂並明。輕脣之名，大約出於齊梁以後，而陸法言《切韻》因之，相承至今。然非敷兩母，分之卒無可分，可知其不出於自然矣。舌上音知澈澄三字，以今音讀之，實近齒音。不知今之齒音，古多讀舌音。即如至字今多讀齒音，而或謂之到，或謂之抵，即至之古音，陰聲爲抵，陽聲爲到，此知端之通也。《孟子》“直不百步耳”，直，猶但也。直古讀如德，德與但同端母雙聲。德，《説文》從直從心，直亦聲也。齊陳恒即田恒，陳田爲知端之通。漢蒯徹避武帝諱改名通，徹通即澈透之通。知澈澄娘，古讀與端透定泥無殊。今謂我之父我之兄爲文，我的父我的兄爲語，其實“的”即“之”古音。吴語謂錢爲田，即齒舌之轉矣。古無腭音，與喉讀混。《孟子》：“降水者洪水也。”則見匣通轉。夏楚，今讀如賈楚，亦牙喉相混之證。學者不知，遇古切音，必盲於措口。夫檢字典必明反切，固矣！然讀書之檢字典，乃是臨渴掘井，終非正本清源之道。近儒江易園先生與人論讀書作文，必先治形聲訓詁，以爲本立而道生，欲速則不達。此一切學術事功不可逃之原則，非但文字而已。自宋以後，大率入手便讀書作文，而不講求識字，研究形聲。不識字而讀書作文，只是盲讀，只是妄作，其病在忘本，而其致病之因在欲速，其結果則終其身不能達，無可逃也。比教人學文，先令識字，先令知見溪群疑三十六母之讀法用法。旋習切音，知切音，然後令看王氏《説文句讀》。看法，先看部首五百四十二字，次擇每部應用之字看之，每看一字，先按某某切定某音；次辨三十六母中之某母，然後看説解中有無與本字同母雙聲之字，有則標出卷端某某同某母雙聲，次辨形從某，次辨某聲，務令精熟，毋苟且忽略過。如此不過二年，二三千字之形聲訓詁，均能通貫，終其身讀書作文，用之不能盡矣。何憚而不爲？所以必令人熟知聲韻者。因古初未有文字，已藉聲韻發表意志，品定名物，故形爲後起，而聲爲先天。一形止限一名，一聲可貫數義，故形易扞格而聲多貫通。以是古人訓詁之法，先擇同音之字，如仁者人也，不獲，乃求之一音之轉。義者宜也，不獲，乃求諸雙聲，范圍較廣矣。又不得，乃求諸疊韻。聲韻均不可得，乃求諸習慣易知之字。《爾雅》、《説文》、漢儒箋注大率如此，可考而知也。

今教國文，舍形聲訓詁不講，舍經書不讀，乃授唐宋以後之古文，此真大惑。唐宋以後之古文，文餘於質，乃不得不尚氣，比之吹泡，氣王則泡張，皮相者相與嚇之，不知其中之無實也。科舉時代，最利此種文字。科舉廢，安事此乎？社會之通札，學術之説明，政府之文牘，皆取質實。《大學》、《中庸》、《孟子》之文，皆坦蕩爽朗如平原大陸，《論語》簡核無浮文朗語，指示學者最爲平易。誠竊以爲學者但識二三千字之形聲訓詁，又讀《四書》通熟。此後中國之道德、倫理、政治、文學，皆能自求得之，無事教師之句句而講之，事事而授之，又不但文字一端而已。此之謂本立而道生，其論甚精。博少小欠此一段工夫，終是無本之學，今以此説紹介於同人，跂望同人篤信而力行之。

（乙）讀宜明句讀而符識之。　博嘗謂句與讀之别，略似篇與章之别，參差不得些須。每見近人讀書，非不琅琅可聽，然細按之，或上句之讀與下句之讀連讀，或讀讀頓斷作句讀，豈非韓愈所謂“句讀之不知，大惑不解”者乎？夫句者所以達心中之意，而意有兩端焉：一則所意之事物也。夫事物決非無爲而意也，故其事物之性行，亦其一也。凡以言所意之事物者，曰起詞；而言起詞所有之性行者，則謂之語詞。語詞有二：凡言起詞之動作者，謂之爲詞。《論語》“子説”句，子，名字，凡以名一切事物者爲名字。起詞，以言所意之人也；説，動字，凡以言事物之者曰動字。爲詞，所以語起詞之所爲也。《孟子》“彼奪其民時”句，彼，代名字，凡字用以代事物之名者曰代名字。起詞；“奪民時”，其爲詞也。凡欲知句中若者爲起詞，若者爲爲詞，設問便明，如“子説”句，説者誰？子也。子何事？曰説，説其爲詞也。然則句之成，必有起語兩詞明矣。蓋意非兩端不明，而句非兩詞不成。然《論語》“來，予與爾言”，“來”一字句絶；《書》：“往，欽哉”，“往”一字句絶，則句似亦有無庸起詞者，不知曰“來”曰“往”，皆對語口氣，其起詞即爲與語者，當前即是，故無庸贅言也。由上觀之，則字之爲爲詞者，動字居多；而一句之中，往往有二三動字連用者。其首先者乃記起詞之行，名之曰主動，其後動字所以承主動之行者，謂之輔動。輔動云者，以其行非直承自起詞也。《論語》“何以伐爲”句，“以”，用也，作動字解，此主動也。其起詞指與語者，而“伐”則上承“以”字而爲之輔動者也，此則爲詞之大凡也。夫所謂爲詞云者，即行之意也。既曰行矣，有所自發者，亦必有所止。使所止者即爲所自發者，則其行存乎？發者之内，而非止乎外也。不然，則其行出自發者，將有所止於外也。《論語》“子説”句，纔子自説耳，於他人無與也。至“吾從衆”句，“從”，動字，從之行，發自夫子而止於衆也。設僅曰“吾從”，則不知所從之謂何？必伸之曰“從衆”，而詞意乃畢達矣。故動字之别有二：有自動而無與於他事物者，謂之内動；有動而影響及他事物者，謂之外動。凡名代之字後乎外動而爲其行所及者，曰止詞。

夫語詞之爲爲詞者，凡以言起詞之行也。若語詞言起詞之何似何若，狀其已然之情者，當以形容字凡字用以肖事物之性形者曰形容字。爲主。形容字後乎起詞而用作語詞，所以斷言其情狀何如也，則謂之表詞。《論語》“柴也愚”句，“愚”，形容字，後乎其名而用爲語詞，所以表柴之性爲何如，故曰表詞。

起詞表詞之中，間有以“是”、“非”、“爲”、“即”諸字參之者，或於句讀收處尾以“乎”、“歟”、“也”、“矣”諸助字，凡字用以煞句讀者曰助字。或兩者兼用者，皆以表決斷口氣也。《論語》：“禮之用，和爲貴。先王之道，斯爲美！”“和”，名字；“斯”，代名字，皆起詞，“貴”與“美”兩形容字，其表詞也。間以一“爲”字，所以決其兩是也。《中庸》：“天地之道，博也，厚也，高也，明也，悠也，久也。”“博”、“厚”、“高”、“明”、“悠”、“久”六形容字，以爲“天地之道”之表詞，助以“也”字，以決言其如是也。賈誼《過秦論》：“且天下非小弱也。”“小”、“弱”兩形容字，“天下”之表詞，非以決其不然，更以“也”字助之。

表詞不用形容字而用名字、代名字者，是亦用如形容字以表起詞之爲何耳。《論語》：“長沮曰：夫執輿者爲誰？子路曰：爲孔某。曰：是魯孔某歟？曰：是也。”“爲”、“是”皆決定辭，參於起表兩字之間。“誰”與“孔某”，一代名字，一名字，皆表詞也。問曰“爲誰”，答曰“爲孔某”，兩句問答，有決定辭而無助字。曰“是魯孔某歟”，曰“是也”，兩句一問一答，則有決定辭而兼助字矣。故曰文無定法，惟其是爾。雖然，無法之中，未始無法。

此則表詞之大凡也。惟起止兩詞往往有數名字連用而意有主從者，則先從於主。《孟子》“天時不如地利，地利不如人和”二句，“天”、“時”兩名字連用，雖似“天”字作主，而明其爲天之時，正意恰在“時”，則“天”字意轉從，故先之，“地利”、“人和”亦此解也。

兩名字之中，意有主從者，每參“之”字以明屬從於主之意。《論語》“道千乘之國”句，“千乘”與“國”兩名字，正意在“國”，“千乘”者，明其爲何如之國，參以“之”字，以表“千乘”之屬於“國”耳。

止詞連用兩名字，而意無主從者，則兩名字之間，往往連以介字凡字用以連綴他字者曰介字。表詞之爲名字、代名字者亦然。《孟子》“殺人以挺與刃”句，“挺”、“刃”兩名字，皆止詞。“與”介字，用“以”連之，又“爲湯武驅民者，桀與紂也”句，“桀”、“紂”兩名字，皆表詞，“與”字連之。

止詞之前，往往綴以介字，所以表其前之外動字與之有若何之關係也。《孟子》“王坐於堂上”句，“於”，介字，“堂上”，“坐”之止詞。

由上觀之，凡所以達意，莫要於起詞與語詞兩者，而止詞次之。至其中所有介字，厪以加於句讀以足起語諸詞之意焉耳，則謂之加詞。要之起詞、語詞兩者備而辭意已足者曰句，至起、語兩詞雖備而辭意未全者曰讀。讀之式不一，有用如句中起詞或止詞者，則與名、代名諸字無異；有兼附於起、止兩詞以表其已然者，則視同形容字；或有狀句中之動字者，則與狀字凡字以狀動字、形容字之如何者曰狀字。無異。《史記·十二諸侯年表序》：“齊、晉、秦、楚，其在成周，微甚。”“齊”、“晉”、“秦”、“楚”，四國本名，而“其”則代名字也。頂指之，合“在成周”三字以成讀而爲起詞，故其起詞實爲“齊晉秦楚”，而“微甚”一讀，則表詞也。又《貨殖列傳》：“若至力農畜工虞商賈，爲權利以成富。大者傾都，中者傾縣，下者傾鄉里者，不可勝數。”“者”，代名字。“傾鄉里者”之“者”，統括以上諸色人等而言，猶云至如盡力於農工商爲權利以成富厚，其大者傾都，中者傾縣，下者傾一鄉等人，多至不可量數，故諸讀皆爲不可勝數之起詞。韓愈《代齋郎議》云：“學生或以通經舉，或以能文稱，其微者至於習法律，知字書，皆有以贊於教化以使令於上者也。”猶云以通經舉或以能文稱以及習法律知字書之學生，皆贊教化以使令於上，故上四讀乃句中之起詞，凡此皆讀之爲起詞者也。《左傳·僖公七年》：“夫諸侯之會，其德刑禮義，無國不記。”“其”，代字，頂指諸侯之會也。猶云“無國不記”會中所有之德刑禮義也，故“諸侯之會，其德刑禮義”兩讀，爲“記”之止詞。又《宣公十二年》：“其君無日不討國人而訓之，於民生之不易，禍至之無日，誡懼之不可以怠。”“於民生不易”三讀，皆“訓”之止詞。韓愈《毛穎傳》：“自結繩之代以及秦事，無不纂録，陰陽、卜筮、占相、醫方、族氏、山經、地志、字書、圖畫、九流、百家、天人之書，及至浮屠、老子、外國之說，皆所詳悉。”“所”，代名字，統指以上諸學，猶云詳悉“自結繩之代”云云諸學也。故自“結繩之代”以至“外國之說”四讀，皆爲“詳悉”之止詞，凡此皆讀之爲止詞者也。《左傳·宣公三年》：“狼子野心，是乃狼也，其可畜乎？”即云不可畜狼子野心之人，故“狼子野心”爲“畜”之止詞，而“是乃狼也”一讀，乃附於止詞而爲之表詞者也。《孟子》：“取諸人以爲善，是與人爲善者也。”“是與人爲善”一讀，乃句之表詞。韓愈《送王塤序》云：“吾嘗以爲孔子之道，大而能博，門弟子不能徧觀而盡識也。”猶言門弟子不能徧觀盡識孔子之道，故“門弟子”爲起詞，“孔子之道”爲止詞，而其中“大而能博”一讀，則附於止詞而爲之表詞者也，凡此皆讀之爲表詞者也。《左傳·宣公十四年》：“楚子聞之，投袂而起。屨及於窒皇，劍及於寢門之外，車及於蒲胥之市。”後三讀，所以狀楚子投袂而起時之容也。《論語》：“其在宗廟朝廷，便便言惟謹爾。”“其在宗廟朝廷”，狀“便便言”之在何處。韓愈《上李尚書書》云：“愈來京師，於今十五年，所見公卿大臣不可勝數，皆能守官職，無過失而已，未見有赤心事上憂國如閣下者。”愈所見者何？公卿大臣守官職無過失而已；所未見者何？閣下赤心事上憂國也。故公卿大臣四讀，“赤心事上”兩讀，各爲“見”字止詞，而“於今十五年”一讀，乃狀“所見公卿大臣”云云之爲幾何時，凡此皆讀之用爲狀字者也。

凡讀皆含於句之內，然亦有非句非讀而讀時辭氣應稍住者，則謂之頓。頓之式不一：（1）起詞往往爲意之所重，提置於先，讀時應略頓者。《史記·藺相如列傳》云：“大王必欲急臣，臣頭，今與璧俱碎矣！”“臣頭”一頓，擲地有聲。如云今臣頭與璧俱碎矣，便弱。《淮陰侯列傳》云：“今臣，敗亡之虜，何足以權大事乎？”“今臣”一頓，有力。“臣”，起詞；“敗亡之虜”，臣之表詞。（2）語詞有爲頓者，然既曰語詞，則動詞與其所繫者皆舉焉，即句讀矣。何以頓爲？蓋單行語詞之句讀，固矣，有時語詞短而多至三四排者，誦時必少住焉，此其所以爲頓也。《漢書·儒林傳》云：“今陛下昭至德，開大明，配天地，本人倫，勸學，興禮，崇化，禮賢，以風四方。”“今陛下”後，三字、二字一頓者四，四字頓者一，要皆爲語而有外動止詞等字。至《莊子·齊物論》，於形大木竅穴之後，而記其聲，則云：“激者，謞者，叱者，吸者，叫者，譹者，宎者，咬者。”共八頓，皆内動字，襯以“者”字，以爲表詞也。蓋竅穴非有激謞等聲也，惟其聲之似耳。（3）表詞爲意之所重，提置起詞之先，含詠歎意味者，不可不頓讀。《論語》：“大哉！堯之爲君也。”“大哉”，表詞，應頓讀；“堯之爲君也”，起詞。（4）句中詠歎字不頓讀便失神理。《史記·廉頗列傳》云：“吁！何見之晚也。”韓愈《張中丞傳後序》云：“雖至愚者不忍爲。嗚呼！而謂遠之賢而爲之耶?”（5）不論起詞止詞，連用數名字者，每名字作一頓。《左傳·昭公十二年》：“楚子狩於州來，次於穎尾，使蕩侯、潘子、司馬督、囂尹午帥師圍徐以懼吴。”使後止詞，四本名，排作四頓。又云：“昔我先王熊繹與吕伋、王孫牟、燮父、禽父，并事康王。”“與”，介字，後四本名，與熊繹同爲事之起詞，四頓。（6）句中有用“而”字“則”字等連字凡字用以爲提承展轉字句者曰連字者，則“而”字“則”字以上應頓讀。《論語》：“弟子入，則孝；出，則弟。”雖三字一頓，然“入”字“出”字，亦必頓讀，神氣乃出。（7）句中有“也”字“者”字等助字者，則“也”字“者”字必頓讀。《論語》：“柴也，愚。參也，魯。師也，僻。由也，諺。”“知者動，仁者静；知者樂，仁者壽。”雖三字句，然讀“也”字“者”字，必小作停頓，語氣自然之理也。要之句之所由成，至爲繁賾，舉一，三隅反，是則神而明之，存乎其人而已。博嘗謂誦讀不留心句讀，於古人句子妙處便少體會。博素常讀書，未嘗不細分句讀，用“、”符頓，“.”符讀，“。”圍句絶處以醒眉目也。願同人有以起予。

（丙）讀宜審篇法而符識之。　湘鄉曾國藩謂“讀古人文，須尋一篇義緒、脉絡、反正、賓主、輕重、淺深、前後、疏密、詳略、縱擒、分合、明暗、斷續、承卸、轉接處”，此即所謂審篇法也。顧篇法講求，不厭精詳；而所以爲之符識者，必欲與之相應，勢且繁如牛毛，苛細繳繞，徒亂人意，誠不如疏綱濶目之爲一目了如也。茲以博言之，則審篇法之要有四：

（1）一篇主旨所在，用單竪“｜”符句側識之。昔人嘗譬篇法之妙，如置陣然：雖有百萬之師，而中堅所集不過數千人，其餘則去中軍數里或十數里，任吾指揮，無不如意；不善用兵者，置於一處，不戢而囂，故往往一敗而不可收拾。行文之法，雖盈篇累牘，而其注意所在，恒不過數十百言，餘不過旁敲側擊，推波助瀾而已。故讀古人文，必先審其主旨所在，譬如萬山旁薄，必有主峰，龍衮九章，但挈一領。明侯朝宗曰：“行文之旨，全在裁制，無論細大，皆可驅遣。當其閒漫細碎處，反宜動色而陳，鑿鑿娓娓，使讀者見其關係，尋繹不倦。至大議論，人人能解者，不過數語發揮便歸含蓄。若當快意時，聽其縱横，必一瀉無復餘地矣。譬如渴虹飲水，霜隼搏空，瞥然一見，瞬息滅没，神力變態，轉更夭矯。”而曾國藩則謂："作文從四面寫來，似無倫次，如入漢武建章宫、隋煬迷樓，而正言止瞥然一見，在空際蕩漾，恍若大海中日影，空中雷聲。"其言可謂深得此中三味者也。必於此參透消息，乃能於文字有所悟入。

（2）通篇前後呼應處，用連三角形"△△△"符句側識之。古人文字前後連絡呼應處，往往有不必爲主旨所在者。蓋一篇主旨所在，譬之畫龍之點睛，睛點不可太多，或舉一篇作意而點明於發端之數語，或合通體大旨而結穴於最後之一言。至其連絡呼應，所以求骨節之靈通也，猶人身之有百脉，不可不息息相通。此則二者之所爲異也。

（3）文字紆徐曲折處，用連瓜子點"、、、"符句側識之。文有紆徐爲妍，事義本不如此，而偏如此説者。上元梅曾亮謂："詩閲一二字，可意得其全句，非佳詩也。文氣貴直，而其體貴屈，不直則無以達其機，不屈則無以達其情。"此語説得最好。蓋古人論文明必情深，其意深可玩味，然而不屈則不深，非用情之摯，亦不知所謂屈也。博謂委曲求全，乃自古孤臣孽子之操心；而徑情直遂之徒，決無仁人孝子。豈僅以文字優劣論耶？書此不禁喟然。

（4）甲乙兩段緊相銜接處，用雙豎"‖"符句側識之。博謂文人謀篇，譬如大匠作宇，望衡數十，而無傾覆之虞，只緣鬭筍緊也。此宇與彼宇，此棟與彼棟，節節相銜，鬭筍處無些子鬆，縫連鈎合，豈有土崩瓦解之憂。曾國藩謂："謀篇須層見疊出，不使人一覽而盡。"而究之要其歸曰：自首至尾，義緒一綫，亦言鬭筍不可不緊也。蓋文章鬭筍既緊，不論横豎説去，下段緊與上段銜接，局勢自爾團結。韓愈文起八代之衰，而其論文不過曰"文從字順各識職"。夫所謂從順云者，毋亦曰下一字句跟定上一字句下去，下一段意思跟定上一段意思説云耳。匪是謂之不職。惟是此段與彼段鬭筍處須如草蛇灰綫，着迹不可太粗，粗便臃腫不靈，譬之夏屋渠，渠未見如椽之筍，此則不可不知耳。

（丁）讀宜體會古人神理以因聲求氣。　桐城劉大櫆謂行文多寡、短長、抑揚、高下，無一定之律而有一定之妙，可以意會而不可以言傳。學者求神氣而得之於音節，求音節而得之於字句，則思過半矣。其要只在讀古人文字時，便設以此身代古人説話，一吞一吐，皆由彼而不由我。爛熟後，我之神氣，即古人之神氣；古人之音節，都在我喉吻間，合我喉吻者便是與古人神氣音節相似處，久之自然鏗鏘發金石聲。而武昌張裕釗則曰：

"古之論文者曰：'文以意爲主，而辭欲能副其意，氣欲能舉其辭。'譬之車然，意爲之御，辭爲之載，而氣則所以行也。欲學古人之文，其始在因聲以求氣，得其氣，則意與辭往往因之而并顯，而法不外是矣。是故契其一而其餘可以緒引也。蓋曰意、曰辭、曰氣、曰法之數者，非判然自爲一事，常乘乎其機，而緄同以凝於一，惟其妙之一出於自然而已。自然者無意於是，而莫不備至。動皆中乎其節，而莫或知其然，日星之布列，山川之流峙，是也。寧惟日星山川，凡天地之間之物之生而成文者，皆未嘗有見其營度而位置之者也，而莫不蔚然以炳，而秩然以從。夫文之至者，亦若是焉而已。觀者因其既成而求之，而後有某者之可言耳。夫作者之亡也久矣！而吾欲求至乎其域，則務通乎其微，以其無意爲之而莫不至也。故必諷誦之深且久，使吾之氣與古人訢合於無間，然後能深契自然之妙，而究極其能事。若夫專以沉思力索爲事者，固時亦可以得其意，然與夫心凝形釋，冥合於言議之表者，則固有間矣。故姚氏暨諸家因聲求氣之説爲不可易也。吾所求於古人者，由氣而通其意以及其辭與法而喻乎其深；及吾所自爲文，則一以意爲主，而辭氣與法胥從之矣。"

（戊）讀宜熟，熟必以背誦爲度。　治國文無他謬巧，惟古人所謂文入妙來無過熟。又曰："熟讀百遍，新意自生。"此理不易。即如初學作文，非無一二意思，苦於説不出。何者？以肚子中記得古人句式不多，無相當之語句表之也。實則中國雖文無定法，而其習慣用句式，長短不瘉五六十式，號稱能文者，不過能顛倒搭配，介以承轉字而活用之耳。果能於古作者之文，熟讀而强探，長吟而反覆，記得古人句式，悟其參差搭配之法，火侯到時，自然汩汩其來。要之讀古人文，非熟無以生巧。安邱王筠稱鄉有一秀才，家貧須躬親田事，暇即好樗蒲。然其作文，則似手不釋卷者。或問其故？曰："我有二十篇熟文，每日必從心裏過一兩遍。"此以見讀文之不必多而必不可不熟也。孔子以斯文自任，而讀《易》至韋編三絶，則其熟讀可知也。古人讀必兼誦。誦即背誦，《説文·言部》："諷，誦也"。"誦，諷也"。"讀，籒書也。"許君以諷與誦轉注，是合諷、誦爲一，與《周禮·大司樂》"國子諷誦"注"倍同背文曰諷，以聲節之曰誦"，微異。又許君叙云："尉律：學僮十七已上，始試諷籒書九千字，乃得爲史。"段玉裁亦引《周禮》注"倍又曰諷，謂能背誦尉律之文。"《竹部》："籒，讀書也。”《毛詩傳》：“讀，抽也。”《方言》：“抽，讀也。”抽即籒，籒讀爲轉注。謂能取尉律之義，推演發揮至九千字之多。“太史公讀秦楚之際”，“讀秦紀”。諸讀字，皆謂紬繹其事以作表也均本段玉裁注。然則讀必熟，熟必能諷誦，自《周官》國子以來，未之有改也，《教育雜誌》載楊君仲達恩湛譯英文教育家司密期原著《教授誦讀法》一則所云：“教學生練習各種誦讀法，以能脱口而出爲度。”楊君有案語，“此論固專指西文而言，西文字以字母而組成，華文字以象形音義而搆造，西文横行，華文直行，中西文字搆造組織雖不同，而適用其理法則無異。讀者試以所論按之華文，確能語語中的”云云，與此相證極合。惟是所熟這部書。安溪李光地謂：“要實是丹頭，方可通得去。倘熟一部没要緊書，便没用。如領兵却親待一夥極作奸犯科的兵，交友却結交一班無賴的友，如何聯屬得來。”此言讀之不可不擇也。據鄙意衡之，莫如曾國藩《經史百家簡編》矣。何也？是編有三善：（1）選文導源經史，正李安溪所謂丹頭也。（2）體類明備。綜合各體，分爲箸述、告語、記載三門，每門又分若干類。（3）約而易守。曾氏自序其書云：“余選經史百家之文，都爲一集；又擇其尤者四十八首，録爲簡本，以備朝夕諷誦。約而易守，收温故知新之益。”其用心可知也。惟讀書如炊火，而熟則其火候也。炊火可以着力，火候着力不得，只久久純熟，待其自至。然炊火亦有法，火力斷續，則難於熟，此孟子之所謂忘也。火力大猛，則易至焦敗，此孟子之所謂助長也。勿助勿忘，會有熟之一日。熟矣，尤必時温。譬之燒肉，用武火煮過，尤必用文火細煨，乃能透爛。邢懋循嘗言其教師之讀書，用連號法：初日誦一文，次日又誦一文，并初日所誦誦之，三日又并初日、次日所誦誦之，如是漸增，引至十一日，乃除去初日所誦，每日皆連誦十號，誦至一週，遂成十週。人即中下，亦無不爛熟矣。

斯五者讀之大要也。朱子教人讀書曰：“虚心涵泳，切己體察。”二語尤扼要。何謂“切己體察”？平湖陸隴其教子，稱讀書做人不是兩事，所讀之書，不能句句體貼到自己身上理會，則讀書不親切有味。何謂“虚心涵泳”？曾國藩謂涵泳二字最不易識，嘗以意測之，曰：涵者，如春雨之潤花，如清渠之溉稻。雨之潤花，過小則難透，過大則離披，適中則涵濡而滋液；清渠之溉稻，過小則枯槁，過多則傷澇，適中則涵養而浡興。泳者，如魚之游水，如人之濯足。程子謂魚躍於淵，活潑潑地。左太沖有“濯足萬里流”之句。善讀書者須視書如水，而視此心如花，如稻，如魚，如濯足，則涵泳二字，庶可得之於意言之表。此固善喻，而博則謂虚心涵泳者，毋意，毋必，毋固，毋我，而加之以毋欲速、毋强記之謂也。

第二項　看

治國文之道，兩言盡之：曰積理，曰養氣。積理富，則言有物；養氣盛，則辭畢達。讀，養氣之事，而看則積理之事也。曾國藩謂讀書宜熟宜專，看書宜多宜速。然四部書籍之浩浩，箸述者之衆，若江海然，非一人之腹所能飲也，要在慎擇焉而已。兹擬經看朱子《四書集注》；史看乾隆御批《通鑑輯覽》；子看武進李寶洤輯《諸子文粹》；集看桐城姚鼐、長沙王先謙編《正續古文辭類纂》。取足於此，不必廣心博騖，而斯文之傳，誠以爲莫大乎是也。看書之要道有四：

（甲）看書須以我看書。　李光地論讀書博學强記，曰："記誦所以爲思索，思索所以爲體認，體認所以爲涵養也。"若以思索、體認、涵養爲記誦帶出來的工夫，而以記誦爲第一義，便大差。必以義理爲先，開卷便求全體大用所在，至於義理融透浹洽，自然能記。故朱子曰："以我看書，處處得益；以書博我，釋卷茫然。"何謂以我看書？曰：看古人書，處處須切近理會作現世觀，不讀死書以應現世之需要而已。《春秋左氏傳》所載賦《詩》凡二十五，引《書》據義二十二，言《易》十有七。當時經學昌明，君卿大夫，澤躬《爾雅》，舉動有占，酬答有賦。穆姜以一淫婦人，而占《易》知筮史之非，賦《詩》拜大夫之辱，類皆援據經義以剖析時事，即當時之現世觀也。後來説經者，往往亦有此旨趣，但箋注之體謹嚴，不溢出於經義之外。如鄭箋《桑扈①》、《小宛》諸詩，多感傷時事之語，是也。何休注《公羊》，率舉《漢律》，鄭君注《三禮》，亦舉律説，此以知漢儒窮經，無不作現世觀者。至先儒讀書劄記，如王深寧《困學紀聞》、顧亭林《日知録》，則古稱先，無非規切時敝。而今日欲不讀死書，尤須有全世界眼光，僅拘拘於邦域之内，尚不足以盡之也。

（乙）看書須首尾通貫，虚心靜慮。　朱子曰："讀書之法，須是從頭至尾，逐句玩味。看上字時如不知有下字，看前句時如不知有後句，看得都通透了又却從頭看此一段，令其首尾通貫；然方其看此段時，亦不知有

---

① "扈"爲"扈"，形近而訛。

後段也。如此漸進，庶幾心與理會，自然浹洽。至於文義有疑，衆説紛錯，則亦虚心靜慮，勿遽取舍於其間，先使一説自爲一説，而隨其意之所之以驗其通塞，則其尤無義理者，不待觀於他説，而先自屈矣。復以衆説互相詰難而求其理之所安，以考其是非，則似是而非者，亦將奪於公論而無以立矣。大抵徐行却立，處靜觀動。如攻堅木，先其易者而後其節目，如解亂繩，有所不通而徐理之。此讀書之法也。”

（丙）看書須作數過盡之。　宋蘇軾曰：“書富如入海，百貨皆有，凡人之精力，不能兼收盡取，但得其所欲求者耳。故願學者每次作一意求，如欲求古人興亡治亂、圣賢作用，但作此意求之，勿生餘念。既訖，又别作一次求，事跡故實、典章文物之類亦如之。他皆倣此，雖迂鈍，而他日學成八面受敵，與涉獵者不可同日語也。”

（丁）看書須劄記。　朱子謂看書小有疑處，即便思索，思索不通，即置小册子，逐日鈔記以時省閲，久久自悟。而李光地摘韓文公讀書訣課子弟，則曰：“口不絶吟於六藝之文，手不停披於百家之言。記事者必提其要，纂言者必鈎其元。貪多務得，細大不捐。”此文公自言讀書事也。其要訣却在“紀事”、“纂言”兩句。凡書，目過、口過總不如手過。蓋手動，則心必隨之，雖覽誦二十遍，不如鈔撮一次之功多也。況必提其要，則閲事不容不詳；必鈎其元，則思理不容不精。若此中更能考究同異，剖斷是非，而自記所疑，附以辨論，則濬知愈深，着心愈牢矣。近年美國《科學月報》，載有盎特魯博士之《讀書法》，其言有曰：“讀書時，既須辨别精粗，尤宜隨時自加詮注，或摘録精華，加以短評以發抒己見。一所以專其心志，不致過目即忘；一所以稍留記録，備日後檢查之用。至一書之中，某篇可以摘録，或某節須加詮注，則不特無標準之可言，即讀者亦往往難於自解。此蓋純係心靈之作用，故吾人所摘之筆記，驟觀之，若未必有補實用。然而新智識一入腦際，即能隨其他舊有之思想而融合無形，亦猶食物入胃即化成血液，其滋益爲非淺鮮也。惟摘記文字宜簡盡，而標題不可不明析以便檢閲。爲時既久，記載漸多，則偶一翻閲，必自驚其記録之富，覺前此之評論，不盡妥切，而思有以增加或删改之矣。前此之僅事摘録未加評論者，亦以爲未盡愜懷，非加論判，不足當吾意者矣。因舊感而觸發新思，殆鮮有不濡筆吮墨而情不自禁者也。讀書多而摘記富，則異日有人以論文見屬，或應演説之請，即不難以平時摘録，加以修飾、融會而貫通之；施諸實用，便爾蔚成鉅著。”其言尤足與李安溪之言相參證。

斯四者，看書之通則也。抑盎特魯博士尤有一言曰：“某文學家嘗謂生平從未卒閲一書，設其書無特著之佳處，則舍棄之，不再研究。苟讀有心得，則雖未窺全豹，已能洞然於作者之意旨，而從事發抒己見，詳爲評論，更無須閲竟全書也。此其人雖天禀極高，非常人所能企及，然而心思緣練習而愈益活潑。吾每見多數之書籍，苟讀者能取其序文或例言而細味之；再詳閲其目次，即不難了然於其内容之大略；然後讀其全書，直可於一分鐘竟三四頁之多：此尤看書之捷訣也。”雖然，一書有一書之看法，兹請申論《四書》、《通鑑輯覽》、《諸子文粹》以及《古文辭類纂》之看法。

（子）《四書》之看法

（1）次第。　朱子注《四書》，以《學》、《庸》、《論》、《孟》爲序，當有用意。然如有志治文字，據博意，當先《大學》，次《孟子》，次《論語》，而以《中庸》殿焉。何也？《大學》是極有繩墨文字，看他頭緒儘紛繁，却如網在綱，有條不紊。讀一過，於古人謀篇成章，必有多少悟入處。然後讀《孟子》，長篇大論，局陳迷離，如五花八門，忽覺得另换一付眼光，須看他如何神明變化於規矩繩墨，而不離規矩繩墨，所謂用法能得法外意也。次取《論語》讀之，却三言兩語，以少許勝《孟子》多許，絢爛極而歸平淡，又是一番境界。而終之以《中庸》者，姑無論其説理之精，敻莫與京，即文字亦程子所謂：“其書始言一理，中散爲萬事，末復合爲一理。放之則彌六合，卷之則退藏於密，其味無窮，天下之至文也。”善讀者玩索而有得焉，於文章之道，思過半矣。此統合《四書》而論看之先後次序也。如以看一書言之，平湖陸隴其曰：“作文須以看書爲急，每日應將《四書》一二章，潛心味玩，不可一字放過。先將白文自理會一番，次看本注，次看大全，次看蒙引，次看存疑，次看淺説。”如此做工夫，一部《四書》既明，讀他書便勢如破竹矣。

（2）通大義。　《四書》每一書中皆有大義百數十條，宜研究詳明，會通貫串，方爲有益。新會梁啓超有《讀孟子界説》載《清議報》，新城王樹枏有《中庸大義》載《中國學報》，皆甚佳。若僅隨文訓解，一無心得，仍不得爲通也。

（3）明界説。　讀《四書》既通大義，然後分類體玩，以觀其異同處。

如《論語》問孝爲一類，而答各不同，知其所以異，即知其所以同。此外問政、問仁、問知及一切言行，均當如是觀。孔子教人，隨時指示，本甚明瞭。如曰“是聞也，非達也”，及“君子小人泰驕、和同、比周”之類，又論楚子文之忠，陳文子之清，臧文仲之知，皆絲毫不少假借，有一界綫存乎其間。故讀經之必有界説，猶治井田者之經界，不可不正也。《孟子》更處處有界説，指不勝屈，舉一反三，要不能無望於善讀者。

（丑）看《通鑑輯覽》之法

（1）就事論事。

（a）切己體察。　寧都魏禧稱伊川先生每讀史到一半，便掩卷思其成敗，然後再看，有不合處又更思之。其間有幸而成不幸而敗者，不得徇其已然之跡，與衆人之論。南豐謝文洊曰：“學，明理於經，而習事於史。史於學居十之六，而閱歷煆[1]煉又居其四，事變無窮，莫可究詰。然能舉古人之成案，精思而力辨之，置身當日，如親受其任，而激撓衝突於其間。如是者久之，則閱歷煆煉，已兼具於讀史之中矣。”

（b）參考地圖。　太倉陸世儀曰：“人欲知地利，須是熟看《通鑑》，將古今來許多戰爭攻守去處，一一按圖細閲。天下雖大，其大形勢所在，亦不過數項。如秦蜀爲首，中原爲脊，東南爲尾；又如守秦蜀者必以潼關、劍閣、夔門爲險，守東南者必長江上流荆襄爲險。此等處俱有古人説過做過，只要用心理會，其或因事遠遊，經過山川險易，則又留心審視，以證吾平日書傳中之所得。久之貫通，胸中自然有箇成局。”

（2）得其會通。

（a）貫穿讀法。　中國斷代爲史，不能得其會通，然非無一二公例可籀也。即如春秋之時，所號爲中國者，王畿以外，不過齊、晉、魯、宋、衛、鄭、蔡、陳、許中原數千里之地，山戎、長狄，類皆錯處中土。又其時荆、蔡、吴、越諸邦，其受封之始，雖皆神明之胄，然以僻處邊陲，後通中國，亦皆擯諸蠻服之列。然《春秋》之義，諸夏用夷禮，則夷狄之；夷狄進於中國，則中國之。是當日脩史者具有世界觀而不存排外之成見。嗣後吾國歷經五胡、六代、五季及女真、蒙古、滿洲相繼狎主，然其始以武力屈服

[1] 煆，同“鍛”，原訛作“煅”，兹改正。

我，而卒亡不漸漬我禮教以期自進於中國，受我同化者，則《春秋》之教然也。即此一端，自黄帝戰敗蚩尤以迄今日，凡關於種族戰争之歷史，均應通五千年作貫穿讀法，方知我國民性愛和平，能以一視同仁之世界觀，稟《春秋》“夷狄進中國則中國之”之教，一旦爲異族武力所屈服，亦能以禮教之同化勝之，不自今日始，亦不自今日止也。舉此爲例，其餘治亂興亡之成跡，無不當以貫穿之法讀之矣。

（b）比較讀法。　非比較不能貫穿，司馬温公《資治通鑑》、朱子《通鑑綱目》，皆號稱能觀其會通，然以司馬公、朱子生於兩宋之時，其眼光亦衹能作當日之現世觀，而借鑒於歷代爲得失之比較，帝魏、帝蜀之紛紛，亦以兩人之身世不同也。王船山生在明季，其《讀通鑑論》，與温公時有牴牾，亦其所處之時尤不同也。故博所謂比較讀法者，亦應切於今日之情形而以前者爲比較。猶之三代以前，河北勢力極盛，堯都平陽，舜都蒲坂，禹都安邑。其後寖移河南。湯都亳，周公營洛邑。春秋時，晉楚争伯，必有事於鄭。秦漢之際，劉項逐秦鹿，日喋血滎陽、成臯，又後移於江北，則三國之争荆、襄是也。自是以後，江南亦駸駸有事焉。三國之吴，以及東晉、宋、齊、梁、陳皆都南京，而京口號稱北府兵，尤爲天下雄。而自漢迄今，全史之大部分皆演於黄河、長江間之原野，彼龍拏虎擲，甲興乙仆，殆未有出山東、安徽、江蘇、河南、湖北數省外者也。自唐以前，湖南、浙江、兩廣、雲南諸省，曾未嘗一爲輕重於大局。自宋以後，而大事日出於此間矣。宋之南渡在浙，其亡也在廣東。明之亡也，始而江，繼而浙，而閩，而粤，而滇，而桂，此亦地運由南而北，由黄河、長江而漸趨於西江之明證也。湘中，古之南楚，號稱大國。而二千年間，用之者惟一蕭銑隋末、一馬殷唐末。乃清咸同以來，曾胡驟起，湘軍之聲譽，東至東海，南踰嶺南，西闢回部，西南震苗疆，至今尚赫赫在人耳目。近日南北争峙，且以是爲劉項之滎陽、成臯，三國之荆、襄，日事喋血焉。湖南之有大影響於全國，不過五六十年以來也。兩廣亦然，疇昔唯有尉佗秦漢之際、劉隱五代等之羈縻，及洪、楊發難，乃裹五嶺之民，凌厲蹴踏半天下。而今陸榮廷用之以抗衡北政府，儼分天下半壁。故兩廣之有大影響於全國，亦不過五六十年以來也。雲南亦然，自古爲蠻瘴之鄉，去中原絶遠，無與於利害之數。乃袁世凱僭帝自娱，方以東南劇鎮大藩，皆門生故舊，莫余毒也；不意蔡鍔用偏隅之滇發難，袁氏遂震仆不起。今唐繼堯襲其餘威，爲東南連帥。夫滇固西江之上流，而兩廣其中下流也。故我國自周以前，以黄河流域爲歷史之代表；自漢以後，以黄河、長江兩流域爲歷史之代表；近五六十年以來，乃以黄河、長江、西江三流域爲歷史之代表。此皆以現世之情事比較而知其變遷者也。舉此爲例，其他治亂興亡之成跡，更無不當以比較之法讀之而求其貫穿矣。

（寅）看《諸子文粹》之法

諸子選本，古罕流傳。唐初魏徵奉勑撰《群書治要》，經史並録。其先後則有庾仲容《子鈔》、馬總《意林》、高似孫《子略》，斯爲最著。或其書已亡，或篇帙寥寥，割裂什九，致足惜也。近人武進李寶淦輯録是編，專主鴻篇鉅著；而零珪碎璧，亦不輕棄，雖取之本書，僅十之三四，然精言奧旨，雖有遺焉者寡矣。

諸子道術不同，體製各别，然讀之亦有法。首在先求訓詁，務使確實可解，切不可空論其文，臆度其理。即如《莊子》寓言，謂其事多烏有耳。至其文字名物，仍是鑿鑿可解，文從字順，豈有箸書傳後，故令其語在可曉不可曉之間者乎？以經學家實事求是之法讀子，其益無限。大抵天地間人情物理，下至猥瑣纖末之事，經史所不能盡者，子部無不有之。其趣妙處，較之經史尤易引人入勝。故不讀子，不知瓦礫糠粃，無非至道；不讀子，不知文章之面目變化百出，莫可端倪也。此其益人，又有在於表裏經史之外者矣。

（卯）看《古文辭類纂》之法

（1）分類看。　學文之道，首在辨體。桐城姚氏是纂，分文體爲十三類：曰論辨，曰序跋，曰奏議，曰書説，曰贈序，曰詔令，曰傳狀，曰碑誌，曰雜記，曰箴銘，曰頌贊，曰辭賦，曰哀祭。長沙王氏因之，而其行文之得失，不可不依體爲斷，每體各有一定格律，凜然不可侵犯。寧都魏禧論蘇明允《上田樞密書》："開口便云：'天之所以予我者，豈偶然哉'，竟是作論。古來書札中不見有此。書雖文，要與面談相似。"此實不易之論，雖老泉復起，不能爲之辭也。姚氏亦稱韓愈《伯夷頌》似太史公論讚，非頌體。而曾國藩論文章之美分陽剛與陰柔，曰："陽剛者氣勢浩瀚；陰柔者韻味深美。浩瀚者噴薄而出之；深美者吞吐而出之。"論著、詞賦、奏議、哀祭、傳誌、叙記宜噴薄，叙跋、詔令、書牘、典志、雜記宜吞吐。

其一類中微有區别者，如哀祭雖宜噴薄，而祭郊社、祖宗則宜吞吐；詔令雖宜吞吐，而檄文則宜噴薄；書牘雖宜吞吐，而論事則宜噴薄，亦各有所宜也。此外如曾氏評韓愈《殿中少監馬君墓誌銘》云："誌墓之文，懼千百年後谷遷陵改，見者不知誰氏之墓，故刻石以文告之，語氣須是對不知誰何之人説話，此文少乖。"須於此等處細意着眼，乃知一體有一體之格。

（2）分代分人看。　文章，一代有一代之風尚，一人有一人之面目。孟子論誦詩讀書，必推極於知人論世。然不分代、分人看，亦無以知人論世也。讀姚、王二氏書，既分類看以明文之因體而殊；尤不可不分代看，以知文之代殊。而一代之中，風尚攸同，然作者性情不能無異；尤必分人看以體認各家面目。曾國藩所謂"初學揣摩古人文，惟當先認其貌，後觀其神，久之自能分别蹊徑"，是也。

（3）注意圈點。　宜興吴德旋曰："《古文辭類纂》，其啓發後人處，全在圈點：有連圈多而題下只一圈兩圈者，有全無連圈而題下乃三圈者，正須從此領其妙處。末學不解此旨，好貪連圈而不知文品之高，乃在通篇之古淡，而不必有可圈之句，知此則於文思過半矣。"此看古人圈點也。然安邱王筠教學子看古人文，皆使圈之抹之，以爲總須自己拿出眼光去别擇古人好醜，方是切實工夫。工夫有進，即不妨圈其所抹、抹其所圈，曰不是圈古人抹古人，乃是圈我抹我也。其用意尤精。

第二節　自作

蘇軾云："頃歲孫莘老識文忠公，乘間以文字問之，曰：無他術，惟讀書多而爲之自工。世人患作文字少，又懶讀書，每一篇出，即求過人，如此少有至者。疵病不必待人指摘，多讀自能見之。此公以其嘗試者告人，故尤有味。"夫自己作文欲好，不可不先下工夫讀古人文，固矣！然自己未嘗作文，於作法有一番經歷，雖日讀古人文，於古人之章法棉密慘淡經營，必無所悟入。桐城姚鼐勸人以自己作文與讀過之古人文，兩相衡較，自知何者爲得，何者爲失。此言最好。然自己且未作文，亦何所以而與古人衡較乎？故歐陽公所謂勤讀多作，二者缺一不可。勤讀之法，已詳前章，則請論作。

（甲）作文必自論議入手。　近人教小學兒童作文，必自敍記入手，自以兒童衹能具體識認事物，而無抽象推理之力耳。若以吾儕成人言之，則尤有説。李光地謂："學古文須先學作論，蓋判斷事理，如審官司，必四面八方都折倒地，方可定案。如此則周周折折都須想到，有一處不到，便成罅漏。久之不知不覺，意思層疊，不求深厚，自然深厚。今做古文者都從傳誌學起，却不是。"此言實好，而曾國藩則曰："作文所以瀹此心之靈機也，心常用則活，不用則窒。如泉在地，不鑿汲，則不得甘醴；如玉在璞，不切磋，則不成令器。"張子云："心有所聞，不思則還塞之矣。"然博以爲濬瀹此心靈機，無如借題發揮議論，不惟作論辨文而已，叙記亦不可不發議論。何也？論事調諧，記事調澀。左氏每成片引人言；司馬遷夾叙夾議，自抒所見。是以議論入叙事，故覺諧多澀少也。

（乙）命意布局。　餘姚黄宗羲曰："昌黎陳言務去。所謂陳言者，每一題，必有庸人思路共集之處，纏繞筆端，剥去一層，方有至理可言；鑿開頑璞，方始見玉，不可認璞爲玉也。先輩每稱作文發意：第一番來者，陳言也，掃去不用；第二番來者，正語也，停之不用；第三番來者，精意也，方可用之。總之須自己拿出眼光，看透題旨，立下主意，所謂撤去常解，獨抒己見，意乃不患不精。"然博意文將作未作，且須醖釀作意最妙。何謂醖釀作意？博日常作一文，往往不暇即作，却未嘗不將題在胸中打算，事來則置之，暇則復思。每經思過一番，必有一番新理解。既得一番新理解，必將與舊理解來比較融貫，或矛盾須去其一，或俱可用。如俱可用，便須定何者爲主意，此主意能否如貫珠之索貫穿其他餘意。如此思之思之，必有一日胸中思潮怒發，驟覺手癢不可耐，握管一揮，如桐城方植之所稱"思積而滿，乃有異觀，溢出爲奇。"此譬如暑雨將至，必先悶熱蒸山川氣出雲醖釀雨勢，醖釀之久，而油然沛然，雨來益狂。此秘頗自詡獨得。及主意既定，然後牢牢靠定此主意布局，如何先擒後縱，如何反正相生，如何逐層推敲。《國語》云"物一無文"，吾人更當知物無一則無文，蓋一乃文之真宰，必有一在其中，斯能用夫不一者也。《文心雕龍》謂："貫一爲拯亂之藥。"興化劉熙載曰："揭全文之旨，或在篇首，或在篇中，或在篇末。在篇首，則後必顧之；在篇末，則前必注之；在篇中，則前注之，後顧之。顧注，抑所謂文眼者也。"

（丙）臨文繙書，長文思，助記憶。　蕭山毛奇齡每作詩文，必陳書滿前，及伸紙疾書，或反不用一字。妻陳，性妒，以奇齡娶妾，輒駡於人前，曰："公等以毛某爲博學，渠即七言八句，亦必獺祭乃成。"奇齡笑曰："握筆一次，展卷一回，積久自能賅博，婦言不可聽也。"南皮張之洞督學四川，誥多士，亦謂課期作文，不必禁繙書繙陳文，但不許抄襲耳。枵腹作文，何由能佳？作課日所看之書，更易記得。

（丁）引證古事。　寧都魏際瑞曰："引證古事以對舉二事爲妙，如《孟子》：王不待大，則湯以七十里，文王以百里。以大事小，則湯事葛，文王事昆夷。以小事大，則大王事獯鬻，句踐事吴。王請大之，則文王之勇，武王之勇。不召之臣，則湯之於伊尹，桓公之於管仲。不爲臣不見，則段干木、泄柳。養勇，則北宫黝、孟施舍。蓋單舉則似一事偶合，對舉二事，則其理若事無不確者，而證辨之力亦厚。"其説是矣。然吾見古之作者，往往有因讀史窺見前人作事主意，生出見識，却不去論古人。自己憑空發出議論，可驚可喜，只借古事作證。蓋發己論，則識愈奇；證古事，則議愈確。此翻舊爲新之法，眉山蘇氏用之。

（戊）不用典。　用典與引證古事有别。引證古事者，我有主張，不過引古人作比相佐證，而我自己出面作主者也。而用典則文人詞客不能自製偉詞以描寫景物抒情達意，而塗砌故實，倩古人頂替代役者也。文家貴清寫，猶之畫家貴白描，豈惟散文爲然？即駢文，寫景如宋鮑照《登大雷岸與妹書》，狀積山之迤邐相屬曰："帶天有匝，横地無窮。"梁吴均《與宋元思書》，描寫樹林叢密，則曰："横柯上蔽，在晝猶昏；疏條交映，有時見日。"寫情如梁何遜《爲衡山侯與婦書》，撫今追昔，曰："雖帳前微笑，涉想猶存；而幄裏餘香，從風且歇。"又曰："心如膏火，獨夜自煎；思等流波，終朝不息。"而其展轉反側寤寐情狀，宛可想見。唐王勃《滕王閣序》，千古傑作，而傳誦名句，亦以"落霞與孤鶩齊飛，秋水共長天一色"兩句爲最。凡此之類，皆辭由己出，清新秀拔，譬之西子、南威，無事塗澤，天然美色。自古能文之士，固有力破萬卷，博極群書，而下筆之時，乃不見有一字。此乃融化痕跡，而納之於神味之中，爲文家上乘。昔之論詩者，以羌無故實爲貴，唐人詩如杜甫《北征》、白居易《悟真寺》詩，皆洋洋大篇，而不用一典，所謂百戰不持寸鐵者也。今人作駢文及詩，則非典不能用筆矣。

不得已而用典。其可爲則者有二類：一神化無迹，一比附精切。自古詩家善用典者，斷推老杜，所謂“讀書破萬卷，下筆如有神”者也。破字最妙，蓋化實爲虛，非堆砌古事者所能夢見。試舉其例：如《戲贈閿鄉秦少公短歌》收句：“昨夜邀歡樂更無，多才依舊能潦倒。”用《南史》崔瞻事。蓋當時以容止蘊借者爲潦倒，而瞻終不改也。用典可謂妙絶！其次如蘇東坡《大風留金山二日》詩：“塔上一鈴獨自語，明日顛風當斷渡。”用佛圖澄事。而明日句即是鈴語，想入非非，尤妙在“顛”、“當”二字雙聲，恰是鈴聲，人巧極而天工錯也。駢文如南宋汪藻《草宋齊愈責詞》“義重於生，雖匹夫不可奪志；士失其守，或一言幾於喪邦”四句，《張邦昌責詞》“雖天奪其衷，坐愚至此；然君異於器，代匱可乎”四句，綦崇禮《謝宫祠表》“雜宫錦於漁蓑，敢忘君賜；話玉堂於茅舍，更覺身榮”四句，時歎其工。又一表云：“欲掛衣冠，尚低回於末路；未先犬馬，儻邂逅於初心。”皆當日所謂四大名篇，膾炙人口者。此等用典，不能復以用典論，我用典而非役我也。至比附精切者，如東坡藏仇池石，王晉卿以詩借觀，意在於奪。東坡不敢不借，先以詩寄之，有句云：“欲留嗟趙弱，寧許負秦曲。傳觀慎勿許，間道歸應速。”用趙璧事。昔人所謂東坡善用事，既顯而易讀，又切當也。駢文如汪藻《草元祐太后手書》，中有“漢家之厄十世，宜光武之中興；獻公之子九人，惟重耳之尚在”四句，用之宋高宗，可謂貼切不易。近江亢虎《代華僑誄陳英士文》，有“未懸太白，先壞長城；世無鉏麑，乃戕趙卿”四句，余亦喜其工切焉。

（己）作文宜做處少，寫處多。　文有寫處，有做處。人皆云云者謂之寫，我獨云云者謂之做。二者相須而不可偏廢，譬如一室之中，左列圖書，右陳鐘鼎，一切坐卧之處，無所不有。然中間必留少許隙地以供散步，若填門溢户，度置皆滿，則欲爲一日之居而不可得。惟文亦然。一篇之中，凡經營慘淡，率不過一二百言，其餘則若不經意而爲之者謂之寫；然使無此一種寫，則所謂慘淡經營者，亦不見矣。大抵能文之士，有時病於佳語太多，層見疊出，使人應接不暇；然其文氣必不舒，文心必不活，以至於累墜而不舉。曾國藩謂一篇文字，“須空處較多，實處較少；旁面較多，正面較少；精神注於眉宇目光，不可周身皆眉，到處皆目也。”亦是此意。

（庚）結須乘勢。　福州梁章鉅稱宋介山善古文，每喜以不結爲結，言後人文字之不及秦漢者，所争在結處。凡結處須乘勢結之，譬之游客往往不能歸者，以時過勢盡也。文之結，又如果之結，花過即果，過後即不果矣。故結之難，譬狂風中重舟重載落帆，皆非深於文者不能道。

（辛）作文宜改。　百工治器，必幾經傳换而後成器。吾儕作文，亦必幾經潤删而後能脱稿，其理一也。寧都魏際瑞稱作文如作瘿瓢籐杖，本色不雕一毫，水磨又極精細。此最善喻。惟他人改我文，不如自改。何也？一篇文既字字經作者心中營造出，其中甘苦無不自喻。他人未經窮思力索過，驟然看去，總不免霧裏看花，有不真切處。一也。且此文之應潤應删經人一看便出者，必係不可掩之大疵病。作者稍能文，於此等處必知加意。而博日常經驗，往往一字之下，若穩妥若不穩妥，語氣若完足若不完足，或者賅圓活説而不免落呆實。此等細微處，示人最易滑過不覺，而在作者自己良知上，却絲毫欺飾不過。二也。改之第一步删，文最要簡盡。初脱稿，詞重意複，在所不免，不可不痛删。相傳歐陽修作《醉翁亭記》，原稿起處，鋪叙環滁之山有數十句，後來删剩“環滁皆山也”五字，何等簡盡。建寧朱仕琇每一文成，必黏稿於壁，逐日熟視，輒去十餘字。旬日之後，至萬無可去乃已。此法最妙！然亦有累字澀句不成句處，存之固無是理，删之却更脱肢失節者，厥惟有改之一法。惟改之難，且什伯倍於作。固有洋洋萬言可倚馬待，而窘於一字一句之未安，窮思累日夜不得者；然及其得之也，則又絲毫不費力，如探懷得之者。雖善文者不知其所以然，此非可以人力倉卒求。博則每脱稿一文，必先從事删，篇中不使有冗章，章中不使有冗句，句中不使有冗字，直至删無可删而必須改者，則姑置之。且循誦熟習過古人文字，優游饜飫以徐俟天機之湊泊。一旦涣然怡然，往往有因悟古人某字句何以如此下，而知自己某文某字句不可不如彼者，亦有古人類似字法句法可以拔趙幟易漢幟代入自己文字中者：此非以我改我而以古人改我也，是直不啻聚左丘明、太史公、韓退之、歐陽永叔數千年文豪於一堂，爲我商量文字而削正之也。斯之謂能自得師。

（壬）作文當從三易。　何謂三易？易見典，一也；易見字，二也；易誦讀，三也。邢子才嘗曰：“沈侯文章用事使人覽若胸臆語，深以此服之。”杜工部作詩，類多故實，不似用事者，是皆得文章之奥。今人或自見其才力之不逮，而思以僻澀之語勝人。而無知者亦易爲所震，不知此乃文之惡障，非可語於知道者也。昔韓愈文起八代之衰，學者稱爲泰山北斗，然於《曹成王碑》中間數語，稍涉詭異，識者已不無微辭。至宋人宋祁雅以文采自負，然與歐陽修並修《唐書》，往往以僻字更易舊文。修以爲病，乃書“宵寐匪禎，扎闥洪庥”八字以戲之。宋不知其戲己，因問二語出何書？當作何解？歐言：“此即公撰《唐書》法也。宵寐匪禎者，謂夜夢不詳也；扎闥洪庥者，謂闔宅安吉也。”宋不覺大笑。今之好用僻字者，何以異此。夫文所以抒情達意也，使人讀之不解，何以文爲？宋韓琦稱王安石頗識難字，安石終身以爲恨。錢塘袁枚引《中庸》“人之爲道而遠人，不可以爲道”，嘅然曰：“然則人之爲詩文而遠人，獨可以爲詩文乎？”此實見道之言。

（癸）作文須去五病。　作文有“三不必”、“二不可”。前人所已言，衆人所易知，摘拾小事無關大體，此三不必作也。巧文刻深以攻人之短，而不中要害；虛辭飾説以稱人之善，而不切情實，此二不可作也。作文須先去此五者，然後乃議文章耳。

作文之要，略具於是，而文之佳不佳未可知也。姚鼐云：“學文之道，多讀多爲以待其一日之成就，非可以人力速之也。大抵文字須熟乃妙，熟則利病自明，手之所至，隨意生態，常語滯義，不遣而自去矣。”又云：“文家有意佳處，可以着力；無意佳處，不可着力。功深聽其自至，可也。”皆功苦有得之論。

第三節　改文

改文亦同人之所有事也。其用在增美釋回，求發揮學子固有之特美，而漸淘汰其疵累未盡適合之處，久而久之，以馴致於完美者也。改文之法有四：

（甲）移花接木。　上下段本不相干，稍爲貫串，便成一氣，是也。

（乙）改頭易面。　倒置前後，改易字句，便另成一種格調，是也。

（丙）脱胎换骨。　原本説寒，將要緊處改换，翻成説熱，是也。

（丁）化板轉活。　宋范希文作《嚴先生祠堂記》，其末歌詞云：“雲山蒼蒼，江水泱泱。先生之德，山高水長。”文成以示李泰伯，覯泰伯請改“德”字爲“風”字。希文凝坐頷首，殆欲下拜。何者？“風”字活而“德”字呆也。

安邱王筠爲初學改文，以圈爲主，但於其虛字不順從者少改易之，曰："吾以鼓其興趣，不以作文爲畏途也。既不以爲畏途，則自高興多作，多作，自能生出一番歷練，知利病得失，不俟指示也。"用意最好，但其中亦自有別。吴江費伯塡先生嘗爲博言曰："文理二字本并爲一談，實則此二字當分別看。文者指形式言，而理則指思想言也。有文通理不通者，有理通文不通者。夫文者志之所之也，有思想而後有文，與其重文，不如重理。文通理不通之文，表面雖似光潔，實則最不易透達。其病在讀書不求甚解，而綴文喜用詞采，切不可以其有詞采圈之。於此當專擇條達明暢之文，畀之熟讀深思，而不可貪多。綴文時，又須禁用詞頭，而必以清暢爲歸。至於理通文不通者，看似不條直，實則將來必易成家。故教師批改此種文章，衹就其原意加删潤，斷不可以其少詞采，全行批抹。"斯言啓予不淺，願與同人共體之也。王筠教弟子作文不可説空話，一句必有一句事理，即疊下數語皆有疊下數語着落，一字不許落空，以爲入手作文，須得如此，亦正恐其贍於文而疏於理也。筠又曰："初學作文，必促之使放，放之如野馬踶跳咆嘷，不受羈絆，久之必自厭而收束矣。此時加以銜轡，必俯首樂從。且弟子將脱换時，其文必變而不佳，此時必不可督責之，但涵養誘掖，待其自化，則文境必大進。譬如蠶然：其初一卵而已，漸而有首有身，蠕蠕然動，此時勝於卵也；至於作繭而蛹，又復塊然，此時不如蠶也；徐俟其化而爲蛾，則成矣。作文而不脱换，終是無用才也；屢次脱换，必能成家者也。若遇鈍師，當其脱换而不能因機利導，一筆抹倒以夭閼之，則戚矣。"

第四節　講授

善講説以喻於人人，不如啓發人之自喻。故曰："君子之教，喻也。道而弗牽，强而弗抑，開而弗達。"沂州張先生佚其名及門極盛，每日早飯後，輙曰："各自理會去。"弟子皆出，各就隴畔畦間。比反，各道其所理者何經何文，有何疑義。張先生即解説之。安邱劉其旋十餘歲時，師爲之講《四書》，每數行，輙請曰："如此則與某章義背。"師令退，思之而復講。如是者，每日必有之，半年後，師遂不窮於答問。蓋以劉之窮詰而識益進矣，是謂教學相長。然此等高足弟子，何可多得！而爲弟子講授，必時時反詰以善啓其疑，誘之審問。如撞鐘然：小叩小鳴，大叩大鳴，待其從容，然後盡聲。此講之第一義。《學記》曰："力不能問，然後語之。語之而不知，雖舍之可也。"舍之須後之意。此意不可不體。而就博經驗所及，則講之應注意者有六：

（甲）講之順序不可不隨文而異。　講授國文時，有自形式入者，有自内容入者。凡單語短文以及篇中大部分爲學子經驗已知事項者，如薛瑄《貓說》、龍啓瑞《病説》之屬。則宜從内容方面入。先令觀察内容之大致，概要提出作問答以相啓發，然後解釋文字。至篇中大部分爲物語，如韓愈《畫記》、柳宗元柳、永山水諸記之屬。及其事實非兒童思想所有者，則宜從形式方面入，先使檢點生字，探討難句，逐字逐句，亡不一一明瞭，然後將内容指示或問答之。

（乙）講宜留心句裏。　文句之意義，有表有裏。其明顯直遂之句，表裏如一者，可就句論句，不必深求。遇有表面甚簡略而裏面涵有許多事項及意義之句，則不可不分作兩層講：一先照句之表面順講，一須將裏面加以補充説明。如其裏面之事項與意思，非兒童思想中所有，則教師説之；否則用問答式，令兒童自説。夫所以必加補充説明者，非欲侈詳備也。蓋文章之妙，全在簡而能盡。簡而能盡，全在善剪裁。何以許多之事項與意義衹須三數言即能了當，何以不必詳説而辭意已無不盡，能於此留心，則可悟文之以簡馭繁，不可不事剪裁。《書》曰："辭尚體要。"此之謂也。

（丙）講須注意字之體用。　體者字之本義，而用則其引伸假借義也。同一字也，用於此文與用於彼文，用於前文與用於後文，其神氣全然不同。如日之本義爲太陽，而"日月逝矣，歲不吾與"之日，當作光陰解；"惟日孜孜，猶恐不足"之日，當作日日解；"經之營之，不日成之"之日，當作幾日解；"日積月累，以底於成"之日，當作一日一日解。此最顯而易見者也，餘可類推。故凡遇普通常見之字，宜就已授過各文之所已見者，時時提出而比較之以明其用法。

（丁）助字不可拘泥講。　凡虚字用以煞句讀者曰助字。所謂助字者，蓋以助實字以達句内應有之神情也。凡句但以實字砌成者，其決斷婉轉虚神，未易傳出，於是有"也"、"矣"、"乎"、"哉"諸助字以之頓煞而神情畢現矣。惟"也"、"矣"、"乎"、"哉"諸字，作助字用者，於古人字書，不過釋以語已辭、《説文》於“矣”字，《玉篇》於“焉”字，《唐韻》、《集韻》、《正韻》於“也”字，《類篇》於“已”字。語之餘、《説文》於“乎”字。言之間、《説文》於“哉”字。疑辭、決辭、語助辭，明其作用而不詳訓義，如近人之“乎”、“哉”作“嗎”，“矣”作“哩”、“了”講，何也？以語氣神情隨時隨地轉换，非可刻舟求劍也。據博意，講詩文祇須將實字字字咬清，則虛字神理不煩言而自解矣。

（戊）講集合詞須分别可用不可用。　意義相類之集合名詞、動詞、形容詞，有可通用者，有不可通用者，例如長短可改爲修短，而不可改爲延短，然延與修同有長義；肥瘠可改爲豐瘠，而不可改爲壯瘠，壯與豐同有肥義。凡遇集合詞中有其他相類之字，不可不一一提出，别其可通用不可通用。果能如是隨處留意，習慣自然，當無雜湊杜撰之敝，此集合詞之可用者也。然集合詞亦有習慣通用而實不可通者，如“日居月諸”，居、諸皆助字，而稱日、月爲居、諸；“刑于寡妻，友于兄弟”，于亦介字，而曰刑于、友于，是古人先已不通，雖習慣通用而決不可用者也。講書遇集合詞，又須分别可用不可用，即事指點，觀念自然明瞭，無顢頇滑突之患矣。

（己）兒童還講最須注意其語法。　初等小學之低學年，還講國文，當有兩番工夫：一爲分解的。將每句之各字，一一深求其意義，條分縷析而言之，然後各字之意義，可以顯豁呈露。一爲綜合的。將一句一句順語氣講述大意，然後文氣文情，可以躍見紙上，與談話脗合無間。至於高等小學年，則祇須綜合的，無須分解的，斷斷不可讀一句講一句。何則？文章之所以必令兒童還講者，非但驗其能解與否也。其重要之目的有二：一則我國言文不必一致，而不可不明其關係。令之還講，欲其變文字爲語言以求言文之相關也。一則因言語即文字之本。令之還講，欲其借文字以練習語言之簡明也。若讀一句講一句，則呆板執滯，神情態度，全行抹殺矣。故須令兒童逐句逐節以純粹之口語，一氣貫注，講述下去；惟有漏略及支蔓時，教師宜默識於心，俟其講畢，提出令之覆講。

斯六者，講之大端也。《語》曰：“愚者千慮，或有一得。”又曰：“狂夫之言，圣人擇焉。”惟同人有以裁之。

（節録《戊午暑期國文講義彙刊》，中華書局，1918 年 11 月出版）

《古文辭類篹》解題及其讀法

《古文辭類纂》解題及其讀法

十年以來，桐城姚鼐《古文辭類纂》一書，時賢詬病，幾等不足齒之傖！然余以爲姚《纂》之病在取逕太狹，即不如《曾鈔》曾國藩《經史百家雜鈔》之博涉經子；而擇言偏潔，又不如《李鈔》李兆洛《駢體文鈔》之足有才藻；規模未宏，自是所短！至分類必溯其原而不爲杜撰；選辭務擇其雅而不爲鈎棘；薈斯文於簡編，詔來者以塗轍，近儒章炳麟曰："文足達意，遠于鄙倍，可也；有物有則，雅馴近古，是亦足矣！"見《菿漢微言》。後之續者，有遵義黎庶昌、長沙王先謙兩家。然黎氏之書，上采經史；品藻次第，壹準繩其師曾國藩之言；要爲《曾鈔》之別子，而非繩武於《姚纂》也。惟王氏之輯，志在續姚；采自乾隆，迄咸豐間，得三十九家；論其得失，區別義類，悉遵姚氏；斯可以窺見文章之流變，而覘當世得失之林焉！

解題及其纂例

文籍日興，散無統紀；於是總集作焉。《古文辭類纂》者，蓋桐城姚鼐分類纂輯古之文辭而爲總集之一，纂之爲言論纂也，蓋本《漢書·藝文志》

序《論語》稱“門人相與輯而論篹，故謂之《論語》”一言；姚氏《序目》稱“以所聞見編次論説爲《古文辭類篹》”者是也。蓋編次之際，姚氏曾以所聞見詳經論説而不爲苟然；如《序目》考論文體十三類之起原，及諸篇之注按，是也；故依《漢志》題“篹”，師古注：“篹與撰同”；或題曰“纂”者譌也。姚氏之非題“纂”，本滁州李承淵校栞《古文辭類篹後序》，而詳加以考證。惟總集之作，導源《詩》、《書》。《詩三百》，周詩之總集也。《書》百篇，周以前文之總集也。考孔子觀書周室，得虞、夏、商、周四代之典，乃删其善者，定爲《尚書》百篇，所以宣王道之正義，發話言於臣下；故其所載皆典、謨、訓、誥、誓、命之文；見劉知幾《史通・六家篇》。厥爲文之第一部總集。古者《詩》三千餘篇，及至孔子去其重，取可施於義禮，上采契、後稷，中述殷周之盛，至幽厲之缺，始於衽席；故曰：“《關雎》之亂，以爲《風》始；《鹿鳴》爲《小雅》始；《文王》爲《大雅》始；《清廟》爲《頌》始。”三百五篇；見《史記・孔子世家》。厥爲詩之第一部總集。惟《詩》者，《風》、《雅》、《頌》以類分。而《書》則虞、夏、商、周以代次。蓋《詩》者，開後世總集類編之先河，而《書》則爲後世總集代次之權輿者也。然《詩》、《書》二者，崇入經部，不以隸集。《晉書・摯虞傳》載：“虞撰《文章志》四卷；又撰古文章，類聚區分爲三十卷，名之曰《流別集》，各爲之論，辭理愜當。”論者胥推爲總集之祖！其書佚不傳，而體裁猶可懸想而知，蓋《志》如《書》之按代次，而《流別》疑如《詩》之依類分者也。特後之輯者，鮮有按代。獨明梅鼎祚之《文紀》、清嚴可均之《全上古三代秦漢三國六朝文》，起皇古迄隋，以時先後爲次，是爲總集家變例。而自梁太子《昭明文選》以下，亡慮分類者爲多。古文辭類篹者，蓋古文辭輯而論篹之按類者也；故題曰“類篹”。

然總集之分類不一：《昭明文選》分“賦”、“詩”、“騷”、“七”、“詔”、“册”、“令”、“教”、“文”、“表”、“上書”、“啓”、“彈事”、“牋”、“奏記”、“書”、“檄”、“對問”、“設論”、“辭”、“序”、“頌”、“贊”、“符命”、“史論”、“史述贊”、“論”、“連珠”、“箴”、“銘”、“誄”、“哀”、“碑文”、“墓誌”、“行狀”、“弔文”、“祭文”三十七類。而姚氏斥其“分體碎雜，立名可笑”；而以後來編集之相仍者爲陋，故不之采；其《類篹》定爲“論辨”、“序跋”、“奏議”、“書説”、“贈序”、“詔令”、“傳狀”、“碑誌”、“雜記”、

“箴銘”、“頌贊”、“辭賦”、“哀祭”十三類；而文之體類始明。蓋以體勢分也；此一法也。

宋謝枋得《文章軌範》，分古今文爲“放膽”、“小心”二種。後來曾國藩本姚氏陰陽之説見《續纂·姚姬傳復魯絜非書》，而衍之爲《古文四象》，以“氣勢”爲太陽之類；“趣味”爲少陽之類；“識度”爲太陰之類；“情韻”爲少陰之類；或者暗覷謝氏之筋節而附之姚説，張其旗鼓，謂爲前人所未發！自今觀之：“氣勢”、“趣味”，“放膽”文也。“識度”、“情韻”，“小心”文也。此采予弟孫卿之説，見《文章舉隅序》。此以神理分也；蓋又一法也。

至真德秀之《文章正宗》，則以作用分，曰“辭令”，曰“議論”，曰“叙事”，而殿之以“詩歌”一體。後來曾國藩《經史百家雜鈔》析體十一而綜以三門：曰“著作”，即真氏之“議論”；曰“告語”，即真氏之“辭令”；而所謂“記載”者，則真氏之“叙事”也；蓋異名而同用者爾？此又一法也。

三者之中，厥以分體勢者爲夥。然總集分體之可考見者，莫古於《文選》三十七類。明而未融，姚氏不取，要爲有見！

今按其中如“騷”、“七”之别類，“詔”、“册”、“令”、“教”之分四類，“表”、“上書”、“彈事”之分三類，“啓”、“牋”、“奏記”、“書”之分四類，“頌”、“贊”、“符命”之分三類，“序”、“史論”、“史述贊”之分三類，史論、史述贊皆史，漢紀傳後論贊，要爲序跋之類。“誄”、“哀”、“弔文”、“祭文”之分四類，及“碑文”、“墓誌”之别爲二，如此之類，皆全不知體要；而因名立類，每類之文，或廑一兩篇。姚氏所謂“立名碎雜”者也。至《七發》諸篇不併入“騷”而别題“七”；策秀才諸問不題“策問”而題曰“文”；班、范前後《漢書·紀傳贊》不併入“史論”而别題“史述贊”；《哀永逝》諸文不併入“誄”或“弔文”而别題“哀”，如此之類，杜撰題目，展卷茫然，不得其解。姚氏所謂“立名可笑”者也。姚氏以《文選》之“序”、“史論”、“史述贊”併入“序跋”，“表”、“上書”、“彈事”併入“奏議”，“啓”、“牋”、“奏記”、“書”併入“書説”，“詔”、“册”、“令”、“教”、“文”、“檄”併入“詔令”，“賦”、“騷”、“七”、“對問”、“設論”、“辭”、“連珠”併入“辭賦”，“誄”、“哀”、“弔文”、“祭文”併入“哀祭”，“碑文”、“墓誌”併爲“碑誌”，“箴”、“銘”併爲“箴銘”，“頌”、“贊”、

“符命”併爲“頌贊”，實較昭明爲簡當！而别增“傳”與“狀”爲一類，“贈序”、“雜記”，昭明所無，以拾其遺；纂古文辭，要爲明其倫類！顧晚近以來，或以昭明總集之眉目而相震驚；又捶桐城已死之虎，尋響捕風，崇《蕭選》而薄《姚纂》，以爲不足與斯文；尚得爲知其類也乎！或者又以《纂》不采詩爲姚病！然韻散殊體，《詩》、《書》别經，自古已然，奚獨以爲《姚纂》病！余昔讀《四庫全書提要》撰録總集，論文論理，發其殊途；而於纂例，闕然未有論列；因泝源《詩》、《書》而爲《姚纂》疏通證明，發其大凡於此。

《古文辭類纂》之本子

此纂當爲姚氏爲未及論定之書。而通常習見者三本：一嘉慶季年姚氏門人興縣康紹鏞巡撫粤東得武進李兆洛所藏刊本，而李氏任讐校焉。一道光五年江寧吴啓昌刊本；姚氏弟子管同、梅曾亮、劉欽任讐校焉。“康刻”據乾隆中葉姚氏主講揚州梅花書院釘本。而“吴刻”則據姚氏晚年主講鍾山書院所授本，與“康刻”本互有異同。蓋“康刻”入方苞、劉大櫆之文；而授“吴本”無云，“以姚命”增入焉。意者姚氏亦知方、劉之不逮古作者；而阿好鄉人之私，卒有不自克也耶？“康刻”有圈點而“吴刻”袪圈點者。據云，“姚氏晚年嫌‘圈點，近時藝’，未及刊落”，故以授吴而命去之也。然姚氏少子曰雉，藏父晚年訂稿本，字裏行間，圈點狼籍，又與“吴刻”之無圈點者不同，卒未聞末命刊去。可知姚氏此書畢生論纂，而未以爲愜。“康刻”固早年手筆，“吴刻”亦不爲定本矣！昔賢之竺老於學而不倦勤有如是者！

迄光緒之世，滁州李承淵好姚氏書，參據康、吴兩刻，而見《史記》、前後《漢書》、《文選》及司馬光《資治通鑒》。宋元以後，康熙以前各家專集舊槧，有關姚氏纂録之文者，隨時校勘字句，用朱墨筆注上下方；其圈點則過自“雉本”，而得之雉鄉人蘭陵逸叟轉録者也。既，博考群書，正其句讀，矻矻二十年，勒爲定本，世傳滁州李氏“求要堂栞本”是也，殆視康、吴兩刻後來居上矣！“吴刻”之袪圈點，云“本姚意”；然事無佐證；而圈點之於《姚纂》，實有不可袪者。考姚氏《答徐季疋書》稱“圈點啓發人意，愈解説”。及纂此書，圈點評注，釐訂再三。桂林吕璜者，自宜興吴德旋而私淑諸姚氏者也。嘗稱吴氏語以讀《姚纂》之法，曰：“《古文辭類纂》，啓發後人，全在圈點。有連圈多而題下只一圈兩圈者；有全無連圈而題下乃三圈者；正須從此領其妙處。末學不解此旨，好貪連圈；而不知文品之高，乃在通篇之古淡，而不必有可圈之句。知此則於文思過半矣!”語見《初月樓古文緒論》。而吴與姚氏同時交好，其言當有所本。今以吴氏之説，籀誦康、李兩刻，而窺其圈點用意之所存，誠有在尋常筆墨蹊徑之外者！知吴氏之言，不盡誣也！晚近以來，徐州徐樹錚尤喜談姚氏之學，加墨此纂，且集上元梅曾亮、武昌張裕釗、桐城吴汝綸諸家批點，旁考諸集評識，標於“康刻”眉間，而折衷以己意，最爲精審！桐城文章老宿馬其昶、姚永概諸人，序而刻焉；所謂諸家評點《古文辭類纂》是也。則又於康、吴、李三刻之外，别成一家矣！

《古文辭類纂》之前因後果

巴陵吴敏樹曰：“今之所稱桐城文派者，始自乾隆間姚郎中姬傳稱私淑於其鄉先輩望溪方先生之門人劉海峰，又以望溪接續明人歸震川而爲《古文辭類纂》一書，直以歸、方續八家，劉氏嗣之，其意蓋以古今文章之傳繫之已也。”見王氏《續纂·吴與篠岑論文派書》。由是學者多歸向桐城，號桐城派！猶前世所稱江西詩派者也。參觀王氏《續纂例略》、曾滌生《歐陽生文集序》。晚近或以古典文學少桐城，未爲知桐城也！不知桐城派之起，所以捄古典文學之極敝也！自康熙朝，侍郎方苞以古文鳴海内，上接明之歸有光；而有光之所以見重後世者，曾國藩《書歸震川文集後》言之綦詳；謂：“當時頗崇茁軋之習，假齊梁之雕琢，號爲力追周秦者，往往而有！熙甫一切棄去，不事塗飾而選言有序，不刻畫而足以昭物情，與古作者合符，而後來者取則焉!”原文見王氏《續纂》。

今考明自洪武而還，運當開國，其文章多昌明博大之音。永、宣以後，安享太平，多臺閣雍容之作。作者遞興，皆沖融演迤，不事鈎棘；而楊士奇文章特優，一時制誥碑版，出其手者爲多！仁宗雅好歐陽修文；而士奇文得其髣髴，典則穩稱；後來館閣著作，沿爲流派，所謂臺閣體，是也!

廟堂之上，郁郁乎文！弘正之間，茶陵李東陽出入元明，沿流唐代，擅聲館閣，推一代文宗，而門下士北地李夢陽、信陽何景明異軍突起，乃曰“文必秦漢，詩必盛唐，非是弗道”；曰：“古文之法亡於韓。”爲文故作艱深，鈎章棘句，至不可句讀；持是以號於天下，而唐宋之文掃地以盡！既北地、信陽之派轉相摹擬，流弊漸深；論者乃稍稍復理唐宋之墜緒以相撑拄！蓋宋元以來，文以平正典雅爲宗，其究漸流於庸膚；庸膚之極，不得不變而求奥衍。王季之起，文以沈博偉麗爲宗，其極漸流於虚憍；虚憍之極，不得不返而求平實。一張一弛，兩派叠爲勝負，蓋皆理勢之必然！

至嘉靖之際，歷城李攀龍、太倉王世貞踵起，更衍何、李之緒論，謂：“文自西京，詩至天寶而下，俱無足觀!”而世貞才尤高，地望尤顯，聲華意氣，籠蓋四海。獨歸氏紹述歐、曾，矯以清真，至詆世貞爲妄庸巨子。自明之季，學者知由韓、柳、歐、蘇沿洄以溯秦漢，而不爲鈎章棘句者，歸氏之力也！苞斆歸氏而衍其旨，力崇雅澹而排塗飾，倡義法；謂：“自南宋以來，古文義法不講久矣！吴越間遺老，尤放恣無一雅潔者。古文不可入語録中語，魏晉六朝人藻麗俳語，漢賦中板重字法，詩歌中雋語，南北史佻巧語。”見沈廷芳《方望溪先生傳書後》。故曰：“桐城派之起，所以捄古典文學之極敝也!”後之所以寖不厭人意而别出陽湖派、湘鄉派者以此；然初之能風靡一世而莫之京者亦以此！其鄉人劉大櫆繼之，遺風遂暢。姚氏嘗受古文法於劉氏，然自以所得爲文，不盡用劉氏法。劉氏爲文學《莊子》，尤喜摹昌黎，而氣不足以舉其辭！其篇法之潔，不如方氏；而意度之舂容，又視姚爲遜。論者胥稱三家，而劉氏有蜂腰之譏也！顧當劉氏之世，吾常州垜山錢氏有伯坰字魯思者，嘗親受業劉氏之門，時時誦師説於其友陽湖惲敬、武進張惠言。州部士夫，素勝儷語；而張氏辭賦能追司馬相如、楊雄之所爲，撰《七十家賦鈔》，尤藉藉人口；厥後乃多治古文者。於是常州有桐城之學！此則著於陽湖陸祁孫《七家文鈔序》者，可考按也！文見王氏《續纂》。然在桐城士夫，方欲螟蛉我常州人而詔之曰“似我似我”。詎知州濱具區而處，山水明麗；風土所會，綺體爲近；雖有大力者莫之能回！士之學爲文章者，莫不取逕漢魏六朝；晚乃效韓愈、歐陽修爲古文，惲敬《張皋文墓誌銘》曰：“少爲辭賦，嘗擬司馬相如、楊雄之言；及壯，爲古文，效韓氏愈、歐陽氏修。”文見王氏《續纂》。其能者，實能屬辭瑰偉，聲情健茂；以視桐城之上承歸氏，“修辭雖極雅潔，然行文不敢用一華麗非常字”者，曾國藩曰：“方溪修辭極雅潔，無一俚語俚字；然其行文不敢用一華麗非常字。”見薛福成《論文集要·曾文正公論文上》。頗亦足捄聲味稀淡之病，學者稍稍好之。於是附庸蔚爲大國，而有陽湖派之目！迨李兆洛起，則尤盛揚其波，纂録《駢體文鈔》以與姚氏此纂作旗鼓之當，而崇漢魏六朝爲不祧之祖；至謂學古人之文舍是末由！涇縣包世臣作《李氏傳》，所謂“時論方崇歸、方，薄駢體而揚散行；而先生則謂‘唐宋傳作，無不導源漢魏；漢魏之駢體，即唐宋散行之祖’”者也！雖然，李氏自爲文之“澂然而清”、“秩然有序”，則固揆之陸氏序《七家文鈔》所稱“由望溪而上求之震川”，殊途而合轍者。顧王氏《續纂》，取惲敬、張惠言而不收李氏文者；儻謂惲、張之源出桐城，陸氏序明著之；而李氏《駢體文鈔》之於姚氏此纂有違指也耶？抑何暖暖姝姝一先生之言而不自廣也！自李鈔駢體，開設户牖，而陽湖古文之學，乃別出於桐城；然其流所衍，比之桐城爲狹！而桐城派三字，始於題自姚氏；姚氏以前，罔有也！新安程晉芳、歷城周永年與姚氏歡好，爲之語曰：“天下之文章，其在桐城乎！”見姚氏《劉海峰先生八十壽序》，文載王氏《續纂》。曾國藩《歐陽生文集序》，只稱周書昌語；而近來興化李詳論桐城派，以爲程語，斥曾非是。然姚序並稱程、周，語意甚明，曾特遺程耳，不必李之爲是而曾之爲非也。特以姚序爲准，而附辨其說於此。隱若以姚氏承方、劉而相推肩斯文之統。姚氏亦曰：“經學之盛在新安，古文之盛在桐城。”見《吴定金先生榜墓誌銘》。一時之言文章者，翕然歸服焉！然姚氏不敢以自承，其與王惕甫書，但自居於宋穆伯長、柳仲塗一流，爲揚徽之首塗，聲聞過情，姚氏若有歉然！徒以乾嘉諸老，姚氏最老壽，從容論說，深造而自有得。其文爲世所稱誦者，詞旨淵雅，夐絶塵表。姚氏既死，而門弟子播天下者，稱述其術，笁好而不厭。上元有管同、梅曾亮，桐城有方東樹、姚瑩，四人者稱高第弟子；而梅曾亮名最高！然梅氏之文，浸淫六朝，見梅氏《管異之文集書後》，載王氏《續纂》。意度蕭閒，而辭句矜練，於陽湖諸老爲近，而與姚氏不同。吴敏樹《記鈔本震川文後》曰：“梅先生爲余言：‘歸氏學自桐城方靈皐氏後，姚姬傳氏得之。’梅先生蓋親受學於姚氏，而其爲文之道亦各異。”見王氏《續纂》。顧同時憙宗姚氏者，群尊梅氏爲魁，如孔門之有若焉！姚氏之薪火，于是爲烈！復有朱琦、龍啓瑞、王拯、曾國藩、馮志沂、邵懿辰之徒，相與附麗。於是桐城古文之學大張！諸人者，既一時通儒碩望；而曾氏爲《歐陽生文集序》，復條其流衍；亟推姚氏，至列之《聖哲畫像記》，以爲“粗解文章，由姚先生啓之也”！曾氏於咸、同之際，勳名莫二，又爲文章領袖；其説一出，有違之者，懼爲非聖無法；而姚氏之名益尊，昭昭然若揭日月！獨吴敏樹《與書歐陽篠岑》，以曾氏《歐陽生文集序》稱引相及，力自剖别，謂：“非素喜姚氏者。時論稱劉姚之學，習於名而未稽其實；譬之江西詩派，姚氏特吕居仁之比爾！劉氏更無所置。”而心折者在歸、方；謂：“歸氏之文，高者在神境；而稍病虚，聲幾欲下。望溪之文，厚於理，深於法，而或未工於言。然此二家者皆斷然自爲一代之文，而莫能尚焉者也！”原文載王氏《續纂》。顧曾氏則以爲“姚氏突過歸、方，吴氏比之吕居仁，譏評少過！劉氏誠非有過絶輩流之詣。姚氏則深造自得，其文爲世稱誦者，皆義精詞俊；惜少雄直之氣，驅邁之勢！然姚氏固有偏於陰柔之説，又嘗自謝爲才弱矣！而其辨文章之源流，識古書之真僞；論文亦多詣極之語；有古人所未嘗言，姚氏獨抉其微而發其藴者！惟極稱海峰，不免阿私所好；要未可與海峰同類而並薄之也！”見曾氏《復吴南屏兩書》。載王氏《續纂》。斯爲平情之論！然吴氏非素喜姚；而文之意境閑眇，神逸而韻流，乃與姚爲不期之似！王氏《續纂例略》曰：“南屏沈思孤往，其適於道也；與姚氏無乎不合。”

曾氏論文從姚入而不必從姚出；其自爲文以光氣爲主，以音響爲輔；力矯桐城懦緩之失，探源楊、馬，媲宗退之，奇偶錯綜，而偶多於奇，複字單誼，難廁相間，厚集其氣，使聲采炳焕而戛焉有聲。此又異軍特起於桐城之外而自樹一派，可名之曰湘鄉派。王氏《續纂例略》曰：“曾文正公亟許姬傳；然尋其聲貌，略不相襲；以雄直之氣，宏通之識，發爲文章，冠絶古今。”流風所被，桐城而後，罕有抗顔行者！門弟子箸籍甚衆，其尤倬倬者，則有武昌張裕釗、桐城吴汝綸、遵義黎庶昌、無錫薛福成，亦如姚氏之四大弟子。薛氏致力事功，未遑殫精學問；而雄直之氣，無忝於師門。黎庶昌《庸庵文編序》曰：“叔耘辭畢醇雅有法度，不規規於桐城論文，而氣息與子固、潁①濱爲近。”黎氏入官雖早，然治文字頗劬，其持論大指以爲“桐城宗派之説，流俗相沿以隃百歲，其敝至於淺弱不振；爲有識者所譏！然本朝之文，其體實正自望溪方氏，至姚先生而詞始雅絜。至曾文正公始變化以臻於大。循姚氏之説，屏棄六

① 潁，原譌作“穎”，兹改正。

朝駢麗之習，以求所謂神理、氣味、格律、聲色者，法愈嚴而體愈尊。循曾氏之説，將盡取儒者之多識、格物、博辨、訓詁，一內諸雄奇萬變之中，以矯桐城末流虚車之飾。其道相資，亡可偏廢。”見黎氏《續古文辭類纂序》。於是上賡《姚纂》以闡揚師法而捄桐城之敝。此於湘鄉之學，特究闔奥；如桐城之有《姚纂》，陽湖之有《李鈔》矣！張氏於曾門四子才最高；而吴老壽，至清季猶存，屹然海内文伯；而獨心折張氏，以爲："桐城諸老，氣清體潔，海内所宗；獨雄奇瑰瑋之境尚少！蓋韓公得楊、馬之長，字字造出奇崛。歐陽公變爲平易，而奇崛乃在平易之中，後儒但能平易，不能奇崛，則才氣弱薄，不能復振。此一失也！曾文正公出而矯之，以漢賦之氣運之，而文體一變；故卓然爲一代大家！近時張廉卿又獨得於《史記》之譎怪；蓋文氣雄俊不及曾，而意思之恢詭，辭句之廉勁，亦能自成一家。是皆由桐城而推廣以自爲開宗之一祖！所謂有所變而後大者也！”見吴氏《與姚仲實論文書》。吴之才雄；而張則以意度勝。二人者，造詣不同，而禰曾則一。桐城已在祧列；而桐城之再盛，要以其縣人馬其昶爲後勁！其昶少小耽文章，嘗請古文義法於吴氏。吴氏則戒作宋元人語曰："是宜多讀周秦兩漢時古書。”此湘鄉之師法；而非桐城家言也！又言："今天下宿乎文者，無過張廉卿。子往問焉，吾爲之介。”賦詩一篇，諧莊雜出，謂"得之桐城者宜還之桐城”；見馬氏《書張廉卿先生手劄後》。此特一時謔戲之言，而不必以爲定論！顧馬氏則自以守其邑先正之法，檀之後進，而義無所讓；有《抱潤軒集》。義寧陳三立跋其目曰："曾、張而後，吴先生之文至矣！然過求壯觀，稍涉矜氣。作者之不逮吴先生，而淡簡天素，或反掩吴先生者以此也！”蓋吴氏閎湘鄉之師法；而馬氏襲桐城之家風，故不同也。侯官林紓特與馬氏友善，又自稱"文章見賞吴氏”；見林氏《贈馬通伯序》。依桐城之末光，清季之言文章者宗焉！顧其文氣矜爲隆，殆甚吴氏；匪馬氏之體氣閒適，上追姚氏者可比！馬氏妻弟曰姚永概者，姚氏之從孫也，擅其家學，有《慎宜軒文集》；其爲文章，遣言措意，切近的當，而自澹蕩有致，可謂"聿修厥德，無忝爾祖”者！林氏《慎宜軒文集序》曰："叔節慎宜軒文，氣專而寂，澹宕而有致，不矜奇立異，而言皆衷於名理；是固能禰其祖矣。”此與馬氏皆足以殿桐城之後勁者矣！顧並馬、姚之世，有生桐城之鄉而不爲桐城之文者，陳澹然也！兀傲自多，雅不喜桐城家言，自命能爲太史公，下筆不自休，其至者權奇動宕，恣肆自喜。馬、姚二氏於其文不甚相合，而亦推其能自力也；見陳衍《送陳劍劍潭南歸序》。故以附於桐城之末。世之毁譽桐城者，徒爲尚口之争，罕有條貫之紀！獨念桐城者，讓清一代文學之中堅也，不有所述，監觀何從！近儒梁任公先生《清代學術概論》，叙以短論，特用以爲漢學之襯筆。語言[①]而不詳；以其於文學非專治也！余搜纂近代文學史料十餘年，差有采獵，而董理未遑，謹纂桐城始末，以補梁氏書之闕！亦文章得失之林也！寧祇以供讀《姚纂》者之參考也哉！

《古文辭類纂》之讀法

讀書之法，貴能觀其會通。而欲觀其會通，必先分部互勘；非然，則以籠統爲會通矣！余前論學江蘇省立第三師範學校，嘗擬《姚纂》之讀法有二：

第一、分體分類讀　學文之道，首在辨體。姚氏此纂，分十三體，《王續》因之。而其文章之得失，不可不依體爲斷。每體各有一定格律，凛然不可侵犯。寧都魏禧論蘇明允《上田樞密書》，“首句‘天之所以與我者豈偶然哉’，便已無體！書以道情，開口一句挺然便出議論，直作論耳！書雖文，要與面談相似”，見張潮輯《日録·論文》。此實不易之論。雖老泉復起，不能以自解也！姚氏亦稱“韓退之《伯夷頌》，似太史公論贊，非頌體”；而以入論辨類。至曾國藩論文章之美，分陽剛與陰柔；曰：“陽剛者氣勢浩瀚，陰柔者韻味深美。浩瀚者噴薄而出之，深美者吞吐而出之。論辨、詞賦、奏議、哀祭、傳誌、叙記宜噴薄；序跋、詔令、書牘、典志、雜記宜吞吐。其一類中微有區别者，如：哀祭雖宜噴薄，而祭郊社祖宗則宜吞吐，詔令雖宜吞吐，而檄文則宜噴薄；書牘雖宜吞吐；而論事則宜噴薄。”見《求闕齋日記》。亦各有所宜也。此外如曾氏評韓愈《殿中少監馬君墓誌銘》云：“誌墓之文，懼千百年後，谷遷陵改，見者不知誰氏之墓，故刻石以文告之；語氣須是對不知誰何之人説話；此文少乖，似哀誄文序。”見薛福成《論文集要·曾文正公論文上》。須於此等處細意看，乃知一體有一體之格。然言文

---

① 言，疑當作“焉”。

學而一以體格爲主，似不免太落迹象，拘於形式而忽於内容；必以内容之分類輔之，而加以觀察；則文之表裏精粗無不到，全體大用無不明矣！若論文學之内容，不外三事：一曰記事；二曰説理；三曰表情。試以《姚篹》十三類爲喻：曰“傳狀”、“碑誌”、“雜記”，文體之適於記事者也；曰“論辨”、“序跋”、“奏議”、“箴銘”，文體之宜於説理者也；曰“書説”、“贈序”、“詔令”、“頌贊”、“詞賦”、“哀祭”，文體之用以表情者也。然“傳狀”有繫論贊以昭監戒；“雜記”或出議論以發慨歎；則記事也而説理表情寓焉。“論辨”著陳事由以立斷案；“序跋”次第篇籍以見作意；則説理也而記事不廢焉。“奏議”貴乎責難；“贈序”志於勸善；則表情也而説理麗焉。“頌贊”必系行實；哀誄首詳履歷；則表情也而記事先焉。大抵記事欲其實，不欲其夸；説理欲其顯，不欲其奥；抒情欲其真，不欲其飾。記事宜於賦，説理貴用比，表情妙託興。“賦”、“比”、“興”者，《詩》“六義”之三。叙物以言情謂之賦，情盡物也。索物以託情謂之比，情附物也。觸物以起情謂之興，物動情也。賦直而興微；比顯而①隱。比之與興，雖同是託外物；但比意雖切而却淺，興意似闊而味長。人知詩之有賦、比、興；而不知一切文學之不外於賦、比、興。所謂記事宜於賦，説理貴用比，表情妙託興者，特就其大概言之爾！若細論之，則一體文學自有一體文學之賦、比、興。試以《姚篹》所録者爲例：賦者如事直陳，則有如秦始皇《泰山刻文》，班孟堅《封燕然山銘》，韓退之《曹成王碑》，蘇子瞻《表忠觀碑》，鼂无咎《新城遊北山記》，記事文之出於賦者也。賈生《過秦論》，韓退之《原道》、《原性》、《師説》，柳子厚《封建論》，李習之《行己箴》，張子《西銘》，説理文之出於賦者也。司馬子長《報任安書》，劉子政《極諫外家封事》，韓退之《送董邵南序》，柳子厚《寄京兆許孟容書》、《與蕭翰林俛書》，表情文之出於賦者也。比者以彼喻此，則有如韓退之《毛穎傳》，柳子厚《種樹郭橐駝傳》，蘇明允《木假山記》，記事文之出於比者也。韓退之《守戒》、《雜説》，蘇明允《樂論》，説理文之出於比者也。韓退之《應科目時與人書》、《送楊少尹序》，表情文之出於比者也。興者託物興辭，則有如韓退之《圬者王承福傳》、《藍田縣丞廳壁記》，柳子厚山水諸

① 疑“而”後脱“興”字。

記，記事文之出於興者也。揚子雲《酒箴》，張夢陽《劍閣銘》，歐陽永叔《集古録自序》，説理文之出於興者也。楊子幼《報孫會宗書》，韓退之《送孟東野序》，表情文之出於興者也。即此可知一體文學有一體之賦、比、興；固不限於記事宜於賦，説理貴用比，抒情妙託興矣！明乎賦、比、興之分類；而後言文學始造微也！

第二、分代分人讀　文章一代有一代之風尚，一人有一人之面目。孟子論誦《詩》讀《書》，必推及於知人論世。然不分代分人看，亦無以知人論世也。讀《姚篹》、《王續》二書，既分類看以明文之因體而殊；尤不可不分代看以知文之代殊。而一代之中，風尚攸同；然作者性情不能無異，尤必分人看以體認各家面目。朱子云："學文學詩，須看得一家文字熟，向後看他人亦易知。"見《語録》。姚氏亦云："凡學詩文，且當就此一家用功良久，盡其能，真有所得，然後舍而之他。不然，未有不失於孟浪者！"見方東樹《昭昧詹言》引。曾國藩曰："初學揣摩古人文，惟須先認其貌，後觀其神，久之自能分别蹊徑。"見《日記》。斯皆經驗有得之談。而讀一家之文，能先檢讀《二十四史》本傳以爲知人論世之資，則體認親切而益有味矣！今按《姚篹》、《王續》所録自晚周以下作者：凡晚周二十六人，曰楚莫敖子華、趙良、陳軫、蘇秦、蘇代、蘇厲、張儀、淳于髡、范雎、虞卿、樂毅、周訢、孫臣、魯仲連、觸讋、馮忌、蔡澤、中旗、信陵君、魏加、汗明、黄歇、屈原、宋玉、莊辛、景差。凡秦三人，曰秦始皇、李斯、陳餘。凡前漢三十八人，曰漢高帝、漢文帝、漢景帝、漢武帝、漢昭帝、漢宣帝、漢元帝、賈山、賈生、鼂錯、鄒陽、枚乘、太史公談、東方曼倩、司馬長卿、董子、淮南王安、淮南小山、嚴安、主父偃、吾丘子贛、司馬子長、路長君、張子高、魏弱翁、趙翁孫、庶子王孫、楊子幼、蕭長倩、賈君房、劉子政、匡稚圭、侯應、谷子雲、耿育、賈讓、揚子雲、劉子駿。凡東漢七人，曰漢光武帝、班孟堅、傅武仲、張平子、崔子玉、王子山、諸葛孔明。凡魏一人，曰王仲宣。凡晉六人，曰張夢陽、張茂先、潘安仁、袁彦伯、劉伯倫、陶淵明。凡宋一人，曰鮑明遠。凡唐四人，曰元次山、韓退之、柳子厚、李習之。凡宋八人，曰歐陽永叔、曾子固、蘇明允、蘇子瞻、蘇子由、王介甫、張子、晁无咎。凡明一人，曰歸熙甫。凡清四十一人，曰方靈皋、劉才甫以上《姚篹》。姚南青、朱梅崖、彭秋士、彭尺木、羅臺山、姚姬傳、魯絜非、吴殿麟、秦小峴、惲子居、王悔生、張皋文、陸祁孫、陳碩士、姚石甫、鄧湘皋、周星叔、吕月滄、劉孟塗、姚春木、毛生甫、吴仲倫、管異之、梅伯言、方植之、張石州、朱伯韓、馮魯川、曾滌笙、吴子序、龍翰臣、彭子穆、王定甫、邵位西、魯通甫、戴存莊、孫子餘、管小異、吴南屏，以上《王纂》。都一百三十六家；而桐城派之所自衍者，厥惟四家，曰司馬遷子長、韓愈退之、歐陽修永叔、歸有光熙甫。蓋司馬遷之文所以卓絶千古，自成一家者，徒以叙事之中有唱歎而已。一推其原，蓋本於《詩三百》，所謂“言之不能盡，而發於咨嗟詠歎之餘”者是也。《國風》而後，屈原得之。《楚辭》而後，太史公得之。香草美人，靈均藉以抒幽憤；《刺客》、《滑稽》，史遷假以發牢騷；其所以抒發者不同，而所抒發之者則一。《太史公自序》稱：“屈原放逐，著《離騷》。《詩三百》，大抵賢聖發憤之所爲作。此人皆意有所鬱結，不得通其意。故述往事，思來者。於是卒述陶唐以來，至於麟止。”然則太史公百三十篇，其文則《史記》也；其情則《詩》、《騷》也。以其情出於《詩》、《騷》，故有唱歎；因有唱歎，故有不盡之意；因有不盡之意，故有神韻。後世得此神韻而發之於卓犖爲傑者，韓愈也。其次才力稍遜，而蓄之以紆徐之妍者，歐陽修、歸有光也。世稱“唐宋八家”，韓、柳弁首；而後學所宗，端在韓愈。然按愈《答尉遲生書》稱：“所謂文者，行峻而言厲，心醇而氣和，昭晰者無疑，優遊者有餘。”書載《姚篹》。其自爲文，安雅而奇崛。厥後李翺習之斆其安雅，庶幾“優遊者有餘”，“心醇而氣和”者乎！皇甫湜似其奇崛，儻云“昭晰者無疑”，“行峻而言厲”者乎！是皇甫湜、李翺皆有韓愈之一體。其衍李翺之“優遊”一體者，至則爲歐陽修永叔之神逸；不至則爲曾鞏子固、蘇轍子由之清謹。其衍皇甫湜之“奇崛”一派者，至則爲王安石介甫之峻奥，不至則爲蘇洵明允、蘇軾子瞻之奔放。而歐陽修深遠矣！興化劉熙載曰：“太史公，韓得其雄，歐得其逸。雄者善用直捷，故發端便見出奇。逸者善用紆徐，故引端乃覘入妙。”又曰：“歐陽公文，幾於史公之潔；而幽情雅韻，得騷人之指趣爲多。”“屈子《卜居》、《史記·伯夷傳》，妙在於所不疑事，參以活筆。歐文往往似此。”見《文概》。魏禧曰：“歐文之妙：只是説而不説，説而又説，是以極吞吐往復參差離合之致。史遷加以超忽不羈，故其文特雄。”見張潮輯《日録·論文》。此歐陽修之出司馬遷可徵者也。方苞曰：“震川之文，發於親舊及人微而語無忌者，蓋多近古之文。至事關天屬，其尤善者，不事修飾，而情辭并得，使覽者惻然有隱，其氣韻蓋得之子長；故能取法歐、曾而少更其形貌耳！”見方氏《書震川文集後》。姚鼐亦言：“歸震川之文，於不要緊之題，説不要緊之話，却自風神疏淡，是於太史公深有會處。”此歸有光之出司馬遷可徵者也。昔賢論江西詩派“一祖三宗”：祖者杜甫；三宗者，黄庭堅、陳師道、陳與義也。儻以桐城派爲衡，曰韓愈、歐陽修、歸有光，庶幾桐城之“三宗”也。所謂“一祖”者，惟司馬遷足當其人耳！

第三、分學讀　或者謂：“姚氏此簒文章雖美，聊無裨於學術者。”不知文章學術，本是兩事：文章貴美，學術崇真。文章之美在情韻；而學術之真在智識；即不學，奚損於文章之美！况國人之“文以載道”，昔賢早垂明訓；文章之事，亦未必絶無當於學。姑擬分學讀一法以廣其意。謂予不信，請陳其目：

（甲）通論

太史公談《論六家要指》、歐陽永叔《唐書·藝文志序》、曾滌生《聖哲畫像記》、曾滌生《致劉孟容書》、劉才甫《息争》

（乙）道家文學

歸熙甫《張雄字説》論老之知雄守雌、梅伯言《韓非論》論非之不善用老、姚姬傳《莊子章義序》、梅伯言《書〈莊子〉後》、柳子厚《辨〈列子〉》、柳子厚《辨〈文子〉》、柳子厚《辨〈鶡冠子〉》、梅伯言《〈淮南子〉書後》、姚姬傳《揚雄大元目録序》、吴仲倫《書〈抱朴子〉後》

以上道家諸子考論。

屈原《遠遊》、司馬長卿《大人賦》、張平子《思玄賦》、吴南屏《新修吕仙亭記》

以上道家之遊仙文學。

劉伯伶《酒德頌》、陶淵明《歸去來辭》、蘇子瞻《前赤壁賦》、蘇子瞻《後赤壁賦》、蘇子瞻《方山子傳》、蘇子瞻《超然臺記》、蘇子由《武昌九曲亭記》、歸熙甫《筠溪翁傳》、歸熙甫《畏壘亭記》、劉才甫《樵髯傳》以上消摇游生活。潘安仁《秋興賦》、潘安仁《笙賦》、蘇子瞻《遊桓山記》以上及時行樂。揚子雲《解嘲》、張茂先《鷦鷯賦》以上知足不辱。

以上道家之人生哲學。

（丙）儒家文學

王介甫《讀〈孔子世家〉》、韓退之《送王秀才塤序》說孔、莊、孟、荀之淵源、歐陽永叔《鄭荀改名序》辨荀、老之異、韓退之《讀〈荀子〉》、曾子固《〈新序〉目録序》、方植之《書言後》、姚姬傳《儀鄭堂記》論漢學、姚姬傳《贈錢獻之序》論漢以後儒學之變遷、曾滌生《送唐先生南歸序》論漢以後儒學之變遷、曾子固《徐幹〈中論〉目録序》、吴南屏《書〈文中子説〉後》、朱梅崖《道南講授序》論宋五子、吴殿麟《重建紫陽書院記》論朱學、彭尺木《〈南畇先生遺書〉序》論朱之可通於王、曾滌生《書〈學案小識〉後》論陸王、顏李之蔽、姚姬傳《復蔣松如書》論漢宋之得失、鄧湘臯《〈船山遺書〉序》論漢宋之會通、曾滌生《〈朱慎甫遺書〉序》論清代漢學之末流、曾滌生《復賀耦耕中丞書》論清儒學風之極敝。

以上歷代儒學考論。

董仲舒《對賢良策》三篇、劉子政《條災異封事》、劉子政《上星孛奏》以上論天人相與之際。韓退之《原性》、李習之《復性書》、王介甫《原過》、張子《西銘》、曾滌生《答劉孟蓉書》論學以復性、曾滌生《送劉淑雲南歸序》論盡性踐形、曾滌生《復陳虎臣書》，論主靜。以上論盡性。崔子玉《座右銘》、韓退之《遊言行好惡知名五箴》、李習之《行己箴》、王悔生《座右箴》、曾滌生《立志居敬主靜謹言有恒五箴》、朱伯韓《名實説》以上論修身。惲子居《先賢仲子立石文》論春秋君父之義、歐陽永叔《太常博士周君墓表》孝、王介甫《臨川王君墓誌銘》孝、歸熙甫《歸氏二孝子傳》、劉才甫《胡孝子傳》、朱梅崖《蘭陔愛日圖記》孝、姚姬傳《蕭孝子祠堂碑文》、姚姬傳《贈文林郎鎮安縣知縣婺源黄君墓誌銘》孝、朱伯韓《北堂侍膳圖記》孝、梅伯言《艾方來家傳》、曾滌生《誥封光禄大夫曾府君墓誌銘》孝、曾滌生《台洲墓表》孝、吴南屏《許孝子傳》、管異之《孝史序》、韓退之《諱辨》、韓退之《復讐議》、柳子厚《駁〈復讐議〉》、王介甫《復讎解》、蘇明允《族譜引》論親親之原於孝、梅伯言《家譜約書》、彭子穆《讀〈蔡仲之命〉》論周公之處兄弟、姚姬傳《亡弟君俞權厝銘》弟、吴南屏《亡弟雲松事狀》弟、姚姬傳《翰林院庶吉士侍君權厝銘》義夫。以上倫理觀念。龍翰臣《宋伯姬論》、宋玉《神女賦》、宋玉《登徒子好色賦》兩賦描寫女子之發乎情，止乎禮義，皆儒家倫理也。曾子固《〈列女傳〉目録序》、匡稚圭《戒妃匹勸經學疏》、歐陽永叔《瀧岡阡表》、歐陽永叔《南陽縣君謝氏墓誌銘》、王介甫《曾公夫人萬年太君王氏墓誌銘》、王介甫《仙居縣太君魏氏墓誌銘》、歸熙甫《魏節婦傳》、歸熙甫《王烈婦傳》、歸熙甫《魏節婦傳》、歸熙甫《先妣事略》、方靈臯《二貞婦傳》、方靈臯《書孝婦魏氏詩後》、朱梅崖《黄貞女傳》、彭尺木《曾孝女傳》、姚姬傳《張貞女傳》、姚姬傳《記蕭山汪氏兩節婦事》、姚姬傳《旌表貞節大姊六十壽序》、吴殿麟《王節母傳》、張臯文《先妣事略》、姚石甫《來孝女傳》、鄧湘臯《黄虎癡繼室陳氏墓誌銘》、梅伯言《鮑母謝孺人家傳》、梅伯言《朱孺人墓誌銘》、梅伯言《倪孺人墓誌銘》、梅伯言《書楊氏婢》、曾滌生《歐陽氏姑婦節孝家傳》、陳岱雲《妻易安人墓誌銘》、曾滌生《丁烈婦墓表》以上倫理婦女觀念。

以上儒家之人生哲學。

曾子固《宜黄縣學記》、曾子固《筠州縣學記》、王介甫《慈溪縣學記》、曾滌生《江寧府學記》、曾滌生《送吕介存南遊序》以上論古代教學之法。梅伯言《書〈後漢書〉後》、梅伯言《書複社人姓氏後》以上論教學之敝。韓退之《進學解》、曾子固《墨池記》、吴子序《城南書舍圖序》以上論自學之法。

以上儒家之教學法。

韓退之《處州孔子廟碑》、歐陽永叔《襄州穀城縣夫子廟碑記》、蘇子由《東軒記》論顔子之樂、曾子固《徐孺子祠堂記》、韓退之《施先生墓誌銘》、歐陽永叔《胡先生墓表》、歐陽永叔《徂徠石先生墓誌銘》、歐陽永叔《孫明復先生墓誌銘》、歐陽永叔《連處士墓表》、王介甫《王深甫墓誌銘》、姚姬傳《朱竹君先生傳》、羅臺山《鄧先生墓表》、張臯文《祭金先生文》、惲子居《張臯文墓誌銘》、鄧湘臯《例授修職郎歲貢生候選訓導鄒君墓誌銘》、梅伯言《户部郎中湯君墓誌銘》、梅伯言《國子監學正劉君墓表》、曾滌生《羅忠節公神道碑銘》、曾滌生《仁和邵君墓誌銘》、曾滌生《唐確慎公墓誌銘》、曾滌生《苗先麓墓誌銘》、曾滌生《翰林院侍讀學士丁君墓誌銘》、曾滌生《翰林院庶吉士遵義府學教授莫君墓表》、曾滌生《鄧湘臯先生墓表》、曾滌生《祭湯海秋文》

以上儒家之學者人格。

（丙）墨家文學

柳子厚《辨〈晏子春秋〉》、管異之《讀〈晏子春秋〉》

（丁）法家文學

蘇子瞻《韓非論》排道、法、李斯《論督責書》、蘇子瞻《論始皇、扶蘇》論秦法治之敝、蕭長倩《入粟贖罪議》

（戊）兵家文學

姚姬傳《讀〈司馬法〉〈六韜〉》、姚姬傳《讀〈孫子〉》、蘇明允《孫武》

以上兵家考論。

鼂錯《言兵事書》、鼂錯《論守邊備塞書》、鼂錯《論募民徙塞下書》、趙翁孫《屯田奏》、蘇明允《論項籍》、蘇明允《論禦將》、蘇子瞻《練軍實》、蘇子瞻《論勇敢》、蘇子瞻《論戰守》、蘇子瞻《策斷中》、《策斷下》

以上兵家權謀論。

（己）農家文學

鼂錯《論貴粟疏》、賈生《論積貯疏》

以上古農家言。

賈讓《治河議》、曾子固《襄州宜城縣長渠記》、曾子固《序越州鑒湖圖》

以上水利。

韓退之《潮州祭神文》、曾子固《越州趙公救災記》

以上荒政。

柳子厚《種樹郭橐駝傳》、歸熙甫《歸府君墓誌銘》、歸熙甫《守耕説》、曾滌生《大界墓表》

以上農家生活。

（庚）縱横家文學

柳子厚《辨〈鬼谷子〉》、劉子政《〈戰國策〉序》、曾子固《〈戰國策〉目録序》

以上縱横家考論。

蘇季子《説燕文侯》、蘇季子《説趙肅侯》、蘇季子《説韓昭侯》、蘇季子《説魏襄王》、蘇季子《説齊宣王》、蘇季子《説齊閔王》、蘇代《約燕昭王》以上言縱。范雎《説秦昭王》、張儀《説魏哀王》、張儀《説楚懷王》、張儀《説韓襄王》、黄歇《説秦昭王》以上言横。

以上縱横之策。

此文之涉於諸子九流者也。其涉於小學者則有：

曾滌生《鈔朱子小學書後》、曾滌生《復李眉生書》論古文家用字之法、曾滌生《與朱仲我書》論轉注。

其涉於經説者則有：

劉子駿《移讓太常博士書》西漢今古文之争、蘇明允《易論》、張皐文《丁小疋鄭氏易注後序》、姚姬傳《復休寧程南書》論《易》之圖書。以上《易》。蘇明允《書論》、王介甫《書義序》、姚姬傳《辨〈逸周書〉》以上《書》。蘇明允《詩論》、王介甫《詩義序》、梅伯言《書毛鄭異同考》以上《詩》。王介甫《周禮義序》、姚南青《復某公書》論《周禮》非劉歆僞竄、韓退之《讀〈儀禮〉》、曾滌生《書〈儀禮・釋官〉後》、劉子駿《毀廟議》、韓退之《禮祫議》、蘇子瞻《圜丘合祭六議劄子》、姚姬傳《復孔撝約論禘祭書》、韓退之《改葬服議》、吴殿麟《答金理函書》論殤服、曾滌生《復劉霞仙中丞書》、曾滌生《孫芝房侍講芻論序》以上論《禮》。蘇明允《樂論》、歸熙甫《二石説》以上論《樂》。司馬子長《十二諸侯年表序》序《春秋左傳》傳授之源流、姚姬傳《左傳補注序》、管異之《讀三傳》、龍翰臣《春秋王不稱天辨》、龍翰臣《君氏卒》、龍翰臣《及晉處父盟》、龍翰臣《逆婦姜於齊》、龍翰臣《君弑賊不討書葬》、龍翰臣《論外臣書歸書入例》以上論《春秋》。柳子厚《〈論語〉辨》、曾滌生《〈孟子要略〉序跋》以上論《論》、《孟》。

其涉於論史者則有：

姚姬傳《書〈貨殖傳〉後》、惲子居《讀〈貨殖列傳〉》、惲子居《讀〈張耳陳餘列傳〉》、毛生甫《練伯穎〈後漢書公卿表〉序》、梅伯言《十經齋文表序》論《後漢書》儒林、文苑分傳、惲子居《書〈三國志〉後》、魯通甫《正統論》、周星叔《書蘇文忠〈正統論〉後》、周星叔《再書〈正統論〉後》、蘇明允《族譜後録》、曾滌生《衡陽彭氏譜序》以上論史例、史意，附族譜。惲子居《三代因革論》、蘇明允《申法》、蘇明允《田制》、蘇子由《元祐會計録序》、蘇子由《會計録民賦序》以上歷代經制因革。韓退之《對禹問》、蘇子由《商論》、柳子厚《封建論》、蘇子瞻《論周平王》、司馬子長《六國表序》、蘇明允《論六國》、蘇子由《六國論》、周星叔《趙孝成王論》、蘇子瞻《戰國任俠》、賈生《過秦論》、蘇子瞻《始皇論》、魯通甫《秦論》、嚴安言《世務書》論周、秦之得失。司馬子長《秦楚之際月表序》、惲子居《西楚都彭城論》、蘇子由《漢文帝論》、賈生《陳政事疏》、賈生《論封建子弟疏》、司馬子長《漢興以來諸侯年序表》、司馬子長《高祖功臣侯年表序》、班孟堅《漢諸侯王表序》、東方曼倩《答客難》論士處勢之異古今、蘇子由《三國論》、周星叔《書蘇文定〈隋論〉後》、蘇子由《唐論》、歐陽永叔《五代職方考序》、王介甫《上仁宗皇帝言事書》、蘇子瞻《上皇帝書》以上論歷代事勢推遷。

其涉於論文者，則有：

姚姬傳《復魯絜非書》論文之陰陽、曾滌生《送周荇農南歸序》論文之奇偶、梅伯言《書〈管異之文集〉後》論文之駢散、曾滌生《〈湖南文徵〉序》論文有情、理之分、曾滌生《〈經史百家簡編〉序》論章句、校讐、評點三學。以上通論。韓退之《答李翊書》、韓退之《答劉正夫書》、韓退之《答尉遲生書》、韓退之《與馮宿論文書》、蘇明允《仲兄文甫説》、朱梅崖《又答李礌玉書》、梅伯言《〈舒伯魯集〉序》、梅伯言《答朱丹木書》、梅伯言《答吴子序書》、管異之《〈方植之文集〉序》、曾滌生《復陳右銘太守書》以上論學古文之法。韓退之《南陽樊紹述墓誌銘》、韓退之《貞曜先生墓誌銘》、李習之《祭韓侍郎文》、歐陽永叔《梅聖俞墓誌銘》、蘇明允《上歐陽内韓書》、蘇子瞻《祭歐陽文忠公文》、王介甫《祭歐陽文忠公文》以上論唐宋文學家。曾滌生《書〈歸震川文集〉後》、吴南屏《〈歸震川文別鈔〉序》、吴南屏《記鈔本震川文後》、姚鼐《劉海峰先生八十壽序》、王梅生《祭海峰先生文》、陸祁孫《七家文鈔序》、曾滌生《〈歐陽文集〉序》、吴南屏《與篠岑論文派書》、曾滌生《復吴南屏書》、邵位西《贈陳藝叔序》以上論桐城文。

由吾之法，可知姚、王篹輯之文，亦未必無當於學也，“文以載道”，古人自是如此。而今之學者，又或詬病；欺逝者之不作，肆筆舌以自豪；何稗文章，徒長澆薄！嗚呼！余欲無言！

余蚤承家學，服誦《蕭選》，導以韓、柳，自以爲壯彩烈詞，風骨無慙於古；而揆之桐城義法，則或少乖！然性情之所偏至，不爲意也！獨於姚氏此篹，雖病其規模少隘，然竊以爲有典有則，總集之類此者鮮！鑽研不厭；而不欲輕附時賢，作應聲之罵。昔孔文舉論盛孝章云：“今之少年，喜謗前輩，或能譏評孝章。孝章要爲有天下大名，九牧之人所共稱歎。”吾於姚氏亦云！

（中山書局，1929年11月4日出版）

駢文通義

敘目

原文第一

駢散第二

流變第三

典型第四

漫話第五

論駢文者，睹記所及，宋人有王銍《四六話》，謝伋《四六談塵》；清人有彭元瑞《宋四六話》，孫梅《四六叢話》；皆以四六爲主；不過駢文之枝子，而未見古人之大體。近人孫德謙撰《六朝麗指》，截斷衆流，獨以駢體立論，而探源於六朝；又惜辭繁而情隱；鯫生末學，未易測其指要。博於駢文非專家；顧自少小耽誦《蕭選》；而三十歲以後，於李兆洛《駢體文鈔》，王先謙《駢文類纂》，彭元瑞《宋四六選》，曾燠《駢體正宗》，屠寄《常州駢體文録》五家言，循繹數過；而汎濫及於嚴可均《全上古三代漢魏南北朝文》、《全唐文》。靡所不畢究；因以闚見源流正變所在，而李之《駢鈔》，恢張漢魏以植散行之骨；王之《類纂》，極論才氣以閎駢文之規；尤能觀駢散之會通，而足樹楷模於斯文者也！發凡起例，撰爲是册；乃知儷體之宗《文言》，遠出劉勰《文心雕龍》；而不始於阮元《文言説》。潛氣之欲内轉，始見朱一新《無邪堂答問》；而不創於孫德謙《六朝麗指》，後賢矜其創獲，昔人之所唾餘薈萃衆家，蕲於通方；而帙無貪多，言欲鈎玄。心知其意，所望好學。無錫錢基博序於上海光華大學之東院；時在中華人民造國之二十二年三月十五日。

原文第一

《説文》：駢，駕二馬，从馬，并聲；古義訓併，或訓並，皆謂偶也。劉勰有作，抉發文心，以爲："文之爲德，與天地并生。造化賦形，支體必雙。神理爲用，勢不孤立。心生文辭，運裁百慮，高下相須，自然成對。"此見文之用偶，出於天然。而柳宗元《乞巧文》，"駢四儷六"。此文稱駢儷之始。仁和毛先舒稚黄爲宜興陳維崧其年《湖海樓儷體文序》，論文之有儷體，原本兩儀，亦宗經誥；其説本《文心雕龍》之《麗辭篇》。厥後儀徵阮元芸臺張皇其義，以爲《文言説》，而原文之所自起。以爲"凡偶皆文也；於物兩色相偶而交錯之，乃得名曰文。文，象其形也。《考工记》曰：青与白谓之文。《说文》曰：文，錯畫也，象交文也。古人無筆硯紙墨之便，往往鑄金刻石以期傳之久遠；其著之簡策，亦有漆書刀刻之勞；匪如今人下筆千言，言事甚易也。《説文》：'直言曰言，論難曰語。'《左傳》曰：'言之無文，行之不遠。'此何也？古人以簡策傳事者少，以口舌傳事者多；以目治事者少，以口耳治事者多；故同爲一言也，轉相告語，必有愆誤；是必寡其詞，協其音，使人易誦易記，無能增改；且無方言俗語雜於其間，始能達意而行遠。此孔子於《易》所以著《文言》，此千古文章之祖也。《文言》一篇，不但多用韻，抑且多用偶。孔子於此發明乾坤之藴，詮釋四德之名，幾費修詞之意，冀達意外之言；要使遠近易誦，古今易傳。而世之爲文章者，不務協音以成韻，修詞以達遠，使人易誦易記；而唯以單行之語，縱横恣肆，動輒千言萬字，不以爲煩。不知此乃古人所謂直言之言，論難之語；非言之有文者也，非孔子之所謂文也！自齊梁之後，溺於聲律。彦和《雕龍》，漸開四六之體。至唐而四六更卑。然文體不可謂之不卑，而文統不可謂之不正。昭明所選，名曰《文選》。蓋必文而後選，非文則不選。凡以言語著之簡策，不必以文爲本者，皆經也，子也，史也，皆不可專名之爲文。而專名曰文者，自孔子《易・文言》始。此篇奇偶相生，音韻相和如青白之成文，如咸韶之合節，非振筆縱書者比也。故昭明以爲經也，子也，史也，非可名之爲文也。名之爲文，必義歸翰藻而後可也。自唐宋韓蘇諸大家，以奇偶相生之文，爲八代之衰，而矯之；於是昭明之所不選者，反爲諸家所取；故其所著者非經即子，非子即史；其合於昭明所謂文者鮮矣！其不合之處，蓋在奇偶之間。經史子多奇而少偶，故唐宋八家不尚偶。《文選》多偶而少奇，故昭明不尚奇。如必以比偶爲非古而卑之，則孔子之名其言曰文者，一篇之中，偶句凡四十八，韻語凡三十五，豈可以爲非文之正體而卑之乎！"文見《研經室集》。

亦越百有餘載，其鄉人劉師培申叔益推承厥指以著《廣文言説》，辭加該備。其略曰：文字初興，勒書簡畢，有漆書刀削之勞，抄寫非易，傳播維艱，故學術授受，仍憑口耳之傳聞；又慮其艱於記憶也，必雜於偶語韻文以便記誦；而語言之中有文矣！及以語言著書册，而書册之中亦有文。觀於三代之書，諺語箴銘，實多韻語。若六藝之中，《詩》篇三百，固皆有韻之詞；即《易》、《書》二經，亦大抵奇偶相生，聲韻相叶。而《爾雅・釋訓》子子孫孫以下，用韻者亦三十條，惟《戴禮》、《周官經》言詞簡質，不雜偶語韻文；則以昭書簡册，縣布國門，猶後世律例公文，特設專門之文體也；故與文言不同。降及東周，直言者謂之言，論難者謂之語，修詞者謂之文，而《易・文言》曰："修詞者立其誠。"《説文》："修，飾也。"詞之飾者乃得爲文，不飾詞者，即不得謂之文，不獨言與文分，亦且言與語分。故出言亦分文質。言之質者，純乎方言者也。方言者，猶今俗語也。《説文序》云：秦代以前，諸侯各邦，文各異形，言各異聲，是三代以前各邦之中，皆有特别之語言文字矣。言之文者，純乎雅言者也，阮芸臺曰：雅言者，猶今官話也。雅與夏通；夏爲中國人之稱，故雅言即爲中國人之言。爾雅者，乃方言之近於官話者也。

春秋之時，言詞惡質；故曾子戒遠鄙倍，荀子譏爲俚語，而一語一詞，必加修飾。《左傳》曰："言之無文，行而不遠。"又曰："非文辭不爲功。"文辭，猶言文言也。文言者，即文飾之詞。孔子言"詞達而已"，即不文飾之詞也。言"詞達而已"，不言文達而已；足證詞與文不同，詞非文也。至春秋時代之書，亦大抵文與語分。文近於經，語近於史。故曾子作《孝經》，老子作《道德經》，屈原作《離騷經》，皆雜用偶文韻語者也。若《春秋左氏傳》以及《國語》、《國策》諸書，乃史官記言記事之遺，非雜用偶文韻語者也。至諸子之書，有文有語：荀子《成相篇》，墨子《經上下篇》，皆屬於文者也；《莊》、《列》、《孔》、《孟》、《商》、《韓》，皆屬於語者也。文猶後世之文詞，語猶後世之演稿。惟古人言詞，一經書册之記載，或加潤色之功，致失本文之舊，俞氏蔭甫樾謂《左氏》一書，由丘明潤色，非其本文之舊也。則語而飾以文矣！又古代之初，虛字未興，罕用語助之詞；故《典》、《謨》、《誓》、《誥》，無抑揚頓挫之文；後世以降，由實字假爲虛字，渾噩之語，易爲流麗之詞；文士互相因襲，致偶文韻語之體，亦稍變更。則文而涉於語矣！西漢代興，文區二體，賦、頌、箴、銘，源出於文者也；論、辯、書、疏，源出於語者也。然揚馬之流，類湛深小學，故發爲文章，沈博典麗，雍容揄揚，注之者既備述典章，箋之者復詳徵詁故；非徒詞主駢儷，遂足冠冕西京！東京以降，論辯書疏之作，亦雜用排體，易語爲文；魏晉六朝，崇尚排偶，而文與筆分。偶文韻語者謂之文，無韻單行者謂之筆。觀魏晉六朝諸史各列傳中，多以文筆並言；則當時所謂筆者，乃直樸無文之作也。或用之記事之文，《唐書·蔣楷傳》：踵修國史，世稱良筆，亦爲記事之文。張説稱大手筆，亦指其善修史及作碑版耳。故孔子作《春秋》，必言筆削；陸機《文賦》，不及傳志碑版之文，蓋以此爲史體，非可入之於文也。或用之書札之文，《漢書》稱谷永善筆劄，而《晉書》亦言樂旨潘筆，皆指書劄之文而言之也。體近於語，復與古人之語不同；蓋魏晉之時尚清談，即古人所謂語也；而筆則著之書册，故又與古人之語不同。梁元帝《金樓子》云："至如不便爲詩如閻纂，善爲章奏如伯松，若此之流，汎謂之筆。吟詠風謡，流連哀思者謂之文。"劉彦和《文心雕龍》云："今之常言，有文有筆。無韻者，筆也；有韻者，文也。"文筆區分，昭然不爽矣！故昭明之輯《文選》也，以沈思翰藻者爲文。凡文之入選者，大抵皆偶詞韻語之文；即間有無韻之文，亦必奇偶相成，抑揚詠歎，八音協暢，默契律吕之深，故經子諸史，悉在屏遺。是則文也者，乃經子諸史之外，别爲一體者也。齊梁以下，四六之體漸興，以聲色相矜，以藻繪相飾，靡曼纖冶，文體亦卑；然律以沈思翰藻之説，則駢文一體，實爲文體之正宗。降及唐代，韓柳詞興，始以單行易偶排；

由深趨淺，由簡入繁，由駢儷相偶之詞，易爲長短相生之體，希蹤子史。然繩以文體，特古人之語，而六朝之筆耳！故唐代之時，亦稱韓文爲筆，劉禹錫《祭韓侍郎文》云："子長在筆。"趙璘《因話録》曰："韓公文至高，時號韓筆。"是唐人不以散行者爲文也。至北宋蘇軾，推崇韓氏，以爲文起八代之衰。明代以降，士學空疏，以六朝之前爲駢體，以昌黎諸輩爲古文；文之體例莫辨，而近代文學之士，謂天下文章，莫大乎桐城！於方、姚之文，奉爲文章之正軌；由斯而上，則以經爲文，以子史爲文；由斯以降，則枵腹蔑古之徒，亦得以文章自耀。而文章之真源失矣！惟歙縣凌次仲先生廷堪以《文選》爲古文正的，與阮元《文言説》相符。而近世以駢文名者，若北江洪亮吉、容甫汪中步趨齊梁。西堂尤侗、其年陳維嵩導源徐、庾，即穀人吴锡麒、顨軒孔廣森、稚威胡天游諸公，上者步武六朝，下亦希踪四傑唐王勃、楊炯、盧照鄰、駱賓王爲四傑；文章正軌，賴此僅存！而無識者流，欲別駢文於古文之外，亦獨何哉？自以爲守其邑先正之法，禬之後進，義無所讓也。爰次其説以發吾篇，所以原文之必出於駢，非駢則不成文也。夫手足非駢，則不能迭施；耳目非兩，則不能遍察，而所以筦其樞者曰腦，則一而已。是故非主一則無適，非兼兩不相濟也。述《原文第一》。

駢散第二

夫一陰一陽之謂道，用偶用奇以成文。湘鄉曾國藩滌生《送周荇農南歸序》曰："天地之數，以奇而生，以偶而成。一則生兩，兩則復歸於一；一奇一偶，互爲其用，是以無息焉。物無獨，必有對。太極生兩儀，倍之爲四象，重之爲八卦；此一生兩之説也。兩之所該，分而爲三，殽而爲萬，萬則幾於息矣；物不可以終息，故還歸於一。天地絪蘊，萬物化醇，男女搆精，萬物化生，此兩而致於一之説也。一者陽之變，兩者陰之化。故曰一奇一偶者，天地之用也。文字之道，何獨不然！"

《文心雕龍》探溯皇初以明反本修古之指；謂："唐虞之世，辭未極文。而皋陶贊云：'罪疑惟輕。功疑惟重。'益陳謨云：'滿招損，謙受益。'豈營麗辭，率然對爾：《易》之《文》、《繫》，聖人之妙思也；序《乾》四德，則句句相銜；龍虎類感，則字字相儷；乾坤易簡，則宛轉相承；日月往來，則隔行懸合；雖句字或殊，而偶意一也。”至毛稚黄爲《湖海樓儷體文序》，益藉主客送難以暢其論曰：“或謂三古《六經》，氣留淳樸；先秦西京，體並高古；焉用駢組，聿開浮華。豈知萬邦九族之語，已見諸《虺誥》。水溼火燥之句，亦載於《文言》。嚆矢權輿，引厥端矣。至若武靈王之論騎射，丞相斯之諫逐客，往復徵引，排比頗多；《戰國》龍門，云何損格！”而陽湖李兆洛申耆乃纂録《駢體文鈔》，以爲“唐宋傳作，無不導源漢魏。漢魏之駢體，即唐宋散行之祖。”涇縣包世臣慎伯《與楊季子書》，則曰：“六朝雖尚文采；然其健者，則緩急疾徐，縱送激射，同符《史》、《漢》；貌離神合，精彩奪人。”則是文之駢散，不相廢而相濟也。而曾滌生及近人興化李詳審言更窮極流變，以明駢散興廢之故。曾滌生《送周荇農南歸序》曰：“自漢以來，爲文者莫善於司馬遷。遷之文，其積句也皆奇；而義必相輔，氣不孤伸；彼有偶焉者存焉。其他善者，班固則毗於用偶；韓愈則毗於用奇。蔡邕、范曄以下，如潘岳、陸機、沈約、任昉等比者，皆師班氏者也。茅坤所稱八家唐韓愈、柳宗元，宋歐陽修、曾鞏、蘇洵、蘇軾、蘇轍、王安石，皆師韓氏者也。傳相祖述，源遠而流益分，判然若白黑之不類。於是刺議互興，尊丹者非素。而六朝、隋、唐以來，駢偶之文，亦已久王而將厭。宋代諸子乃承其敝而倡爲韓氏之文；而蘇軾遂稱曰：“文起八代之衰；”非真其才之足以相勝，物窮則變，理固然也；故古文之名獨尊，而駢偶之文，乃屏而不得與於其列。”而李審言《答江都王翰棻論文書》，則曰：“文章自六經、周秦、兩漢六代以及三唐，皆奇偶相參，錯綜而成。六朝儷文，色澤雖殊，其潛氣内運，默默相通，與散文無異旨也；其散文亦爲千古獨絶。試取《三國志注》、《晉書》及《南北兩史》，酈善長《水經注》，羊衒之《洛陽迦藍記》，與釋氏《高僧傳》等書讀之，皆散文之致佳者；至今尚無一人能承其緒；蓋誤以雕琢視之，而未會其自然高妙也。唐之肅、代以下文字，亦多追響南北兩朝；特韓柳稍異耳！夫韓柳亦偶也；觀其全集，何曾有子家言連犿恣肆，渺無畔岸，參廁其内！此道至北宋初元，師承未墜。自穆伯長修、柳仲塗開、蘇子美舜卿、尹師魯洙倡爲古文，胸中初無所儲，而務紆其詞以爲古，曳其聲以爲韻，裁複爲單，改短爲長，歐陽衮公雖師昌黎，而小變其體，未爲背師法也。蘇老泉以布衣求之於縱横、名、法家言，冀以自達；二蘇繼之，馳騁而好爲策士議論，重以比況爲長，文遂往而不返。後雖别爲一派。而文章正宗不在是也。”此書承審言先生抄稿寄示其大指在揚駢文而抑散文，此亦矯枉之論。而《文心雕龍》則頗致戒於“氣無奇類，文乏異采，碌碌麗辭，則昏睡耳目。必使理圓事密，聯璧其章，迭用奇偶，節以雜佩，乃其貴耳。”“是故討論體勢，奇偶爲先。凝重多出於偶。流美多出於奇。體雖駢，必有奇以振其氣；勢雖散，必有偶以植其骨。儀厥錯綜，致爲微妙。”嗚呼！此包慎伯所爲大聲疾呼，發以《文譜》者也！述《駢散第二》。

流變第三

周秦諸子之書，駢散互用，間多協韻，《六經》亦然。西京楊雄馬相如賦頌擅名，漸及衆製，莫不以偶爲體，以奇爲用。而駢文之規模粗具。顧時代遞降，體製亦復略殊。東漢爲駢儷之祖。班固、張衡、崔駰、蔡邕體格已成。顧班張弘贍，崔蔡雅潤，出以雍容，未極雕藻。建安近東漢而出以飛揚，孔融其桀。西晉近建安而更形組練，潘岳陸機爲著。故魏晉自爲一類。東晉與劉宋自爲一類。永明以後，益趨繁縟。至蕭梁諸帝王之作而靡麗極矣！文章關乎運會，東漢清剛而簡質，猶爲盛世之元音；建安藻繪而雄俊，則是偏霸之逸響。晉宋力弱，特饒韻致，亦由清談之故；其體較疏，猶有東漢遺意。劉宋開基，傅亮和雅，得崔蔡之體。顔延之、王融，巧爲雕繢而短於神明。鮑照、江淹獨發以驚挺之唱，操以險急之調，以琢鍊出驚麗，自成一格！而孔稚珪《北山移文》，雕章琢句，務爲新穎，於聲偶之中，發揮奇趣；生撰之語，婉諧之調，節圓而句響，已開徐陵庾信之蹊逕矣！沈約、任昉，周旋齊梁之間；明人太倉張溥天如纂《漢魏百三名家集》，謂：“沈爲膏沐餘潤，光輝被體。”於任則云：“縱横駢儷，不受羈約，馳逐華采，卓爾不群!”任昉詩以用事不得奇，而駢文不然。故駢文之有任沈，猶詩家之有李杜也。李存古意，杜開今體，任沈亦然！任體疏，沈體密。梁武一門，萃集風雅。昭明秀出人表。簡文湘東，並著二難。徐庾父子，早侍東宫，漸染風氣；窮其體製，英華日新；而宫徵鏗鏘，詞旨瑰瑋，庾工碑版，徐長書記，盡態極研，遂爲駢文正宗。夫三代以前，文無聲偶，八音日諧，司馬子長所以鏗鏘鼓舞也！浸淫六季，制句切響，千英萬傑，莫能跳脱。所可自異者，死生氣别耳！求其儷體行文，無傷逸氣者，前有江任，后有徐庾。然江任未極圓潤，猶爲近古；而徐庾華實相扶，尤於抽黄對白之中，灝氣卷舒，采不滯骨，麗而能朗，用集六朝之大成，而導四傑王勃、楊炯、盧照鄰、駱賓王之先路！然風格漸靡，競出新聲。厥後變而爲四傑，再變而爲李商隱，又變而爲宋人。故李商隱者，宋人之先聲也。宋人名駢文曰四六，其名亦起於商隱，自序《樊南甲集》，唤曰《樊南四六》。然四字六字相間成文，宋齊以下乃如此；其對偶亦但取意義聯貫，並不以駢四儷六平仄相間爲工。永明以前，本無四聲之説；要其節奏自然，初無所謂鉤棘也。六代初唐，語雖襞積，未有生吞活剥之弊；至宋而此風始盛，運用成語，隱括入文；然有餘於清勁，不足於茂懿。宋人章奏，多法陸宣公奏議。宣公議論纚纚，自出機杼，易短爲長，改華從實，筆文互用，工爲馳騁。而宋人利其朗暢，以爲模楷；飛書馳檄，其體最宜！至前清彭元瑞有《宋四六選》；及其廻翔禁林，所自作經進文，亦復依放爲之；體格雖卑，取易曉也。前清初元，兩舉宏博，高文何綺！含英咀華，南城曾燠賓谷纂有《國朝駢體正宗》一書；毛奇齡、陳維崧、胡天游、邵齊燾、王太岳、洪亮吉、孫星衍、汪中、孔廣森其選也！《曾選》之首毛奇齡，蓋以時代爲次；而讀其文章，頗合六朝矩矱，整散兼行，並非鉤棘，如《沈雲英墓誌銘》，入後人手，易爲詭麗；而獨以矜莊出之！雍容揄揚，駢文所長；而《平滇頌序》獨出以驅邁！我用我法，真有來如雲興聚如車屯之勢；余尤喜誦之！惟才力薄弱者，苟欲爲此，易至舉鼎絶臏；不若效徐、庾、樊南一派，可免舉止羞澀也！毛奇齡不以駢文名；而陳維崧則駢文有聲。毛體疏俊，陳文綺密。仗氣愛奇，陳不如毛；麗典新聲，毛則遜陳。其摹倣鄴下諸作，雖嫌太似；而功力甚深；刻全集時乃以此入於古文，遂爲《程師恭注本》所遺，維崧古文不入格；獨此數篇爲佳耳！曾氏以之入《駢體正宗》，宜也。胡天游駢文有大名；殊不逮所聞！觀其沈吟鋪辭，句無虚語，語無虚字；而振采失鮮，負聲無力，頗乖秀逸，蹈於困躓；但《遜國名臣贊》一序，論議往復，才章富健耳！然發端緩弛，尚未警遒。杭世駿《東城雜記序》、《寄所親書》，怊悵述情；雖文體未遒，而辭興婉愜；驅邁遜毛奇齡，疏俊軼胡天游。獨王太岳藻暢襟靈，猋發氣逸；知僄輕不可以樹骨，故按衍以式度；知促數不可以赴節，故漂摇以盡奇。僄輕四語，見太岳

《答方柳峰書》。體氣安於毛，驅邁疾於胡，風流調達，實曠代之高手！邵齊燾有《答太岳書》云：“平生於古人文體，嘗竊慕晉宋以來詞章之美。尋觀往製，汎覽前軌，皆於綺藻豐縟之中，能存簡質清剛之制，此其所以爲貴！”可以徵其蘄嚮所在！然才氣苦弱，故務其清捷，殊得風流媚趣；課其實録，則清便婉轉而未爲剛，藻綺映媚而未爲豐。世傳王太岳初好爲騈體文，見齊燾作，歎爲天授；遂綴不爲而規《史》、《漢》及韓柳一君；以故《清虚山房集》中騈文不多。然就所存者較其得失；邵氏安徐而未沈博，清婉而未遒逸；未若王太岳之名章迥句，絡繹奔會也！吴錫麒文秀而質羸，機利而調靡，是能手，非高格！而汪中指事殷勤，情兼雅怨；體視吴爲疏；氣方邵則茂；尚澹雅，不貴綺錯；而優游案衍，事外有遠致，使人味之亹亹不倦！孔廣森《儀鄭堂騈文》，汪中讀之，歎爲絶手！然余誦其文，博喻釀采，志慕鴻裁；而才力沈膇，垂翼不飛，沈博而未昭彰，藻密而欠軼蕩；未見鋒發而韻流；徒以辭繁而意隱耳！方汪氏遜其雋永；比洪亮吉又未奥衍。洪亮吉思捷而才雋，理贍而辭堅，尚氣愛奇，動多振絶。汪中不如其雄，孫星衍視之爲靡。吾郡騈文，孫洪齊名；然孫不如洪！亮吉卓卓，信含異氣，筆墨之情，殆不可勝；而孫才力苦弱，時有齊氣；獨《國子監生洪先生暨妻蔣氏合葬壙誌》及《祭錢太令文》，有逸氣，但未遒耳！洪氏俶儻，故響逸而調遠。孫則清弱，斯文秀而質羸。又毛奇齡尚勢而不取悦澤，孔廣森茂藻而匱於情韻。獨洪氏則情固先辭，勢實須澤，文體相輝，彪炳可玩。汪洪並稱，洪不逮汪之厚；汪不逮洪之奇。洪文權奇；汪文狷潔；邵文秀潤；皆可想見爲人。劉星煒騈文與邵齊燾騈稱。然齊燾蔥蒨有志，星煒索莫乏氣，儷枝對葉，動輒用事；自然英旨，罕所體會；所以文不得奇！不如其宗人嗣綰書記翩翩，後出居上！間以短語，彌臻遒媚；新聲迥句，處處間起；得汪中之澹簡，比世駿之婉愜，骨節遒於太岳，驅邁安於奇齡，擅美四氏，冠絶一時，嗟其才美，良未易幾！惟《祭吴季子廟文》，出以議論，既非體要，亦損標致！吾邑楊芳燦文温以麗，舉體華美，雖靡於汪中，而雄於星煒也！朱珪則結言端直，不貴綺錯，而氣度俊雅，如周公負扆，垂紳正笏，不大聲色而德意自遠。吴鼒騈文，少爲珪所激賞，謂合邱遲、任昉爲一手。而閲其文，旨切調緩，同任昉之用事，異邱遲之暎媚，骨采未圓，風辭欠煉，殊傷鈍懦，不免譽過其實之歎！獨其爲《八家四六文鈔序》，謂："抒撦雖富，不害性靈。闔開自如，善養吾氣。"又曰："言不居要，則藻豐而傷煩。"以此衡文，不得不歎爲知言也！袁枚才筆縱放，匪不詄麗；而根柢不深，氣散神苶，偶用古語，多成贅疣。樂鈞蒼涼婉鬱，微傷纖巧！彭兆蓀警新不如，轉以閑雅勝之！王曇《烟霞萬古樓文》，雋桀廉悍，其病在過求生劃；而讀彭兆蓀文，則又嫌結調太熟。郭麐故爲拗峭，邊幅何窘！吴慈鶴有意妍冶，骨氣不高。故知金玉其相，卓哉有斐，甚難其人！述《流变第三》。

典型第四

余讀義烏朱一新鼎甫《無邪堂答問》，論："駢文自當以氣骨爲主，其次則詞旨淵雅；又當明於向背斷續之法；向背之理易顯；斷續之理則微。語語續而不斷，雖悦俗目，終非作家；公牘文字如牋奏書啓之類，不得不如此；其體自義山開之。惟其藕斷絲連，乃能廻腸蕩氣。駢文體格已卑，故其理與塡詞相通，潛氣内轉，上抗下墜，其中自有音節；多讀六朝文則知之。"此體自以六朝爲凖；而"潛氣内轉，上抗下墜"，斯尤片言居要，可謂一字千金，信足樹斯文之典型，而以發六朝之秘響者也！近人元和孫德謙隘堪纂《六朝麗指》一書，推大其誼，以爲論衡；而矜詡奇秘，發端一序；謂："麗辭之興，六朝稱極盛焉。余少好斯文，迄兹靡倦，握睇籀諷，垂三十年；見其氣轉於潛，骨植於秀。振采則清綺。陵節則紆徐。緝類新奇，會比興之義，窮形抒寫，極絢染之能。"可謂有味乎其言之也！反覆耽玩，籀其所論，大指主氣韻，勿尚才氣；崇散朗，勿嫿藻采。其論以爲："駢文之有任沈，猶詩家之有李杜。彦昇任昉用筆稍有質重處；不若休文沈約之秀潤，時有逸氣，爲可貴也！孫君此論，與張天如不同。據博觀彦昇質重而臻蒼古，遠勝休文之秀潤而流綺靡也。參觀《流變第三》，然氣體散朗之□，故自不可易。《詩品》云：'昉既博物，動輒用事，所以詩不得奇。'然則彦昇之詩，失在貪用事，故不能有奇致。吾謂其文亦然，皆由於隸事太多耳。語曰：'文翻空而易奇。'以此言之，文章之妙，不在事事徵實，若事事徵實，易傷板滯。後之爲駢文者，每喜使事而不能行清空之氣，非善法六朝者也！六朝之文，無不用頓宕之筆。後人但賞其藻采，而於氣體散朗，則不復知之！

故即論駢文，能入六朝之室者，殆無多矣！”此崇散朗，勿嫥藻采之説也。又謂：“長沙王益吾先谦選《駢文類纂》四十六卷，其持論大旨，則在不分駢散而以才氣爲歸。夫駢文而歸重才氣，此固可使古文家不復輕鄙，無所藉口。惟既言駢文，則當上規六朝；而六朝文之可貴，蓋以氣韻勝；不必主才氣立説也。《齊書·文學傳》論曰：‘放言落紙，氣韻天成。’若取才氣横溢，則非六朝真訣也。昌黎謂：‘惟其氣盛，故言之高下皆宜。’斯古文家應爾；駢文則不如此也！六朝文中往往氣極遒鍊，欲言不言；而其意則若即若離，上抗下墜，潛氣内轉。故駢文蹊逕與散文之氣盛言宜，所異在此。”此主氣韻，勿尚才氣之説也。主氣韻，勿尚才氣；則安雅而不流於馳騁，與散行殊科。崇散朗，勿矜才藻；則疏逸而無傷於板滯，與四六分疆。隘堪以爲：“駢體與四六異。四六之名，當自唐始。李義山《樊南甲集序》云‘作二十卷，唤曰《樊南四六》’；知文以四六爲稱，乃起於唐；而唐以前，則未之有也！且序又申言之曰：‘四六之名，六博格五四數六甲之取也。’使古人早名駢文爲四六，義山亦不必爲之解矣。《文心雕龍·章句篇》，雖言‘四字密而不促，六字格而非緩’；此不必即謂駢文。不然，彼有《麗辭》一篇，專論駢體；何以無此説乎？吾觀六朝文中，以四句作對者，往往祇用四言；或以四字五字相間而出。至徐庾兩家固多四六語，已開唐人之先；但非如後世駢文，全取排偶，遂成四六格調也。”而駢文又與律賦異。隘堪以爲：“駢文宜純任自然，方是高格；一入律賦，則不免失之纖巧。《文心雕龍》、《詮賦》與《麗辭》各自爲篇；則知駢文且不同於賦體。賦體出以雕纂；而駢文尤貴疏逸。”疏逸之道，則在寓駢於散。隘堪以爲：“駢體之中，使無散行，則其氣不能疏逸，而叙事亦不清晰。故庾子山信碑誌諸文，述及行履，出之以散；每叙一事，多用單行；先將事略説明，然後援行故實，作成駢語以接其下；推之别種體裁，亦應駢中有散也。儻一篇之内，始終無散行處；是後世書啓體，不足與言駢文矣！”嗚呼！此彦和《文心》所爲致歎於“氣無奇類，文乏異采，則碌碌麗辭，昏睡耳目”者乎！隘堪之作，此爲精覈！要删厥旨，用式多士。述《典型第四》。

漫話第五

漫話者，無當弘旨；尋章摘句，亦足以發；其出前人，或識别，或亦不復；零珠碎璣，聊資談雋而已。

昌黎云："惟古於詞必己出。"譚何容易！曹植《洛神賦》，詞意多襲宋玉《高唐》、《神女》兩賦，人之所知。而其格調，則有摹蔡邕以出變化者。蔡邕《篆勢》曰："頹若黍稷之垂穎。蘊若蟲蛇之棼縕。"又曰："遠而望之，象鴻鵠群遊，絡繹遷延；迫而視之，端際不可得見，指撝不可勝原。"而《洛神賦》："髣髴兮若輕雲之蔽月，飄飄兮若流風之迴雪。遠而望之，皎若太陽升朝霞；廹而察之，灼若芙蕖出渌波。"其格調即摹蔡也，惟蔡出之以質重；而曹抒之以輕麗。即此可悟文章鑪錘在我，自出變化之法。

孔稚珪《北山移文》曰："高霞孤映，明月獨舉。"王僧達《祭顔光録文》曰："逸翮獨翔，孤風絶侶。"造詞雖同，用意不一。孔以喻空山之寂寥，王以況才士之不群。託興不同，而磊落英多則一。

駢文以妃黄儷白爲工麗；亦有以粗枝大葉臻古逸者。如北魏孝文帝《與太子論彭城王詔》曰："清規懋賞，與白雲俱潔。厭榮舍紱，以松竹爲心。"吴均《與朱元思書》曰："風煙俱淨，天山共色。從流飄蕩，任意東西。"沈炯《經通天臺奏漢武帝表》曰："甲帳珠簾，一朝零落。茂陵玉盌，遂出人間。"麗語能樸，綺語能疏，是也。駢文以驚紅駭緑爲華采；亦有以淡裝素抹見雅練者。如謝莊《月賦》曰："白露曖空，素月流天。"又曰："氣霽地表，雲斂天末。洞庭始波，木葉微脱。"江淹《别賦》曰："春草碧色，春水緑波。送君南浦，傷如之何！"梁元帝《采蓮賦》曰："夏始春餘，葉嫩花初。"庾信《小園賦》曰："一寸二寸之魚，三竿兩竿之竹。"又曰："落葉半牀，狂花滿屋。"又曰："樵麥兩甕，寒菜一畦。"樸語能麗，質語能雋，是也。姿采幽茂，古力蟠注，是六朝人真實本領。

駢文之奇語生撰者，未能葩采迅發。而葩采迅發者，又非奇語生撰。鮑照《登大雷岸與妹書》曰："陵跨長隴，前後相屬；帶天有匝，横地無窮。"又《石帆銘》曰："崩濤山墜，鬱浪雷沈。"又《飛白書勢銘》曰："絶鋒劍摧，驚勢箭飛。"江淹《建平王聘隱逸教》曰："迹絶雲氣。意負青天。"突兀嶔嵚，操調險急，此之謂"奇語生撰"。謝朓《辭隋王子隆牋》曰："白雲在天，龍門不見；去德滋永，思德滋深！唯待青江可望，俟歸艎於春渚；朱邸方開，效蓬心於秋實。"梁元帝《蕩婦秋思賦》曰："愁縈翠眉斂，啼多紅粉漫。"徐陵《玉臺新咏序》曰："玉樹以珊瑚作枝，珠簾以玳瑁爲柙。”又曰：“琉璃硯匣，終日隨身；翡翠筆牀，無時離手。”庾信《謝趙王賚白羅袍袴啓》曰：“程據上表，空論雉頭；王恭入雪，虚稱鶴氅，未有懸機巧緤，變纚奇文；鳳不去而恒飛；花雖寒而不落。”又《梁東宫行雨山銘》曰：“樹入牀頭。花來鏡裏。草緑衫同。花紅面似。”綺藻宣茂，舉體華贍，此之謂“葩采迅發”。顧未有葩采既能迅發，而句法又極生剗者！惟吴均《與顧章書》曰：“森壁争霞，孤峰限日；幽岫含靈。深谿蓄翠。”劉令嫻《祭夫徐悱文》曰：“雹碎春紅。霜雕夏緑。”造語既極生剗，葩采亦復迅發；二難之并，得未曾有！

庾信“草緑衫同，花紅面似”之句，與劉令嫻“雹碎春紅，霜雕夏緑”，同一粉紅駭緑。然庾猶見景生情，文人慣技；劉則翻空出奇，詞筆非常。《梁書·劉孝綽傳》：“悱妻文尤清拔。悱，僕射徐勉子，爲晉安郡，卒，喪還京師。妻爲祭文，辭甚悽愴。勉本欲爲哀文，既睹此文，於是閣筆。”可謂奇才！

邱遲詩，鍾嶸《詩品》，謂其“點綴映媚，似落花依草”。今讀邱遲《與陳伯之書》，通篇情文並茂，中曰：“暮春三月，江南草長，雜花生樹，群鶯亂飛；見故國之旗鼓，感平生於疇日，撫絃登陴，豈不愴恨！”借景生情，真有“點綴映媚，落花依草”之致。

自古名篇，不嫌依放。江淹《詣建平王上書》，依放鄒陽《獄中上書自明》。梁簡文帝《與劉孝儀令》，陳後主《與江總書》，依放魏文帝《與朝歌令吴質書》。不止司馬相如《子虚》、《上林賦》。爲揚雄《羽獵》、《長揚》兩賦之藍本也！徐陵《上梁元帝表》，有曰：“青羌赤狄，同畀豺狼，胡服夷言，咸爲京觀。”而《與王僧辯書》，亦用此一聯，駢文之作，造語爲難；雖一人爲之，不免録舊。不止庾信《三月三日華林園馬射賦》“落花與芝蓋齊飛，楊柳共春旗一色”句，爲王勃《滕王閣序》“落霞與孤鶩齊飛，秋水共長天一色”兩句之套調也。

孫隘堪《六朝麗指》曰：“駱賓王代徐敬業傳檄天下，文爲當時傳誦；後世亦多稱之。其中用‘良有以也’，‘豈徒然哉’，以數虚字作對；六朝文則無是也！梁簡文帝《與劉孝儀令》：‘惟與善人，此爲虚説；天之報施，豈若是乎！’蕭子良《與荆州隱士劉虬書》：‘有是因也，何其暢歟！’又梁元帝《與武陵王書》：‘儻遣使乎，良所遲也。’凡若此類，不過以跌宕出之；未有行之屬對中者。嘗觀《李義山文集》。亦時有賓王句調。然後知唐代駢體，易失寬博，不及六朝之散逸矣！”

李白、杜甫以蓋代詩名，鼓吹盛唐；其文遠不逮其詩，然當四傑之後，而不規規於四傑窠臼，則李杜之駢文，亦足以自樹一幟矣！李白集中《送蔡十序》，有“朗笑明月，時眠落花”一聯，《送張祖監丞序》，有“紫禁九重，碧山萬里”一聯。大抵涉筆成趣，不待規削而自圓。唐之駢文，間以散文；猶漢之散文，間以駢文耳！杜甫之文，如《畫馬讚》之類，四言雅鍊，雖不足以比兩京，視六朝則有過之矣！

元稹、白居易皆能古文，元稹滔滔清絶，白居易灑灑敷詞，皆可傳誦。其駢體亦擅塲。而文詞每多浮麗；求其典重者，如元稹《追封宋若華河南郡君制》曰：“司徒之妻有禮，齊加石窌。廷鄉之母有德，漢置封邱。”《授牛元翼深冀等州節度制》曰：“鷹隼擊則妖鳥除。弧弓陳而天狼滅。”皆字字矜鍊矣！白居易《太湖石記》曰：“有盤物秀出如靈邱鮮雲者，有端嚴挺立如尊官神人者，有縝潤削成如珪瓚者，有廉稜鋭劌如劍戟者。”奇峭幽挈，句句錘鍊，尤爲古調獨彈者也！

明瀟湘張燧和仲《千百年眼》曰：“杜牧之《阿房宮賦》云：‘六王畢，四海一！蜀山兀，阿房出！’陸傪作《長城賦》云：‘千城絶，長城列！秦民竭，秦君滅！’傪輩行在牧之前，則《阿房宮賦》又祖《長城》句法矣。牧之云：‘明星熒熒，開妝鏡也。緑雲擾擾，梳曉鬟也。渭流漲膩，棄脂水也。煙斜霧横，焚椒蘭也。雷霆乍驚，宮車過也！轆轆遠聽，杳不知其所之也！’盛言秦之奢侈。楊敬之作《華山賦》，有云：‘見若咫尺，田千畝矣，見若環堵，城千雉矣！見若杯水，池百里矣！見若蟻蛭，臺九層矣！蜂窠聯聯，起阿房矣！小星熒熒，焚咸陽矣！’《華山賦》杜司徒佑已常稱之；牧之乃佑孫也，當是傚敬之所作信矣！文章以不蹈襲爲難也！”

宋錢唐釋文瑩道温撰《玉壺清話》，載：“杜審琦，昭憲皇太后之兄也，建寧州節；一旦請覲。審琦視太祖、太宗，皆甥也。一日，陳内宴於福寧宮；昭憲后臨之。祖、宗以渭陽之重，終宴侍焉。及爲壽之際，二帝皆奉觴列拜。樂人史金著者，矗能屬文，致詞於簾陛之外，其略曰：‘前殿展君臣之禮，虎節朝天。後宮伸骨肉之情，龍衣拂地。’”眼前指點，亦自得體。又載：“錢熙泉南才雅之士，進《四夷來王賦》萬餘言。太宗愛其才，擢官職。有司請試。上笑曰：‘試官前進士趙某親自選中。’嘗撰《三釣酸文》，舉世稱精絶。略曰：‘渭川凝碧，早抛釣月之流。商嶺排青，不逐眠雲之侣。’又曰：‘年年落第，春風徒泣於遷鶯。處處羈游，夜雨空傷於斷雁。’其千言，率類於此。卒，鄉人李慶孫爲詩哭之曰：‘四夷妙賦無人誦，《三釣酸文》舉世傳。’”全文不見，就其斷句，調采葱青，亦可玩誦。又曰：“曾魯公垂八十，筆力尚完。時曾子宣内翰守鄱陽，手寫一柬慰之，略云：‘扶摇方遠，六月去而不息。消長以道，七日自當來復。’吾友中秘書楊經臣博贍才雅，嘗誦之經日，謂余曰：‘此非知其然，而神驅氣使之爲爾！’”

晉江曾慥端伯撰《高齋漫録》載：“董禹川濬長於四六，嘗有云：‘八十日歸去來兮，九萬里摶扶摇者。’又云：‘聲聞於天方類在陰之鶴。時控於地，有同決起之鳩。’又云：‘考父再命而僂，靡獲循牆。孟軻千里而來，敢云利國。’”語亦渾脱。

金華吕祖謙伯恭撰《宋文鑑》；而楊億表啓，亦見采録。億爲文春容大雅，無唐末五代衰颯之氣；其《駕幸河北起居表》曰：“毳幕稽誅，鑾輿順動。羽衛方離於象魏，天威已震於龍荒。慰邊氓徯后之心，增壯士平戎之氣。臣聞涿鹿之野，軒皇所以親征。單于之臺，漢帝因而耀武”云云。鏗鏘鼓舞，可謂有典有則矣！《賀刁秘閣啓》曰：“群玉之府，圖籍攸歸。承明之廬，俊賢所聚。自非兼該文史，洞達天人，擅博物之稱，負多聞之益。則何以掌蘭臺之秘記，辯魯壁之古文！克分亥豕之非，榮對鬼神之問，允資鴻博，式副選掄”云云。詞筆爽潔，頗有逸氣，厥後歐蘇四六皆以氣行，晁無咎又以情勝，各自名家。

南宋駢文，德興汪藻彦章《浮溪集》爲最著！藻學問博贍，爲南渡後詞臣冠冕；統觀所作，大抵以儷語爲最工。其代言之文，如《隆祐太后手書》、《建炎德音》諸篇，皆明白洞達，曲當情事；詔令所被，無不悽憤激發；天下傳誦以比陸贄。説者謂其措辭得體，足以感動人心！如所稱《隆祐太后手書》，告天下以立康王之故；其警句曰：“漢家之厄十世，宜光武之中興；獻公之子九人，惟重耳之尚在。”一時推爲雅切！又《宋齊愈責詞》曰：“義重於生，雖匹夫不可奪志；士失其守，或一言幾於喪邦。”又《張邦昌責詞》曰：“雖天奪其衷，坐愚至此！然君異於器，代匱可乎！”跌宕昭彰，皆當時所謂四六名篇，膾炙人口者！其次當推鄱陽洪适景伯《盤洲集》。适以詞科起家，工於儷偶。其弟邁嘗舉所草《張浚免相制》、《王大寶致仕制》、《浙東謝表》、《生日詩詞謝啓》諸聯，載於《容齊三筆》。然考适自撰小傳，自其少時《擬復得河南賀表》，即有“齊人歸鄆讙之田，宣王復文武之境”句，爲作者所稱。其内外諸制，亦皆長於潤色。如紹興間，知制誥，草《親征詔》，有曰：“歲星臨於吴分，冀成淝水之功。鬥士倍於晉師，當決韓原之勝。”隸事穩稱，辭亦遒健，陸游以詩名，而文不甚著。然觀其《賀禮部鄭侍郎啓》，有曰：“文關國之盛衰，官以人而輕重。籲俊尊上帝，豈止在玉帛鐘鼓之間。斂福錫庶民，其必有典謨訓誥之盛。”抑揚爽朗，可謂工雅得體者矣！

文人之筆，不足爲依據；以其言不由衷也。如汪藻《賀李綱右丞啓》云：“精忠貫日，正兩儀傾側之中。凜氣横秋，揮萬騎笑談之頃。既名高而衆娼，乃讒就而身危。士訟公冤，亟舉幡而集闕下。帝從民望，令免冑以見國人。”其推崇可謂至矣！及綱爲張浚所誣，落職。藻草制云：“朋奸罔上，有虞必去於驩兜。欺世盜名，孔子先誅夫正卯。專殺尚威，傷列聖好生之德。信讒喜佞，爲一時群小之宗。”同一人也，前則美諛之如彼，後則醜詆之如此；而皆持之有故，言之成理；尚論者何所適從乎？又秦檜在相位，建一德格天閣。有朝士賀以啓云：“我聞在昔惟伊尹格於皇天。民到於今，微管仲吾其左衽。”詞極渾雄；然試問秦檜足以當之乎！

秦檜子熺狀元及第。李劉賀以啓曰：“一經教子，素欽丞相之賢。累月笞兒，敢起鄰翁之羨。”檜大喜。而汪藻賀啓則曰：“三年而奉詔策，固南宫進士之所同；一舉而首儒科，蓋東閣郎君之未有。”檜父子大怒，遂以得罪，編管湖湘。同一頌諛，而論筆仗，則汪尤健於李也！

自六代以來，箋啓即多駢偶；然其時文體皆然，非以是别爲一格也。至宋而歲時通候，仕宦遷除，吉凶慶吊，無一事不用啓，無一人不用啓，其啓必以四六，遂於四六之内，别有專門。南渡之始，吾郡孫覿仲益《内簡尺牘》，一時稱勝，猶存古意。迨崇仁李劉公甫《四六標準》出，惟以流麗穩貼爲宗，無復前人之典重；沿波不反，遂變爲類書之外編，公牘之副本！而冗濫極矣！然劉之所作，頗爲隸事親切，措辭明暢；在此體中，可謂名家！

汝陰王銍性之撰《四六話》二卷，其書皆評論宋人表啓之文，六代及唐，詞雖駢偶而格取渾成。唐末五代，漸趨工巧。如羅隱代吾祖吳越武肅王《賀唐昭宗更名曄表》，所謂“右則虞舜之全文，左則姬昌之半字”；當時以爲警策，是也。宋代沿流，彌競精切；故銍之所論，亦但較勝負於一聯一字之間。至周必大等承其餘波，轉加細密；終宋之世，惟以隸事切合爲工，組織繁碎，而文格日卑，皆銍之論導之也。稍後上蔡謝伋景師撰《四六談麈》一卷，其論四六，則以命意遣詞分工拙；以視銍之尋章摘句者，所見爲遠勝之。至謂“四六施於制、誥、表、奏、文、檄，本以便宣讀，多以四字六字爲句。宣和間多用全文長句爲對。習尚之久，至今未能全變，前輩無此格！”又謂：“四六之工，在於翦裁。若全句對全句，何以見工！”尤切中南宋之弊。

遜清駢文，名家者甚多；然亦時有利鈍。福州梁章鉅茝林《退庵隨筆》曰：“四六文純用六朝體格，亦恐非宜；惟有分唐四六、宋四六兩派，各就性之所近而學之。唐四六又當分爲兩層：有初唐之四六，王子安勃爲之首，以雄博爲宗；本朝之陳維崧似之，有中唐以後之四六，李義山商隱爲之首，以流麗爲勝；本朝之吳綺似之。宋四六無專家，各以新巧爲工；近南昌彭文勤公所輯《宋四六選》，已具崖略；本朝之章藻功似之。今欲爲四六專家，則當先讀《蕭選》及徐、庾二集，而參以初唐《四傑集》，李義山《樊南甲乙集》，彭文勤公《宋四六選》，以及《陳檢討四六》，《林蕙堂集》吳綺著，《思綺堂集》章藻功著；則源流正變，自可了然於胸。”又曰：“近人四六體格，以孔㢲軒檢討廣森爲最正。檢討嘗言：駢體文以達意明事爲主。不爾，則用之婚啓，不可用之書札；用之銘誄，不可用之論辨；真爲無用之物。六朝文無非駢體；但縱橫開闔，與散體文同也。”又曰：“徐庾集必須熟讀。此外四傑即當擇取。須避其平實之弊。第一音節近古。庾文‘落花與芝蓋齊飛，楊柳共春旗一色’，爲王子安所襲用。若删却‘與’、‘共’二字，便成俗響。陳其年維崧‘四圍皆王母靈禽，一片悉嫦娥寶樹’。此調殊惡；在古人，寧以兩之字易‘靈’、‘寶’二字也！”又舉楊炯《少姨廟碑》云：“蔣侯三妹，青溪之軌跡可尋。虞帝二妃，湘水之波瀾未歇。”以爲“‘未歇’二字，耐人玩讀，今人必不能到”。至云：不可用經典奥衍之字及制舉文柔滑之句，則不足於宋四六一派矣！包慎伯《答董晉卿書》曰：“僕家無藏書，少不涉學，獨好《文選》。輒效爲之，以古爲師，以心爲範。後乃得唐以來賦千餘首，檢其長篇鉅製，殊無可觀；惟韓退之《感二鳥》，張文潛《酷暑》，差當意耳！成童事斯，越三四年，内省外方，邈爾無偶！暨出遊江淮間，乃見近人竇東皋侍郎光鼐作，駸駸有慕古之意；伐材近而隸事雜，氣象窘迫。大興朱相國珪有進御文五十餘首，華贍勝竇氏，意卑不能尊其體。張孟遲進士騰蛟步趨朱氏而加修飭；然貪多之弊更甚！尊舅氏張皋文編修惠言識字諧韻；而外腴内竭。金朗甫庶常式玉承編修之指授，用意秀宕；而怯薄無以自立。斯數君者，固已魁然迥出，卓立頹流；質諸古人柔厚之旨，未窺一間。僕以奔走風塵，弱冠廢學，常歎生秉殊分，使不迫於饑寒，以三年餘暇，沈浸遺編；源於《風》、《騷》以端其旨，以息其氣；播於子史以廣其趣，以飭其勢；通於小學以狀其情，以壯其澤，匯於古集以練其神，以達其變；則雖不能追蹤漢魏，力崇淳質；悱惻雅密，接武鮑庾，其庶幾矣！”此其言雖爲論賦而發；然賦者鋪采摛文，駢文之大宗。朱鼎甫《無邪堂答問》曰：“文章未論工拙，先論雅俗。如蓮裳樂鈞《答王痴山書》，有云：‘眼與碧疏，意將紅斷。’欲學齊梁，乃落俗調。凡此皆可類推。”細籀三君之論，則於駢文之取逕及雅俗，可以得其指要；舉一反三，所貴好學深思，心知其意耳！

自來爲駢文者，非博之難，而雄爲難！然不雄而博，喜用古事，彌見拘束。鍾嶸《詩品》曰：“大明泰始中，文章殆同書抄。近任昉、王元長融等詞不貴奇，競須新事。爾來作者寖以成俗；遂乃句無虛語，語無虛字；拘攣補衲，蠹文已甚。”此則博而不雄之弊也！然則如何而能爲雄也？毛稚黄爲《湖海樓儷體文序》曰：“能於屬詞隸事之中，極其開闔；不外紬青媲白之法，自行跌宕；政如山陰楷書，而具龍跳虎卧之奇；杜陵排律，乃得歌行頓挫之致。”陳維崧之文，未能臻此；然真狀寫得雄博二字出。

康熙中，安南國進貢，其表文云：“外國之丸泥尺土，不過中國飛埃。異域之勺水蹄涔，原屬天家雨露。”嫣潤有致。乾隆中，有某鎮李總兵，詔賜以御製詩全部；謝表有云：“乍聆天語，真目所未睹之奇。欲贊微詞，凛口不能言之懼。”渾脱瀏亮，妙在適如其分！

高映川丈汝琳爲余言：咸同間，吾邑有鄒鉞者，字少儀，工箋札，爲人作乞貸書，有曰：“燃眉之急，無過於目前。援手之恩，有待於足下。”開闔動宕，真有彈丸脱手之妙！不廑隸事穩稱已也！

晚清駢文，以南皮張之洞孝達爲大家，刊有《廣雅堂駢文》，其撰《書目答問》江陰繆荃蓀筱珊捉刀，入後《姓名略》，於駢體文家注曰："國朝彭元瑞《恩餘堂經進稿》，用宋法。今人《示樸齋駢文》，則用唐法。"按《示樸齋駢文》，歸安錢振倫楞仙作也；坊間有刻本。

侯官陳石遺先生衍爲《廣雅堂駢文注叙》曰："凡人讀書，各有其專注之處；不審其所專注，有引用並非僻書而瞠目莫曉者。乾嘉間，孔顨軒治《大戴》，則專用《大戴》中語。孫淵如星衍治《墨子》，則輒用《墨子》中語，顨軒又喜用《新序》、《説苑》中語，初非僻書也。余友許豫生君注吴山尊鼒所選《八家四六文》，若《問字堂》孫星衍集之'呼嘯若瑾'，《儀鄭堂》之'不兵霍虎'，'設妃若廟'，皆闕如。不知其爲作者所常用之書耳。張廣雅相國在近代達官中，最稱博洽，四部罔不探，而尤熟《資治通鑑》。詩文駢散罔不作，余常以奏議第一，詩次之，駢體文次之。生平文字，務博大昌明，不爲奥衍僻澀以號稱高古；而用事尤見雅切。故往者爲駢文壽李少荃相國，先使屠敬山大令寄屬稿，篇二千言。廣雅易其八九。敬山駢文在近賢中不作第二人想。此篇刻在《結一宧集》中，風格視廣雅爲高；然廣雅作光明俊偉，切當自己身分，非屠作所及。兩文並存，可以方鄭亞之改李義山，昌黎之改盧玉川矣！"論讀書各有專注，可爲駢文家作注者法。

談駢文者，莫備於烏程孫梅松友《四六叢話》，而惜其辭涉曼衍；又限於四六一體。僕兹所陳，遜其繁富，而亦無其支曼；蕲於啓示塗徑，津逮求學。詞出談屑，指歸挈要；而鎔裁自我，語無相襲，雖非鉅帙，要爲别裁，述《漫話第五》。

（大華書局，1934年10月初版）

《文心雕龍》校讀記

WENXINDIAOLONGJIAO

《文心雕龍》校讀記

原道第一

［**發指**］周濂溪稱文以載道，所以顯文章之大用；而彦和則論文原於道，所以探制作之本原。所謂道者，蓋自然耳。昭明所選，名曰《文選》，蓋必文而後選，非文則不選也。其曰："老莊之作，管孟之流，蓋以立意爲宗，不以能文爲本，斯所以立文與非文之畦封。"所謂文者，"事出於沈思，義歸於翰藻"，"綜緝辭采"，"錯比文華"也。彦和"揭原道以昭文心，砭藻采而崇自然"，究極言之，亦曰"神理而已"。而"道心惟微，神理設教"，事雖出於沈思，義不歸乎翰藻。斯實昭明選文之諍臣，而爲文章特起之異軍。紀昀評："齊梁文藻日競雕華，標自然以爲宗，是彦和喫緊爲人處。"誠哉是言也。然而儷字無隻，偶句必雙，使事遣言，雕藻爲甚。寧必本心如此，殆不免風氣所囿乎？讀者勿以辭害志可也！自文之本體言，則曰"原道"；自文之大用言，則曰"明道"。此篇由體達用，"故知道沿聖以垂文，聖因文而明道"。

［校勘］

夫玄黃色雜。明嘉靖刊本、清乾隆三年黄叔琳校注本同。乾隆辛亥金谿王氏重刊漢魏叢書本、乾隆五十六年長洲張松孫校注本“玄”改作“元”。爲五行之秀，實天地之心。黄本、張本同。嘉靖本、漢魏本“實”上有“人”字，“心”下有“生”字。振其徽烈。黄本、漢魏本、張本同。嘉靖本“振”作“褥”。玄聖創典。嘉靖本，黄本同。漢魏本、張本“玄”改“元”。原道心以敷章。嘉靖本、漢魏本以“敷”作“裁文”，黄校依《太平御覽》改。旁通而無涯。嘉靖本、漢魏本、張本同。黄本依《御覽》“涯”改“滯”。鼓天下之動者存乎辭。嘉靖本、漢魏本、張本“動”下無“者”字，黄校從《御覽》增。玄聖炳燿。依嘉靖本。黄本、漢魏本、張本“玄”改“元”。

徵聖第二

［發指］彦和言：“子政論文，必徵於聖；稚圭勸學，必宗於經。”何必不與《舊唐書·韓愈傳》稱經誥之指歸同趣？而卒言之曰：“聖文之雅麗，固銜華而佩實者也。”“銜華佩實”四字，厥爲彦和衡文之準繩；而緾以贊曰：“精理爲文，秀氣成采。”“秀氣成采”之謂“銜華”；“精理爲文”之謂“佩實”。《昭明文選序》謂：“老莊之作，管孟之流，蓋以立意爲宗，不以能文爲本。”而鍾嶸《詩品》則曰：“永嘉時，貴黄老，稍尚虛談，於時篇什，理過其辭，淡乎寡味。”此佩實而不銜華者也。然范曄《後漢書自序》謂：“情志所託，故當以意爲主，以文傳意。以意爲主，則其旨必見；以文傳意，則詞不流。然後抽其芬芳，振其金石耳。而患其事盡於形，情急於藻，義牽其旨，韻移其意。雖時有能者，大較多不免此類，政可類工巧圖繢，竟無得也。”至唐獨孤及爲《李遐叔文集序》，以爲“文教下衰，乃至有飾其辭而遺其意者，則潤色愈工，其實愈喪。及其大壞也，儷偶章句，使枝對葉，文不足言，言不足志”。此銜華而不佩實者也。銜華而不佩實，其敝極於齊梁之雕藻；佩實而不銜華，其末流爲宋元之語録。爲失不同，而蔽則一。唯銜華而佩實，乃聖文之雅麗。佩實斯雅，銜華則麗。“然則志足而言文，情信而辭巧”；“琱琢情性，組織辭令”；“夫子文章，可得而聞”，“迺含章之玉牒，秉文之金科矣”。“顔闔以爲仲尼飾羽而畫，徒事華辭”，其然，豈其然乎？

［校勘］

鄭伯入陳，以文辭爲功。依黄本。嘉靖本、漢魏本、張本“文”作“立”。宋置折俎，以多文舉禮。黄本、張本依孫汝澄改，嘉靖本、漢魏本“文”作“方”。然則志足而言文。黄本、漢魏本、張本依謝兆申改，嘉靖本“志”作“忠”。徵之周孔。黄本、漢魏本、張本同。嘉靖本“周孔”倒。是以子政論文。嘉靖本無“子”字，黄本、漢魏本、張本依楊慎補。稚圭勸學。四字嘉靖本無，黄本、漢魏本、張本依楊慎補。雖欲訾聖。黄本、張本同。嘉靖本，漢魏本“訾”作“此言”二字。

宗經第三

［發指］此篇與前篇《徵聖》貌異心同，《徵聖》亦言《宗經》。惟《徵聖》明斯文之足言；《宗經》徵文理之宗匠。《徵聖》論繁略隱顯，以明修辭之有法；《宗經》徵《詩》、《書》五經，以見立言之攸體。其《徵聖》曰：“文成規矩，思合符契；或簡言以達旨，或博文以該情，或明理以立體，或隱義以藏用。故《春秋》一字以褒貶，《喪服》舉輕以包重，此簡言以達旨也。《邠詩》聯章以積句，《儒行》縟説以繁辭，此博文以該情也。書契斷決以象《夬》，文章昭晰以象《離》，此明理以立體也。四象精義以曲隱，五例微辭以婉晦，此隱義以藏用也。故知繁略殊形，隱顯異術，抑引隨時，變通會適。《易》稱‘辨物正言，斷辭則備’；《書》云‘辭尚體要，弗惟好異’。故知正言所以立辯，體要所以成辭，辭成無好異之尤，辯立有斷辭之義。雖精義曲隱，無傷其正言；微辭婉晦，不害其體要。體要與微辭偕通，正言共精義並用。”此論繁略隱顯以明修辭之有法也。《宗經》曰：“論説辭序，則《易》統其首；詔策章奏，則《書》發其源；賦、頌、歌、讚，則《詩》立其本；銘、誄、箴、祝，則《禮》總其端；紀、傳、移、檄，則《春秋》爲根：並窮高以樹表，極遠以啓疆，所以百家騰躍，終入環内者也。”“故文能宗經，體有六義：一則情深而不詭，二則風清而不雜，三則事信而不誕，四則義直而不回，五則體約而不蕪，六則文麗而不淫。”此則徵《詩》、《書》五經，以見立言之攸體也。《徵聖》明斯文之足言，故曰：“褒美子産，則云‘言以足志，文以足言’；泛論君子，則云‘情欲信，辭欲巧’。”《宗經》徵文理之宗匠，故曰：“三極彝訓，其書言

經。”義既極乎性情，辭亦匠於文理，故能開學養正，昭明有融。此其較也。本經術以爲文宗，斯豈六代文士所知，而卒之曰“楚豔漢侈，流弊不還，正末歸本，不其懿歟”！斯其不惬雕藻，何啻大聲疾呼？

［校勘］

聖謨卓絶。嘉靖本、漢魏本“謨”作“謀”，黄本改，張本從之。牆宇重峻。嘉靖本、黄本、漢魏本同。張本“峻”作“踆”。夫《易》惟談天，入神致用。嘉靖本、漢魏本、張本無“夫”字，又嘉靖本、漢魏本“入”作“人”，黄本從《御覽》增改。故《繫》稱旨遠辭文。嘉靖本“文”作“高”，黄本、漢魏本、張本依孫汝澄改。《書》實記言，而訓詁茫昧，通乎《爾雅》，則文意曉然。嘉靖本、黄本、漢魏本同，而張本乃云：“《書》實記言，然覽文如詭，而尋理即暢。”按“覽文”九字，嘉靖三本别出在後。而訓詁茫昧。黄本、漢魏本同。嘉靖本“訓詁”作“詁訓”。詁訓同書。嘉靖本、黄本同。漢魏本“詁訓”作“訓詁”；張本作“義訓”。故最附深衷矣。黄本、漢魏本同。嘉靖本“故”作“敢”；而張本無“最”字、“矣”字，上乃有“而訓詁茫昧，通乎《爾雅》，則文意曉然”十四字，此十四字在嘉靖三本則繫前“《書》實記言”句下。禮以立體。依黄本。嘉靖本、漢魏本、張本“以”作“記”，又漢魏本、張本“體”下有“宏”字。據事剬範。嘉靖本、黄本同。漢魏本、張本“據”字上有“用”字；張本“剬”作“制”。執而後顯，採掇生言，莫非寶也。《春秋》辯理。嘉靖本無，黄本、漢魏本、張本依朱謀㙔按《御覽》補；張本“生言”，“生”字作“王”字。一字見義。張本此下有“故觀辭立曉，而訪義方隱”十字；嘉靖三本“觀辭”九字别出在後，“故”作“則”，此處無之。諒以邃矣。《尚書》則覽文如詭，而尋理既暢；《春秋》則觀辭立曉，而訪義方隱：此聖人之殊致，表裏之異體者也。嘉靖本、黄本、漢魏本同。張本無《尚書》、《春秋》兩句；而“覽文”九字上“則”字改“然”字，繫“《書》實記言”句下；“觀辭”九字上“則”字改“故”字，繫“《春秋》辯理，一字見義”兩句下。後生追取而非晚。黄本、漢魏本、張本同。嘉靖本“晚”作“曉”。前修文用而未先。嘉靖本、黄本、漢魏本同。張本“文”作“運”。則易統其首。嘉靖本、黄本、漢魏本同。張本“首”作“旨”。紀傳移檄。嘉靖本、黄本、漢魏本“移”作“銘”，張本依朱謀㙔改。

正緯第四

［發指］經用明道，緯實詭理；而曰“無益經典，有助文章”。此可以

定文學與理學之畦封。然經教不刊，故曰宗；緯文倍適，必以正。

［校勘］

絲麻不雜。嘉靖本、黄本、張本同。漢魏本“麻”作“蔴”。圖籙頻見黄本、漢魏本同。嘉靖本、張本“籙”作“録”。原夫圖籙之見。黄本、漢魏本、張本同。嘉靖本“籙”作“録”。黄金紫玉之瑞。嘉靖本“瑞”作“理”，黄本、漢魏本、張本依孫汝澄改。採摭英華。黄本、漢魏本、張本同。嘉靖本“採”作“援”。

辯騷第五

［發指］正緯者，正緯之非配經而作；辯騷者，辯騷之以繼《詩》而起。然“體慢於三代，而風雅於戰國”，所貴“酌奇而不失其真，翫華而不墜其實”，與《宗經》卒稱“楚豔漢侈，流弊不還”，意正相發，此劉氏之所欲辯也。紀昀言：“詞賦之源出於《騷》，浮豔之根亦出於《騷》，‘辯’字極爲分明。”誠哉是言也！

［校勘］

小雅怨誹而不亂。黄本、漢魏本、張本依許天叙改，嘉靖本“誹”作“謗”。駟虬乘翳。嘉靖本、漢魏本、張本同。黄本“駟”作“駉”，形近而譌。夷羿彃日，木夫九首。嘉靖本“彃”作“蔽”，“夫”作“天”；黄本、漢魏本、張本依孫汝澄改“彃”，依謝兆申改“夫”。語其夸誕則如此。黄本、漢魏本、張本同。嘉靖本“夸”作“本”。固知《楚辭》者，體慢於三代。嘉靖本“慢”作“憲”，黄本、漢魏本、張本依朱謀㙔據宋本《楚辭》改。故能氣往轢古。黄本、漢魏本、張本同。嘉靖本“往”作“性”，形近而譌。豔溢錙毫。嘉靖本作“絶益稱豪”，黄本、漢魏本、張本依朱謀㙔考宋本《楚辭》改。

明詩第六

［發指］原詩之所爲作，曰：“人稟七情，應物斯感，感物吟志，莫非自然”，與《原道篇》開宗明義稱“自然之道”同指。鍾嶸品詩，最其論

旨，亦以“勿墮理障，勿用事，勿拘四聲”爲尚，要厥歸趣，不出“感物吟志，莫非自然”之旨，其論有與劉氏《明詩》相發者。鍾嶸謂：“吟咏情性，亦何貴於用事？‘思君如流水’，既是即目；‘高臺多悲風’，亦惟所見；‘清晨登隴首’，羌無故實；‘明月照積雪’，詎出經史。觀古今勝語，多非補假，皆由直尋。”此劉氏稱建安以明詩，所謂“造懷指事，不求纖密之巧；驅辭逐貌，惟取昭晰之能”者也。鍾嶸謂：“永嘉時，貴黄老，稍尚虚談，於時篇什，理過其辭，淡乎寡味。爰及江表，微波尚傳，孫綽、許詢、桓、庚諸公，詩皆平典似道德論，建安風力盡矣。晉宏農太守郭璞憲章潘岳，文體相輝，彪炳可翫，始變永嘉平淡之體，故稱中興第一。”而劉氏亦曰：“江左篇製，溺乎玄風，嗤笑徇務之志，崇盛亡機之談，袁、孫以下，雖各有雕采，而辭趣一揆，莫與争雄，所以景純仙篇，挺拔而爲俊矣。”準此以觀，大略可睹。惟鍾嶸品詩，裁其品藻；而劉氏明詩，晰其流變，斯不同耳。

［**校勘**］

聖謨所析。黄本、張本同。嘉靖本、漢魏本“謨”作“謀”。理不空綺。嘉靖本、黄本、張本同。漢魏本依朱謀𡽢改“綺”作“弦”，非是。按綺者綺麗之意，以詩者持也，持人情，三百之蔽，義歸“無邪”，故曰“理不空綺”。繼軌周人。嘉靖本、黄本同。漢魏本、張本“人”作“文”。清曲可味。嘉靖本、漢魏本、張本同。黄本“曲”作“典”。暨建安之初。黄本、漢魏本同。嘉靖本、張本無“之”字。故能標焉。黄本、張本同。嘉靖本、漢魏本“標”作“摽”。若夫四言正體，則雅潤爲本；五言流調，則清麗居宗。嘉靖本、漢魏本、張本無两“則”字，黄本從《御覽》增。則出自篇什。黄本、漢魏本、張本同。嘉靖本“出自”两字倒。是道原爲始。嘉靖本、黄本、漢魏本同。張本“原”作“源”。

樂府第七

［**發指**］樂辭以言志之謂詩，詩哢以和律之謂樂。詩持情性，“義歸無邪”；“樂本心術”，“務塞淫濫”。而以魏之三祖，“志不出於淫蕩，辭不離於哀思”，深相譏切。又曰：“豔歌婉變，怨志訣絶，淫辭在曲，正響焉生？”則是哢詩雖判，亦必無詩淫而哢雅者。其意爲當時宫體競尚輕豔發也。

砭俗矯枉，意溢言表。

［校勘］

聲依永。嘉靖本、黄本、張本同。漢魏本“永”作“咏”。葛天八闋。黄本、漢魏本、張本同。嘉靖本“闋”作“閲”，形近而譌。殷整思於西河。黄本、漢魏本、張本同。嘉靖本“整”作“鳌”。匹夫庶婦。嘉靖本“匹”作“及”，黄本、漢魏本、張本依許延禩改“匹”。樂盲被律。黄本、漢魏本同。嘉靖本“盲”作“育”；張本“盲”作“胥”。制氏紀其鏗鏘。黄本、漢魏本、張本同。嘉靖本“鏗”作“鑑”。觀其北上衆引。黄本、漢魏本、張本同。嘉靖本“北”作“兆”。志不出於淫蕩。黄本、漢魏本同。嘉靖本、張本“淫”作“滔”。荀勖改懸。黄本、漢魏本、張本同。嘉靖本“勖”作“最”。李延年閑於增損古辭。黄本、漢魏本、張本同。嘉靖本“閑”作“閒”。至於軒代鼓吹。依張本。黄本、漢魏本、嘉靖本“軒代”作“斬伎”。

詮賦第八

［**發指**］詩貴持志，賦尚鋪采。然而“風歸麗則，辭翦美稗”；“文雖新而有質，采雖絢而有本：此立賦之大體也”。若乃“繁華損枝，膏腴害骨，無貴風軌，莫益勸戒”，此爲賦之大戒也。則是鋪采之賦，胥歸於持志矣。

［校勘］

師箴瞍賦。依張本。嘉靖本、黄本、漢魏本脱“瞍”字。拓宇於《楚辭》也。依黄本。嘉靖本、張本“拓”作“招”；漢魏本作“括”。宋玉風釣。黄本、張本同。嘉靖本、漢魏本“釣”作“鈎”。遂客主以首引。依黄本。嘉靖本、漢魏本、張本“主”作“至”，形近而譌。極聲貌以窮文。嘉靖本無“聲”字，黄本、漢魏本、張本依曹學佺補。王揚騁其勢。黄本、張本同。嘉靖本、漢魏本“揚”作“楊”。皋朔已下。嘉靖本“朔”作“翔”，黄本、漢魏本、張本依曹學佺改“朔”字。亂以理篇。黄本、漢魏本、張本同。嘉靖本“亂”作“辭”，形近而譌。閔馬稱亂。嘉靖本“馬”作“言”；黄本、漢魏本、張本依朱謀㙔改；注：元作“焉”。庶品雜類。嘉靖本“庶”作“鹿”，黄本、漢魏本、張本依曹學佺改。孟堅《两都》，明絢以雅贍。嘉靖本“明絢”作“朋約”，黄本、漢魏本、張本依朱謀㙔據《御覽》改作“明絢”。張衡《两京》，迅發以宏富。黄本、漢魏本、張本同。嘉靖本"發"作"拔"。延壽《靈光》，含飛動之勢。黄本、漢魏本同。嘉靖本、張本"含"作"合"。凡此十家，並辭賦之英傑也。依黄本。嘉靖本、漢魏本、張本"英傑"作"流"。故義必明雅。黄本、漢魏本、張本同。嘉靖本"必"作"以"。此揚子所以追悔於雕蟲。黄本、漢魏本同。嘉靖本"揚"作"楊"，無"於"字；張本亦無"於"字。分歧異派。依黄本。嘉靖本、漢魏本、張本"歧"作"岐"，形近而譌。蔚似雕畫。嘉靖本、黄本、漢魏本同。張本"似"作"以"。

頌讚第九

[**發指**] 頌者，盛德之形容，故"揄揚以發藻，汪洋以樹義"；讚者，"頌家之細條"，斯"約舉以盡情，昭灼以送文"。其用一神一人，頌主告神。其體一鉅一細。頌誦以顯容，讚"促而不廣"。厥始事生奬歎，其既義兼美惡，辭趣非一，而流變正同。

[**校勘**]

魯國以公旦次編。黄本、漢魏本、張本同。嘉靖本"國"作"人"。晉輿之稱原田。嘉靖本"輿"作"興"，黄本、漢魏本、張本依曹學佺改。仲武之美顯宗。嘉靖本、漢魏本、張本同。黄本"仲武"作"武仲"，誤。史岑之述熹后。嘉靖本"熹"作"僖"，黄本、漢魏本、張本依曹學佺改。雖淺深不同。黄本、張本同。嘉靖本、漢魏本"淺深"二字倒。至於班、傅之《北征》、《西巡》。黄本、漢魏本同。嘉靖本、張本"巡"作"逝"。以皇子爲標。黄本、漢魏本、張本同。嘉靖本"標"作"摽"。汪洋以樹義。嘉靖本、黄本、漢魏本同。張本"義"作"儀"。讚者，明也，助也。嘉靖本、張本無"助也"二字，黄本、漢魏本從《御覽》增。及遷《史》、固《書》。黄本、漢魏本、張本同。嘉靖本"遷史"作"史班"。又紀傳後評。嘉靖本"後"作"侈"，黄本、漢魏本、張本依朱謀㙔考《御覽》改。而仲洽流别。依黄本。嘉靖本、漢魏本、張本"洽"作"治"，形近而譌。動植必讚。嘉靖本、漢魏本、張本"必讚"作"讚之"，黄本從《御覽》改。然本其爲義。嘉靖本、漢魏本、張本無"本"字，黄本從《御覽》增。促而不廣。嘉靖本、漢魏本、張本"廣"作"曠"，黄本從《御覽》改。昭灼以送文。嘉靖本、黄本同。漢魏本"送"作"述"；張本"送文"作"述義"。縟彩摛文。依黄本。嘉靖本、漢魏本、張本"彩"作"影"，形近而譌。

祝盟第十

［發指］祈福以降神之謂祝，而曰“修辭立誠，在於無媿”；約誓以告神之謂盟，“故知信不由衷，盟無益也”。蓋以立誠爲宗，不以能文爲本。“祝史陳信，資乎文辭”，而卒言之曰：“非辭之難，處辭爲難。”即此可徵《文心》、《文選》之歧趨。

［校勘］

祀徧群神。黄本、漢魏本、張本同。嘉靖本“神”作“臣”。昔伊耆始蜡。嘉靖本“耆”作“祈”，黄本、漢魏本、張本依柳應芳改。土反其宅。嘉靖本“反”作“及”，黄本、漢魏本、張本依許天叙改。爰在茲矣。黄本、漢魏本、張本同。嘉靖本“爰”作“愛”。即郊禋之詞也。黄本、漢魏本、張本同。嘉靖本“詞”作“祠”，形音近似而譌。及周之太祝，掌六祝之辭。依黄本。嘉靖本、漢魏本、張本“六祝”之“祝”譌作“祀”。祝幣史辭。黄本、漢魏本同。嘉靖本、張本“祝”作“祀”。侲子毆疫。嘉靖本“疫”作“疾”，黄本、漢魏本、張本依王氏改。禮失之漸也。黄本、漢魏本同。嘉靖本、張本“禮”作“體”。唯陳思誥咎。嘉靖本無“咎”字，黄本、漢魏本、張本依曹學佺補。頌體而祝儀。黄本、漢魏本、張本同。嘉靖本“祝”作“呪”。而降神務實。黄本、漢魏本同。嘉靖本、張本“務實”二字倒。定山河之誓。嘉靖本、黄本、漢魏本同。張本“誓”作“盟”。

銘箴第十一

［發指］銘者，名也，觀器而正名也。箴者，所以攻疾防患，喻針石也。義典則弘，文約爲美。取事必覈以辨，攡文貴簡而深。此箴之所與銘同。若乃箴全禦過，故文資確切；銘兼褒讚，故體貴弘潤。此箴之所與銘異。陸士衡賦文以爲銘博約而温潤，箴頓挫而清壯。箴頓挫而清壯，斯確切矣；銘博約而温潤，故弘潤矣。

［校勘］

魏顆紀勳於景鐘。嘉靖本“鐘”作“銘”，黄本、漢魏本、張本依曹學佺改。趙靈勒跡於番吾。嘉靖本"吾"作"禺"，黄本、漢魏本、張本依楊慎改。秦昭刻博於華山。嘉靖本"博"作"傳"，漢魏本"博"作"傅"，黄本、張本依朱謀㙔改"博"字。吁可笑也。嘉靖本"笑"作"茂"，黄本、漢魏本、張本依曹學佺改。橋公之鉞。依黄本。嘉靖本"橋"作"僑"、"鉞"作"箴"；漢魏本、張本"鉞"作"銘"。曾名品之未暇。黄本、張本同。嘉靖本"未"作"末"；漢魏本"品"作"器"。唯張載《劍閣》。嘉靖本"載"作"采"，黄本、漢魏本、張本依謝兆申改，張本無"唯"字。斯文之興。黄本、漢魏本、張本同。嘉靖本無"之"字。戰代已來。黄本、張本同。嘉靖本、漢魏本"代"作"伐"。作《卿尹》《州牧》二十五篇。依黄本。嘉靖本無"作"字，"二十"作"廿"；漢魏本、張本"二十"作"卄"。故文資确切。嘉靖本"資确"作"質確"；"確"字，黄本、漢魏本、張本依朱謀㙔改"确"。

誄碑第十二

［發指］誄累德以叙悲，碑碣石而讚勳，傳神似面，"聽辭如泣"。其爲文制雖異，而資史才則同。"傳體而頌文，榮始而哀終。""其叙事也該而要，其綴采也雅而澤"：斯其較也。

［校勘］

易入新切。嘉靖本、黄本、漢魏本、張本"切"作"麗"。始序致感。黄本、漢魏本同。嘉靖本、張本"感"作"惑"。景而效者，彌取於工矣。嘉靖本"工"作"功"，黄本、漢魏本、張本依謝兆申改。紀號封禪。依黄本。嘉靖本、漢魏本、張本"紀"作"始"。亦古碑之意也。依黄本。嘉靖本、漢魏本、張本"古"作"石"。事止麗牲。黄本、漢魏本、張本同。嘉靖本"止"作"正"。句無擇言。嘉靖本、張本同。黄本、漢魏本"句"作"詞"。

哀弔第十三

［發指］哀與誄異。誄以累行，故謚加乎居德；哀以悼逝，故"譽止於察惠"。而弔，又與哀異，短折曰哀，所以哭死，至到稱弔，實用慰生。《記》曰："知生者弔，知死者傷。知生而不知死，弔而不傷；知死而不知生，傷而不弔。"古人有别，劉氏已混。而劉氏原哀辭，則曰"奢體爲辭，

雖麗不哀”；及其論吊，又稱“華過韻緩，化而爲賦”。“必使情往會悲，文來引泣”，所貴節促而文婉，“辭哀而韻長爾”。

［校勘］

而霍子侯暴亡。黄本、漢魏本、張本同。嘉靖本無“子”字。始變前式。黄本、漢魏本同。嘉靖本“式”作“戒”；張本“式”作“代”。恠而不辭。嘉靖本、黄本、漢魏本同。張本“辭”作“式”。所以不吊矣。依黄本。嘉靖本、漢魏本、張本無“矣”字。晉築虒臺。黄本、漢魏本、張本同。嘉靖本“虒”作“虎”。史趙蘇秦，翻賀爲吊。黄本、漢魏本、張本同。嘉靖本“史”作“使”。及卒章要切。漢魏本、張本同。嘉靖本、黄本“卒”作“平”。思積功寡。黄本、漢魏本、張本同。嘉靖本“功”作“切”。各其志也。依張本。嘉靖本、黄本、漢魏本無“其”字。

雜文第十四

［發指］“夫漢來雜文，名號多品”，而對問、七及連珠三者，放效特多。故詳其流變，明其得失，極答問之末造，則曰：“辭高而理疏”，“意榮而文悴”；而窮《七》之末流，又稱“文麗而義暌，理粹而辭駁”。辭致不同，而義趣一揆。文麗而義暌，即辭高而理疏也；理粹而辭駁，即意榮而文悴也。紀昀言：“詞高理疏，才士之華藻；意榮文悴，老手之頽唐。惟能文者有此病。”此論入微。

［校勘］

夸麗風駭。黄本、漢魏本、張本同。嘉靖本“夸”作“本”。始邪末正。黄本、漢魏本、張本同。嘉靖本“邪”作“雅”。張衡《應間》。依黄本。嘉靖本、漢魏本、張本“間”作“問”，形近而譌。庾敳《客咨》，意榮而文悴。嘉靖本“敳”作“凱”，“悴”作“粹”；黄本、漢魏本、張本“凱”依欽叔陽改“敳”，“粹”依朱謀㙔改“悴”。時屯寄於情泰。嘉靖本、黄本、漢魏本同。張本“於”作“乎”。諷一勸百。黄本、漢魏本、張本同。嘉靖本“一”作“以”。里醜捧心。嘉靖本“醜”作“配”，黄本、漢魏本、張本依謝兆申改。或典誥誓問。黄本、漢魏本、張本同。嘉靖本“誥”作“語”。各入討論之域。黄本、漢魏本、張本同。嘉靖本“域”作“或”。

諧讔第十五

［發指］“諧之言皆也，辭淺會俗，皆悅笑也”；“讔者隱也，遯辭以隱意，譎譬以指事也”。“義欲婉而正；辭欲隱而顯”。“大者興治濟身，其次弼違曉惑。蓋意生於權譎，而事出於機急，與夫諧辭，可相表裏者也。”“會意適時，頗益諷戒；”“但本體不雅，其流易敝”，“空戲滑稽”，“有虧德音”。

［校勘］

昔齊威酣樂。嘉靖本“威”作“宣”，黃本、漢魏本、張本依許天叙改“威”。及優旃之諷漆城，優孟之諫葬馬。黃本、漢魏本、張本同。嘉靖本“優旃優孟”倒作“上孟下旃”。但本體不雅。黃本、漢魏本、張本同。嘉靖本“雅”作“雜”。而詆嫚媟弄。黃本、漢魏本、張本同。嘉靖本“媟”作“媒”。魏文因俳說以著笑書。嘉靖本“文”作“大”，“笑”作“茂”；黃本、漢魏本、張本改“笑”字，依孫汝澄改。雖抃推席。嘉靖本、黃本、漢魏本同。張本“抃”作“扑”。尤而效之。依黃本。嘉靖本、漢魏本、張本“而”作“相”。豈非溺者之妄笑。嘉靖本“笑”作“茂”，黃本、漢魏本、張本依朱謀㙔改。昔還社求拯於楚師。黃本、漢魏本、張本同。嘉靖本“社”作“楊”。而君子嘲隱。黃本、張本同。嘉靖本、漢魏本無“嘲”字。纖巧以弄思。黃本、漢魏本、張本同。嘉靖本“思”作“忠”。已兆其體。嘉靖本、黃本、漢魏本同。張本“兆”作“乖”。

史傳第十六

［發指］史之與傳，本不連類。“史者，使也；執筆左右，使之記也。”“傳者，傳也；轉受經旨，以授於後。”然則記事謂之史，轉經謂之傳。來歷既殊，用途不同。而魯君子左丘明，因孔子史記，論本事而作傳；漢博士謂左氏爲不傳《春秋》。《公羊·定元年傳》云：“主人習其讀而問其傳。”何注：“讀，謂經傳，謂訓詁。”此傳解經而不記事之證也。傳之隸史，肇於馬遷，以配本紀。蓋紀者，編年也；傳者，列事也。紀以包舉宏綱，猶春秋之經；傳以委曲衆端，猶丘明之傳。丘明則傳以解經，馬遷則傳以釋

紀也。而彦和謂“左氏附經間出，於文爲約，而氏族難明。及史遷各傳，人始區詳而易覽，述者宗焉”，厥爲史家有傳之俶落。然彦和慮其“歲遠則同異難密，事積則起訖易疏，斯固總會之爲難也。或有同歸一事而數人分功，两記則失於複重，偏舉則病於不周，此又銓配之未易也”。彦和妙悟文心，而史學非其當行，亦復洞明本末如此。

［校勘］

史者，使也；執筆左右，使之記也。嘉靖本無“史者，使也；執筆左右”八字；“使之記也”，“也”作“已”。黄本、漢魏本、張本依胡孝轅補改。古者左史記事者。嘉靖本無“古”字，黄本、漢魏本、張本依孫汝澄補。洎周命惟新。依嘉靖本。黄本、漢魏本、張本“洎”作“自”。夫子閔王道之缺。嘉靖本、漢魏本、張本同。黄本從《御覽》增“昔者”二字。轉受經旨，以授於後。黄本、漢魏本、張本同。嘉靖本“於”作“其”。及至從横之世。嘉靖本、漢魏本、張本無“及”字，黄本從《御覽》增。故即簡而爲名也。依黄本。嘉靖本、漢魏本、張本“即”作“節”。子長繼志。嘉靖本“志”作“至”，黄本、漢魏本、張本依胡孝轅改。班、史立紀，違經失實。嘉靖本“違”上有“並”字，“經”下無“失”字；黄本、漢魏本、張本依朱謀㙔補“失”字。張衡司史。黄本、漢魏本、張本同。嘉靖本“司”作“同”。元帝王后。嘉靖本“帝王”作“年二”；黄本注依孫汝澄改，漢魏本同。張本作“平二”；注“元”作“帝王”。孫改與黄注牴牾，未知孫改究何如也：然“帝王”二字義長。何有於二后哉？黄本、漢魏本、張本同。嘉靖本“二”作“三”。若司馬彪之詳實。嘉靖三本無“若”字，黄本從《御覽》增。非妄譽也，至於晉代之書。黄本、漢魏本、張本同。嘉靖本“至”在“譽”字上。至鄧璨《晉紀》。嘉靖本“璨”作“瑛”，黄本、漢魏本依朱謀㙔改，張本依《晉書》作“粲”。又攞落漢魏。嘉靖本、漢魏本、張本“攞落”作“撮略”，黄本從《御覽》改。雖湘州曲學。嘉靖本、漢魏本同。黄本、張本“州”作“川”。及安國立例。嘉靖本“安”作“交”，黄本、漢魏本、張本依朱謀㙔改。必貫乎百氏。黄本、漢魏本、張本同。嘉靖本“氏”作“姓”。共日月而長存。嘉靖本、黄本、張本同。漢魏本“存”作“有”。至於紀編同時，時同多詭。嘉靖本脱“同時”二字，黄本、漢魏本、張本依胡孝轅補。勳榮之家。黄本、漢魏本、張本同。嘉靖本“榮”作“勞”。理欲吹霜煦露。嘉靖本、漢魏本“煦”作“噴”，黄本、張本從《御覽》改。此又同時之枉，可爲嘆息者也。嘉靖本“又”作“人”，無“爲”字；漢魏本亦無“爲”字；黄本、張本從《御覽》增；而“又”字，三本同。唯素心乎？依嘉靖本。黄本、漢魏本、張本“心”改

“臣”。而贏是非之尤。嘉靖本、漢魏本、張本同。黄本“贏”作“羸”，形近而譌。

諸子第十七

［發指］桐城姚鼐爲《古文辭類簒》，以爲“論辨類者，蓋原於古之諸子，各以所學箸書詔後世”。而彦和則别諸子以離於論，以爲“陸賈《典語》、賈誼《新書》、揚雄《法言》、劉向《説苑》、王符《潛夫》、崔實《政論》、仲長《昌言》、杜夷《幽求》，咸叙經典，或明政術，雖標論名，歸乎諸子。何者？博明萬事爲子，適辨一理爲論，彼皆蔓延雜説，故入諸子之流”。辭若相破而義相成。

［校勘］

而戰代所記者也。嘉靖本、張本同。黄本、漢魏本“代”作“伐”。尸佼兼總於雜術。嘉靖本“佼”作“狡”，黄本、漢魏本、張本依柳應芳改。逮漢成留思。黄本、張本同。嘉靖本、漢魏本“留”作“普”。九流鱗萃。黄本、漢魏本、張本同。嘉靖本無“九”字。讕言兼存。嘉靖本“讕”作“調”，黄本、漢魏本、張本依朱謀㙔改。是以世疾諸混同虚誕。依黄本。嘉靖本、漢魏本、張本“同”作“洞”。六蝨五蠹。黄本、張本同。嘉靖本“蝨”作“虱”；漢魏本作“風”，則“虱”之譌。轘藥之禍。黄本、漢魏本、張本同。嘉靖本“轘”作“轅”。每環奥義。黄本、漢魏本、張本同。嘉靖本“奥”作“其”。慎到析密理之巧。黄本、漢魏本、張本同。嘉靖本“析”作“折”。吕①氏鑒遠而體周。嘉靖本、黄本、張本同。漢魏本“遠”作“達”。崔實《政論》。依黄本。嘉靖本、漢魏本、張本“政”作“正”。或叙經典。漢魏本、張本同。嘉靖本、黄本“或”作“咸”。雖明乎坦途。嘉靖本“雖”作“難”，“乎”作“于”；黄本、漢魏本、張本依朱謀㙔改。

論説第十八

［發指］劉彦和以爲：“論者彌綸群言，研精一理。”而斥越理横斷。反

① 吕，《校記》原作“品”，形近而譌。謹據諸本及文意改。

義取通者，以爲“覽文雖巧，而檢迹知妄”。至於“説者悦也，……言咨悦懌，……過悦必僞”。自非譎敵，唯忠與信，而詰陸士衡“煒曄譎誑”之説以爲無當。唯君子能通天下之志，安可以曲論哉？故知論尚積理，説貴立誠。蓋以立意爲宗，不以能文爲本者也。按陸士衡《文賦》“論精微而朗暢，説煒曄以譎誑”，“煒曄譎誑”之説，信如彦和所譏矣！至云“論精微而朗暢”，則與彦和之言相發。精微以意言；朗暢以辭言。彌綸群言，斯朗暢矣；研精一理，斯精微矣。

［校勘］

聖哲彝訓曰經。嘉靖本“哲”作“世”，黄本、漢魏本、張本依朱謀㙔按《玉海》改。倫理無爽，則聖意不墜。嘉靖本“無爽”作“有無”，“聖”字上無“則”字；黄本、張本從《御覽》改。論也者，彌綸群言，而研精一理者也。嘉靖本無“精”字，黄本、漢魏本、張本依朱謀㙔改。嚴尤三將。嘉靖本“尤”作“允”，黄本、漢魏本、張本依朱謀㙔改。陸機辨亡。嘉靖本“亡”作“正”，黄本、漢魏本、張本依謝兆申改。然亦其美矣。黄本、漢魏本同。嘉靖本、張本無“亦”字。次及宋岱、郭象。嘉靖本“岱”作“代”，“象”作“蒙”；黄本、漢魏本、張本依朱謀㙔改。逮江左群談。黄本、漢魏本、張本同。嘉靖本無“逮”字。才不持論，寧如其已。依嘉靖本。黄本、漢魏本、張本“才”作“言”，“論”作“正”，“寧”作“論”。窮于有數，追于無形。嘉靖本無兩“于”字，黄本、漢魏本、張本從汪氏本增。鑽堅求通。依張本。嘉靖本、黄本、漢魏本“鑽”作“迹”。覽文雖巧，而檢迹知妄。依張本。嘉靖本、黄本、漢魏本“知”作“如”。若秦延君之注《堯典》。嘉靖本、漢魏本、張本“延君”作“君延”，黄本依楊慎改。羞學章句。嘉靖本“羞”作“差”，黄本、漢魏本、張本依朱謀㙔改。可爲式矣。黄本、張本同。嘉靖本、漢魏本“爲”作“謂”。兑爲口舌，故言咨悦懌。黄本、漢魏本、張本同。嘉靖本無“兑爲口舌故”五字。過悦必僞，故舜驚讒説。黄本、漢魏本、張本同。嘉靖本無“故舜驚讒説”五字。酈君既斃於齊鑊。嘉靖本、黄本、張本同。獨漢魏本“既”作“即”。

詔策第十九

［發指］原《詔策》之始，則曰“軒轅唐虞，同稱爲命。命之爲義，制

性之本也”；極《詔策》之流，則斥孔北海“文教麗而罕於理”爲乖，而以諸葛孔明、庾稚恭理得辭中爲善。彦和論文，其要歸於制性而主理，所以矯時枉而捄世靡也。

［校勘］

故授官錫允。依黄本。嘉靖本、漢魏本、張本“官”作“管”，“允”作“胤”。並稱曰命，命者使也。依張本。嘉靖本上“命”字作“令”；黄本、漢魏本两“命”字皆作“令”，然按下文明稱“秦并天下，改命曰制”，自以作“命”爲是。敕戒州部。黄本、漢魏本、張本同。嘉靖本“部”作“邦”。策封王侯。黄本、漢魏本、張本同。嘉靖本“封”作“對”。《易》稱“君子以制度數”。黄本、漢魏本、張本同。嘉靖本“度數”二字倒。策封三王。黄本、漢魏本、張本同。嘉靖本“封”作“對”。勸戒淵雅。嘉靖本“勸”作“觀”，黄本、漢魏本、張本依謝兆申改。賜太守陳遂。嘉靖本“賜太守”作“責博士”，黄本、漢魏本、張本考《漢書》改。雅詔間出。嘉靖本“雅”作“惟”，黄本、漢魏本、張本依朱謀㙔改。互管斯任。黄本、漢魏本、張本同。嘉靖本“互”作“牙”。故引入中書。嘉靖本無“引入”二字，黄本、漢魏本、張本依朱謀㙔按《御覽》補。體憲風流矣。嘉靖本“憲”作“慮”，黄本、漢魏本、張本依朱謀㙔改。眚災肆赦。黄本、漢魏本、張本同。嘉靖本“眚”作“青”。周穆命郊。嘉靖本“郊”作“鄧”，黄本、漢魏本、張本依朱謀㙔考《穆天子傳》改。當指事而語。嘉靖本、張本“語”作“誥”，黄本、漢魏本從《御覽》改。在三罔極。嘉靖本“罔”作“同”，黄本、漢魏本、張本依許天叙改。各詒家戒。黄本、漢魏本、張本同。嘉靖本“貽”作“賂”。庾稚恭之明斷。黄本、漢魏本、張本同。嘉靖本“稚”作“雅”。教之善也。嘉靖本、張本“教”作“辭”，黄本、漢魏本從《御覽》改。《詩》云“有命自天”，明命爲重；《周禮》曰“師氏詔王”，明詔爲輕。依張本。嘉靖本、黄本、漢魏本“有命自天”下作“明爲重也”，“師氏詔王”下作“爲輕命”。

檄移第二十

［發指］“檄者，皦也；宣露於外，皦然明白也。”“必使事詔而理辨，氣盛而辭斷。”“移者，易也；移風易俗，令往而民隨者也。”所貴文曉而喻博，“辭剛而義辨”；故檄移爲用，事殊敵我。“其在金革，則逆黨用檄，順

命資移”；然而植義颺辭，同歸剛健，辭不可緩，義不取隱：此其較也。

［校勘］

董之以武師者也。依黄本。嘉靖本、漢魏本、張本“武師”作“師武”。詰苞茅之闕。黄本、漢魏本、張本同。嘉靖本“詰”作“誥”，“苞”作“菁”。責箕部之焚。黄本、漢魏本、張本同。嘉靖本“箕”作“其”。則稱恭行天罰。黄本、漢魏本、張本同。嘉靖本“恭”作“龔”。使聲如衝風所擊。黄本、漢魏本、張本同。嘉靖本“衝”作“衡”，“擊”作“繫”。布其三逆。黄本、漢魏本、張本同。嘉靖本“布”作“有”。陳琳之檄豫州。黄本、漢魏本、張本同。嘉靖本脱“豫州”二字。章密太甚。嘉靖本、黄本、漢魏本同。張本“密”作“實”。發邱摸金，誣過其虐。黄本、漢魏本、張本同。嘉靖本“摸”作“模”，“虐”作“虚”。皦然露骨矣。黄本、漢魏本同。嘉靖本“骨”作“固”；張本“骨”作“布”。堅同符契。嘉靖本“同”作“用”，黄本、漢魏本、張本依曹學佺改。蓍龜成敗。黄本、漢魏本、張本同。嘉靖本“蓍”作“著”。推壓鯨鯢。嘉靖本、漢魏本、張本同。黄本“推”作“惟”。

封禪第二十一

［發指］自唐以前，不知封禪之非，故封禪爲大典禮，而封禪文爲大著作。特出一門，蓋鄭重之。時移世易，論者不貴。然云“意古而不晦於深，文今而不墜於淺”，可云載筆之準繩，文章之法式。

［校勘］

銘號之秘祝。嘉靖本無“祝”字，黄本、漢魏本、張本依朱謀㙔“銘”改“名”，并補一“祝”字。祀天之壯觀矣。黄本、漢魏本、張本同。嘉靖本無“矣”字。秦始皇銘岱。嘉靖本、漢魏本、張本同。黄本亡“始”字。誦德銘勳。嘉靖本“誦”作“請”，黄本、漢魏本、張本依孫汝澄改。則文自張純。黄本、漢魏本、張本同。嘉靖本“自”作“字”。叙離亂。黄本、漢魏本同。嘉靖本“亂”作“分”；張本“亂”作“合”。雖文理順序。黄本、漢魏本同。嘉靖本“順”作“煩”；張本“順”作“頗”。而日新其采者。黄本、漢魏本、張本同。嘉靖本“采”作“來”。

章表第二十二

［發指］彦和審辨名實，尤嚴覈體。故曰："章者，明也。《詩》云'爲章于天'，謂文明也。其在文物，赤白曰章。表者，標也。《禮》有《表記》，謂德見于儀；其在器式，揆景曰表。章表之目，蓋取諸此也。""章以造闕，風矩應明；表以致禁，骨采宜耀：循名課實，以章爲本者也。""所以對揚王庭，昭明心曲。既其身文，且亦國華。""然懇惻者辭爲心使，浮侈者情爲文使，子貢云：'心以制之，言以結之。'蓋一辭意也。"而要其歸，則壹以立誠爲本。

［校勘］

則章表之義也。嘉靖本、黄本同。漢魏本、張本"則"作"即"。又作書以讚。嘉靖本、黄本同。漢魏本、張本"讚"作"纘"。言事於王。嘉靖本、漢魏本、張本同。黄本"王"作"主"。謂德見于儀。黄本、漢魏本同。嘉靖本、張本無"于"字。三辭從命。嘉靖本無"辭"字，黄本、漢魏本、張本依朱謀㙔補。曹公稱"爲表不必三讓"。黄本、漢魏本、張本同。嘉靖本"必"作"止"。故能緩急應節矣。依黄本。嘉靖本、漢魏本、張本無"矣"字。則張華爲儁。黄本、漢魏本、張本同。嘉靖本"儁"作"儔"。原夫章表之爲用也。嘉靖本"之"作"文"，黄本、漢魏本、張本依謝兆申改。循名課實，以章爲本者也。黄本、漢魏本同。嘉靖本無"章"字；張本"章"作"文"。然懇惻者辭爲心使。依黄本。嘉靖本、漢魏本、張本"惻"作"惬"。浮侈者情爲文使。黄本、漢魏本同。嘉靖本"文"作"出"；張本"使"作"屈"。蓋一辭意也。嘉靖本、黄本、漢魏本同。張本"一"作"以"。麗於黼黻文章。黄本、漢魏本、張本同。嘉靖本"於"作"以"。獻替黼扆黄本、漢魏本、張本同。嘉靖本"替"作"僭"。

奏啓第二十三

［發指］奏之爲筆，本於"明允篤誠"，啓用沃心。所貴"文而不侈"，"必使理有典刑，辭有風軌"。"强志足以成務，博見足以窮理"，要以砭六

朝文勝之敝。

［校勘］

劾愆謬。依黄本。嘉靖本、漢魏本、張本“愆”作“僭”。言敷於下。嘉靖本無“言”字，黄本、漢魏本、張本依謝兆申改。晁錯之兵事。嘉靖本“事”作“卒”，黄本、漢魏本、張本依孫汝澄改。辭亦通暢。黄本、漢魏本、張本同。嘉靖本“暢”作“明”。王觀教學。嘉靖本、漢魏本、張本“王”作“黄”，黄本從《魏志》改“王”。甄毅考課。嘉靖本、漢魏本“甄”作“甌”，黄本、張本依朱謀㙔改。災屯流移。嘉靖本、黄本、漢魏本同。張本作“世交屯移”。温嶠懇切於廢役。嘉靖本、漢魏本、張本同。黄本“切”作“惻”。故位在鷙擊。依黄本。嘉靖本、漢魏本、張本“鷙”作“摯”。若夫傅咸勁直。黄本、漢魏本、張本同。嘉靖本“咸”作“盛”。禮疾無禮。黄本、漢魏本、張本同。嘉靖本“疾”作“嫉”。詬病爲切者哉。嘉靖本“詬”作“話”，黄本、漢魏本、張本依謝兆申改。或云謹啓。黄本、漢魏本同。嘉靖本、張本“云謹”作“謹密”。必歛飭入規。依黄本。嘉靖本、張本“飭”作“徹”；漢魏本“飭”作“散”。還上便宜。黄本、漢魏本、張本同。嘉靖本“上”作“士”。

議對第二十四

［發指］“議之言宜，審事宜也。”“應詔而陳政”之謂對策，“探事而獻説”之謂射策。“二名雖殊，即議之别體也。”議以文浮於理爲病，而曰：“陸機斷議，亦有鋒穎，而諛詞勿剪，頗累文骨。”策以“言中理準”爲的，則稱：“魏晉已來，稍務文麗，以文紀實，所失已多。”文勝極於齊梁，人以繁縟爲功，家以深隱爲奇。而劉氏獨稱“辯潔爲能”，“明覈爲美”。“空騁其華，固爲事實所擯。設得其理，亦爲遊詞所埋。”蓋以立意爲宗，不以能文爲本，此其文心之所以炤映千古，卓絶一時也。

［校勘］

舜疇五人。嘉靖本、黄本、漢魏本同。張本“人”作“臣”。魯桓務議。嘉靖本、黄本、漢魏本同。張本“務”作“預”。迄至有漢。黄本、張本同。嘉靖本、漢魏本“至”作“今”。賈捐之之陳於珠崖。依黄本。嘉靖本、漢魏本、張本上一“之”字缺。

秦秀定賈充之謚。黄本、漢魏本、張本同。嘉靖本“謚”作“謐”。而銓貫有叙。黄本、漢魏本、張本同。嘉靖本“有”作“以”。觀通變於當今。嘉靖本、漢魏本、黄本同。張本“通變”二字倒。田穀先曉於農。依黄本。嘉靖本、漢魏本、張本“田”作“佃”。空騁其華。嘉靖本、黄本同。漢魏本、張本“空”上有“苟”字。設得其理，亦爲遊辭所埋。漢魏本、張本同。嘉靖本“理”、“埋”二字上下倒；黄本“理”① 字下有“矣”字。證驗古今。黄本、漢魏本、張本同。嘉靖本無“證”字。及後漢魯丕。嘉靖本“丕”作“平”，黄本、漢魏本、張本依朱謀㙔改。獨入高第。黄本、張本同。嘉靖本、漢魏本“獨”作“以”。並前代之明範也。嘉靖本“前”作“明”，黄本、漢魏本、張本依謝兆申改。而雉集乎堂。黄本、漢魏本、張本同。嘉靖本“乎”作“平”。治體高秉。黄本、漢魏本、張本同。嘉靖本“治”作“洽”。

書記第二十五

［發指］“書者，舒也；舒布其言，陳之簡牘。”“言以散鬱陶，託風采，故宜條暢以任氣，優柔以懌懷；文明從容，亦心聲之獻酬也。……戰國以前，君臣同書。秦漢立儀，始有表奏；王公國内，亦稱奏書。迄至後漢，稍有名品，公府奏記，而郡將奏牋。記之言志，進己志也。牋者，表也，表識其情也。”然則“牋記之爲式，既上窺乎表，亦下睨乎書，使敬而不懾，簡而無傲”，此記與書之分也。

［校勘］

總爲《尚書》，《尚書》之爲體。嘉靖本、漢魏本、張本同。黄本上“尚”字爲“之”字，下“尚”字缺。君子小人可見矣。嘉靖本、漢魏本、張本同。黄本無“可”字。取象乎夬。漢魏本、張本同。黄本“乎”作“於”；嘉靖本“夬”作“史”。趙至叙離。嘉靖本“叙”作“贈”，黄本、漢魏本、張本依王性凝改。牋者，表也；表識其情也。黄本、漢魏本同。嘉靖本“表識”二字倒；張本“牋”作“箋”。黄香奏牋於江夏。嘉靖本、黄本、漢魏本同。張本“牋”作“箋”。則有符契券疏。依黄本。嘉靖本、漢魏本、張本“券”作“劵”。《九章》積微。黄本、漢魏本、張本同。嘉靖本“微”作

① 今校：“理”當作“埋”，形近而譌。

"徵"。五音以焉。嘉靖本、漢魏本、張本重"音以正"三字。八刑克平。嘉靖本、黄本、漢魏本同。張本"刑"作"辟"。管仲下令如流水。依張本。嘉靖本、黄本、漢魏本"令"作"命"。如匠之制器也。黄本、漢魏本、張本同。嘉靖本無"如"字。符者，孚也。嘉靖本"孚"作"厚"，黄本、漢魏本、張本依謝兆申改。券者，束也。依黄本。嘉靖本、漢魏本、張本"券"作"劵"，下仿此。關閉當審。黄本、漢魏本、張本同。嘉靖本"當"作"由"。孫亶回聖相也。嘉靖本"回"作"四"，黄本、漢魏本、張本依朱謀㙔改。籤者，纖密者也。黄本、張本同。嘉靖本、漢魏本"籤"作"纖"。體貌本原。黄本、張本同。嘉靖本、漢魏本"體"作"禮"。喪言亦不及文。黄本、漢魏本、張本同。嘉靖本"文"作"交"。囊漏儲中。依嘉靖本。黄本、漢魏本、張本"漏"作"滿"。稱"掩目捕雀"。黄本、漢魏本、張本同。嘉靖本"雀"作"省"。而浮藻之所忽也。黄本、漢魏本、張本同。嘉靖本"浮"作"無"。

神思第二十六

［**發指**］前二十五篇，重在辨體；《原道》以標首，而揭自然以爲宗。後二十五篇，蘄於明法；《神思》以提綱，而翹虚静以見意。其曰："意翻空而易奇，言徵實而難巧"，"理鬱者苦貧，辭溺者傷亂"，皆爲六朝文勝，雕藻組麗者痛下箴砭。雕藻則害静，組麗則徵實，寧所云"疏瀹五藏，澡雪精神"者哉！

［**校勘**］

馴致以繹辭。嘉靖本、張本同。黄本、漢魏本"繹"作"懌"。子建援牘如口誦，仲宣似宿搆。嘉靖本、黄本、漢魏本同。張本"如似"两字倒，"搆"作"構"。然則博聞爲饋貧之糧。嘉靖本、漢魏本、張本同。黄本"聞"作"見"。

體性第二十七

［**發指**］開宗明義，以爲"情動而言形，理發而文見"；而卒以贊曰"辭爲膚根，志實骨髓"。蓋以立意爲宗，不以能文爲本，辭極昭彰。又曰："雅麗黼黻，淫巧朱紫。習亦疑真，功沿漸靡。"所以砭齊梁藻麗之習者

至矣。

［校勘］

煒燁枝派者也。嘉靖本、黄本、張本同。漢魏本“燁”作“熠”。

風骨第二十八

［發指］劉氏以爲“豐藻克贍，風骨不飛，則振采失鮮，負聲無力。是以綴慮裁篇，務盈守氣”，“兹術或違，無務繁采”。《神思》一篇，既云“酌理以富才”；及此著論，又欲盈氣以振采，曰理與氣，文心攸寄，實開八家之先聲，而爲六朝之異軍。

［校勘］

索莫乏氣。嘉靖本“莫“作“課”，“氣”作“風”；黄本、漢魏本、張本依楊慎改。乃其骨髓峻也。嘉靖本、張本同。黄本“峻”作“畯”；漢魏本“峻”作“駿”。則云時有齊氣。黄本、漢魏本、張本同。嘉靖本“齊”作“濟”。則云有逸氣。依黄本。嘉靖本、漢魏本、張本“有”字上有“時”字。夫翬翟備色，而翾翥百步。依黄本。嘉靖本、漢魏本、張本無“而”字。鷹隼乏采，而翰飛戾天。依黄本。嘉靖本、漢魏本、張本無“而”字。若夫鎔經鑄典之範。黄本、漢魏本、張本同。嘉靖本“鑄”作“冶”。然後能孚甲新意。嘉靖本、漢魏本同。黄本、張本“孚”作“乎”。珪璋乃騁。黄本、漢魏本、張本同。嘉靖本“騁”作“聘”。

通變第二十九

［發指］《舊唐書·韓愈傳》載：“愈常以爲魏晉已還，爲文者多相偶對，而經誥之指歸，不復振起，故所爲文，抒意立言，自成一家。”而劉氏言通變，則曰：“楚漢侈而豔，魏晉淺而綺，宋初訛而新”；“矯訛翻淺，還宗經誥”；“文律運周，日新其業。變則可久，窮而反本”。蓋齊梁之綺體，既成濫調，則經誥之古文，轉屬新聲；通變寓於復古，推陳斯以出新：文章轉變，此其樞關。

［校勘］

志合文則。嘉靖本"則"作"財"，黄本、漢魏本、張本依許無念改。至於序志述時。嘉靖本、漢魏本、黄本同。張本"時"作"詞"。魏之篇制。依張本。嘉靖本"篇"作"薦"；黄本、漢魏本依許無念改作"策"。風末氣衰也。依張本。嘉靖本、漢魏本、黄本"末"作"味"。故練青濯絳。黄本、漢魏本、張本同。嘉靖本"絳"作"錦"。固無端涯。嘉靖本"固"作"因"，黄本、漢魏本、張本按《頌文》改。迺穎脱之文矣。嘉靖本、黄本、張本同。漢魏本"穎脱"二字倒。乘機無怯。黄本、漢魏本同。嘉靖本"怯"作"法"；張本作"跲"。

定勢第三十

［發指］此篇亦標自然以爲宗，而砭南朝詭巧取新之病，而又懼尚勢者之或流張脈僨興，而不必妙造自然。故曰："文之任勢，勢有剛柔，不必壯言慷慨，乃稱勢也。"意極周匝。陸雲自稱："往日論文，先辭而後情，尚勢而不取悦澤。"而彦和則以爲"情固先辭，勢亦須澤"，八字不刊。夫先辭而後情者，六朝文勝之敝也；尚勢而不取悦澤者，八家矯枉之過也。

［校勘］

淵曲湍回。嘉靖本"湍"作"文"，黄本、漢魏本、張本依王性凝按《本贊》改。效《騷》命篇者。嘉靖本"騷"作"驗"，黄本、漢魏本、張本依王性凝改。功在銓别。嘉靖本"功"作"切"，黄本、漢魏本、張本從《御覽》改。則準的乎典雅。嘉靖本"典雅"作"雅頌"，黄本、漢魏本、張本從《御覽》改。故文反正爲乏。嘉靖本"乏"作"之"，黄本、漢魏本、張本從《左傳》改。必顛倒文句。嘉靖本"句"作"向"，黄本、漢魏本、張本依王性凝改。因利騁節。嘉靖本、黄本、張本同。漢魏本"因"作"四"。力止襄陵。漢魏本、黄本、張本同。嘉靖本"止"作"心"。

情采第三十一

［發指］齊梁文勝，日競於雕藻，有采無情，有文無理，故彦和力矯其枉。譬於"鉛黛所以飾容，而盼倩生於淑姿"，故知"文采所以飾言，而辯

麗本於情性"。"情者，文之經；辭者，理之緯。經正而後緯成，理定而後辭暢。此立文之本原也"，而卒以讚曰："吴錦好渝，舜英徒豔。繁采寡情，味之必厭。"胥爲齊梁綺靡對病發藥。

［校勘］

故知君子常言未嘗質也。黄本、張本同。嘉靖本、漢魏本"常"亦作"嘗"。研味《孝》、《老》。嘉靖本、張本同。黄本、漢魏本"孝"作"李"。將欲明理。依嘉靖本。黄本、漢魏本、張本"理"作"經"。舜英徒豔。黄本、漢魏本、張本同。嘉靖本"舜"作"蕣"。

鎔裁第三十二

［發指］"規範本體謂之鎔，剪截浮詞謂之裁。"義之駢枝，二義两出，未能鎔也；文之肬贅，同辭重句，失於裁也。"裁則蕪穢不生，融則綱領昭彰。"

［校勘］

是以草創鳴筆。嘉靖本、漢魏本、張本同。黄本"鳴"作"鴻"。獻替節文。黄本、漢魏本、張本同。嘉靖本"替"作"贊"。條貫統序。黄本、漢魏本同。嘉靖本、張本"統"作"始"。次討字句。黄本、漢魏本同。嘉靖本、張本"字"作"定"。適分所好。嘉靖本、漢魏本、黄本同。張本"適"作"隨"。善敷者辭殊而義顯。嘉靖本、漢魏本同。黄本、張本"義"作"意"。士龍思劣，而雅好清省。嘉靖本、黄本、漢魏本同。張本"省"作"音"。蓋崇友于耳。黄本、漢魏本、張本同。嘉靖本"于"作"干"。乃情苦芟繁也。黄本、漢魏本、張本同。嘉靖本"芟"作"丟"。

聲律第三十三

［發指］文之聲律，有和有韻。"異音相從謂之和，同聲相應謂之韻。"而劉氏論指，重和而不重韻，以爲"韻氣一定，故餘聲易遣；和體抑揚，故遺響難契。屬筆易巧，選和至難；綴文難精，而屬韻甚易"。所謂和者，

沈休文《宋書·謝靈運傳論》以爲“欲使宫羽相變，低昂舛節，若前有浮聲，則後須切響。一簡之内，音韻盡殊；两句之中，輕重悉異。妙達此旨，始可言文”。此之謂“異音相從”，亦此之謂“和體抑揚”。

［校勘］

聲含宫商。嘉靖本、黄本、張本同。漢魏本“含”作“合”。摛文乖張。漢魏本、張本同。嘉靖本、黄本“摛”作“摘”。良由内聽難爲聰也。嘉靖本“内”作“外”，黄本、漢魏本、張本依王性凝改。響有雙疊。嘉靖本“雙疊”作“動静”，黄本、漢魏本、張本依謝兆申改。流於字句。嘉靖本“字”作“下”，黄本、漢魏本、張本依商孟和改。雖纖意曲變。嘉靖本、黄本、漢魏本同。張本“意”作“毫”。瑟資移柱。嘉靖本、黄本、漢魏本同。張本“移”作“多”。籥含定管。嘉靖本、黄本、漢魏本同。張本“含”作“舍”。失黄鐘之正響也。嘉靖本、張本同。黄本、漢魏本“鐘”作“鍾”。疏識闊略。依嘉靖本。黄本、漢魏本、張本“疎識”二字倒轉。南郭之吹竽耳。嘉靖本“南”作“東”，黄本、漢魏本、張本依葉循父改。標情務遠。黄本、漢魏本同。嘉靖本、張本“情”作“清”。調鐘唇吻。嘉靖本、漢魏本、張本同。黄本“鐘”作“鍾”。

章句第三十四

［發指］劉氏以爲：“人之立言，因字而生句；積句而成章，積章而成篇。篇之彪炳，章無疵也；章之明靡，句無玷也；句之清英，字不妄也。”“句司數字，待相接以爲用；章總一義，須意窮而成體。”“故章者，明也；句者，局也。局言者，聯字以分疆；明情者，總義以包體。區畛相異，而衢路交通矣。”又因句法而類及押韻，以爲“改韻從調，所以節文辭氣”。賈誼、枚乘，“两韻輒易，則聲韻微躁”；劉歆、桓譚，“百韻不遷，則唇吻告勞”。陸云稱“四言轉句，以四句爲佳”，辨章極析。

［校勘］

句之清英。嘉靖本、黄本、張本同。漢魏本“清”作“青”。追媵前句之旨。黄本、漢魏本、張本同。嘉靖本“媵”作“勝”。若辭失其朋。黄本、漢魏本、張本同。嘉靖本“朋”作“明”。據事似閑。黄本、漢魏本、張本同。嘉靖本“閑”作“閒”。辭忌失朋。嘉靖本“失”作“告”，黄本、漢魏本、張本依謝兆申改。離合同異。黄本、張本同。嘉靖本、漢魏本“合同”二字倒。

麗辭第三十五

［**發指**］劉氏以爲：“造化賦形，支體必雙，神理爲用，事不孤立。心生文辭，運裁百慮，高下相須，自然成對。唐虞之文，……‘罪疑惟輕，功疑惟重’，……‘滿招損，謙受益。’豈營麗辭，率然對爾。《易》之《文》、《繫》，聖人之妙思也。序《乾》四德，則句句相銜；龍虎類感，則字字相儷；乾坤易簡，則宛轉相承；日月往來，則隔行懸合：雖句字或殊，而偶意一也。”至遜清儀徵阮元，張而大之，以作《文言説》。然彦和卒言其蔽，以爲“氣無奇類，文乏異采，碌碌麗辭，則昏睡耳目。必使理圓事密，聯璧其章，迭用奇偶，節以雜佩，乃其貴耳”，不如阮氏之過爲主張也。

［**校勘**］

而皐陶贊文。嘉靖本、張本同。黄本、漢魏本“文”作“云”。則句句相銜。黄本、漢魏本、張本同。嘉靖本“句”作“八”。割毫析釐。嘉靖本、漢魏本、張本同。黄本“割”作“剖”。長卿《上林賦》云。黄本、漢魏本、張本同。嘉靖本亡“賦”字。徵人之學。黄本、張本同。嘉靖本、漢魏本“徵”作“微”。理自見也。黄本、漢魏本、張本同。嘉靖本“自”作“斯”。精味兼載。黄本、漢魏本、張本同。嘉靖本“味”作“未”。

比興第三十六

［**發指**］比者“切類以指事”，興則“環譬以託諷”。詩者，持也。持其志，無暴其氣；掩其情，無露其詞。直抒己意，始於唐人；宋賢繼之，遂成傾瀉；比興道衰，風雅以盡。子游曰：“禮有微情者，有以故興物者。有直情而逕行者，戎狄之道也。”遷流以至今日，世變日急：以含蓄藴藉爲亡

生氣，以赤裸裸地爲盡文章之美；感條暢之氣，滅平和之德。是以君子賤之也。然詩有比興，文亦有比興。周秦諸子，去古未遠，孟子得比，莊生善興，戰國一策，處士横議，恢廓聲勢，辭兼比興。至唐宋八家。昌黎感概身世，託諷龍馬；東坡颺言切事，尤工設譬以稱於世。

［校勘］

興則環譬以寄諷。依嘉靖本。黄本、漢魏本"寄"作"記"，音近而譌。席卷以方志固。黄本、漢魏本、張本同。嘉靖本"席卷"作"卷席"。楚襄信讒，而三閭忠烈。黄本、漢魏本同。嘉靖本"楚襄"二字倒；張本作"衰楚"，疑嘉靖本亦作"衰楚"，"襄"與"衰"，形似而譌。聲似竽籟。嘉靖本、漢魏本、張本同。黄本"竽"作"芋"。何異紃纆。黄本、漢魏本、張本同。嘉靖本"纆"作"纒"。如慈父之畜子也。依黄本①。嘉靖本、漢魏本、張本"畜"作"愛"。馬融《長笛》云。黄本、漢魏本同。嘉靖本、張本"長笛"作"賦"。范蔡之説也。依黄本。嘉靖本、漢魏本、張本"之説也"作"説之"。璽曳緒。黄本、漢魏本、張本同。嘉靖本"璽曳"作"璽抽"。至於揚班之倫。黄本、漢魏本、張本同。嘉靖本"揚"作"楊"。若刻鵠類鶩。嘉靖本"鵠"作"鶴"，黄本、漢魏本、張本依謝兆申改。

夸飾第三十七

［發指］文之夸飾，莫盛齊梁。而彦和欲"酌《詩》、《書》之曠旨，剪揚馬之盛泰，使夸而有節，飾而不誣"，可謂矯矯不同流俗者。

［校勘］

孟軻所云"説詩者不以文害辭"。依黄本。嘉靖本脱"云"字；漢魏本、張本脱"所"字。子雲《羽獵》。依黄本。嘉靖本、漢魏本、張本"羽"作"校"。孌彼洛神。黄本、漢魏本、張本同。嘉靖本"孌"作"欒"。惟此水師。黄本、張本同。嘉靖本、漢魏本"師"作"怪"。此欲夸其威而飾其事。黄本、漢魏本、張本同。嘉靖本無"飾"字。

---

① 今校：依黄本，原作"黄依本賦"，今改正。

事類第三十八

［發指］“事類者，蓋文章之外，據事以類義，援古以證今者也。”“是以將贍才力，務在博見。……然綜學在博，而取事貴約，校練務精，捃理須覈也。”

［校勘］

陳《政典》之訓。黄本、張本同。嘉靖本、漢魏本“政”作“正”。及揚雄《百官箴》。黄本、漢魏本、張本同。嘉靖本“百”作“六”。華實布濩。黄本、漢魏本、張本同。嘉靖本“濩”作“護”。有學飽而才餒，有才富而學貧。黄本、漢魏本同。嘉靖本、張本“學飽”二字倒，又嘉靖两句末有“者”字。必列膏腴。黄本、張本同。漢魏本、嘉靖本“列”作“裂”。捃理須覈。嘉靖本、黄本、漢魏本同。張本“理”作“摭”。劉劭《趙都賦》云。黄本、張本同。嘉靖本“賦”字下有“客”字；漢魏本“賦”字下有“有”字。或微言美事，置於閑散。黄本、漢魏本、張本同。嘉靖本無“散”字。

練字第三十九

［發指］練字固以奇詭爲難，然貴妙造自然，出以渾成。紀昀評云：“胸富卷軸，觸手紛綸，自然瑰麗，方爲巨作。若尋檢而成，格格然著於句中，狀同鑲嵌，則不如竟用易字。文之工拙，原不在字之奇否。沈休文三易之説，未可非也。若才本膚淺，而務於炫博以文拙，則風更下矣。”斯爲通人之論。至湘鄉《曾文正公集》中《復陳右銘太守書》論文章戒律，則謂：“識度曾不異人，或乃競爲僻字澀句以駭庸衆，斲自然之元氣，斯又才士之所同蔽，戒律之所必嚴。”而興化劉熙載著《文槩》，亦謂：“文中用字，在當不在奇；如宋子京好用奇字，亦一癖也。”彦和此篇，無甚玄解，獨同字相犯之重出，以爲“善爲文者，富於萬篇，貧於一字，一字非少，相避爲難”，數語深識甘苦。

［校勘］

《周禮》保氏掌教六書。依黄本。嘉靖本、漢魏本、張本“保氏”作“保章氏”。及李斯删籀而秦篆興。嘉靖本、漢魏本、張本同。黄本“及”作“乃”。漢初草律。依黄本。嘉靖本、漢魏本、張本“草”作“章”。鳴筆之徒。依嘉靖本、黄本、漢魏本、張本“鳴”作“鴻”，依朱謀𡍦改。非師傳不能析其辭。嘉靖本、黄本、漢魏本同。張本“傳”作“傅”。孔徒之所纂。嘉靖本“纂”作“慕”，黄本、漢魏本、張本依謝兆申改。諷誦則績在宫商。黄本、張本同。嘉靖本、漢魏本“績”作“續”。三權重出。嘉靖本“出”作“幽”，黄本、漢魏本、張本依欽叔陽改。曹攄詩。嘉靖本、漢魏本、張本同。黄本“攄”作“據”。於常文則齟齬爲瑕。嘉靖本“齟齬”作“鉏鋙”，黄本、漢魏本、張本依朱謀𡍦改。《詩》、《騷》適會。黄本、張本同。嘉靖本、漢魏本“騷”作“騐”。则黯黕而篇闇。嘉靖本“黕”作“默”，黄本、漢魏本、張本依朱謀𡍦改。

隱秀第四十

［發指］“隱者，文外之重旨；秀者，篇中之獨拔。”而要歸於自然會妙：或有晦塞爲深，雖奥非隱；雕削取巧，雖美不秀矣。道法自然，彦和論文之宗旨。晦塞爲深者，皇甫湜、孫樵是也，至樊宗師而極；雕削取巧者，徐陵、庾信是也，至王、楊、盧、駱而甚。

［校勘］

義主文外。黄本、漢魏本、張本同。嘉靖本“主”作“生”。譬爻象之爲互體。黄本、漢魏本、張本同。嘉靖本“互”作“玄”。故互體變爻，而化成四象。黄本、漢魏本、張本同。嘉靖本“互”作“玄”，“化成”二字倒。始正而末奇。至此閨房之悲極也。黄本、漢魏本、張本同。嘉靖本無。朔風動秋草。黄本、漢魏本、張本同。嘉靖本“朔”作“涼”。非研慮之所果也。嘉靖本、漢魏本同。黄本、張本依謝兆申，“果”改“求”。或有晦塞爲深，雖奥非隱。黄本、漢魏本、張本同。嘉靖本亡“晦塞”八字。

指瑕第四十一

［發指］此篇未能揭要。

［校勘］

雖寧僭無濫。嘉靖本"僭"作"降"，黄本、漢魏本、張本依謝兆申改。夫辯疋而數首蹄。依張本。嘉靖本、黄本、漢魏本"疋"作"言"；又嘉靖本、黄本"首"作"筌"。

養氣第四十二

［發指］彦和以爲"吐納文藝，務在節宣，清和其心，調暢其氣，煩而即捨，勿使壅滯"，"率志委和，則理融而情暢；鑽礪過分，則神疲而氣衰"，"故宜從容率情，優柔適會"，非惟調暢文氣，抑亦涵養文機。《神思篇》虛靜之説，可以參觀。

［校勘］

若夫器分有限。嘉靖本、黄本、張本同。漢魏本"器"作"氣"。怛惕之盛疾。黄本、漢魏本同。嘉靖本"怛"作"恒"；張本"盛"作"成"。叔通懷筆以專業。嘉靖本、漢魏本"叔"作"敬"，黄本、張本依孫汝澄改。夫學業在勤，功庸弗怠，故有錐股自厲；和熊以苦之人。黄本、漢魏本、張本、嘉靖本"功庸弗怠"四字、"和熊以苦之人"六字並脱。

附會第四十三

［發指］"何謂附會？謂總文理，統首尾，定與奪，合涯際，彌綸一篇，使雜而不越者也。……是以附辭會義，務總綱領，驅萬途於同歸，貞百慮於一致。"《章句篇》稱："原始要終，體必鱗次。啓行之辭，逆萌中篇之意；絶筆之言，追勝前句之旨。故能外文綺交，内義脈注，跗萼相銜，首尾一體。"即此之所謂附會，後世之所謂章法。湘鄉《曾文正公集》中有《復陳右銘太守書》，謂"一篇之内，端緒不宜繁多，譬如萬山旁薄，必有主峰；龍袞九章，但挈一領。否則首尾衡決，陳義蕪雜，滋足戒也"，亦與彦和所稱"附辭會義，務總綱領"義同。

［校勘］

斯綴思之常數也。嘉靖本、漢魏本、張本同。黄本"常"作"恒"。鋭精細巧。

黄本、漢魏本、張本同。嘉靖本“巧”作“乃”。夫文變無方。嘉靖本、漢魏本同。黄本、張本“無”作“多”。或尺接以寸附。依黄本。嘉靖本、漢魏本、張本“尺”作“片”。然後節文自會。依黄本。嘉靖本、漢魏本、張本“節文”二字倒。是以駟牡異力，而六轡如琴；並駕齊驅，而一轂統輻。黄本、張本同。嘉靖本、漢魏本無“並駕齊驅”一句。昔張湯擬奏而再却。依黄本。嘉靖本、漢魏本、張本“擬”作“疑”。若夫絶筆斷章，譬乘舟之振楫；會詞切理，如引轡以揮鞭。黄本、漢魏本、張本同。嘉靖本脱“會詞切理”两句。寄深寫遠。黄本、漢魏本、張本同。嘉靖本“深”作“在”，“寫”下有“以”字，“遠”下有“送”字。

總術第四十四

［**發指**］其言汗漫，未喻厥指，而卒以贊曰：“文場筆苑，有術有門。務先大體，鑑必窮源。乘一總萬，舉要治繁。思無定契，理有恆存。”則即前《論説篇》所云“彌綸群言，研精一理”及《神思篇》云“貫一爲拯亂之藥”。“譬三十之輻，共成一轂”，以是爲總術而已。總術者，總百慮於一致，以是爲術焉爾。興化劉熙載《文槩》曰：“《國語》言‘物一無文’，後人當更知物無一則無文。蓋一乃文之真宰，必有一在其中，斯能用夫不一者也。”此之謂總矣。然而，總之必有其術焉。《文槩》又曰：“《文心雕龍》謂：‘貫一爲拯亂之藥。’余謂貫一尤以泯形迹爲尚。唐僧皎然論詩所謂‘抛鍼擲綫’也。”又曰：“一語爲千萬語所託命，是爲筆頭上擔得千鈞。然此一語正不在大聲以色，蓋往往有以輕運重者。”此則總之術也。

［**校勘**］

可强可弱。嘉靖本、黄本、張本同。漢魏本“强”作“張”。故知九變之貫匪窮。嘉靖本“貫”作“實”，“窮”作“躬”；黄本、漢魏本、張本依楊慎作“貫”，依孫汝證作“窮”。蕪者亦繁。嘉靖本“蕪”作“無”，黄本、漢魏本、張本依朱謀㙔改。不必盡窕摦之中。嘉靖本、漢魏本、張本同。黄本衍一“梈”字。豈能控引情源。依黄本。嘉靖本、漢魏本、張本“情”作“清”。棄術任心。黄本、漢魏本、張本同。嘉靖本“棄”作“無”。乃多少之並惑。嘉靖本“並”作“非”，黄本、漢魏本、張本依許天叙改。

時序第四十五

［**發指**］此篇明文變染乎世情，而特曼衍其辭。其可考信者，“爰自漢室，迄至成、哀，雖世漸百齡，辭人九變，而大抵所歸，祖述《楚辭》。靈均餘影，於是乎在！自哀、平陵替，光武中興，……群才稍改前轍，華實所附，斟酌經辭，蓋歷政講聚，故漸靡儒風者也。降及獻帝，……建安之末，……觀其時文，雅好慷慨，良由世積亂離，風衰俗怨，並志深而筆長，故梗概而多氣也。……”至魏正始，“篇體輕澹”；而晉則“自中朝貴玄，江左稱盛，因談餘氣，流成文體；是以世極迍邅，而辭意夷泰，詩必柱下之旨歸，賦乃漆園之義疏”。其大略也。

［**校勘**］

平王微而《黍稷》哀。黃本、漢魏本、張本同。嘉靖本“王”作“生”。歎兒寬之擬奏。黃本、漢魏本、張本同。嘉靖本“擬”作“凝”。美玉屑之譚。依黃本。嘉靖本、漢魏本、張本“美”作“笑”，“譚”作“諫”。班彪參奏以補令。嘉靖本“奏”作“表”，黃本、漢魏本、張本依張振豪改。賈逵給札於瑞頌。嘉靖本“札”作“禮”，“瑞”作“端”；黃本、漢魏本、張本依張振豪改。則有班、傅、三崔。黃本、漢魏本、張本同。嘉靖本“傅”作“傳”。于叔、德祖之侶。黃本、漢魏本、張本同。嘉靖本“于叔”作“子俶”。逮明帝秉哲。黃本、漢魏本、張本同。嘉靖本“秉”作“束”。故知文變染乎世情，興廢繫乎時序。黃本、漢魏本、張本同。嘉靖本“知”作“治”，“繫”作“繁”。自明帝以下。黃本、漢魏本、張本同。嘉靖本脱“帝”字。文思光被。黃本、漢魏本同。嘉靖本、張本“光”作“充”。蔚映十代。黃本、漢魏本、張本同。嘉靖本“代”作“伐”。曖焉如面。依嘉靖本。黃本、漢魏本、張本“曖”作“曠”。

物色第四十六

［**發指**］物色者，謂春秋代序，景物相感，“情以物遷，辭以情發”也。“詩人麗則而約言”，“以少總多，斯情貌無遺”；“辭人麗淫而繁句”，

"觸類而長，故重沓舒狀"。然"物色雖繁而析辭尚簡，四序紛迴而入興貴閑"。"流連萬象之際，沈吟視聽之區"。寫氣圖貌，既隨物以宛轉；屬采附聲，亦與心而徘徊。"情往似贈，興來如答。"物色盡而情有餘者，曉會通也。

［**校勘**］

兩字連形。嘉靖本、漢魏本、張本同。黄本"連"作"窮"。文貴形似。黄本、漢魏本、張本同。嘉靖本"形"作"則"。物色雖繁而析辭尚簡。黄本、漢魏本、張本同。嘉靖本"析"作"折"。

才略第四十七

［**發指**］《時序篇》總論其世，此篇各論其人。其尤精切者，如謂"卿、淵已前，多俊才而不課學；雄、向以後，頗引書以助文"。又曰："子建思捷而才儁，詩麗而表逸；子桓慮詳而力緩，故不競於先鳴；而樂府清越，《典論》辯要，迭用短長，亦無懵焉。"又曰："陸機才欲窺深，辭務索廣，故思能入巧而不制繁；士龍朗練，以識檢亂，故能布采鮮淨，敏於短篇。"稱量以出，不爽刌分。

［**校勘**］

蓮敖擇楚國之令典。嘉靖本"敖"作"教"，黄本、漢魏本、張本依曹學佺改。趙衰以文勝從饗。嘉靖本"衰"作"襄"，黄本、漢魏本、張本依曹學佺改。公孫揮善於辭令。依黄本。嘉靖本、漢魏本、張本"揮"作"翬"。議愜而賦清。黄本、漢魏本同。嘉靖本、張本"愜"作"揠"。故揚子以爲文麗用寡者長卿。黄本、漢魏本、張本同。嘉靖本"故"作"正"。能世厥風者矣。嘉靖本、黄本、漢魏本同。張本"能"作"龍"。跡其爲才。依黄本。嘉靖本、漢魏本、張本下衍一"也"字。李尤賦銘。黄本、漢魏本、張本同。嘉靖本"尤"作"充"。思洽識高。黄本、漢魏本、張本同。嘉靖本"奇"作"立"。士龍朗練，以識檢亂。嘉靖本"練"作"陳"，黄本、漢魏本、張本依王嘉弼改。並楨幹之實才。黄本、漢魏本、張本同。嘉靖本"楨"作"杶"。成公子安選賦而時美。嘉靖本、黄本、張本同。漢魏本“時”作“辭”。孫盛、干寶文勝爲史。黄本、漢魏本、張本同。嘉靖本“干寶”作“子實”。遺風籍甚。黄本、漢魏本、張本同。嘉靖本“籍”作“藉”。

知音第四十八

［發指］知音之難：“貴古賤今”，“日進前而不御，遥聞聲而相思”：一也。“崇己抑人”，“會己則嗟諷，異我則沮棄”：二也；“信僞迷真”，“而俗監之迷者，深廢淺售”：三也。而欲知音，務先博觀：操千曲而聲即曉，觀千劍而器自識矣。

［校勘］

才實鴻懿而崇己抑人者。黄本、漢魏本同。嘉靖本、張本脱“者”字。醞藉者見密而高蹈。嘉靖本、漢魏本、張本同。黄本“藉”作“籍”。

程器第四十九

［發指］此篇明言近代辭人，務華棄實，歷數文人無行，而卒之曰：“孔光負衡據鼎，而仄媚董賢；……王戎開國上秩，而鬻官嚣俗。”有慨乎其言之也。豈爲范雲、沈約發乎？范、沈二人，皆以能文章有高名，媚梁武以傾齊祚，而《梁書》本傳載：“雲遷尚書右僕射，猶領吏部，坐違詔用人免。”又稱“約自負高才，昧於榮利，乘時藉勢，頗累清談”。彦和目睹文人澆薄，故爲發憤一道爾。陳古以監今，有心人哉！

［校勘］

垣墉立而雕墁埘。漢魏本、張本同。嘉靖本“墁”作“杇”；黄本作“杇”。孫楚狠愎而訟府。黄本、張本同。嘉靖本“狠”作“佷”；漢魏本作“恨”。涓流所以寸折者也。黄本、漢魏本同。嘉靖本、張本“折”作“析”。既其然矣。嘉靖本、黄本、漢魏本同。張本脱“既”字。安有丈夫學文而不達於政事哉？黄本、漢魏本、張本同。嘉靖本“文”作“大”。固宜蓄素以弸中。黄本、漢魏本、張本同。嘉靖本“弸”作

"剛"。散采以彪外。嘉靖本"采"作"悉"，黄本、漢魏本、張本依龔方中改。

序志第五十

［發指］彦和自序"《文心》之作，本乎道，師乎聖，體乎經"；而致慨於"去聖久遠，文體解散，辭人愛奇，言貴浮詭，飾羽尚畫，文繡鞶帨，離本彌甚，將遂訛濫"，矯世救枉，意躍言表。而見近人黄侃《文心雕龍札記》，乃謂彦和之意，以爲"文章本貴修飾"，可謂强作解人者矣。庸詎知《原道》、《宗經》？彦和所論，乃唐韓愈古文之先聲乎！

［校勘］

故用之焉。嘉靖本"故"字上有"夫"字，"之"字下有"焉"字；"焉"字，黄本、漢魏本、張本按《廣文選》補。拔萃出類。黄本、漢魏本、張本同。嘉靖本"類"作"穎"。夫自肖貌天地。嘉靖本、黄本"自"作"有"，漢魏本、張本依曹學佺改。稟性五行。嘉靖本、漢魏本、張本同。黄本"行"作"才"。方聲氣乎風雷。黄本、漢魏本、張本同。嘉靖本"乎"作"於"。則嘗夜夢執丹漆之禮器。至觀瀾而索源。自"執"字起至"而"字止，凡三百二十二字，嘉靖本無之。於是搦筆和墨。黄本、張本同。漢魏本"筆"作"管"。若乃論文叙筆。黄本、漢魏本、張本同。嘉靖本脱"乃"字。則囿别區分。黄本、漢魏本、張本同。嘉靖本"囿"作"品"。原始以表末。黄本、漢魏本、張本同。嘉靖本"末"作"時"。上篇以上。黄本、漢魏本、張本同。嘉靖本"上"作"一"。至於割情析采。黄本、漢魏本、張本同。嘉靖本"割"作"剖"。籠圈條貫。黄本、張本同。嘉靖本、漢魏本上有"必"字。苞會通，閲聲字。黄本、漢魏本、張本同。嘉靖本"苞"作"包"；"包"字、"閲"字上各有一"以"字。怊悵於《知音》。嘉靖本"怊悵"作"怡暢"，黄本、漢魏本、張本依王性凝改。亦不勝數矣。黄本、漢魏本、張本同。嘉靖本"不"字下有"可"字，而末無"矣"字。何能矩矱？黄本、漢魏本、張本同。嘉靖本"矩矱"作"規短"，"短"係"矩"之譌也。

跋

彦和《文心》，蓋發憤鬱結之所爲作。其大指歸於振經誥以救雕藻，先理道而後文華。阮文達謂："彦和《雕龍》，漸開四六之體。"此論《雕龍》之文爾。若論宗旨，彦和自序明矣：蓋"本乎道，師乎聖，體乎經"，而謂"《周書》論辭，貴乎體要；尼父陳訓，惡乎異端；辭訓之異，宜體於要；於是搦筆和墨，乃始論文"。而《原道》以開宗，《徵聖》以明義，裁覈浮濫，還宗經誥，蓋樹八家古文之規模，而掃六朝儷體之縟蕪者也。論者乃謂彦和之意，以爲"文章本貴修飾"，尚得謂之知言乎！特其文章，好爲偶對，駢四儷六，足於徐、庾外自樹一幟。孝穆長書記而善言事，子山工碑版而擅鋪叙，而彦和《雕龍》，則善議論而工析理：咸以所長，鼎足千古。

其刻本以乾隆三年黄叔琳校注、紀昀評朱墨刊本爲通行，黄校注頗有遺議，而紀評之於訓詁義理，則覈審歸於至當。取涵芬樓景印明嘉靖刊本、乾隆辛亥金谿王氏重刊漢魏叢書本、乾隆五十六年長洲張松孫注本與黄校紀評本互讎一過。《雕龍》舊有明楊慎批點、梅子庚[①]音注，以其相沿既久，别風淮雨，往往有之；雖子庚自謂校正之功，五倍於楊，然中間脱訛，故自不乏。至黄校，蓋因楊點、梅校而增訂之者，獨其注出黄客某甲所爲，繁蕪未得要領。而張注則先外舅王公笏堂遺書，注者行實無聞，惟自序稱"余也卅載宦場，一麾出守。家原儒素，酷類任昉之貧；學媿書淫，深慕張華之積"云云，尾署"乾隆五十六年，歲在重光大淵獻九月既望，長洲張松孫鶴坪氏并書"，略可考見時代仕履。凡例八條，其第四條稱："梅子庚元本讎校精，得黄崑圃本依據參考，其字句間有多寡不同，仍照梅本刊刻。"第五條稱"注釋：梅本簡中傷繁；黄本繁中傷雜。參考之中，略爲增損"云云。蓋刊據梅本而注則增損梅、黄两刻而緟定之者。自序稱："視梅注而加詳，集楊評而參考，略避雷同，再加剞劂。"雖非甚精，而亦罕本。中華人民造國之十九年九月十八日，無錫錢基博。

（無錫國學專修學校叢書之十，1935年6月版）

① "庚"當作"庾"。下同。

校訂後記

近十年來，我一直默默地耕耘在錢基博研究這塊小園中，走南闖北，從西到東，泡圖書館，上網查閱資料，發電子郵件，校訂文獻，討論體例，似乎已經習慣了埋首故紙堆的生活。這樣的狀態，既没有想像中那麼清苦，也不都是發現的快樂和讀書過程中的“義理悅心”，其實還有諸多的遺憾。而中間最大的遺憾，莫過於自己的學術研究未能趕上新材料的出現速度。

錢基博先生學貫四部，著作等身，平生尤致力於傳統集部的鑽研，自謂“集部之學，海內罕對”。然而，錢先生的“集部之學”到底是一種什麼樣的文學知識系統呢？其關於集部的學問又都體現在哪些著述遺文當中？諸如此類，問題多多。帶著好奇與困惑，我開始了自己的錢學研究之旅，希望首先能寫出一篇綜述性質的文章，且以爲像他這樣的國學大師和文章巨擘，前人應該積累了相當的研究成果，自己也許可資利用。然而當我真正進入錢學研究的這一主要領域時，才感覺他的“集部之學”是一項尚待開墾的工作。首先，錢基博畢生堅持用文言文來創作和研究，其文筆勢雄健，典雅古勁，其學熔裁經史，旁涉百家，言皆有物，不易讀懂。近人吴忠匡先生早已指出：“由於時代的不同，其學術觀點與研究方法都有過去時代的特點，對於今天的學者，也許需要多花一些力氣去進行探索和研究，才能理解先生著述的要義和本旨。”因此，文字方面的困難不少。其次，作爲《錢基博集》的主編，我掌握的文獻和線索可能比一般學者全面一些，有閱讀之便利，但大量學術資料未經梳理和消化，頭緒紛繁，不足爲據。最後，以往的錢基博集部方面的研究成果主要集中在他的文學史方面，鮮有論及其文學觀念與傳統集部之間的傳承關係。

在已有的研究當中，值得提到的學者應有周振甫先生、姜曉雲兄和王煒女士。周先生是前輩學者，又是錢氏及門弟子，因此對研究對象的道德學問有真切的體會，加上他負責錢著《中國文學史》的责编和出版工作，故其完成的《對錢子泉師〈中國文學史〉的審讀意見》可以説是第一篇較有份量的研究論文。但周先生以“通古今之變，成一家之言”立論，還是失之於籠統。姜曉雲兄恐怕是第一位精研錢基博文學史撰述的文學博士，他選取了錢先生著作裏影響最大的《現代中國文學史》爲博士論題，視野開闊，考釋周詳，既有宏觀的把握，又有微觀的分析，言之有物，持之成理，令我心折。不過，姜兄以錢基博的現代文學史觀爲討論線索，內容的偏重自然也在這一方面。王煒女士則來自于錢先生晚年執教的武昌華中師範大學，近期與我建立了友好的交流互動，她致力於中國文學譜系的研究，也可能是目前談論錢先生“集部之學”較多的學者之一。其提出“錢基博對中國文學知識譜系的建構”一説，雖言之有據，但我個人認爲目前尚不能成立，也希望她用更紮實的研究和分析來回應我的質疑，讓我信服。

清代章學誠非常推重劉氏向、歆父子所編之《七略》，認爲他們整理西漢藏書時，不僅把書進行分類，而且在分類之前先做好了“辨章學術，考鏡源流”的工作。他在《校讎通義序》裏説：

> 校讎之義，蓋自劉向父子部次條別，將以辨章學術，考鏡源流，非深明於道術精微、群言得失之故者，不足與此。後世部次甲乙、紀録經史者，代有其人，而求能推闡大義，條別學術異同，使人由委溯源，以想見於文集之初者，千百之中，不十一焉。

章氏講校讎學，説的雖是古代的編輯學，但也同樣適用於今日的學術研究工作，即在展開研究之前，學者必須下一番文獻學的功夫，既研究從先秦至今的學術流變，也研究每一部書屬於哪一個流派，每一個流派的源流以及變化，還要“深明於道術精微、群言得失之故”。最後才可能弄清楚學術流變的成就和不足，弄清楚每一部書在學術上的得失和特色。比如清朝編輯《四庫全書》，著名學者紀昀爲此寫了《四庫全書總目提要》，對所有的書作了分類，有大類還有細目，對每部書評論它的得失，指出它在學術上的成就和不足。雖有創獲，但並不十分令人滿意。我們現在做學術研究工作，要達到紀昀編《總目提要》的標準也不容易，更不要説要達到章學誠的要求了。

按照上述要求，我們研究錢基博先生的“集部之學”，首先要對作者做較全面的了解，了解他的生平經歷，了解他有多少著述，其中有哪些文章和著作涉及“集部”，既對其進行分類，又分析他著述的得失，再對每一篇文章或每一部書查考它的版本，研究它的內容，看它跟同類的書或研究比較有什麽成就和不足等等。然而，錢先生的大量集部論文、碑傳雜記則散見於解放前出版的地方報紙、學術刊物、鄉賢著述和譜牒家乘中，無人問津，遑論研究。其中，尚未結集者，更是不計其數。因此，在缺乏大量微觀研究的支撑下，我很快就意識到此時寫一篇通論性質的論文時機尚不成熟，任重道遠，故而就此作罷。

本集迺《錢基博集》“集部之學”部分，《初編》一册，輯入了錢先生所撰文學論著六部，分别爲《中國文法説例》、《文最》、《國文研究法》、《〈古文辭類篹〉解題及其讀法》、《駢文通義》、《〈文心雕龍〉校讀記》等，約計三十萬言。

其中，《中國文法説例》、《文最》兩書爲油印講義，乃錢先生任教吴江私立麗則女子中學時所作。前者撰於民國四年（1915）十一月，全一册，是作者按當時北洋政府教育部頒中學校課程標準，爲中學第三學年國文科編寫的“文法要略”講義；後者約作於民國六年（1917）前後，目前僅存第一册，亦按當時教育部頒中學校課程標準，爲中學第四學年國文科編寫的“中國文學史”講義。兩書課程相接，前後呼應，但少有人知，跡近湮没，這次自然是首次全文披露。而《國文研究法》一書，則爲錢先生任教江蘇省立第三師範學校（以下簡稱三師）時所作，無錫市圖書館現存單行油印本，全一册。民國七年（1918），爲提高無錫一地小學國文教師的業務素質，三師特地開辦了一期暑期國文講習班，學員均爲三師畢業生，課程有國文研究法、作文法述略和七經綱要，分别由錢基博、薛鳳昌、沈昌直三人爲之講授，歷三周有奇。三部講義隨後結集爲《戊午暑期國文講義彙刊》一書，交中華書局於同年十一月出版。今即以《彙刊》本爲底本，參校油印本而成。至於《〈古文辭類篹〉解題及其讀法》、《駢文通義》、《〈文心雕龍〉校讀記》三書，均爲錢先生治集部之學的專著，作于任教光華大學時期，屬於正式出版物，但各書篇幅不大，幾萬字而已。

本書收録的三種珍貴油印資料現藏於無錫。因此，我首先要向妥善保存錢先生遺著的無錫市圖書館，以及該館古籍部的孟明峰、朱剛二兄、章虹女士致以誠摯謝意！猶憶二〇〇四年，我出差無錫長達九個月，每週至少有三天都泡在那裏，偌大一間閲覽室，常常只有我和一二位老先生借閲，他們始终熱情接待，有求必應，給我留下了一段最美好快樂的人生記憶。由於錢先生集部著述數量大，門類多，時間緊，這樣的結構安排是否合適，惟有期待方家批評指正。此外，本人學養有限，編校錯誤在所難免，亦請讀者諒解。

傅宏星

二〇一二年九月識於湖南科技學院國學研究所